어떤 소년의 꿈

큰 바위 얼굴을 찾아서 …

큰 바위 얼굴을 찾아서 …

어떤 소년의 꿈

최병길 지음

바른북스

▌프롤로그(Prologue)_ 왜 미국에 가고 싶었을까?

미국 미시간주립대학교(Michigan State Univ.)에서 VIPP 연수를 받을 때였다. '대중 앞에서 말하기(Public Speaking)' 수업 시간에 학생들 앞에서 발표해야 했다. 교수님은 '영감(Inspiration)'이란 주제로 발표하도록 했다. 중국 학생들은 주로 자기 고향 소개나 전공 분야를 이야기했다. 하지만, 나는 교수님 말씀대로 '영감'이란 주제로 발표(Inspirational Speech)하고 싶었다. '영감(靈感)', 이 얼마나 듣기만 하여도 가슴 설레는 말인가! 내가 살아오면서 '영감'을 느낀 순간이 있었을까?

나는 산으로 빙 둘러싸인 조그만 시골 마을에서 어린 시절을 보냈다. 초등학교 시절, 나는 가끔 아버지를 도와 농사일을 거들기도 하였지만, 대부분 동네 친구들과 어울려 들로 산으로 놀러 다니기에 바빴다. 공부는 뒷전이었다. 그러던 어느 날, 수업 시간 공책에 필기할 때 사용하는 책받침에 담긴 아름다운 건물이 눈에 들어왔다. 뾰족한 둥근 첨탑이 있는 멋들어진 하얀 건물, 화단의 빨간 튤립이 아름다웠다. 미국 국회의사당(The Capitol)이었다. 당시 미국이란 나라를 잘 모르던 어린 소년은 '왜? 하필 이 사진이 나의 책받침에 그려져 있을까?' 하고 궁금했다. '여기는 무얼 하는 곳일까?' 하는 호기심이 일었다. 이것이 미국에 대한 나의 가장 오래된 기억인 듯하다.

면사무소 소재지 가는 고갯마루, 산 중턱에 있는 중학교에 입학했다. 3학년 국어 교과서에 마지막 단원으로 나다니엘 호오도온(Nathaniel Hawthorne)이 쓴 '큰 바위 얼굴(The Great Stone Face)'이란 단편 소설이 실려있었다. 산 정상에 우뚝 솟은, 온화하면서도 장엄한 '큰 바위 얼굴'을 바라보며 성장하고, 마침내는 살아가면서 그 얼굴을 닮아가는 한 소년에 관한 이야기였다. '어떻게 살 것인가?'에 관해 묻고 있었다. 한참

감수성 예민한 소년이 삶과 관련하여 처음으로 마주한 질문이었다. 쉽게 답을 할 수 없었다. 하지만, 소설 속 '어니스트'의 삶과 '큰 바위 얼굴'이 겹쳐지며 순간 머릿속에 한 영감이 스쳐 지나갔다. '큰 바위 얼굴'을 가서 직접 바라다보면 '어니스트'처럼 아름다운 삶을 살아갈 수 있지 않을까? 소년의 가슴이 설레었다. 아마 그때부터였을 것이다. 소년이 어렴풋이나마 꿈을 꾸게 된 것은. 언젠가 그곳에 가 보리라는….

　　아름다운 백제의 고도, 공주에서 고등학교를 마치고 서울에 있는 대학에 진학했다. 생활은 고달팠지만, 그래도 낭만이 있던 대학 생활은 그리 길지 않았다. 80년대 대학가는 민주화 투쟁 열기로 가득했다. 1987년, 그 뜨거웠던 여름, 우리는 한 친구를 떠나보내는 아픔 속에 마침내 민주주의 대한민국을 이루었다. 군대를 다녀오고, 곧 취업 전쟁이 시작되었다. 얄궂은 운명으로 거제도에 있는 대기업에 입사하여 사회에 첫발을 내디디었지만, 결국 해 저무는 바닷가를 거닐며 오랜 고민 끝에 사직서를 냈다. 그러자, 인생에서 가장 암흑 같았던 백수 생활이 시작되었다. 다시 공주로 돌아와 시골 도서관에 처박혀 절치부심 노력한 끝에 마침내 금융 공공기관에 입사했다.

　　기회는 준비된 자에게 찾아온다고 했던가? 입사 후 3년, 낯선 회사 생활에 적응하며 새롭게 자리를 잡아갈 무렵, 회사에 어학연수 공고가 났다. 저마다의 사정으로 지원자가 없었다. 이게 웬일인가? 무주공산(無主空山)! 절호의 기회를 놓칠 수 없었다. 앞뒤 재지 않고 미국행 비행기에 몸을 실었다. 어쩌면 어린 시절의 꿈, '큰 바위 얼굴'을 볼 수 있지 않을까? 하는 부푼 기대를 안고…. 13년 만이었다. 미국 어학연수는 신세계의 강렬한 인상을 나에게 남겨 주었다. 전 세계에서 모여든 젊은이들과 교류하는 것도 즐거웠고 아메리카의 드넓은 대자연도 경이로웠다. 그러나, 무엇보다도 세계 유일 강대국인 미국을 만든 원동력, 그 실체가 궁금했다. 그래서 새로운 꿈을 꾸게 되었다. 그래, MBA 유학을 하자! 미국인들과 함께 공부하며 제대로 미국을 배워 보자.

　그러나, MBA 유학 가는 길은 멀고도 험했다. 그 꿈에 다가가는데 12년, 참으로 오랜 기다림이었다. 눈에 잘 보이지 않았지만, 한 사람의 인생을 바꿔놓을 만큼 실로 엄청난 대가를 치르고 얻은 결과였다. 마흔이 넘은 늦깎이 나이에 젊은 친구들과 함께 공부하는 새로운 도전! 두려움 반, 설렘 반이었다. 고3 이후 최대의 도전이었지만, 나에게는 연륜과 경험이 있었다. 짧은 영어를 극복하며 글로벌 비즈니스 트렌드를 배우고 훌륭한 리더의 최고 덕목인 '겸손'을 몸으로 익힐 수 있었다. 광활한 대륙, 무한 자유를 느끼게 해 준 미국 횡단 자동차 여행은 그야말로 덤이었다.

　젊은 시절 만난 도산 안창호 선생을 존경하는 나는 늘 '주인 정신 (主人精神)'을 가지고 살고자 했다. MBA를 마치고 돌아온 후 10여 년, 나는 올바른 사람으로 회사와 사회에, 나아가 국가에 도움이 되고자 치열하게 살았다. 물론 내 삶을 위한 것도 있지만, 나에게 좋은 기회를 준 회사에 감사하며 일로써 보답하고자 최선을 다했다. 그러나, 일그러진 제도로 앞이 보이지 않을 때, 나는 멈춰 서야 했다. 직장의 꽃, 임원을 뒤로 한 채 나는 또 다른 꿈을 향해 다시 미국행 비행기에 올랐다. 이것도 운명일까?

　무엇이 미국을 위대한 국가로 만드는가? '고귀한 문화(Prestigious Culture)'란 무엇인가? 우리는 후대에 자랑스레 물려줄 '위대한 문화유산'을 가지고 있는가? 문득, 나의 오랜 꿈, '큰 바위 얼굴'과 '어니스트'의 삶이 뇌리에 스쳐 지나간다. 나의 삶은 '어니스트의 삶'과 얼마나 닮았을까? 우리에게 행복한 삶이란 무엇일까?

　이 글은 어느 작은 시골 소년이 '큰 바위 얼굴'을 읽고 영감을 받아, '어니스트'와 같은 삶을 꿈꾸며 '큰 바위 얼굴'을 찾아가는 삶의 여정에 관한 이야기이다. 그 안에는 미국에서 오래 생활하며 겪은 미국인의 삶, 광활한 아메리카 대륙을 여행하며 얻은 견문, 그리고 오늘날 세계 유일 강대국을 건설한 미국 문화에 대한 냉철한 통찰이 자연스레 담겨 있다.

　　만약 이 글이, 누군가에게
어린 시절 아름다운 추억을 떠올리게 할 수 있다면,
영감이 떠오르던, 그 짜릿한 순간을 회상하게 할 수 있다면,
꿈꾸던 시절, 그 뜨거운 열정을 다시 느끼게 할 수 있다면,
자신의 꿈에 도전할 수 있는 용기를 줄 수 있다면,
오늘, 나의 삶이 '행복'하다고 말할 수 있게 할 수 있다면,

그리고, 그것이 소소하든, 원대하든,
새로운 영감을 주고, 다시 꿈을 꾸게 만들 수 있다면,

나는 내가 이 글을 쓰며 보낸 많은 시간에 감사하며 기쁠 것이다.

　　끝으로, 나의 이야기를 중국 위챗(WeChat) 미시간주립대학교(MSU) 사이트에 중국어로 번역하여 실어주고 내가 이 글을 쓰도록 영감을 불러일으켜 준 텡 얀장(Teng, Yanjiang) 교수님과 글을 쓰는 동안 늘 용기를 북돋아 준 아내에게 진심으로 감사의 마음을 전한다.

　　　　　　　늦은 가을날
　　　　　　　　저 멀리 푸른 바다를 바라보며

목차

| STAGE II |
미국 어학연수; 낯선 땅에서 영어를 만나다.

| STAGE Ⅲ |
MBA 유학; 살아 숨 쉬는 경영학(Business)을 배우러

| STAGE IV |
VIPP 연수; 문화, 그 위대한 유산

| STAGE V |
어린 시절의 꿈, '큰 바위 얼굴'을 찾아서….

Epilogue_
우리에게 행복한 삶이란 무엇인가?

산골 소년의 성장기;
　빛 바랜 사진 한 장, '큰 바위 얼굴'

■ 아련한 유년 시절의 추억

두메산골 소년의 하루

아지랑이 피어오르던 동대 뜸

싱그런 햇살을 머금은 태양은 오늘도 뒷산에서 떠올라 하늘을 가로 질러 서산마루로 넘어간다. 해가 지면 저녁 예불을 알리는 마곡사의 종소리가 멀리서 은은하게 울려 퍼졌다. 산봉우리를 울타리 삼아 초가집이 옹기종기 들어앉은 마을에서 평화로운 하루는 여느 때처럼 그렇게 시작되어 흘러갔다. 태화산 깊은 계곡에서 시작된 맑은 물은 동네를 양쪽으로 가르며 아래 뜸으로 여울져 갔다. 우리 집은 마을 가운데 섬처럼 솟아있는 야트막한 산봉우리 아래 자리 잡고 있었다. 여느 마을처럼 집 앞에는 논과 밭이 있고 그 너머로 나의 놀이터인 초등학교와 이미 폐교가 되어버린 고등공민학교가 저만치에 있었다.

처마 끝 고드름이 녹아갈 즈음이면 봄은 소리 없이 마을에 찾아들었다. 이맘때만 할 수 있는 일이 개울에서 얼음 배를 타는 일이었다. 개울가 가장자리 나무 그늘 얼음은 아직 제법 두꺼웠다. 나와 또래 아이들은 도끼로 얼음을 패고 톱으로 썰고 하여 얼음을 멍석만 하게 떼어낸 후, 얼음 위에 올라 긴 장대로 개울 바닥을 밀며 얼음 배를 탔다. 얼음이 바위에 부딪히거나 무게를 못 이기고 갈라지면 그야말로 차디찬 얼음물에 풍덩! 빠지기 일쑤였지만 개구쟁이들의 동심은 아랑곳하지 않았다. 다만, 두려운 것은 하루에도 몇 번씩 엄마에게 빨래 거리를 안겨주며 꾸중을 듣는 일이었으나, 이 또한 얼음 배 타기의 즐거움을 빼앗을 수는 없었다.

이른 봄, 잔설이 사라진 강새미와 동대 뜸에 모락모락 아지랑이가 피어오르면 우리는 호미를 바구니에 넣고 달래와 냉이를 찾아 나섰다. 겨울을 이겨낸 둔덕과 밭고랑 사이로 파릇파릇 수줍게 고개를 내민 냉이와 씀바귀는 신기하기만 하였다. 주로 여자애들이 하는 일이었지만 이따금 남녀 구별 없이 뒤섞여 아이들은 재잘대며 들판을 누비곤 하였다. 바구니에 차오르는 풋풋한 쑥이며 냉이 같은 나물을 바라보며 무슨 보물이나 얻은 듯 어린 마음은 마냥 뿌듯하기만 했다.

어느 날인가는 동글 뫼로 나무하러 가시는 아버지를 따라나섰다. 괭이를 들고 나선 나의 속셈은 따로 있었다. 흐드러지게 피어난 진달래꽃을 바라보며 한참을 올라갔다. 아버지는 곧 나무를 하기 시작하셨고, 나는 갈퀴로 가랑잎을 긁어모으는 척하다 괭이를 들고 칡을 찾아 나섰다. 칡은 봄에 물오를 때가 제일 맛이 좋았다. 덩굴이 굵은 칡을 찾아내 괭이질을 시작하였지만, 칡뿌리는 돌 틈을 비집고 들어가 있었다. 이마에 송골송골 땀방울을 맺혀가며 한 시간여를 아등바등하였다. 그러나, 칡뿌리는 자신의 하얀 몸뚱이를 어린 소년에게 쉽게 내어 줄 만큼 그렇게 호락호락하지 않았다. 안타까움과 짜증으로 씩씩대고 있을 때 나무를 다 하신 아버지가 오시더니 칡뿌리 주위를 널찍하니 파기 시작하셨다. 다시 반 시간여를 씨름한 끝에 우리는 어른 팔뚝보다 굵고 지게 작대기만 한 크기의 칡뿌리를

마곡천이 흐르는 마을 전경(1982년). 오른쪽 산 밑에 우리 집이 보인다.

캐낼 수 있었다. 그때 알았다. 깊이 파려면 넓게 파야 한다는 것을! 집으로 돌아오는 길에 나는 낫으로 한 움큼 베어 낸 알싸한 맛의 칡뿌리를 어적어적 씹고 있었다. 산기슭 과수원의 복숭아꽃이 유난히 아름다웠다.

매미는 여름의 전령사였다. 찌릉~ 찌릉~, 매~앰 매~앰, 쌔릉~ 쌔릉~, 소리도 가지가지로 흉내 내기도 어려웠다. 매미는 뒷산에서도, 마을 어귀 둥구나무에서도, 교실 밖 플라타너스에서도 쉬지 않고 울어댔다. 나와 친구들은 때론 개울 윗 듬벙으로, 때론 아랫 듬벙으로 수영을 하러 다녔다. 듬벙은 개울 폭이 넓고 물의 흐름이 느렸다. 물가에는 커다란 바위들이 모여있고 물 가운데 깊은 곳은 아이들 키를 훌쩍 넘었다. 우리는 겁도 없이 물속으로 뛰어들었다. 그 시절에는 수영복이 따로 없었다. 그냥 팬티 차림으로 물싸움도 하고 헤엄도 치고 검은 돌을 던지고 자맥질로 찾는 놀이를 하며 긴 여름을 보냈다. 수영이 끝나면 바위 뒤에 숨어 팬티를 벗어 짠 후 다시 입거나 사람이 드물 때는 바위에 널어놓고 알몸으로 일광욕을 즐기기도 하였다. 몸은 그을려 언제나 시꺼먼 했다. 생각해 보면 자연과 하나 되어 여유로웠다. 그러다 느닷없이 먹장구름이 밀려오고 장대 같은 소나기가 쏟아지면 우리는 벗어놓은 옷을 걸치는 둥 마는 둥 하고 집까지 한달음에 내달렸다. 흙탕물을 튀기기는 하였지만, 처마 밑으로 떨어지는 장대 빗소리는 시원한 청량감을 주기에 충분했다.

한낮의 뙤약볕이 사그라들었다. 해가 서산으로 기울어 갈 때면 나는 아버지를 따라 개울로 낚시하러 가곤 했다. 낚시는 먼저 저 아랫동네로 내려가 개울을 따라 올라오며 했다. 미끼는 부엌에서 잡아 온 파리나 물

여름철 물놀이터인 동네 아래 듬벙

벌레를 섰다. 내가 하는 일은 주로 물벌레를 잡거나 낚아 올린 물고기를 풀로 만든 꿰미에 꿰어 들고 다니는 것이었다. 가끔 아버지가 낚싯대를 건네주셨지만, 어린아이에게 물고기는 그리 쉽게 잡히지 않았다. 내가 잘 하는 것은 저녁을 먹으러 돌 밑에서 밖으로 기어 나온 고동을 주전자에 잡아넣는 일이었다. 고동 잡기도 수백만 년 인류의 수렵 채취 생활의 하나인 만큼, 나는 원시인처럼 하루 양식을 구하는 데 여념이 없었다. 더운 여름엔 아궁이에 불을 지필 수 없었다. 그래서 집에서는 마당 한 켠에 화덕을 놓고 저녁을 준비했다. 유난히 감자를 좋아했던 나는 아직 채 여물지도 않은 하지 감자를 뒷밭에서 캐다 닦아 놓았다. 그러면 일에서 돌아오신 어머니는 강낭콩을 버무린 밀가루 반죽을 뚝뚝 떼어 하지 감자랑 함께 넣고 개떡을 쪄 주셨다. 화덕 위에서 개떡이 익어가는 냄새가 온 마당에 퍼질 때면 여름의 불청객도 잠에서 깨어 날아들었다. 모기였다. 시골의 모기는 유난히 지독했다. 도시 모기처럼 비실비실하지 않았다. 몸집도 크고 한번 물리면 주위가 온통 벌겋게 부어올랐다. 우리는 여름이면 정지문을 떼다 마당에 깔고 그 위에서 저녁을 먹었다. 그래서 젖은 솔가지로 모깃불을 피웠다. 모깃불 연기가 피어오르면 우리 식구는 마당 한가운데 밥상에 둘러앉자 두런두런 이야기 속에 저녁을 먹곤 했다. 강낭콩과 하지 감자가 점점이 박힌 개떡의 맛도 잊을 수 없지만, 낮에 개울에서 잡아 온 고동을 호박잎 넣은 된장국에 삶아내어 바늘로 꺼내 먹는 맛도 일품이었다.

함박눈 내리는 날 가을 떡을 들고

학교가 끝나면 우리는 뒷산에서 놀곤 했다. 시골 마을이다 보니 함께 노는 아이들은 코흘리개 꼬마부터 중학생 형들까지 다양했다. 초등학교 3학년 때 우리 동네에 전기가 들어왔고 더불어 텔레비전도 들어왔다. 모든 집이 텔레비전을 산 것은 아니었고 마을 전체를 통틀어 형편이 좋은 겨우 몇 집만이 텔레비전을 갖고 있었다. 우리는 저녁을 일찍 먹고 마음씨 좋은 집으로 텔레비전을 보러 다녔다. 가끔은 안방에서 또는 마루에 앉자 텔레비전을 어깨너머로 보곤 했다. 그때 가장 인기 있는 프로그램이 '타잔'과 '전우'였다. 호기심에 가득 찬 우리는 곧 뒷산 밤나무에 새끼 줄을 매고 타잔 놀이를 하였다. 줄을 잡고 도움닫기 하여 허공으로 몸을 날리며 아~아~아~~, 하고 외쳐대면 밀림의 왕자가 따로 없었다. 운이 나쁜 경우 줄이 끊어져 비탈 아래로 굴러 메주란 별명이 생기기도 하였지만, 며칠 지나면 곧 잊혔다. 남자아이들에겐 전쟁놀이만큼 재미있는 놀이도 없었다. '전우'를 몇 번 본 우리는 곧 나무를 깎고 다듬어 총을 만들었다. 총에 줄을 매달아 어깨에 멘 모습이 제법 근사했다. 산꼭대기 바위는 탈환해야 하는 고지였고 흙이 흘러내린 곳에 파 놓은 굴은 말 그대로 참호였다. 바닥엔 짚을 깔고 지붕은 나뭇가지를 걸친 다음 비닐을 놓고 흙으로 덮었다. 전투식량은 나무 꼭대기까지 올라 따온 잘 익은 홍시와 지천으로 널린 떨어진 밤이었다. 우리는 머리에 나뭇잎으로 만든 모자를 쓰고 돌격 앞으로! 를 외치며 산속을 내달렸다. 때론 낮은 포복도 하고 백병전도 하며 해 질 녘까지 지칠 줄도 몰랐다.

밤이 오면 아이들은 동네 가운데 있는 집의 넓은 바깥마당에 하나둘 모여들었다. 주로 숨바꼭질과 깡통 차기 놀이를 했다. 휘영~ 청 밝은 달이 어스름한 동네를 환하게 밝혀 주었다. 추수가 끝난 논에 세워놓은 볏가리며 감나무에 비스듬히 세워놓은 마른 수숫단은 몸을 숨기기에 제격이었다. 처음에는 숨바꼭질하고 놀았으나, 어느 순간 시작된 깡통 차기가 훨씬 인기가 좋았다. 술래가 담벼락 이곳저곳을 두리 번 거릴 때면 한달음에 달려나 온 아이가 차버린 깡통 소리가 요란하게 어두운 밤하늘에 울려 퍼졌고 아이들의 왁자지껄한 웃음소리와 함께 어린 다리들은 야물게 자라만 갔다. 아이들은 이따금 제각각 수숫단을 앞세우고 술래 보란 듯 한꺼번에 깡통으로 달려들며 술래를 당황하게 만드는 등 이런저런 시도를 하며 술래를 괴롭혔다. 한동안 깡통 차기로 밤이 깊어 가면 저 멀리 청련암 산봉우리에 수상하게 반짝이는 불덩이가 보였다. 우리는 너나 할 것 없이 마당으로 모여들며 그 불의 정체에 대해 제각기 수군거렸다. 컴컴한 깊은 산속에 늦은 밤 무슨 불일까? 알 수 없는 노릇이었다. "도깨비불이야!" 이야기의 끝은 항상 그랬고, 곧 도깨비에 대한 저마다의 무시무시한 이야기를 쏟아냈다. 갑자기 머리가 곤두서고 소름이 돋았다. 우리는 무서움에 떨며 누가 먼저랄 것도 없이 삼삼오오 집으로 총총걸음을 재촉했다.

첫눈이 내리면 가을 떡을 했다. 가을 떡은 가을걷이가 끝나면 농사일을 거들어준 이웃에 고마운 마음을 전하기 위해 지었는데, 늘 한겨울이 되어서야 하곤 했다. 커다란 시루를 아궁이에 걸고 방앗간에서 갓 빻은 하얀 쌀가루를 얹히고 삶은 팥으로 만든 고물을 사이사이에 뿌렸다. 노란 늙은 호박을 얇게 썰어 넣어 단맛을 내기도 했다. 떡 보자기로 시루를 덮고 시루 본을 붙인 후, 불을 지피면 타닥~ 타닥~ 참나무 장작은 아궁이에서 잘도 탔다. 정지문 위 바람 창으로 떡 시루의 수증기가 뿌옇게 빠져나가고 떡 익는 구수한 냄새가 부엌에 가득 찰 때면 어김없이 뒤꼍에는 함박눈이 쌓여 갔다. 어머니는 뜨끈뜨끈한 떡이 맛있다고 하시며 시루떡을 얼른 서너 쪽씩 잘라 그릇에 담고 종이로 덮어 누나와 나에게 주었다. 우리는 떡이 식을세라 흩날리는 눈발을 뚫고 이웃집으로 떡을 날랐다. "가을 떡 가져왔어요!", "아휴~ 이 추운데, 고맙다. 잘 먹을게!" 이웃집 아주머니의 환한 미소가 추위를 녹였다.

겨울 놀이의 백미는 뭐니 뭐니 해도 썰매 타기였다. 처음엔 철사로 썰매를 만들었다. 썰매 칼이 보급된 것은 나중이었다. 칼 썰매는 철사 썰매와는 비교가 되지 않을 만큼 잘 나갔다. 우리는 썰매 꼬챙이를 만들러 산을 누비고 다녔다. 어린 소나무의 반듯한 줄기가 꼬챙이 깜으로 딱 좋아서, 우린 어린 마음에 꼬챙이를 만들 욕심으로 작은 소나무를 마구 잘랐다. 지나가던 아저씨가 나무 자르는 톱질 소리에 소리치면 우린 줄행랑을 놓곤 했다. 썰매를 탈 때도 얼음이 매끈하게 잘 언 곳은 곧 싫증이 났다. 바위 사이 물살이 빨라 얼음이 울퉁불퉁하게 얼고 물도 있는 곳이 우리를 유혹했다. 얼음이 깨지거나 넘어지면 우리는 물에 빠졌다. 그러면 털신과 양말을 말리려고 개울가 마른 풀밭에 나무를 주워다 불을 피웠다. 가끔 겨울바람에 불길이 마른 풀밭을 태우며 들불처럼 번져 나갔다. 겁에 질린 우린 얼음을 잘라다 불길을 막고 솔가지에 물을 묻혀 불을 두드리며 불길을 잡기 위해 사투를 벌였다. 얼굴이 벌게지고 몸이 땀으로 흥건히 젖은 후에야 불길을 잡을 수 있었다. "휴~~~." 안도의 한숨이었다. 개울가 소나무를 통째로 태운 적은 있지만, 다행히 산불을 낸 적은 없었다. 불피울 때 미리 주변의 지형을 살펴놓은 덕이었다. 정월 대보름이 다가오면 구름재 뜰에 올라 연을 날렸다. 전봇대도 없고 나무도 없어 연날리기에는 그지없이 좋았다. 벌판의 찬 바람은 옷깃을 파고들었어도 연과 함께 날아오른 마음은 즐겁기만 했다. 밤에는 폐교가 된 고등공민학교 운동장에 모여 불깡통을 돌렸다. 깡통에 못으로 돌아가며 구멍을 뚫고 철사로 줄을 맸다. 낮 동안에 산을 누비며 소나무 등걸을 잘라 관솔을 모았다. 일반 나뭇가지는 불꽃이 작았지만, 관솔은 엉겨 붙은 송진 때문에 불꽃이 활활 타올라서 불깡통을 돌리면 장관이었다. 팔이 아프면 불깡통을 교장 선생님이 연설하시던 운동장에 있는 연단 아래 걸어두고 쭈그리고 앉자 도란도란 이야기꽃을 피웠다. 관솔 그을음에 얼굴이 검어지는 줄도, 머리 앞자락이 그을리는지도 몰랐다. 관솔 불이 잦아들면 우린 알 불만 깡통에 넣고 깡통을 돌리다 하늘로 멀리 던져올렸다. "불놀이야!" 불깡통 돌리기의 백미였다. 작은 보름날 저녁에는 밥을 훔치러 다녔다. 달빛을 등불 삼아 부엌 정지문을 열고 들어가 가만히 솥뚜껑을 열면 밥과 나물이 있곤 했다. 작은 보름날 밥 훔치기는 시골풍습의 하나로 인심 좋은 아주머니들은 솥에 밥과 나물을 넣어 두곤 했다. 우리는 개울가에 모여 앉자 불을 피우고 훔쳐 온 밥과 나물을 나눠 먹곤 했다. 대보름날 달집태우기를 끝으로 겨울은 끝이 났다.

산골 마을의 하루가 늘 낭만적이기만 한 것은 아니었다. 나도 그랬지만 아이들은 어려서부터 부모님을 도와 농사일을 거들어야 했다. 그냥 당연한 일이었다. 학교에서 돌아오면 논과 밭으로 향했다. 오죽하면 수업을 삼사일 쉬는 '농번기 일손 돕기 주간'까지 있었을까? 봄에는 담벼락 밑에 호박도 심고 쌈채며 고추며 가지 모종을 옮겨 심었다. 이른 봄엔 보리밟기를 하고 오월이면 보리 베기가 시작되었다. 누군가에게 청보리밭은 사랑을 키워가는 아름다운 데이트 코스지만 보리 베기는 가장 하기 힘든 농사일 중 하나였다. 뜨거운 오월의 햇살 아래 논보리를 벨 때면 보리 껄끄락이 땀으로 범벅이 된 목덜미를 찔러왔고 타작을 위해 탈곡기를 돌릴 때도 엉성하고 크게 묶은 보리 단으로 인해 벼보다 힘이 곱절로 들었다. 보리 베기가 끝나면 모내기가 시작되었고 피살이가 뒤를 이었다. 장마가 지나가면 농약도 쳐야 했고 넘어진 벼도 일으켜 세워야 했다. 여름밤이면 모닥불을 피워 놓고 졸린 눈을 비벼가며 낮에 어머니가 따온 망개나무 잎과 떡갈나무 잎을 개야 했다. 일본으로 수출된다고 했다. 일종의 부업이었다. 가을이면 벼 베기와 묶기, 볏단 쌓기, 그리고 탈곡을 했다. 아양 골에서 고구마도 캤고 듬밭에 갈아 놓은 무, 배추를 뽑아 김장 준비도 했다. 부모님이 하시는 농사일이었지만 딱히 그 역할에 구분은 없었다. 얼마나 도움이 되었을까? 싶지만, 아무튼 고되고 힘들었으며 시골살이하는 우리 모두의 일이었다.

햇살 나른한 툇마루 책방

나는 초등학교를 일곱 살에 들어갔다. 어머니 말에 따르면 키가 커다란 아이가 집에서 빈둥거려 학교에 보냈단다. 키는 크지만 마른 체구에 조용한 성격이었다. 학교는 집 마루에서 보면 저만치 보일 만큼 가까웠다. 어린 시절 늘 그렇듯이 학교마다 주먹 대장이 있었다. 우리 반에도 그런 아이가 있었다. 한해 늦게 학교에 들어와 덩치도 크고 힘도 셌다. 2학년 때 다른 아이를 못살게 굴었는데, 지금도 기억하는 것을 보면, 꽤 나쁜 기억이었던 모양이다. 이문열의 '우리들의 일그러진 영웅'을 읽을 때 그 친구 생각이 났다. 3학년 땐 화전 농사가 금지되면서 산에 살던 사람들이 대거 도시로 이사 갔다. 우리 동네는 초등학교가 있을 만큼 시골에서는 큰 마을이었지만, 태화산과 무성산 주변으로 화전민이 꽤 많았다. 한 반에서 10여 명씩 전학을 가서 한 학년 규모가 2반, 100여 명으로 줄어들었다. 60년대 베이비 붐 세대라 당시 학생들은 많은 편이었다. 지금은 전교생이 40명을 좀 넘는 작은 학교가 되었다. 그때 우리는 나무로 된 오래된 교실에서 수업하였는데, 비가 오면 교실 천장에서 빗물이 새어 나오곤 했다. 그래서 교실을 신축하기로 했고 우리들의 정든 교실은 헐리게 되었다. 수업은 해야 하는데 교실이 없었다. 우리는 늦은 봄에 운동장가 벚나무 그늘 벤치에서 뜻하지 않게 야외수업을 해야 했다. 청명한 하늘 아래 솔~솔~ 부는 봄바람, 은은한 벚꽃 향기를 맡으며 받은 수업은 지금도 잊을 수 없는 풍경이 되었다. 칠판도 없는 수업이 오래 계속될 수는 없었다. 학교는 선생님 책상을 교무실에서 각 교실로 옮기고 우리에게 교무실을 내어 주었다. 그해 동안 우리는 교무실에 걸려있는 학교 종을 두드리며 선생님 흉내를 내곤 했다. 4학년이 되자 실과를 배우게 되었다. 우리는 나무의 꺾꽂이, 휘묻이, 접붙이기를 배웠고 자기 이름표가 선명한 학교 화단 꽃나무에 아침마다 물을 길어다 주며 가꾸었다. 동네 공터에는 채송화, 서광, 코스모스를 심어 화단도 만들었다. 시골 학교 학생에게 어울리는 수업이었다.

학교 수업이야 별다를 게 없었다. 국어, 산수, 사회, 자연…. 늘 시간표는 똑같았다. 학교생활 중 제일 재미난 일은 소풍이었다. 소풍은 거의 같은 장소, 마곡사 위에 있는 상원골 계곡 또는 마가문동 계곡으로 갔다. 상원골에는 홈 바위가 있었고 마가문동에는 넓적 바위가 있었다. 아

천년 고찰 마곡사

맑은 물이 흐르는 상원골 계곡

침이면 어머니는 밤새 우려낸 감에, 삶은 밤과 달걀, 김밥을 싸 주셨고 학교 앞 구멍가게에서 뽀빠이, 야자 등 과자를 조그만 가방에 가득 사 넣어 주셨다. 아이들은 두 줄로 소풍을 나섰고 한 시간쯤 걸음을 재촉했다. 소풍의 하이라이트는 노래자랑과 보물찾기, 나는 보물찾기에 별 소질이 없었다. 그저 개울가에서 싸 온 삶은 달걀과 김밥을 나눠 먹는 것이 좋았다. 5학년 때 우리 반만 북가섭암으로 소풍을 갔다. 산 정상 즈음에 있는 조그만 암자였다. 마가문동 계곡에서 다시 한 시간 반 정도 산을 올랐다. 암자 뒤에는 차가운 약수도 있었다. 옛날 북가섭암 뒤에는 하루에 스님이 하루를 공양할 정도의 쌀이 나오는 신비한 바위 구멍이 있었다고 한다. 어느 날 암자를 찾아온 어느 욕심 많은 중이 쌀 나오는 구멍이 작아 하루 공양미 정도만 나오는 것을 안타깝게 여기고 부지깽이로 바위 구멍을 넓히려 쑤셔댔다고 한다. 그 뒤부터 신비한 바위 구멍에서는 쌀 대신 물이 나오기 시작했다는데, 이것이 바로 약수터 유래에 얽힌 전설이었다. 그럴듯한 전설을 듣고 마신 약수는 꽤 맛이 좋았다. 산속 암자에 공터가 있을 리 없었다. 우리는 암자 근처 비석도 없는 묘지 앞 잔디에 자리를 잡고 도시락을 먹었다. 점심 후에는 풀밭에 배를 깔고 남녀 편을 갈라 팔

씨름을 했다. 왕중왕전은 남자 대표와 여자 대표, 생각보다 여자아이도 힘이 좋았다. 햇살이 따사로운 파란 가을날이었다.

어린 시절 나는 책 읽기를 좋아했다. 하지만 책이 귀하던 시절이라 우리 집에는 교과서 말고는 이렇다 할 책이 없었다. 학교에도 도서관이 따로 없었다. 도서 담당 선생님 반의 교실 뒤편 낡은 나무 책장 안에 책이 얼마간 있을 뿐이었다. 수업이 끝나면 나는 이곳에 가서 책을 읽었다. 선생님 퇴근 전까지만 책을 읽을 수 있었다. 대출은 되지 않았다. 가끔은 한참 재미에 빠져 책을 읽고 있는데, 선생님이 문을 닫는다고 하셨다. 책을 반납해야 했다. 선생님은 낡은 책장에 책을 넣고 자물쇠를 채우고 떠나셨다. 그러면 나와 몇몇은 운동장에서 노는 척하다 다시 들어와 책장 문을 들어 올려 떼어내고 다시 책을 꺼내 읽었다. 가끔은 책을 몰래 집에 가져와 읽고 다음 날 가져다 놓기도 했다. 도둑질은 아니지만, 설사 그렇다 하더라도 책 도둑질은 용서가 되던 시절이었다. 어느 날 우리 반의 왕눈이 소녀 형란이가 '장화홍련전'을 읽고 있었다. 나는 책을 빌려줄 수 있는지 그 아이에게 물었고 사나흘 뒤 책을 빌릴 수 있었다. 장화와 홍련의 딱한 처지에 가슴 아파하며 늦은 밤까지 호롱불 아래 책을 읽었고 이틀쯤 지나 책을 돌려주었다. 큰맘 먹고 벽에 걸려있는 달력 한 장을 뜯어내어 곱게 책 껍데기를 싼 채였다. 책을 받던 형란이의 더 커진 눈망울이 지금도 보일 듯하다. 정명이란 아이가 있었다. 그 친구는 막내로 큰누나가 있었고 새마을 지도자 집 아들로 집에 여유가 있었다. 그 친구는 가끔 누나가 사다 준 '어깨동무'라는 잡지를 학교에 가져왔다. 그가 읽지 않을 때 '어깨동무'는 늘 내 손에 있었다. 잡지도 재미있었지만 별책 부록 만화는 더 재미있었다. 고등학생이 되었을 때 나는 어렵게 돈을 모으면 동생에게 '어깨동무'를 사다 주곤 했다. 그러나 나의 개인 도서관은 역시 단짝 건용이네 집이었다. 그의 집은 '가랏'이란 마을에 있었다. 우리 집에서는 공동

계림 문고 명작선

묘지를 지나고 개울을 건너 30~40분 걸어야 다다랐다. 그의 삼촌은 교사라고 했는데, 그 애 집에는 삼촌이 사다 준 위인전집과 계림 문고 100권이 있었다. 방학이면 나는 그의 집에 놀러 가곤 했다. 우리는 건넛방 툇마루 양지바른 곳에 앉자 장기도 두고 책도 읽으며 나른한 오후를 보냈다. 몽테그리스토 백작, 괴도 루팡, 로빈슨 크루소우, 톰소여의 모험…. 나의 외부 세계에 대한 동경과 모험심의 절반은 여기에서 길러지지 않았을까? 돌아오는 길에 책이라도 서너 권 빌린 날에는 마음이 들떠 귀신이 나올 것 같은 어두컴컴한 공동묘지도 무섭지 않았다. 지금 생각해도 고마운 친구였다.

6학년 때 담임 선생님은 역사에 관심이 많으셨던 것 같다. 담임 선생님 책상이 교실 앞 한 켠에 있었는데, 선생님은 틈나는 대로 두꺼운 책을 읽고 계셨다. 총 12권의 '이야기 한국사' 전집이었다. 책은 책상 옆 창가에 쌓여 있었다. 문고판보다 훨씬 크고 하드 커버로 장식되어 있었다. 내가 좋아하는 그림은 거의 없었다. 어느 날 방과 후, 교실에 남아있던 나는 선생님의 책을 집어 들었다. 단군신화부터 주몽, 고구려를 구한 유유와 밀우, 백제를 세운 온조, 박혁거세 등등, 그동안 읽어 온 소설과는 다른 흥미진진한 이야기 세계가 펼쳐져 있었다. 나는 어두워져 책을 읽을 수 없을 때까지 시간 가는 줄 모르고 책을 읽었다. 그 후로 한동안 나는 매 주말이면 학교에 나와 책을 읽었다. 특히, 비 오는 날 창밖으로 빗소리를 들어가며 책을 읽는 재미를 그때 터득했다. 수업 시간에 우리는 연필로 공책에 필기해서 공책에 받혀 쓰는 책받침이 필수품이었다. 학교 문방구에서 쉽게 살 수 있었다. 보통 앞에는 아름다운 사진이 있고 뒤에는 구구단이 적혀 있었다. 내 책받침 앞면에는 뾰족한 둥근 첨탑을 가진 멋진 하얀색 건물이 있었다. 건물 주변의 화단에는 빨간 튤립이 활짝 피어 있었고 한쪽 구석에 작은 글씨로 '미국 국회의사당'이라고 씌어 있었다. 아름다웠다. 미제 책받침은 아닌 듯했다. 시골 문방구에서 미제를 팔지는 않을 테니까. 당시 미국이란 존재는 내 머릿속에 자리하고 있지 않았다. 한동안 책받침을 바라보던 나는 궁금해졌다. 왜 하필 낯선 미국 국회의사당 사진이 나의 책받침에 있을까? 아름다운 이곳은 도대체 무얼 하는 곳일까? 아마도 이것이 타잔과 카우보이, 인디언을 제외한 미국의 실체에

대한 나의 가장 오랜 기억인 듯하다. 미국 국회의사당은 그 후로도 오랫동안 내 머릿속을 맴돌았다. 마치 나와 미국의 긴 인연을 암시하는 듯….

미국 국회의사당

홍길동 산성에 다래는 익어가고

산골 아이들에게 산과 들판은 커다란 놀이터였다. 뒷산에서 매일같이 뛰놀다 보니, 어린 시절에도 짙푸른 녹음의 생명력이라든지, 간지러운 산들바람, 바위 턱에서 내려다본 가을 들녘의 아름다움 같은 산이 주는 매력을 한껏 느낄 수 있었다. 산이 좋았다. 그래서 마을을 둘러싸고 있는

봉우리들을 하나하나 오르기로 했다. 해가 뜨는 동쪽에는 동글 뫼가 있었다. 나무를 하러 갈 때는 꼭대기까지 오르지 않아서 몰랐는데, 정상 가까이 오르니 깊은 산속이라 숲이 우거지고 가랑잎이 무릎까지 차올랐다. 정상에서 산 너머를 바라보니 이름만 들어본 월가리가 한눈에 들어왔다. 나와는 다른 초등학교에 다니는 동네였다. 먼 여행을 떠나온 것 같았다. 마을 서쪽에는 태화산 자락에 돼지 산골이 있었다. 산봉우리를 넘어서면 좁다란 평지에 화전민이 살다 떠난 폐가와 묵은 밭이 있었다. 흰 눈이 내리면 철사로 만든 올가미와 몽둥이를 들고 토끼사냥을 오곤 했지만, 토끼 발자국만 보았을 뿐 토끼를 잡은 기억은 별로 없었다. 돼지 산골에서 청련암을 돌아 넘어가면 태화산의 여러 봉우리가 있었다. 천년 고찰에 어울리는 철갑을 두른 듯한 커다란 소나무가 울창한 숲을 이룬 곳이다. 봉우리 사이에는 마을도 자리했다. 샘골이었다. 10여 호 남짓 깊은 산 속 마을로 6·25전쟁 때 북에서 온 많은 실향민이 자리 잡고 살고 있었다. 형란이가 사는 동네이기도 했다. 가장 높은 산봉우리 너머에는 오일장이 열리는 큰 마을인 유구면이 있었다. 백련암에서 약수 한 사발 들이켜고 산신각을 지나 한참을 올라가면 샘골 사람들이 호랑이가 산다고 믿는 커다란 봉우리가 있고 다시 한 시간여 능선을 타고 가면 철성산이 나온다. 그곳에서는 정명이와 건용이가 사는 가교리, '가랏'이 코앞에 내려다보였다.

백련암에서 바라본 동글 뫼

마곡천이 황금 들녘을 휘돌아 나가고 작은 초가집이 옹기종기 모여있는 시골 마을은 그야말로 한 폭의 그림이었다.

우리 집은 학교가 가까웠다. 그래서 등하굣길은 그냥 밋밋했다. 대중리에 사는 아이들이 있었다. 대중리는 600여 미터가 넘는 무성산 자락에 자리한 산골 중의 산골 마을이었다. 이 친구들은 정말 산 넘고 물 건너 책 보퉁이를 메고 한 시간씩 걷고 뛰어 학교에 왔다. 오가는 길은 늘 재미난 무용담으로 그득 했고 주머니에서는 개암이며 밤이 쏟아져 나왔다. 나는 이 친구들이 마냥 부러웠다. 그래서 어느 토요일 동네 친구 두 명과 함께 하굣길에 이 아이들을 따라나섰다. 조그만 고개를 넘고 개울을 건너 한참을 걸어 드디어 인적이 드문 무성산 자락에 다다랐다. 산자락 밭에는 무며 고구마가 심겨 있었고 가장자리에는 홍시가 주렁주렁 열린 감나무가 있었다. 아니나 다를까 이내 기대했던 일이 벌어졌다. 한 아이가 감나무에 올라 작은 가지를 마구 흔들어 대자 곧 홍시가 떨어졌다. 깨어진 홍시였지만 우리는 개의치 않고 입술에 한가득 벌건 감을 묻혀가며 홍시를 맛있게 먹었다. 그러자 다른 아이가 슬금슬금 밭으로 다가가 파릇한 듯 하얀 무 하나를 뽑아왔다. 옷가지에 쓱쓱 문질러 무에서 흙을 닦아내더니 이내 윗니를 이용해 껍질을 벗겼다. 물이 배어 나오는 무를 한 입 베어 물고 나에게 건넨다. 나도 따라 한 입 베어 물었다. 매운 듯 알싸한 무맛이 입안에 전해졌다. 향긋했다. 잠시 휴식 후, 우리는 다시 길을 재촉했다. 갑자기 앞서가던 아이가 걸음을 멈추었다. 뱀이었다. 나는 흠칫했다. 뱀이 지나가기만 바랬다. 그러나 이 아이들은 달랐다. 이내 작대기 모양 막대기를 주어 뱀의 목을 누르고 억새 풀로 올무를 만들어 뱀의 목을 낚아 올렸다. 그렇게 뱀을 묶어 나무에 걸고 우리는 마을에 다다랐다. 마을에는 무성산에서 흘러나오는 작은 계곡이 있었다. 한 아이가 돌을 주워 뱀 껍질에 상처를 내더니 껍질을 쭉~ 벗기었다. 나는 고개를 돌렸다. 다른 아이는 불을 피웠다. 신문을 가져다 물을 흠뻑 적시더니 껍질을 벗겨 손질한 뱀을 종이에 돌돌 말아 불 속에 넣었다. 잠시 후 맛이나 보라며 나에게 한 첨을 건넨다. 북어를 씹는 맛이었다. 그 후로 다시 맛을 본 일은 없었다. 다음 날 아침 아이들이 무성산에 천렵하러 가자고 했다. 아랫

마을 – 어찌 보면, 더 번화한 – 에 사는 나와는 여러모로 노는 틀이 달랐다. 그릇에 김치를 담고 부엌에서 라면을 몇 개 챙기더니 화덕 위의 조그만 솥을 새끼줄로 묶어 들었다. 우리는 천렵 행장을 어깨에 메고 손에 들고 무성산에 올랐다. 아래 동네에서 바라본 무성산은 저 멀리 큰 산이었지만 이 동

홍길동 성이 있는 무성산

네에서는 뒷산이었다. 우리는 곧 산 중턱에 다다라 계곡 옆에 자리를 잡았다. 아이들은 계곡에 들어가 신발을 벗어 물을 품고 돌을 헤집고 하며 한동안 소란을 떨더니 제법 많은 가재와 중태기를 잡았다. 커다란 돌을 둘러 세워 솥을 걸고 묵은 밭에 누군가가 베어놓은 억새를 가져다 불을 피웠다. 끓는 물에 가재와 중태기를 넣고 김치와 라면을 넣었다. '어죽 라면'이었다. 지금도 등산 중에 끓여 먹는 라면 맛은 일품이지만 그때 먹은 라면 맛에 비할 수는 없다. 라면을 먹고 나자 무성산에서 꼭 보아야 할 것이 있다며 아이들이 앞장을 섰다. 한참을 더 오르니, 우리 앞에 무너져 내린 산성이 나타났다. 무성 산성, 마을 전설에 따르면 '홍길동 성'이었다. 긴 산성이었다. 성벽을 쌓았던 돌은 다듬지 않은 투박한 상태였고 크기가 매우 컸다. 역사의 한 장면에 서 있는 듯, 마냥 신기했다. 성벽을 돌다 보니 나뭇가지 사이로 동그랗고 파란 열매가 보였다. 나무를 타고 오른 '다래'였다. 완전히 익지 않아 시큼했다. 원래 다래는 따온 후 된장 독에 며칠 넣어 둔 후에 먹어야 제맛이 난다. 그래도 익은 다래는 맛이 좋았다. 집으로 돌아올 때, 유봉이가 집 뒤의 커다란 대나무를 하나씩 잘

라 주었다. 길이가 10여 미터는 되었다. 홍시를 따는 감 장대용인데, 일종의 선물이었다. 고맙다는 인사와 함께 우리는 길을 나섰다. 어깨에 메고 오는 긴 대나무에 의기양양했다.

낭만 없던, 첫 자전거 여행

어느 날인가 동네 친구 세 명과 함께 자전거를 타고 길을 나섰다. 우리는 한 번도 가보지 않은 우리 동네 사곡면사무소 소재지에 가보고 싶었다. 오후에 각자 자기보다 커다란 낡은 자전거를 타고 길을 나섰다. 당시 자전거는 요즘과 달리 매우 무거웠고 크기도 컸다. 한 시간쯤 흙먼지를 마셔가며 고개를 넘고 비포장 도로를 달려 면사무소 소재지에 도착했다. '먼 길을 왔다.'라는 생각에 으쓱했다. 그런데 한 친구의 자전거 바퀴가 찌그러들었다. 이런! 펑크였다. 우린 가진 돈이 하나도 없었다. 하는 수 없이 자전거 수리점에 가서 마음씨 좋아 보이는 아저씨에게 사정했다. 펌프와 본드, 튜브 한 조각을 얻을 수 있었다. 이내 우리는 수리에 들어갔다. 타이어를 벗기고 펌프로 튜브에 공기를 넣은 다음 물을 묻혀 펑크난 부분을 찾아냈다. 튜브 조각에 사포질을 하고 본드를 발라 펑크 난 부분에 붙이면 끝이었다. 못 하는 것이 없는 시골아이들이었다. 자전거를 때우고 나니 갑자기 욕심이 생겼다. 원래는 왔던 길을 되돌아가면 되는데, 우린 갑자기 신풍면과 유구면을 거쳐 마을로 돌아가는 'ㅁ'자형 여행을 하고 싶어졌다. 40여 km가 넘는 장거리였다. 신풍을 거쳐 유구로 향했다. 지나가는 버스에서 한 아주머니가 손을 흔들었다. 동네 아주머니였다. 유구에 다다를 무렵 해가 떨어졌다. 설상가상으로 유구에서 길을 잘못 들어 한참을 예산시 방향으로 나아갔다. 묻고 물어 다시 돌아와 구계고개 앞에 다다르니 한밤중이었다. 구계고개는 유구면과 사곡면을 가르는 높은 고개로 굽이굽이 고갯길이 끝도 없었다. 워낙 경사길에 자전거를 탈 수도 없어 끌고 올라야 했다. 낡은 자전거라 라이트도 없었다. 자전거의 무게는 어린 몸을 짓눌러왔고 저녁도 못 먹은 배에서는 연신 꼬르륵 소리가 났다. 기진맥진~ 탈진이 왔다. 우리는 자전거를 넘어뜨리고 너나 할 것 없이 길바닥에 나자빠졌다. 갑자기 두려움이 엄습했다. 캄캄한 산속에서는 금방이라도 산 짐승이나 귀신이 나올 것 같았다. 이대로 죽을 것 같았다. 엄마 생각이 났다. 한참을 그렇게 누워있다 우리는 다시 일어났다. 각자 젖 먹던 힘까지 짜내어 고개를 올랐다. 그렇게 몇 번인가를 반복하다 드디어 고갯마루에 다다랐다. 저 멀리 마을의 불빛이 보였다. 살 것 같았다. 그런데 뒤돌아보니 친구 한 명이 보이질 않았다. 힘에 지쳐 낙오한 것이었다. 한참을 기다렸으나 그 친구는 오지 않았다. 우리는 고민에 빠졌다. 어찌할 것인가? 되돌아 찾아 나설 것인가? 그냥 갈 것인가? 죽을 둥 살 둥 올라온 길을 다시 찾아 나설 엄두가 나지 않았다. 우리도 거의 초주검이었다. 일단 마을로 가기로 했다. 가서 도움을 청하자. 울퉁불퉁 고갯길을 한참 내려와 마을에 다다라 우리는 무조건 민가로 찾아들었다. 깜짝 놀란 아주머니가 우리를 방으로 들이고 생고구마와 튀밥을 내다 주셨다. 남은 밥이 없다고 미안한 표정을 지으시며…. 흙길에 넘어지고 자빠져 몰골이 말이 아니었다. 시계를 보니 밤 11시, 휴~! 살 것 같았다. 우리 마을에서는 어린아이 넷이 없어졌으니 난리가 났었단다. 동네를 수소문한 끝에 버스에서 우리를 본 아주머니가 우리의 행적을 말해 주었단다. 곧 마을 청년 서너 명을 모아 수색조를 만들고 우리가 오는 길로 찾아 나섰단다. 민가를 나와 한참을 오다 우리는 손전등을 든 동네 청년들을 만났다. 어둠 속 형들이 그렇게 반가울 수가 없었다. 한 형은 우리와 동행하고 나머지 형들은 낙오된 아이를 찾아 나섰다. 다음날 들으니, 그 아이는 고갯길에서 잠든 채 발견되었고 새벽에야 집에 돌아왔다고 한다. 마음이 많이 불편했다. 나의 자전거는 몰수되었고 그날 이후로 한동안 자전거를 탈 수 없었다.

6학년 때 인가 금산 외가댁에 간 적이 있었다. 아버지와 누나랑 이었다. 외가댁은 인삼 농사를 지었는데, 삼을 손질하는 일을 도와주러 가셨다. 오는 길에 대전 탄방동에 있는 막내 외삼촌 댁에 들렀다. 대전이라고 해도 변두리라 과수원도 있고 그랬는데, 외삼촌은 주인집 한 켠에 세를 살고 계셨다. 잠자리도 불편했을 텐데, 그때는 모두 가난했지만, 친척 간에 왕래도 자주 하고 사이도 좋았던 듯하다. 주인집 마당에는 밝은 테라스가 있고 철사 망을 타고 처음 보는 예쁜 식물이 지붕까지 올라가 있었다. 덩굴식물로 볼똑볼똑 튀어나온, 처음 보는 희한한, 그러면서도 아름다운 모양의 과일이 달려 있었다. 어떤 것은 파랬고 어떤 것은 노란색에 주황빛을 띠고 있었다. 그때는 몰랐다. 나중에 알고 보니 '여주'라는 식물이었다. 나와 누나는 그 과일이 탐이 났다. 하지만 언감생심, 애지중지하는 주인에게 어린 마음에 하나 달라고 할 용기가 나지 않았다. 하는 수 없었다. 나와 누나는 작전을 짰다. 간단했다. 누나가 망을 보고 내가 몰래 잘 익은 과일 하나를 따서 허리춤에 감추었다. 그리고는 엉거주춤 걸어가

온 동네에 퍼뜨린 여주

버스 정류장 근처 풀 섶에 숨겨 놓았다. 아버지에게도 들키면 안 될 것 같았다. 다음 날 우리는 작별 인사를 하고 버스 정류장에 왔다. 누나가 아버지 시선을 끄는 사이 나는 어제 숨겨 놓은 여주를 찾아 주머니에 넣고 시내버스에 올랐다. 같은 대전에 사시던 큰아버지 댁에 들러 하루 묵고 집에 갈 예정이었다. 몰래 따온 여주를 아버지께 말할 수는 없었다. 큰댁에서도 여주를 보관하는 일은 난제였다. 눈치껏 장롱과 벽 사이 좁은 틈

에 숨겨 놓았다. 촌놈이 대전에 와 난생처음 '태권 동자 마루치'란 영화도 보고 핫도그도 사 먹으며 사촌들과 즐겁게 지냈다. 다음 날 점심을 먹고 집을 나섰다. 차 시간이 촉박하여 서둘렀다. 시내버스를 타고 서부 터미널에 도착하여 공주행 시외버스를 탔다. 며칠간의 여정에 신도 났지만 피곤하여 잠이 들었다. 한참을 가다 퍼뜩 정신이 들었다. 아뿔싸! 그만 여주를 장롱 틈에 두고 온 것이었다. 아! 그 황당함이란…. 지금 생각해도 안타깝기가 그지없다. 그 후로도 몇 년 동안 나는 그 과일을 보지 못했다. 중학생 때 어느 날, 먼 다른 마을에 사는 한 친구가 그 신기한 과일을 학교에 가지고 왔다. 그때 알았다. 그것이 '여주'라는 것을…. 나는 그 친구에게 잘 익은 여주 하나를 얻었고 집에 가져와 씨앗을 받아 놓았다가 이듬해 봄에 앞 마당 텃밭에 심었다. 나뭇가지로 덩굴이 타고 오르도록 받침대도 세워 주었다. 우리 집에 놀러 오는 동네 사람들은 모두 그 과일을 신기해하며 탐내었다. 올록볼록 생김새도 독특했고 연두색과 주황이 섞인 빛깔도 좋았다. 잘 익으면 '으름'처럼 벌어져 한껏 먹음직스러웠다. 나는 인심 좋게 열매를 하나씩 따 주었다. 다음 해에 우리 동네는 집집마다 신비하고 아름다운 열매가 가득하였다.

■ '큰 바위 얼굴'을 읽다.

숲속 궁전 생활

　까까머리에 검은 교복을 입은 중학생이 되었다. 중학교는 집에서 십 오리쯤 떨어진 해발 180m의 산 중턱에 있었다. 면내 3개의 초등학교 중간쯤에 산 주인의 기부를 통해 학교 터를 마련하다 보니 그리되었다고 했다. 워낙 시골이라 면내에 중학교가 없던 차에 그나마 설립된 학교로 내가 2회였다. 우리는 아침마다 7시 첫차를 타고 통학을 했다. 산골 이 마을 저 마을을 두루 돌아 나오는 한 대뿐인 통학버스였다. 우리 동네를 지날 때면 버스는 이미 윗마을 학생들로 초만원이었다. 시내버스 앞 운전석 옆 공간에는 가방이 산더미처럼 쌓였고 자리에 앉은 학생들 무릎 위에도 예닐곱의 가방이 쌓여 있어 학생 얼굴이 보이지 않을 지경이었다. 신도림역 만원 지하철은 차라리 나은 편이었다. 가끔 거꾸로 놓인 가방에서 김치 반찬통이 굴러떨어져 시큼한 김치 냄새가 차 안에 진동하기도 하였지만, 우리는 아랑곳하지 않고 떠들어대거나 깨알 같은 크기로 쓰여 있는 영어 단어장을 외우기도 하였다. 가끔 비가 와 길이 진흙탕으로 바뀌거나 눈이 내려 미끄러우면 우리는 버스에서 내려 헛바퀴만 도는 차를 뒤에서 밀어야 했다. 운이 나쁘면 바퀴에서 튀겨나온 진흙 세례로 교복이 엉망이 되기도 했다. 그나마 버스가 오지 않는 날에는 무거운 가방을 팔에 끼고 그 먼 길을 걸어야 했다. 한 시간쯤 흔들리는 완행버스로 신작로를 달려오면 안개 자욱한 산속에 우리들의 학교가 있었다.

　학교가 산 중턱에 위치하다 보니, 주변에 집이나 마을은 없었고 몸이 불편한 산 소유자가 생업을 위해 지은 상점 겸 문구점이 하나 있을 뿐이

산 중턱에 위치한 사곡중학교

었다. 고요한 산속에 그저 지저귀는 산새 소리나 가끔 푸드덕거리며 날아
오르는 장끼와 까투리 소리가 전부였다. '숲속 궁전에서 착하고, 슬기롭
고, 성실하게!' 현관에 큼지막하게 걸려있는 교훈이 잘 어울렸다. 새로 설
립된 학교이다 보니 교정이나 시설이 제대로 갖추어져 있지 않았다. 체육
시간과 농업, 기술 교과 시간 중 절반은 운동장에서 돌을 골라내거나 화
단 등 교정을 가꾸는데 할당되었다. 요즘이라면 상상할 수도 없겠지만 학
생들에게 잔디나 꽃나무를 가져오라고 하여 집에 있는 정원수를 캐 가거
나 동네에 있는 묘지 자락을 잘라가기도 하였다. 당연히 시끄러운 말썽이
나기도 했다. 어이없는 일이지만 그것이 통용되던 시절이었다. 새 학년이
시작되면 각 반은 환경미화심사를 받아야 했다. 청소는 열심히 하면 그만
인데, 교실 뒷면을 아름답게 꾸며야 하는 것이 늘 큰 부담이었다. 새마을
란, 학습란, 반공란, 늘 같은 주제로 새로울 것은 없었다. 학급비를 보아
시내에서 재료를 사 왔다. 주말에는 손재주 있는 학생 몇 명이 학교에 나
와 합판과 각목을 잘라 판넬을 만들고 흰 종이로 싼 다음 새마을 홍보
책자나 반공 전단지 등을 오려 붙여 장식을 했다. 그렇게 완성되면 선생
님들이 우르르 돌아다니며 평가를 했다. 창의성과 팀웍을 함양하는 수업
이라 볼 수도 있겠으나, 매번 다시 하고 싶지는 않았다. 나는 판박이로

장식된 교실보다는 창문 밖으로 보이는 풍경이 훨씬 더 좋았다. 산 중턱에 위치하다 보니 교실에서는 굽이굽이 흐르는 마곡천과 개천을 따라 펼쳐진 호계 벌판이 한눈에 들어왔다. S자 모양의 황금 들녘이 마치 우리나라 '한반도' 같이 아름다웠다.

2학년 때 사범대학을 갓 졸업한 선생님이 국어 선생님으로 부임하셨다. 검은 뿔테 안경을 쓴 멋들어진 총각 선생님으로 여학생에게 인기가

소풍에서 노래하는 국어 선생님

짱~ 이었는데, 운 좋게도 우리 담임선생님이 되셨다. 중학생인 내 눈에도 신선하고 생기있는 젊은 선생님이 좋았다. 나는 서정적인 시나 수필을 좋아하였는데, 그래서 국어 선생님인 그 선생님이 더 좋았는지도 모르겠다. 국어 시간이 기다려지곤 했다. 하지만 그 기간은 그리 오래가지 못했다. 유월 어느 날 갑작스레 선생님이 학교를 그만 나오신다는 폭탄선언을 하셨다. 군 입대를 한다고 했다. 마음이 아팠다. 생각 끝에 송별 파티를 열어드리겠다고 했다. '가난한 시골 학생들이 파티는 무슨…', 선생님은 별로 기대하지 않는 눈치였다. 생활이 가난한 것은 맞지만 마음이 가난한 것은 아니었다. 산에는 지천으로 벚나무가 있었고 마침 버찌가 검붉게 익어가고 있었다. 방과 후 우리는 산을 누비며 버찌를 따왔다. 하지만 부족했다. 결국 돈을 조금씩 모아 초코파이와 음료수도 마련했다. 소문을 듣고 선생님을 짝사랑한 여학생 몇 명도 먹을 것을 싸 들고 교실로 찾아왔다. 책상을 빙 둘러 배치하고 버찌, 새우깡, 초코파이, 음료수 등으로 상차림을 했다. 만반의 준비를 하고 선생님을 모셔왔다. 짠~~, 놀라시는 선생님의 표정! 우리들의 마음은 흡족함 반, 서운함 반…, 가슴이 먹먹했다. 파티 중간에 선생님께

노래를 청했다. 잠시 머뭇거리시더니 선생님은 노래를 시작하셨다. '어쩌다 생각이 나겠지, 냉정한 사람이지만~~~' 노래를 부르시는 선생님 얼굴에 눈물이 주르륵 흘러내렸다. 까까머리 남학생도, 단발머리 여학생도 여기저기서 훌쩍거림이 시작되었고 이내 교실은 눈물바다가 되었다. 우리는 그렇게 선생님과 이별하고 있었다. 다음 날 마지막 수업에 한 아이가 선생님께 어제 부른 노래를 가르쳐 달라고 했다. 그래서 알았다. 그 노래가 패티 김의 '이별'이라는 것을…. '때로는 보고파 지겠지, 둥근달을 바라보면은~~~' 낭랑하면서도 슬픈 노랫소리가 창문을 넘어 녹음이 우거진 유월의 숲속으로 퍼져 나갔다.

국어 교과서의 마지막 단원은 단편소설이었다. 오영수의 '요람기'와 황순원의 '소나기'도 여기에 있었다. 둘 다 참 재미있었다. 특히 '소나기'를 읽을 때는, 이제 막 사춘기에 접어든 나의 마음도 덩달아 설레었다. 개울가 징검다리, 소 꼴 베고 풀 뜯기고, 빗방울 떨어지는 원두막, 그 옆에 세워놓은 수수단까지…, 흡사 시간을 되돌린 우리 동네 이야기 같았다. 주인공만 빼고! 집에서 나와 논을 따라 잠시 걷다 보면 내가 사철 노니는 개울이 나오고 징검다리를 건너면 한 소녀가 살고 있었다. 유난히 하얀 피부에 긴 머리를 양쪽으로 땋고 다녔다. 초등학교 때는 보이지 않

동산 아래 위치한 교회(신축)

던 모습이 중학교에 가니 보이기 시작했다. 단발머리에 흰 칼라, 검은 교복 차림의 여학생으로! 우리 집 옆에는 조그만 교회가 있었다. 주말 아침이면 땡~땡그랑, 교회 종소리가 메아리쳐 들려왔다. 가까이에 교회가 있다 보니, 나는 어려서부터 누나를 따라 교회에 다녔다. 시골 교회 학생부 인원은 몇 명 되지 않았다. 그 아이도 교회에 다녔다. 같은 학년은 우리 둘뿐이었다. 나는 숫

기가 별로 없었고 그러다 보니 그 아이와 대화를 나눌 기회는 별로 없었다. 그냥 가끔 눈이 마주치는 것이 좋았다. 예배가 끝나면 그 아이는 우리 집을 거쳐 집으로 돌아가야 했지만, 그 길은 5분 거리에 지나지 않았고 대부분 다른 일행이 있었다. 귀갓길에 어쩌다 말을 하여도 짧은 길에 아쉬움만 남았다. 어느 가을밤, 예배를 끝내고 길을 나섰다. 그 소녀와 한 살 많은 그녀의 친척 오빠, 나, 이렇게 셋이었다. 교회가 산 밑에 있었는데, 그 아이가 평소와 달리 산을 돌아 신작로로 해서 집에 간다고 했다. "나도 그렇게 한번 해 볼까?"하고 따라나섰다. 환한 달빛을 받으며 이 얘기 저 얘기 속에 우리는 10여 분을 걸어 개울을 건너는 신작로 다리까지 왔다. 저 멀리 소녀의 집이 보였다. 갈림길이었다. 그 아이와 더 이상 같이 걸어갈 핑곗거리가 떠오르지 않았다. 아쉬움이 가슴에 밀려왔다. 헤어지기가 싫었다. 무슨 말이라도 계속해야 했다. 기억이 나지는 않지만, 학교 이야기며 친구 이야기 등등, 삼거리에 서서 그렇게 오랫동안 수다를 떨었다. 그 아이도 싫지는 않은 듯했다. 달은 휘~엉 청 밝고 개울 물 흐르는 소리는 고요한 밤에 청아했다. 그녀의 빨간 티셔츠와 청바지가 달빛 속에 눈에 들어왔다. 그 순간 아름다웠던 모습이 오랫동안 잊히지 않았다. 그 아이의 친척 오빠가 먼저 가 주었으면 했으나, 그런 일은 일어나지 않았다. 순식간에 한참이 흐른 뒤, 저 멀리서 사람들이 걸어오는 소리가 들렸다. 금방 알 수 있었다. 동네 친구들이었다. 무슨 나쁜 짓을 한 것도 아닌데, 어린 마음에 창피한 생각이 들었다. 왠지 들키면 안 될 것 같았다. 나는 서둘러 작별 인사를 하고 집으로 향하였다. 참 바보 같았다.

단편소설, '큰 바위 얼굴'

3학년이 되었다. 당시 공주는 공주 사범대학과 교육대학 때문에 교육도시로 이름이 높았다. 고등학교도 비평준화 지역이어서 고등학교에 진학하려면 지원학교에 가서 입학시험을 보아야 했다. 그렇다고 학원이 있는 것도 아니었고 학교에서 자율학습을 시키지도 않았다. 대부분의 학생도 입시에 큰 부담을 느끼지 않았다. 자기 성적에 맞게 시험을 보고 진학을 하면 그뿐이었다. 다만 매월 월례 고사를 보았기 때문에 성적에 관심 있는 아이들은 스스로 공부를 해야 했다. 3학년이라고 해서 크게 달라질 것 없는 하루하루였다. 가끔 도서관에서 책도 읽고 창밖을 하염없이 바라보며 상상의 나래도 펴곤 했다.

'요람기', '소나기'에 이어 3학년 국어 교과서 마지막 단원도 단편소설이었는데, 나다니엘 호오도온이 쓴 '큰 바위 얼굴'이었다. 단원 첫 페이지 오른쪽 위에는 조그만 증명사진 같은 흑백 사진이 하나 있었다. 작고 흐릿하여 별 관심도 없었는데, 내용을 읽고 보니 '큰 바위 얼굴' 실제 사진이었다. 나는 소설을 읽어 내려갔다. 그 내용은 이러했다.

미국 동부의 어느 조그만 산속 마을에 '어니스트'라는 소년이 살고 있었다. 그 마을은 크고 작은 산봉우리로 둘러싸여 있었는데, 한 산봉우리 중턱에 마을 사람들이 우러러보는 '큰 바위 얼굴'이 있었다. 큰 바위 얼굴은 장엄한 자연이 만든 작품으로 깎아지른 듯한 절벽 위에 몇 개의 바위로 이루어져 있었다. 그 바위들은 잘 어우러져 있어 멀

큰 바위 얼굴

리서 바라보면 마치 사람의 얼굴처럼 보였다. 넓은 이마, 오뚝한 콧날에 두툼한 입술, – 만약 그 입술이 말을 한다면 천둥소리를 낼 것 같은 – 거룩하고 신비로운 모습이었다. 어니스트는 농가 문 앞에 앉자 큰 바위 얼굴을 바라보곤 하였는데, 어느 날 어머니는 오래전부터 마을에 전해 내려오는 예언을 이야기해 주셨다. 인디언들의 조상 때부터 입에서 입으로 전

해 내려온 이 예언에 따르면, '앞으로 언젠가 이 마을에 위대하고 거룩하게 될 운명의 아이가 태어날 것인데, 그 아이는 어른이 되어 감에 따라 장차 큰 바위 얼굴을 닮아갈 것이다.'라는 것이었다. 어니스트는 그 사람을 꼭 만나보고 싶었다.

세월이 흘렀다. 어니스트는 어머니께서 해 주신 이야기를 언제나 잊지 않았다. 그는 어머니 말씀에 잘 따랐고, 어머니께서 하시는 모든 일을 조그만 손으로 열심히 도와드렸다. 가끔 큰 바위 얼굴을 바라보며 명상을 하는 이 아이는 겸손하면서도 지혜로운 아이로 성장해 갔다. 바로 이 무렵에, 이 마을 일대에 옛날부터 전해 오던 것과 같이 큰 바위 얼굴처럼 생긴 위인이 나타났다는 소문이 돌았다. 젊어서 이 골짜기를 떠나 장사로 엄청난 부자가 된 개더 골드라는 사람이었다. 그 백만장자는 목수를 보내 고향에 돌아와 살기 위해 거대한 저택을 짓도록 했다. 마침내 개더 골드가 네 마리 말이 끄는 수레를 타고 마을에 나타났을 때 사람들은 그가 큰 바위 얼굴을 닮았다고 소리쳤다. 그러나, 어니스트가 바라본 그의 얼굴은 좁은 이마에 주름이 많고 탐욕에 가득 차 있어 온화하고 자비로운 큰 바위 얼굴과는 너무 달랐다. 어니스트는 크게 낙담했다.

다시 몇 년의 세월이 흘러갔다. 어니스트도 이제 젊은이가 되었다. 그는 남들과 크게 다르지 않았지만 부지런하고 성실하게 자신의 농장을 돌보았으며, 다른 사람에게 늘 친절한 좋은 사람이 되어갔다. 이즈음 마을에는 올드 블러드 앤드 선더 장군 이야기가 돌았다. 그는 이 골짜기 태생으로 수많은 격전을 치르고 난 후 저명한 장군이 된 사람이었다. 마을 사람들은 한동안 잊고 지냈던 큰 바위 얼굴을 다시 쳐다보며 그가 예언속 사람일 것이라고 말하였다. 하지만 어니스트가 그의 얼굴을 보았을 때 이내 실망하고 말았다. 호위병에 둘러싸여 나타난 그 장군은 수많은 전투와 풍상에 찌든 얼굴을 하고 있었으며 온화함이라고는 전혀 찾아볼 수 없었다. 예언의 인물이 아니었다. 그는 홀로 한숨을 내쉬었다.

또다시, 여러 해가 평온한 가운데 흘러갔다. 어니스트도 이제 중년의 남자가 되었다. 그는 아직도 그가 태어난 골짜기에서 이웃과 더불어 살고 있었고 어느덧 자기도 모르는 사이 설교자가 되어있었다. 그의 맑고 높은 깨달음은 때로는 그의 덕행을 통해, 때로는 그의 연설 속에 자연스레 묻어나왔다. 어느 날 큰 바위 얼굴과 똑 닮은 얼굴의 저명한 정치가가 나타났다는 소식이 들려오고 신문에는 그것을 확인하는 많은 기사가 실렸다. 그의 이름은 올드 스토니 피즈 였는데, 역시 이곳에서 태어났고 부와 칼 대신 그 둘을 합친 것보다 더 강한 혀를 가지고 있었다. 그의 언변은 놀랄 만큼 유창하여 그가 말하는 것이 무엇이든 청중은 그의 말을 믿지 않을 수 없었다. 그의 친구와 숭배자들은 그를 대통령으로 선출하고자 하였다. 그가 이 마을을 방문했을 때 사람들이 어니스트에게 말했다.
"이봐, 어때? 이 사람이야말로 저 산 중턱의 노인과 똑같지 않아?"
그러나, 어니스트는 그 정치가에게서는 산 중턱 얼굴에서 볼 수 있는 장엄함이나 위풍당당함, 신과 같은 위대한 사랑의 표정을 볼 수 없었다.
"아니오. 조금도 닮지 않았소."
어니스트는 다시 낙심하여 우울한 마음으로 그곳을 떠났다.
　세월은 꼬리를 이어 덧없이 지나갔다. 이제 어니스트의 머리에도 서리가 내렸다. 얼굴에는 점잖은 주름이 잡히고 양쪽 뺨에는 고랑이 생겼다. 하지만 머릿속에는 현명한 생각이 깃들었고 주름살에는 인생행로에서 얻은 슬기로움이 간직되어 있었다. 그의 이름도 그가 사는 산골을 넘어 알려지게 되었다. 어니스트가 이렇게 늙어가고 있을 무렵, 새로운 시인 한 사람이 세상에 나타났다. 역시 이 골짜기 출신으로 도시에서 살며 아름다운 음률을 쏟아내고 있었다. 이 시인이 행복한 눈으로 세상을 축복하자 온 세상은 과거와는 다른 더 훌륭한 모습을 가지게 되었다. 어니스트도 이 시인을 알게 되었고 하루의 노동이 끝나면 문 앞에 놓인 긴 의자에서 앉자 그의 시를 읽었다. 어니스트는 '이 시인이 큰 바위 얼굴을 닮지 않았을까?' 하고 혼자 기대했다. 한편, 이 시인도 어니스트의 소문을 들었을 뿐 아니라 그의 순수한 지혜와 고매한 인격을 흠모한 나머지 어니스트를 만나고 싶어 했다. 그래서 그를 만나 그의 집에서 하룻밤 묵을 생각으로 어니스트를 찾아왔다. 어니스트는 여느 때와 같이 문 앞 긴 의자에 앉자 책을 읽다가 그를 맞이했다. 시인과 어니스트는 서로 이야기를 주고받기 시작했다. 시인은 어니스트의 자유로운 사상과 감정, 소박한 말씨로 위대한 진리를 매우 알기 쉽게 전달하는 것을 듣고 놀랐다. 어니스트 역시 비범한 재주를 가진 시인에게 놀라 누군지 물었다. 시인은 웃으며 어니스트가 읽고 있는 시의 작가라고 말했다. 순간 어니스트는 고개를 들어 큰 바위 얼굴과 시인의 얼굴을 번갈아 유심히 살펴보았다. 그러나 이내 그의 얼굴에는 실망의 빛이 떠올랐고 머리를 흔들며 한숨을 쉬었다. 시인이 엷은 미소를 띠며 말했다.

"저는 거친 세상 속에서 진실하게 살지 못했어요. 제 얼굴이 위대한 자연을 닮을 수는 없지요. 실망하셨겠지만, 저는 그 정도밖에 안 됩니다."

그의 두 눈에, 어니스트의 눈에도 눈물이 괴었다.

저녁 해가 질 무렵, 어니스트는 늘 그래왔듯이 동네 사람들에게 이야기하기 위해 시인과 함께 한곳으로 향했다. 나지막한 산에 둘러싸인 작은 구석진 곳이었다. 어니스트는 따뜻하고 다정한 웃음을 띠며 자연이 빚은 조그만 바위 연단에 올라 마음속의 이야기를 시작했다. 그의 말은 자기의 사상과 일치되어 힘이 있었고 그 사상은 자기의 일상생활과 조화되어 현실성과 심오함, 생명력이 있었다. 시인은 어니스트를 바라보았다. 그 온화하고 사려 깊은 얼굴에 백발이 흩어져 있는 모습이 성자다웠다. 저 멀리 넘어가는 태양의 황금빛 속에 큰 바위 얼굴이 보였다. 그 주위를 둘러싼 흰 구름은 어니스트의 이마를 덮고 있는 백발과도 같았고 자비로운 모습은 온 세상을 포용하는 듯하였다. 그 순간 어니스트는 그가 말하려는 생각과 일치되어 자비심 넘치는 장엄한 표정을 지었다. 시인은 팔을 높이

들고 외쳤다.

"보시오! 어니스트야말로 큰 바위 얼굴과 꼭 닮지 않았나요?"

사람들이 어니스트를 쳐다보았고 너나없이 고개를 끄덕였다. 예언이 실현된 순간이었다. 그러나, 할 말을 다 마친 어니스트는 시인의 팔을 잡고 집으로 돌아가면서 자기보다 더 현명하고 착한 사람이 큰 바위 얼굴 같은 용모를 가지고 나타나기를 마음속으로 바라는 것이었다.

나는 책을 덮고 교실 창밖을 내다보았다. 여전히 숲은 푸르고 들판은 아름다웠다. 여러 생각이 머릿속을 바쁘게 오고 갔다. '요람기'나 '소나기'와는 달랐다. 어떻게 살 것인가? 처음으로 마주한 인생에 관한 이야기였다. 소년 시절! 누구나 꿈을 꾼다. 부자가 되거나 장군이 되고 법률가 또는 정치가가 되거나 시인이 되는 것을…. 나는 무엇이 될까? 그때는 '어떻게 살 것인가?'보다는 '무엇이 될 것인가?'에 대한 고민이었다. 우리는 그렇게 교육을 받았다. '무엇이 될 것인가?'가 묻기도 쉽고 답하기도 쉬운 문제였기 때문일 것이다. '어떻게 살 것인가?'는 삶의 철학에 관한 것이다. 한 단어로 답하기 어려운 추상적인 질문이다. '무엇이 될 것인가?'에 대해서도 선뜻 명쾌하게 답을 할 수 없었다. 다만, 시골에서 자라 온 나에게 농부인 어니스트의 삶은 왠지 친숙해 보였고 어린 마음에 그렇게 세상을 살아갈 수는 있을 것 같았다. 주위 산봉우리에 큰 바위 얼굴이 없어 황혼 무렵 명상에 빠질 수 없는 것이 아쉬울 뿐이었다. 나는 흐릿한 조그만 흑백 사진을 다시 유심히 바라보았다. 소설에서 묘사된 위엄있고 거룩하며, 게다가 온화하면서도 자비로운 자연의 얼굴! 석양에 황금빛으로 물든 큰 바위 얼굴은 숭고함 마저 느껴졌으리라! 어렸을 때부터 이 산, 저 산을 누비며 자연과 함께 자라온 산 소년의 가슴에 큰 바위 얼굴이 꽂혔다. 그러나, 조그만 흑백 사진에서는 소설에 나오는 그런 모습을 찾아보기 어려웠다. 호기심이 발동했다. 도대체 실제 모습이 어떻게 생겼

길래 호오도온은 큰 바위 얼굴을 이렇게 묘사하고 있는 것일까? 산사의 대자대비 부처님 얼굴을 떠올리며 상상의 나래를 펴서 머릿속에 그려보았지만 영 신통치 않았다. 불현듯 한 영감이 머리를 스쳤다 그래! 저곳에 가보자. 소설은 허구라고 하지만 사진이 있는 것으로 보아 큰 바위 얼굴은 실제 존재하는 것이 아닌가? 가서 내 눈으로 직접 '큰 바위 얼굴'을 만나 보자. 그러면 나도 어니스트처럼 큰 바위 얼굴을 닮아 갈 수 있는, 그런 삶을 살 수 있지 않을까? 심장이 뛰었다. 가슴이 설레었다. 아마 그 때부터였을 것이다. 내가 아메리카에 대해 꿈을 꾸기 시작한 것은….

■ 청춘 _ 불안한 미래, 앞만 보고 <u>전진!</u>

    찬 바람에 낙엽이 뒹굴더니 그만 입시 철이 되었다. 공부는 꽤~ 하는 편이었다. 그래 봐야 시골 중학교에서지만. 시내에 있는 공주사대부고에 입학원서를 접수했다. 우리 중학교에서 모두 6명이 지원했다. 하루 전 예비소집이 있었다. 운동장에 모였는데, 누군가 다가와 아는 체를 한다. 같은 중학교 출신 한해 선배였다. 예비소집 후, 학교 앞 중국집으로 오라고 했다. 그렇게 조촐하게 짜장면을 먹으며 처음으로 중학교 동문회라는 것을 했다. 선배도 다섯 명쯤 되었다. 입학시험 합격을 전제로 중3 겨울방학이 중요하니, 방문 걸어 잠그고 하루 8시간씩 영어 공부를 하란다. 자기들은 이런 얘기해주는 선배가 없어 방학 내내 놀았고 그래서 고등학교에서 공부하는데 애먹고 있다며…. 촌놈은 영어가 약하다고도 했다. 그들은 우리 중학교 1회 졸업생들이니 그럴 만도 했다. 하지만 시험을 앞둔 내 귀에 그들의 말이 들어올 리 만무했다. 시험 결과가 발표되었다. 다행히 모두 합격이었다. 선배의 말도 있고 해서 돌아오는 길에 서점에 들러 기본영어 책을 한 권 샀다. 중학교 마지막 겨울 방학이 시작되었다. 시골의 겨울은 춥고 길었다. 학교에 가지 않으니 게을러져서 한나절까지 자며 이불 속에서 뒹굴었다. 딱히 할 일도 없었다. 기본영어 책을 펼쳐보았으나, 그렇지 않아도 내게 어려웠던 영어 공부를 혼자 할 수는 없었다. 내용도 잘 이해되지 않을뿐더러 절박함도 없었다. 젊은 날의 아까운 시간이 하릴없이 흘러만 갔다. 무엇이라도 배웠더라면 좋았을 것을, 시골 소년에게 별다른 기회는 없었다.

    이듬해 3월이 되었고 나는 고등학교에 입학했다. 공주에서 아버지와 누나 둘, 그리고 나, 이렇게 네 식구가 방을 하나 얻어 살았다. 농사일만으로 자식들을 학교에 보낼 수가 없었던 아버지는 내가 중학교에 입학할 때부터 누나들과 함께 공주에 나와 목재소에서 일하고 계셨다. 시내 고등학교는 시골 중학교와 달랐다. 특히, 내가 다니는 고등학교는 입학시험을 치른 비평준화 고등학교로 아이들의 학구열이 남달랐다. 팽팽한 긴장감 속에 한두 달이 지나고 시험을 치르면서 나의 가슴에 두려움과 불안감이 엄습해 왔다. 내 실력이, 겨울 방학 내내 게으름을 피우며 지낸 결과가 고스란히 드러난 것이다. 중학교와 같은 일반집단과 고등학교의 선발집단은 확연히 달랐다. 중학교 땐 상상할 수 없던 석차가 내 손에 쥐어졌다. 어찌할 줄 모르던 차에 예전의 그 선배를 만났다. 선배가 말했다.

"기본영어 몇 번 봤니?"

"한 번도 안 봤는데요."

"그래? 어쩌려고…."

한동안 말이 없던 선배가 말했다.

"오늘부터라도 다시 시작해."

"네."

그때부터 공부가 시작되었다. 정말로 절박함을 느꼈다. 집에서는 공부할

공주사대부고에서 바라본 공주 시내 전경

여건이 되지 않아 학교에서 야간 자습을 하였다. 귀가 후 저녁을 차려 먹고 다시 학교에 나왔다. 하루 4시간씩 '성문 기본영어'를 잡고 씨름을 하였다. 오로지 영어였다. 수학은 방과 시간에 틈틈이 '수학의 정석'을 보았다. 매일 하루도 거르지 않았다. 그렇게 적응해 갔다. 방학 때도 오로지 영어와 수학이었다. 하루 10시간 이상씩 매달렸다. 기본영어는 곧 종합영어로 바뀌었고 정석도 여러 번 풀어나갔다. 특별히 학원이 없으니 그저 같은 책을 보고 또 보았다. 혼자 공부하는 것이 효율적이지는 않았지만 별 뾰족한 방법도 없었다. 다들 그렇게 했다. 공부하다 보면 스트레스가 쌓일 수밖에 없었다. 가끔은 지치고 힘들었다. 그러면 나는 제민천 뚝방

강가에 노송이 우거진 곰나루

푸른 물이 흐르는 금강. 왼쪽에 연미산이 보인다.

길을 따라 금강까지 달렸다. 숨이 턱까지 차오르고 하늘이 노랗게 보였다. 마음속으로 '깡'과 '오기'를 되뇌며 달렸다. 한참을 달리면 강가에 다다랐다. 아름다운 금강이 공주 산성을 끼고 철교 아래를 지나 느릿느릿 흘러갔다. 강 건너로 고향 집에 갈 때 버스가 넘어가는 연미산이 보였다. 강가에 멍하니 앉자 흐르는 강물을 하염없이 바라보았다. 앞날을 생각하면 달리 길이 없었다. 다시 마음을 다잡았다. 그렇게 시간이 흘러갔다. 다시 입시 철이 되었다. 입학시험을 보기 위해 후배가 왔다. 이번엔 한 명이었다. 선배들이 그랬던 것처럼 우리도 후배에게 짜장면을 사 주었다. 겨울 방학 동안 문 걸어 잠그고 영어 공부 열심히 하라는 당부와 함께….

늘 공부에 짓눌렸으나 그래도 청춘이었다. 봄에는 얼룩덜룩 교련복 차림으로 줄지어 행군하였고 가을에는 곰나루로 소풍도 갔다. 곰 웅(熊), 나루 진(津). 공주의 옛 이름인 웅진(熊津)의 유래가 된 고즈넉한 강가였다. 노래도 부르고 춤도 추었다. 3학년 봄에는 공주 시내 4개 고교 대항 배구대회가 있었다. 우리 학교는 남녀공학으로 규모도 작고 공부만 하는 학교로 알려져 있었으나, 학생들이 악착스러운 데가 있었다. 결승전에서 남자 고등학교인 공주고와 맞붙었다. 우리보다 학생 수가 3배나 많은 학교였다. 객관적 전력에서 우리 학교가 열세였지만, 열렬한 응원에 힘입어 경기는 백중세를 보였다. 응원전은 더 치열해졌고 과열된 열기 속에 공주고 남학생들이 우리 학교 여학생들을 몸으로 밀치는 소동이 벌어졌다. 이를 본 우리 학교 남학생들이 득달같이 달려들었고 곧 학생 간에는 밀고 밀치는 몸싸움이 벌어져 패싸움 일보 직전으로 치달았다. 경기는 중단되었다. 두 학교 선생님들은 필사적으로 학생들을 양쪽으로 갈라놓았다. 한참이 지나 험악한 분위기가 가라앉고 경기는 다시 계속되었다. 잘 싸운 경기였지만 아쉽게도 석패했다. 다음날 전교 아침 조회가 운동장에서 있었다. 3학년인 우리를 교실로 먼저 들여보내고 저학년만 모아놓고 어제 배구대회 소란에 대해 교련 선생님이 한바탕 꾸중을 하셨다. 교실에 있던 우리는 창밖으로 일제히 야유를 퍼부었다. 그 교련 선생님은 우리 담임이었다. 어제 우리는 정당하게 여학생들을 보호하였는데, 우리가 무얼 잘못했단 말인가? 하지만 결과는 참담했다. 우리는 곧 운동장으로 불려 나갔고 몽둥이찜질을 당해야 했다. 울분에 찬 우리는 교실에 들어온 후, 담임 선생님과 한바탕 날카로운 설전을 벌였다. 그날 이후 담임 선생님은 조회와 종례를 하러 교실에 들어오지 않으셨다. 주번을 맡은 학생이 전달사항만 전했다. 우리도 담임 선생님을 외면했다. 한 달이 흘렀다. 어느 날 우리는 운동장에 불려 나가 다시 단체로 얼차려를 받았다. 이번에는 교실에 들어오지 않는 담임 선생님을 찾지 않은 죄였다. 다음날부터 담임 선생님은 다시 교실에 들어오셨다. 상황을 수긍하기는 어려웠지만 휴~~, 아무튼 청춘의 끓는 피와 정의감이 부른 에피소드가 아니었나 싶다.

평소 건강하셨던 아버지가 갑자기 돌아가셨다. 정말 예상치 못한 일이었다. 3학년 봄이었다. 그때는 잘 몰랐는데, 뇌염이라고 했다. 편찮으신지 한 달여 만이었다. 걱정을 끼치지 않으려 애써 아무렇지 않은 척했지만, 마음에 커다란 충격을 피할 수 없었다. 아버지가 일하시던 목재소 문간방에서도 이사를 나와야 했다. 그 뒤로도 누나와 나는 몇 번 더 이사했다. 생활이 안정되지 않았다. 성적이 곤두박질쳤다. 나는 다시 이를 악물었다. 물러설 곳이 없었다. 시간이 흘렀다. 낙엽 떨어지는 가을이 찾아오고 드디어 학력고사를 보러 대전으로 갔다. 여관에서 하룻밤 자고 다음 날 시험을 보았다. 우리는 한 방에 여섯 명씩 잠을 잤다. 긴장감에, 불편한 잠자리에 잠을 제대로 이룰 수가 없었다. 어떤 아이는 밤늦게까지 형광등을 밝혀 놓고 책을 보았고, 잠깐 잠이 드나 싶었는데, 또 다른 아이는 새벽 4시부터 불을 켜고 다시 책을 보았다. 자리를 털고 일어났다. 아침을 먹는 둥 마는 둥 하고 고사장에 들어갔다. 정신이 몽롱했다. 하지만 지난 3년간의 노력이 오늘 한 번의 시험으로 결정이 나는 것이다. 정신을 가다듬었다. 주어진 상황에서 최선을 다해야 했다. 그렇게 하루가 갔다.

우금티 고개 동학혁명위령탑

학력고사가 끝났다. 어찌 되었든 홀가분했다. 학교를 마치고 자전거를 타고 나섰다. 학교에서 논산 방향으로 한참을 달렸다. 조그만 고개에 다다랐다. 고갯마루에 기념비가 세워져 있었다. 동학혁명위령탑! 우금티 고개였다. 그날의 치열한 전투, 죽창을 든 절규하는 농민군이 떠올랐다. 안타까움과 슬픔이 밀려왔다. 3년 동안 학교에 다니면서도 이렇게 가까운 곳에 역사의 현장이 있는 줄 몰랐다. 하루는 학교 뒤 봉황산에 올랐다. 공주 시내가 한눈에 내려다보였다. 고래 등 같은 기와집 한 채가 눈에 들어왔다. 일제 강점기 공주 갑부 김갑순이 살던 집이란다. 그는 노비 출신으로 상업과 땅 사재기를 통해 많은 돈을 벌어 공주 군수가 된 친일파인데, 재산이 많아 백성들을 대상으로 뇌물을 탐하지는 않아 평판이 나쁘지는 않았단다. 겨울 방학을 앞두고 학교에서는 3학년 학생 모두를 인솔하고 계룡산을 등

반하기도 하였다. '갑사로 가는 길'을 배우기는 했지만, 남매탑을 지나 계룡산을 넘은 것은 처음이었다. 학생들 모두 즐거워했다. 겨울 방학이 다가왔다. 고교 시절을 그럴듯한 추

친구들과 함께 떠난 고교 졸업여행

억 속에 마무리하고 싶었다. 친구 다섯 명과 함께 밤차를 타고 기차 여행을 떠나기로 했다. 논산에서 목포행 남행열차에 올랐다. 설레는 마음으로 통일호를 타고 밤새 달렸다. 삶은 계란에 사이다도 사 먹고 좌석을 돌려놓고 고스톱도 쳤다. 컴컴한 새벽, 유달산에 올랐다. 기차에서 만난 또래 학생이 동행했다. 역시 학력고사를 끝내고 혼자 여행 온 친구였다. 여수 오동도까지는 비둘기호로 이동했다. 밤을 지새운 피로가 밀려와 선 채로 꾸벅꾸벅 졸았다. 오동도의 바다는 맑고 푸르렀다. 석양을 받으며 바닷속 바위 위에 올라 기념사진을 찍었다. 햇살이 꿈을 꾸는 우리의 얼굴을 붉게 물들였다. 풋풋한 시절! 그렇게 우리의 고교 시절이 막을 내렸다.

■ 젊은 날의 초상

친구와 둘이 대학 입학원서를 접수하러 상경했다. 나는 서울이 초행 길이었다. 서울에 익숙한 친구가 있어 다행이었다. 그 친구의 친척 집에서 하룻밤 묵고 다음 날 대학 입학원서를 접수했다. 내가 대학에 원서를 넣던 해에 처음으로 학력고사에 더하여 논술고사라는 것이 실시되었다. 소위 '논술고사 세대'였다. 논술고사를 보러 다시 상경해야 했다. 이번에는 먼 아저씨뻘 친척 집에서 신세를 졌다. 합격자 발표가 있던 날, 공과대 벽에 붙어있던 벽보에 '수험번호 15번'이 선명했다. 그렇게 대학생이 되었다. 연세대학교였다.

낯설지만, 한편으론 가슴 설레는 서울 생활이 시작되었다. 서강대 다니는 고등학교 친구와 하숙을 하였다. 백양로를 비롯한 교정에는 연분홍 진달래와 하얀 목련이 만발하고 청송대는 푸르른 녹음이 가득했다. 처음 만난 친구들과 스스럼 없이 말을 트고 곧 어울려 다녔다. 대학에 들어왔으니, 그동안 짓눌려온 청춘의 날갯짓을 맘껏 하고 싶었다. 과에서 주선

인문관에서 바라 본 연세대학교 교정

한 숙대와의 단체 고고팅 티켓을 샀다. 한가한 오후 시간, 종로에 있는 나이트 클럽에서 였다. 촌놈에게 익숙하진 않았지만, 파트너를 정하고 함께 춤도 추고 즐거운 시간을 보냈다. 파트너가 맘에 들었다. 헤어질 시간,

나는 머뭇거리다 용기를 내어 연락처를 물어보았다. 그 친구가 말했다.

"몰라? 고고팅은 한번 만남으로 끝이야!"

"아! 그렇구나."

그 친구에게 한 수 배웠다. 그 후로도 미팅과 소개팅에 나가 보았지만 별실속은 없었다. 그냥 함께 어울려 신촌시장 술집에서 소주 한잔하고 흥이

중앙도서관 옆에 핀 하얀 목련과 진달래

북한강 대성리 샛터 MT

오르면 청송대에 올라 노래도 부르고 하였지만 그게 다였다. 인연을 만나지 못했을 뿐이라고 스스로 위로했다. 날이 따뜻해지기 전에 병영훈련을 위해 문무대 입소를 다녀왔는데, 잘 다녀오라 배웅하는 여자 친구는 없었다. 4월이 끝나갈 무렵 중간고사가 시작되었다. 날마다 놀았으니 새벽부터 중앙도서관을 찾아야 했다. 고3 때 매일 새벽 자습으로 단련된 몸이었으나 벌써 옛날이야기였다. 책상에 엎드려 자기 일쑤였다. 창밖으로 바라보니 도서관 주변 흐드러진 벚꽃과 진달래, 하얀 목련 사이로 한껏 멋을 낸 학생들이 무리에 무리를 지어 깔깔거리고 사진을 찍으며 돌아다니고 있었다. 부러웠다. 같은 시험 기간인데, 그들과 내가 너무 달랐다. 이듬해엔 나도 친구들과 돌아다니며 그렇게 사진 속에 추억을 담고 있을지 그땐 몰랐다. 중간고사가 끝나고 MT 시즌이 돌아왔다. 고교 동문과 북한

강 대성리로 MT를 갔다. 취사도구를 준비해가 허름한 민박집에서 밥도 해 먹고 술도 마시고 모닥불에 둘러앉자 노래도 고래고래 불렀다. 차가운 강물에 일행을 던져넣기도 했다. 그것이 그 시절 낭만이었다.

여름방학이 되었다. 초등시절 친구가 일하는 압구정동 신사시장에서 아르바이트를 시작했다. 과일과 채소를 배달하는 일이었다. 높다란 아파트가 길을 잃을 만큼 즐비했다. 현관까지 배달하였는데, 가끔은 다용도실까지 날라다 주었다. 어떤 아주머니는 고마워했지만 어떤 사모님은 집 안으로 들어오는 것을 싫어했다. 눈치를 잘 보고 물어보아야 했다. 세상을 배워가는 과정이었다. 그렇게 한 달간 일을 하고 공주에 내려왔다. 모처럼 고교 친구들을 만났다. 함께 지리산을 종주하기로 했다. 처음으로 내가 번 돈으로 하는 여행이었다. 일행 모두 큰 산을 등반한 경험이 없었지만 우리는 배낭이며 텐트를 꾸려 야심 차게 출발했다. 화엄사를 오르기 시작할 무렵부터 비가 내렸다. 첫째 날 노고단까지 오를 예정이었지만 중간에 텐트를 쳐야 했다. 비를 맞아가며 밥을 해 먹고 불편한 잠자리였지만 처음 하는 야영은 달콤하기만 했다. 다음날 깔딱고개를 올라 노고단에 당도했다. 구름이 걷히고 파란 하늘과 검푸른 산봉우리가 한 폭의 수묵화처럼 끝도 없이 펼쳐져 있었다. 가슴이 뻥 뚫어지는 장관이었다. 아! 이 맛에 산에 오르는구나. 강렬한 느낌이었다. 하루를 묵고 천왕

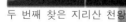
두 번째 찾은 지리산 천왕봉

아쉬움 속 멀리 천왕봉을 보고

안개 자욱한 노고단

봉을 향해 걸었다. 능선길은 아름다웠지만 가도 가도 끝이 없었다. 반야봉을 지나 저녁이 되어서야 뱀사골 산장에 도착했다. 늦기도 했거니와 야영 장비 상태도 좋지 않아 산장에서 묵었다. 텐트에 비하면 호텔과 다름 없었다. 종주가 물 건너갈 만큼 일정은 이미 많이 지체되고 있었다. 지리산은 그리 만만한 산이 아니었다. 다음날 갑론을박 끝에 토끼봉에서 천불사로 하산하기로 하였다. 나흘째였다. 토끼봉에서 망원경으로 바라본 천왕봉이 웅장한 자태를 뽐내고 있었다. 너무나 아쉬웠다. '다음에 꼭! 다시 와서 천왕봉에 가리라.' 다짐하며 계곡을 따라 하산했다. 비 온 뒤라 물이 많았는데도 계곡이 참 깨끗했다. 대학을 졸업하기 전까지 지리산을 두 번 더 찾았다. 피아골과 뱀사골로 오를 때마다 코스는 달랐지만, 기어코 천왕봉까지 올랐다. 세석평전을 가로지를 땐 어릴 적 TV문학관에서 본 '철쭉제'가 떠올랐다. 철쭉이 만발한 등성이가 아름다웠다. 산행의 즐거움을 일깨워 준 고마운 지리산이었다. 2학기에는 친구와 방을 하나 얻어 자취를 시작했다. 하숙비가 부담스러웠다. 노고산동 산꼭대기 다세대 쪽방이었다. 옆 건물과 바짝 붙어있어 방은 컴컴했고 비가 오면 벽을 타고 물기가 스며 나왔다. 비 오는 날 연탄불이라도 피우면 가스가 잘 빠지지 않아 머리가 아팠다. 열악했다. 하루 세끼를 잘 챙겨 먹을 리 없었다. 생활이 흐트러지니 자연 공부도 뒷전으로 밀렸다. 기말고사가 다가오고 있었다. 난감했다. 그래! 한 번쯤 F 학점을 받아보자. 대학 시절 그것도 낭만 아닌가?

새로운 세상과 부딪치며 보낸 한해가 흘렀다. 잔치는 끝이 났다. 자취생활을 청산하고 안양으로 거처를 옮겼다. 누나와 함께 살았다. 학비에 보태려면 장학금이 필요했다. 다행히 장학금은 어느 정도 성적만 유지하면 가정형편이 어려운 학생에게 주어졌다. 매일 아침 일찍 콩나물 시루 같은 국철을 타고 신촌으로 향했다. 시간이 지나자 공부도 궤도를 잡아갔다. 그렇게 새로운 일상을 찾아갈 무렵, 그 뜨거웠던 87년 6월이 다가오고 있었다. 교내는 3월부터 박종철 열사 추모 열기 속에 민주화 시위가 격화되어가고 있었다. '독재 타도! 호헌 철폐!' 구호 속에 중앙도서관 앞 민주광장에서는 연일 집회가 열렸고 시위대의 규모는 늘어만 갔다. 연일 최루탄의 메케한 냄새가 교정을 뒤덮었다. 도서관을 제집 삼아 드나들던 나도 집회 주변에 머무는 시간이 늘어갔다. '전대협' 출범과 함께 학생운동도 더 조직적으로 이루어졌다. 4.19 기념일이 지나고 5.18 광주 사태 (이후 '광주 민주화 운동'으로 바뀐다.)가 다가오며 학과와 단과대를 중심으로 열띤 토론이 이어지고 시위는 격화되어 갔다. 군부 독재에 대한 염증과 대통령 직선제 쟁취에 대한 국민의 염원은 높아만 갔다. 마침내 오지 말았어야 할 그날이 왔다. 6월 9일이었다. '6월 10일 범국민 민주화 항쟁 출정식'을 하는 날이었다. 학내에서 대규모 출정식이 열렸고 시위대는 학교 정문으로 향했다. 언제부턴가 나도 시위에 참여하고 있었다. 어머니 얼굴이 눈앞을 스쳤지만 뜨거운 피를 가진 이 땅의 젊은이였다. '사람 사는 세상, 민주화된 국가'에서 살고 싶었다. 스크럼 대열이 백양로에 가득 차고 최루탄과 지랄 탄이 난무했다. 눈물과 콧물로 얼굴이 범벅이 되어 잔디밭에 쓰러져 구역질해 댔다. 시위가 끝나고 저녁을 먹은 후 도서관에 있을 때였다. 몇몇 학생들이 열람실로 들어와 다급한 목소리로 도움을 요청했다. 한 학생이 최루탄을 머리에 맞고 세브란스 병

이한열 열사 영결식 ⓒ이부영

원에서 사경을 헤매고 있는데, 사망 시 경찰의 시체 침탈이 예상되니 그

학우를 지켜달라는 요청이었다. 지체할 수가 없었다. 가방을 챙기어 친구들과 병원으로 달려갔다. '이 한열', 같은 과, 같은 학번 친구였다. 우리 과는 학생이 많아 잘 아는 사이는 아니었지만, 과 토론회에서 몇 번 본적이 있었다. 울분과 분노, 그리고 슬픔 속에 병원 앞 잔디밭에 진을 치고 밤을 새웠다. 낮에는 종로와 명동으로, 밤에는 병원 앞에서 그렇게 한 달, 우리는 '민주 열사'라는 이름으로 시민들의 오열 속에, 만장이 가득한 시청 앞 광장에서 그 친구를 떠나보내야 했다. 그 피의 대가로 우리는 대통령직선제를 쟁취하고 민주주의 대한민국의 문을 활짝 열었다. 그해 내내, 우리는 제대로 수업을 할 수 없었다. 그리고 12월, 그렇게 열망했던 대통령 선거가 실시 되었지만, 야권 후보 단일화 실패로 끝내 정권을 바꾸지는 못했다. 그러나, 그 지난한 세월 속에 대한민국의 민주주의는 조금씩 완성되어 갔다.

　　　가까운 과 친구들과 일영으로 MT를 갔다. 시골 출신이 대부분이었다. 정서적으로 자라온 환경을 쉽게 무시할 수는 없었다. 밤새 술도 마시고 노래도 부르고, 기억나지 않는 이야기를 되풀이하며 우정을 쌓아 나갔다. 가을에는 설악산으로 1박 2일 여행을 떠났다. 오색으로 해서 대청봉에 올랐다. 밤

설악산 대청봉에서 일출을 보다.

새 많은 비가 내렸지만, 아침에 찬란한 일출을 볼 수 있었다. 대청봉 표지석에 앉거니 서거니 하며 사진을 찍었다. 푸른 동해가 저 멀리 출렁거

렸다. 그렇게 평생을 함께할 친구 모임, '더불어'가 만들어졌다. 3학년이 되었다. 수업료는 온 가족의 도움과 장학금으로 해결해 나갔는데, 용돈이 필요했다. 학교에서 아르바이트를 했다. 구내식당에서 접시도 닦고 온실에서 화분도 날랐다. 과외를 해 보기도 하였지만, 기회가 많지 않았다. 여름방학이 지날 무렵 그동안 막연히 준비해 오던 공인회계사 공부에 회의가 밀려왔다. 돈을 잘 버는 안정된 직업을 가질 수 있다는 기대로 시작했는데, 막상 해 보니 숫자와 씨름하는 틀에 박힌 공부가 싫었다. 고민 끝에 방향을 틀었다. 그동안 시험에 맞추어 들어 왔던 전공과목 대신 교양과목을 듣기 시작했다. 조혜정 교수의 '문화인류학', 한태동 교수의 '세계사와 문화의 틀' 등을 들었다. 특히, 문화인류학은 큰 감명을 주었다. 남녀 역할 갈등을 다룬 '세 부족사회의 성과 기질', 2차 대전 후 일본문화를 연구한 '국화와 칼', 자본주의와 공산주의를 다룬 '페레스트로이카', 동서양 문명 충돌을 풀어낸 '황제를 위하여' 등을 부교재로 활용하여 읽고 토론을 하였다. 내가 '문화'라는 새로운 패러다임에 눈을 뜬 계기가 되었다. 그해 가을, 중학교 여자 동창이 소개팅을 시켜주었다. 서울교대에 다니는 참한 여학생이었다. 한동안 만남을 이어갔지만 나는 여전히 가난한 학생이었고 둘 다 연애에도 서툴렀다. 짧은 만남을 뒤로하고 군대에 갔다. 아버지가 안 계신 독자인 관계로 시골 향토방위에 편입되었다. 군 복무를 마치고 과외 아르바이트를 하며 공주에 머물렀다. 평소 배우고 싶었던 기타 학원에 등록하였다. 작은 한옥을 개조한 학원이었다. 눈 내리는 밤, 연탄 난롯가에 둘러앉자 기타 치며 노래하는 운치가 제법이었다. 젊은 시절, 여유로운 한때였다.

■ 생활 전선, 세상 속에 나를 세우며…

　　학교에 복학했다. 대학 4학년, 당장 취업이 눈앞에 닥쳐왔다. 취업에 대한 정보가 없었다. 현역을 다녀온 친구들은 아직 취업과는 거리가 멀어 같이 이야기를 주고받을 친구도 드물었다. 당시에는 필기시험 없이 서류전형과 면접을 통해 공채로 대기업에 취업하는 것이 일반적이었다. 일단 학점을 관리해야 했다. 졸업 논문도 써야 했다. 남들처럼 학점 받기 쉬운 과목을 몰아 듣는 한편, 혹시 모를 공채 필기시험에 대비해 경영학 공부도 해 나갔다. 1학기 성적이 나왔다. 처음으로 성적우수 장학금을 받았다. '이두원 장학금'이었다. 그동안 받은 장학금은 등록금 반액 면제였지만 이번에는 등록금 전액에 가까운 금액이었다. 새삼 요령의 중요성을 깨달았다. 하지만, 어쨌든 당당한 느낌이 들었다. 가을이 되자 바로 입사철이 시작되었다. 기업설명회가 열렸고 대기업 위주로 여기저기 원서를 넣었다. 그러나 은행 입사는 달랐다. 공채 필기시험을 치러야 했다. 장기신용은행에 원서를 넣었다. 연봉 등 근무 여건이 좋다는 얘기를 들었다. 내 친구 하나도 나를 따라 덩달아 원서를 넣었다. 공채 시험이 코앞에 닥쳐왔다. 시골에서 아버지 산소 벌초를 하고 올라온 다음 날부터 가슴이 답답하고 통증과 함께 숨쉬기가 곤란했다. 별일 아니겠지! 하며 세브란스 병원을 찾았다. 엑스레이(X-Ray)를 찍고 대기실에서 꾸벅꾸벅 졸다 진찰 결과를 보기 위해 의사를 만났다.

"기흉이네요. 당장 응급실로 가서 수술을 받으세요."

"네? 지금 안 하면 안 되나요?"라고 물으니 의사가 말한다.

"호흡 곤란이 오면 죽을 수도 있어요."

허~걱! 이게 웬 날벼락인가? 급히 친구에게 연락하고 응급실에 갔다. 국부 마취를 하더니 의사가 바로 수술칼로 가슴을 뚫는다. 고무호스가 갈비뼈를 통과하는 소리가 들렸다. 응급실은 침대도 없이 만원이었다. 힘겹게 복도 의자에서 버텨야 했다. 친구가 어디선가 간이침대를 구해왔다. 그 후 나흘간 병원에 입원해야 했다. 은행 공채시험일이 그렇게 지나갔다. 더불어 금액이 많다고 좋아했던 장학금도 모두 병원비로 털어 넣어야 했다. 세상만사 새옹지마였다. 퇴원 후 몇 군데 대기업에 면접을 보고 삼성그룹에 그룹 공채로 입사했다. 함께 은행에 원서를 넣은 친구는 그 은행에 입사했다. 세상의 아이러니였다.

삼성그룹 공채 31기 9차로 22박 23일간의 긴 합숙 연수를 끝내고 계열사에 배치를 받았다. 삼성중공업 조선·해양사업본부, 쉽게 말해 삼성 거제조선소였다. "앞으로는 항공 등 중·화학 분야가 비전이 있을 거야!" 잘 알지도 못하는 친구 한마디에 솔깃하여 입사지원서 선호 계열 〈중·화학〉 란에 동그라미를 한 것이 화근이었다. 그때는 정말로 삼성그룹에 입사할 줄 몰랐다. 서울에서 옷가지 몇 벌과 이불 짐을 싸 들고 그해 겨울, 거제도로 내려갔다. 관리부 경리과에 배치되었다. 바야흐로 일 년 중 가장 바쁜 회계 결산 시즌이었다. 야근과 특근이 계속되었다. 날마다 오늘 안에 퇴근하는 것이 목표였다. 주말도 따로 없었다. 조선소 근처에 독신자용 숙소가 제공되었고 하루 세 끼 식사는 백 원짜리 티켓이면 해결되었다. 회사는 신입사원들에게 새로 건립한 영화관이며 축구장, 볼링장 등의 복지시설을 자랑스럽게 보여주었지만, 이용할 시간은 없었다. 한 달에 두 번, 수십억 어음이 가득 든 007가방을 들고 배를 타고 부산에 와서 협력업체에 대금결제를 해 주었다. 부산사무소에 도착하면 업체 경리과 여직원들이 길게 줄을 서서 기다리고 있었다. 그렇게 몇 달이 흘러 해가 바뀌고 봄이 왔다. 일에도 조금씩 여유가 생겨났다. 그러자 문득 현실을 깨달았다. 외로움이 밀려들었다. 거제도! 가족도, 친구 한 명도 없었다. 아는 사람이라고는 같이 내려온 동기 한 명이 전부였다. 그 친구마저도 입사 얼마 후 사표를 내고 서울로 갔다. 평생을 이렇게 살아야 하나? 회의가 밀려왔다. 자신이 없었다. 아니, 그러고 싶지 않았다. 회사 선배들은 이 근방에서 삼성이 최고 직장이라 예쁜 여자 만나 장가 잘 갈 거고, 그러면 외로움도 사라질 거라 말했지만 귀에 들어오지 않았다. 지난 설날, 버스를 다섯 번 갈아타고 꼬박 12시간 걸려 고향 집에 들렀을 때 어머니께 고민의 일단을 내비쳤었다. 그때 어머니는 "힘들면 그만두라!"고 말씀하셨었다. 3월 어느 주말, 거제도 한적한 바닷가를 걷고 또 걸었다. 그만둘 것인가? 그만두면 취업 시즌도 아니고 백수가 될 텐데, 무얼 먹고 산단 말인가? 또, '시골에서 좋은 대학 나왔다더니 백수란다.'라는 주변의 따가운 시선은 어쩔 것인가? 일생일대의 결단이 필요했다. 날이 어두워질 무렵 생각을 정리했다. '그만두자! 그리고 다시 시작하자. 정 안되면 배추 장사라도 하자.' 다음날 회사에 사표를 던졌다.

작은누나가 동생과 자취하는 공주 시내에 거처를 정했다. 한 평 남짓 몸만 뉘울 정도의 작은 뒷방이 있었다. 내 수중에는 4개월 동안 모은 120여만 원이 전부였다. 공주시립도서관에 자리를 잡고 공부를 시작했다. 이번엔 제대로 취업하고 싶었다. 은행이나 정부투자기관을 목표로 했다. 도서관에는 지방대를 나온 취업준비생, 고등학생 등 여러 부류의 사람들이 있었다. 시설과 환경이 좋은 것은 아니었지만 공짜로 공부할 장소가 있어 그나마 다행이었다. 나와의 긴 싸움이 시작되었다. 미래에 대한 불안감과 두려움! 참으로 막막했다. 공부하는 것이 어렵다기보다 뚝 떨어진 지방에서 혼자 고립되어 공부하는 것이 고통스러웠다. 날마다 마음을 다잡아야 했다. 내 인생에서 가장 혹독했던 암흑기였다.

그렇게 6개월이 흘렀다. 가을 취업 시즌이 되었다. 취업 정보 등을 얻으려면 학교로 와야 했다. 다시 서울로 올라와 학교 근처에 하숙집을 구했다. 수중의 돈으로 3개월은 버틸 수 있을 것 같았다. 은행이나 정부 투자기관 공채 시험에 붙는다는 보장이 없으니 보험 삼아 일반기업에도 몇 군데 지원해야 했다. 하지만 대부분 회사가 중복 지원을 막기 위해 같은 날 필기시험 또는 신체검사를 해서 기회가 많지 않았다. 최종 합격한 회사가 없는 상태에서 입사 1순위였던 국책은행 시험일이 다가왔다. 최선을 다했지만, 시험이 어려웠다. 느낌이 좋지 않았다. 시험을 끝낸 후 신촌에서 친구와 술을 한잔했다. 지난 시간의 기억이 눈앞에 어른거렸다. 눈물이 났다. 합격자 발표일, 예상대로 결과가 좋지 않았다. 어깨가 축 늘어졌다. 다시 학교에 가서 취업정보실에 들렀다. 한국○○○○주식회사 원서가 눈에 띄었다. 처음 듣는 회사였다. 도서관에 들러 회사편람을 찾아보니 증권시장과 관련된 회사였다. 찬밥 뜨거운 밥 가릴 처지가 못 되었다. 원서를 제출하고 여의도중학교에서 공채 필기시험을 보았다. 많은 수험생으로 보아 이 회사도 경쟁률은 높아 보였다. 지옥 같은 기다림의 시간이 흘러갔다. 하나둘 지원한 회사들에서 결과통지서가 날아들었다. 몇몇은 합격이고 몇몇은 불합격이었다. 내가 입사를 원하는 정부투자 금융기관 중에서는 두 곳에 합격하였다. 한국○○○○주식회사에 입사하기로 했다. 기나긴 어두운 터널을 뚫고 마침내 세상 속에 나를 세우는 순간이었다. 주머니에는 몇만 원밖에 남아있지 않았다.

◈ 산골 소년, 성장하다.

어린 시절의 기억을 되돌리면 아련함과 그리움이 밀려든다. 그 시절에는 마냥 즐거웠고 세상은 늘 아름다웠다. 정서적으로 풍요롭고 마음은 따뜻했던 시절이었다. 중학생이 되어 새로운 세상에 대해 영감을 얻게 되었고 그 영감이 나에게 미지의 세계에 대한 꿈을 갖게 했다. 어렴풋하게나마 하고 싶은 일들이 생겨났다. 고등학교 때는 달리는 기차에 몸을 실은 듯 앞만 보고 나아갔다. 힘겨운 시절이었지만 미래에 대한 희망이 꿈틀대고 있었다. 가정형편이 넉넉하지 않은 시골 촌놈이 대학생이 되었다. 궂은 아르바이트와 장학금, 온 가족의 도움을 받아 가며 가까스로 대학을 마치고 세상 속에 나를 세우는 과정이 그렇게 낭만적이진 않았다. 혹자는 더 열악한 환경에서 잘 헤쳐나가는 사람도 얼마든지 많다고 말할지도 모른다. 맞는 말이다. 세상에 나와 같은 사람은 한 명도 없을 테니까…. 하지만 나는 그가 아니었다. 시골에서 자랄 때는 가난했지만 대부분 가정형편이 비슷한 까닭에 별로 가난이 가슴에 와 닿지 않았다. 어려서 잘 몰랐을 수도 있었다. 하지만 대학은 달랐다. 어떤 학생은 하루하루의 생활을 걱정하는데, 다른 학생은 빨간색 르망 승용차에 여자 친구를 태우고 다녔다. 시골에서 자란 내가 잘 몰랐을 뿐 세상은 그런 곳이었다. 대학 시절 나의 목표는 하루라도 빨리 학교를 졸업하고 취업하여 돈을 버는 것이었다. 가족에게 부담이 되는 것이 싫었다. 공인회계사 시험을 그만둔 데에는 그런 이유도 있었을 것이다. 졸업 전에 끝낼 자신이 없었다. 어렸을 때부터 배워 온 '사람은 죽어 이름을 남겨야 한다.'라는 말은 가물가물 사라져 갔다. 조국과 민족을 위해 일 한다거나 인류 발전에 이바지해야 한다는 위인전에서나 보아 온 듯한 원대한 꿈은 아예 꿀 수조차 없었다. 다만, 이 세상에서 살아남기 위해 남들만큼 열심히 세상을 살아갈 뿐이었다. 주위의 기대를 한 몸에 받던 유망주에서 그저 평범한, 한 사람의 생활인이 된 것이다. 그래도 남들과 같은 보통 사람으로, 남에게 피해를 주지 않고 성실하게 세상을 살아갈 수 있다면, 그리고 그 과정에서 조금이나마 사회에 보탬이 된다면 다행이다 싶었다. 그것만으로도 충분히 '장하다!'라고 생각했다. 그렇게 현실의 삶에 빠져들면서 어린 시절의 동경과 꿈, '큰 바위 얼굴'은 잊혀 갔다. 그러나 ….

미국 어학 연수;
    낯선 땅에서 영어를 만나다.

■ 신입사원 시절; 다시 세상 속으로

여의도로 첫 출근을 했다. 마포대교를 건너가는데, 유유히 흐르는 한강이 아름다웠다. 2주간의 직무연수를 받고 증권대행부에 배치되었다. 상장회사 주식 사무를 대행하는 업무였다. 회사 핵심업무인 증권시장 결제업무는 아니었지만, 증권의 발행 및 유통을 지원하는 업무로 증권시장을 폭넓게 익힐 수 있는 업무였다. 경영학을 전공한 터라 증권시장이 낯설지는 않았지만, 학교에서 배운 지식은 기초에 불과했다. 민법, 상법, 증권거래법 등등, 각종 법률과 증권시장 관련 규정에 대한 지식이 필요했다. 입사 후, 곧 뜻을 같이하는 동기 몇 명과 자발적으로 스터디그룹을 결성했다. 법대 나온 동기를 중심으로 저녁이면 모여서 공부를 했다. 그동안 살아온 방식대로 나름대로 최선을 다하며 회사업무에 적응해 나갔다. 선배직원 중에는 80년대 말 증시 활황기에 대규모로 입사한 초급 직원이 많아 가끔 견제도 받고 사소한 충돌도 있었지만 현명하게 대처하며 잘 어울려 지냈다. 시간과 함께 전문성이 쌓여 감에 따라 가장 일이 까다로운 삼성전자 등 삼성그룹 계열사를 대부분 담당하게 되면서 팀의 핵심으로 성장해 갔다. 회사에서 내 업무 분야에 견고한 성을 쌓아가고 있었다.

입사하니 제일 좋은 점은 돈을 벌어 경제적으로 '자립'할 수 있다는 것이었다. 그렇다고 갑자기 생활이 대단히 여유로워진 것은 아니지만, 이제 꼭 하고 싶은 일을 할 수 있었다. 여자 친구를 사귀고 싶었다. 친구를 졸라 3대3 미팅을 했다. 대학 4학년 학생이었다. 나는 전과 달리 적극적이었다. 주머니가 두둑하니 여유가 있었다. 어색한 듯하면서도 화기애애한 분위기 속에 시간이 흘렀다. 파트너를 정하지는 않았지만, 다음에 다시 만나 가평 명지산에 가기로 했다. 3월 11일, 주민등록상 내 생일이었다. 진짜 생일이라 우겼다. 그러자 여자애들이 케이크를 준비했다. 그걸 들고 산에 올랐다. 명지산은 1,000m가 넘는 큰 산이다. 마음 상태나 복장으로 보아 정상에 오를 수는 없었다. 계곡에 자리를 잡고 밝은 햇살 아래 촛불을 켜고 케이크를 잘라 먹었다. 아직 바람은 차가웠지만, 마음만은 따뜻했다. 내가 먹어본 케이크 중에 가장 맛이 좋았다. 그렇게 연애가 시작되었다. 상대는 케이크를 사 왔던 바로 그 친구였다. 나는 연애 경험이 적었고 데이트 코스도 잘 몰랐다. 그녀가 데이트 코스를 주로 정했다. 하지만 장소가 정해지면 구체적으로 가는 방법은 내가 찾아냈다. 나도 여행을 좋아하는, 잠재력 있는 여행 꾼 아닌가! 광릉 수목원에 갔다. 햇살은 화사하고 아름드리 전나무가 빽빽이 들어선 숲엔 녹음이 짙푸르렀다. 산책하며 오솔길을 걷다 손등이 살짝 스쳤다. 짜릿한 그 느낌, 가슴이 마구 쿵쾅거렸다. 처음으로 그녀의 손을 잡았다. 눈이 마주쳤다. 마주 보며 웃었다. 그해 여름엔 소래포구에 갔다. 부천까지 지하철을 타고 가서 시내버스로 갈아탔다. 버스에서 내린 후 한참을 걸어 포구에 도착했다. 작은 포구에 오래되고 낡은 수인선 철길이 걸려있었다. 수인선은 흔히 볼 수 없는 협궤열차라서 철로 폭이 다른 철길과 달리 장난감처럼 좁았다. 옛길이라 기차가 다니는 것 같지 않았다. 조심스레 높다란 교각 위 철길을 걸어 포구 가운데로 가서 철로에 걸터앉았다. 발아래로 물길이 길게 이어져있었다. 그녀가 살포시 내게 기대었다. 바람에 날리는 그녀의 머리카락이 내 목덜미를 간질였다. 석양이 바다 저편을 붉게 물들이고 있었다. 그녀와 청평사에 갔다. 남춘천역에서 내려 버스로 이동한 후, 소양호에서 배를 타고 갔다. 다양한 교통수단에 가는 재미가 그만이었다. 청평사는 고즈넉한 곳에 자리한 작은 절이다. 계곡에 앉자 동동주에 파전을 먹었다. 차가 없어 술에 취할 수 있어 좋았다. 그녀도 그랬다. 돌아오는 길에 잠을 잘 수 있는 기차는 구세주와 같았다. 그렇게 달콤한 여름이 지나고 가을이 왔다. 다시 입사 철이다. 졸업반, 그녀도 취업 스트레스를 받고 있었다. 어느 날 카페에서 커피를 마시던 그녀가 뜬금없이 내게 물었다.

"나, 취집이나 할까?"

"그래? 그것도 좋지!"

나는 얼떨결에 대답했지만 내 말속에 확신이 없었다. 내 나이 스물다섯, 그녀와 좋아하는 마음으로 연애를 하고 있었지만, 결혼을 구체적으로 그려본 적은 없었다. 이제 막 취업하여 내 힘으로 하숙 생활을 하고 있었다. 하지만, 결혼할 만큼 경제적으로 준비가 되어있지 않았다. 그녀도 내마음을 알아차렸다. 순간 싸늘한 정적이 흘렀다. 무언가 결정을 해야 했다. 사흘이 흘렀다. 10월 마지막 날, 햇빛에 출렁이는 한강을 바라보며 우리는 합정동 고수부지에 나란히 앉았다. 나는 내 마음을 솔직하게 말했다. '너를 좋아한다. 이대로 계속 사귀었으면 좋겠다.'라고. 그녀는 아무말이 없었다. 아마도 그녀에게 확신을 주지 못한 것 같았다. 둘은 한참을 그렇게 물끄러미 강물만 바라보고 있었다. 그날 그녀가 떠나갔다. 사랑이란 말이 그리 흔하게, 아무렇지도 않게 사용되는 말이라는 것을 그때는 몰랐다. 나는 정말 뭐, 대단한 말인 줄 알았다. '사랑한다.'라고, '결혼하자.'라고 말이라도 해 볼 것을…. 몇 달이 지났다. 드디어 그녀를 다시 만날 마음의 준비가 되었다. 그때 미팅을 주선해 준 친구를 만났다. 그 친구에게서 들었다. 그녀가 결혼해서 유학 가는 남편 따라 미국에 갔다고. 괜찮은 여자였는데, 잘해 보지 그랬냐며…. 갑자기 머리가 아득해졌다. 그때 알았다. 그녀가 나의 첫사랑이었음을. 그날 밤, 그 친구는 술에 떡이된 나를 하숙집에 들쳐메고 가야 했다. 지금도 가수 이용의 '잊혀진 계절'을 들을 때면 10월의 마지막 날, 그날의 한강이 떠오른다.

나는 학교 다닐 때 단짝 친구가 없었다. 친구는 있었지만 여러 명이 어울려 함께 지내고는 했다. 동기 중에 '명보'라는 친구가 있었다. 나이도 비슷하고 성향도 잘 맞았다. 우리는 같은 부서로 배치를 받았고 곧 단짝이 되었다. 토요일 오전 근무를 마치면 우리는 종로를 배회하곤 했다. 단성사에 여유 있게 영화표를 예매해 놓고 가까운 인사동 골목에서 떡을 사다 할아버지들로 가득한 탑골공원에 앉아 먹었다. 영화가 끝나면 '솟대'나 '어우렁더우렁' 같은 전통 찻집으로 향했다. 당시에는 카페가 젊은이들 사이에 훨씬 인기가 좋았지만 우리는 찻집이나 주점이 편했다. 젊었기에 다른 사람의 시선은 아랑곳하지 않았다. 그게 멋이라고 생각했다. 어느 날 그 친구에게 '프라이드'라는 조그만 승용차가 생겼다. 여행을 좋아한 우리에게 날개가 생긴 것이다. 그 차를 타고 양평으로, 가평으로, 한탄강으로, 경기도 인근을 구석구석 누비고 다녔다. 언젠가 망년회 겸, 그날도 종로에서 영화를 보았다. 이때는 일행이 있었다. 남자 셋, 여자 둘. 찻집에 앉자 수다를 떨다 갑자기 한 친구가 동해가 보고 싶단다. 동해? 그래? 그럼 가 보지 뭐. 우리는 일어났다. 동해로 출발했다. 늦은 시간이었고 연말이라 차가 너무 막혔다. 시간은 밤 10시를 넘어가는데, 우리는 이제 홍천을 지나고 있었다. 어린 시절 자전거 여행의 경험! 판단은 빠를수록 좋다. 나는 재빨리 지도를 보고 방향을 공작산 수타사 계곡으로 틀었다. 즉흥적으로 정한 동해는 그렇게 즉흥적으로 사라졌다. 12시 무렵 한 민박을 찾아들었다. 배는 쫄~쫄~, 다들 지쳐있었다. 인심 좋게 생긴 아주머니가 눈치를 채고 홍천 닭갈비를 권한다. 춘천 닭갈비는 들어봤어도 홍천 닭갈비는 처음이었다. 홍천에도 닭은 있을 테니, 먹어보기로 했다. 늦은 밤, 빨간 고추장에 버무린 닭갈비와 고구마, 국수사리가 정말 맛있었다. 다음날 수타사 계곡에서 차가운 공기와 함께 새해를 맞았다. 동해에 떠오르는 태양은 아니었지만, 공작산 너머로 솟아오르는 태양도 눈 부셨다. 그 뒤로도 난 종종 홍천 닭갈비를 찾았지만, 서울에서 늘 가는 곳은 춘천 닭갈비 집이었다. 그러던 단짝 친구가 회사를 떠났다. 같은 부서였지만 나와는 다른 팀이었는데, 업무도 팀워크도 잘 맞지 않는 듯했다. 내 전직 경험을 말하며 신중히 판단하라고 했지만 이미 마음을 굳힌 상태였다. 사법시험을 준비해 보겠다고 했다. 슬펐다. 그 친구를 위해 내가 해 줄 수 있는 것은 사보에 '떠나보내는 자의 슬픔'이란 글을 써주는 것뿐이었다.

입사 3년 차, 업무가 손에 익숙해졌고 매일 같은 일상이 반복되었다. 사랑도 떠나고 친구도 가 버렸다. 직장생활에 회의가 밀려왔다. 하지만 나는 지난 이직 경험을 통해 알고 있었다. 다른 직장에 다녀도 별것 없다는 것을. 두툼한 회계학책을 들고, 저녁이면 서울대 도서관을 찾았다. 당시에는 신림동에 방을 하나 얻어 자취생활을 하고 있었다. 학창 시절 중단했던 공인회계사 시험이 대안이 되지 않을까 하는 생각에서였다. 그러나 곧 그만두었다. 갑자기 인생이 허무해졌다. 어디로 가야 할지 방향을 잃어버린 듯했다. 시간이 남았다. 무엇이라도 해야 했다. 당시에는 '레저클럽'이라는 것이 유행이었다. 연회원을 모집한 후, 회원을 대상으로 매주말 다양한 레저 이벤트를 개최하는 클럽이었다. 비용이 부담스러울 정도는 아니었다. 나는 '코니언'에 가입하였다. 평소 개인적으로 해 보기 어려운 승마도 해 보고 윈드서핑, 동굴탐험 등도 해 보았다. 그저 한번 해 보는 것뿐이었지만 갑자기 상류사회에 진입한 기분이었다. 나는 패러글라이딩이 좋았다. 주로 유명산으로 타러 갔다. 패러글라이더에 몸을 싣고 하늘로 둥실 떠오를 때의 기분, 귓가에 스치는 바람 소리를 들으며 새처럼 하늘을 나는 자유는 최고였다. 몇 달을 패러글라이딩만 하니 제법 잘할 수 있었다. 실력이 안 되었지만, 나중엔 부족한 강사 역할까지 해야 했다. 어느 날 초보자를 모두 하산시키고 코니언 강사 몇 명과 나만 남아 오후 늦게 하산 비행에 나섰다. 늦은 오후는 위로 부는 바람이 잦아들기 때문에 비행에는 적당하지 않았다. 아니나 다를까 비행을 하며 내려오는데 바람의 강도가 약해졌다. 패러글라이더가 가라앉기 시작했다. 그럴수록 능선으로 붙어야 하는데 발아래 나무가 보이니 나도 모르게 골짜기로 방향을 돌렸다. 골짜기에는 바람이 더더욱 부족했다. 순간 패러글라이더 가 골짜기로 빠르게 곤두박질쳤다. 삶과 죽음의 순간이 뇌리를 스쳤다. 나는 필사적으로 땅에 착륙할 때처럼 글라이더의 줄을 잡아당기며 충격을 줄였다. 잔 나뭇가지가 따갑게 얼굴을 훑고 지나갔다. 정신을 차리고 보 니, 10m도 넘는 나뭇가지 끝에 대롱대롱 걸려있었다. 등줄기를 타고 식 은땀이 흘러내렸다. 훈련 중에 워낙 사고로 다치는 것을 자주 보아온 터 라 큰 부상 없이 살아있는 것이 기뻤다. 겨우 몸만 빠져나올 수 있었다. 같은 회원 중에 구로공단에서 일하는 어린 여자회원이 있었다. 나는 클럽 에서 제공하는 초보자용 – 안전하지만, 상승비행이 잘 안되는 – 패러글라 이더를 사용했으나, 그 친구는 꽤 비싼 고급자용 패러글라이더를 개인적 으로 구입하여 사용하고 있었다. 나는 반 농담 삼아 말했다.

"야! 이거 좋은데? 돈도 많아."

그 친구가 말했다.

"아니! 없어. 그래도 하고 싶은 것은 해야지. 이거 쫄쫄 굶어가며 1년 모 아 산 거야."

자기가 하고 싶은 일에 그렇게 투자하는 그녀가 한편으로 부러웠다. 기억 에 오래 남는 말이었다. 나도 언젠가는 내가 하고 싶은 일을 해야지! 하 고 되뇌었다.

세상 속에 나를 세우며 사회인으로 살아가기 위해서는 새로운 삶의 철학이 필요했다. 서점에 들렀다. 이책 저책을 뒤적이다 도산 안창호 선 생을 만났다. 일제 강점기 독립운동가, 맞지만 이렇게 묘사하면 한참 부 족했다. 그는 시대의 선구자이며 사상가였고, 사업가이자 실천가였다. 그 가 외치는 '주인정신(主人精神)'과 '무실역행(務實力行)'이 나의 삶과 맞닿 아 있음을 느꼈다. 사업가이자 실천가로 세상에 뛰어든 그가 좋았다. 가 슴이 뭉클했다. 그래 이렇게 사는 거야! 위인전이든, 그가 남긴 글이든, 그와 관련된 책을 닥치는 대로 찾아 읽었다. 실용주의자로서 앞으로의 삶의 철학이, 세상을 보는 가치관이 새롭게 정립된 시기였다. 다시 영어 공부를 시작했다. 시험을 위한 문법과 독해 위주의 공부가 아닌 의사소통을 위한 영어를 배우고 싶었다. 미국 선교사가 가르치는 신림동에 있는 SDA 삼육외국어학원에 갔다. 휴가를 내고 학원 앞에서 이틀 밤을 꼬박 새운 후에 등록할 수 있었다. 수강생은 대부분 대학생이었다. 등록이 치열했던 만큼 모두 열심이었다. 시나리오를 쓰고 다양한 역할극을 소화하며 듣기, 말하기 등 영어 실력을 다져나갔다. 눈이 다시 살아 빛나기 시작했다.

➡

어느 날, 연수를 담당하는 동기에게서 전화가 걸려왔다. 미국에 어학연수 가지 않겠느냐고…. 1992년 정부의 외환 자유화 조치로 외국 투자자에게 자본시장이 개방되고 회사에 해외어학연수 제도가 도입되었지만, 아직 외국 생활은 낯설던 시절이었다. 연수 지원자가 없었다. 자격을 갖춘 직원도 드문 데다 내 동기들은 대리 승진시험 준비하느라, 내 윗 동기는 시험 합격 후 승진 발령 기다리느라 연수 갈 엄두를 못 내고 있었다. 나는 군 경력이 짧아 다음 해에 시험을 치르게 되어있었다. 무주공산(無主空山)! 미국 어학연수 기회가 그렇게 비어 있었다. 우연한 기회! 그러나 나에게는 결코 놓칠 수 없는 절호의 기회였다. 그래! 미국에 가자. 어릴 때부터 말로만 듣던 새로운 세상에 나를 던져 보자. 이제 내 나이 스물여덟, 설사 승진이 좀 늦어진들 뭐 대수인가? 나는 그때까지 해외는 고사하고 한 번도 비행기를 타 본 적이 없었다. 가슴이 뛰었다. 갑자기, 어린 시절 그려보았던 '큰 바위 얼굴'이 머리를 스쳐 갔다. 마치 오래된 흑백 영화의 한 장면처럼…. 어쩌면, 어린 시절의 꿈, '큰 바위 얼굴'을 볼 수 있지 않을까? 하는 기대 속에 나는 회사에 연수 신청서를 제출했다.

■ I.E.I 어학연수; 다양한 피부, 서로 다른 말

프레즈노 정착하기

비행기가 하늘로 날아올랐다. 처음 타는 비행기였다. 델타항공이었는데, 비행기가 무척 컸다. 가운데 좌석이었다. 우리 일행은 세 명이었다. 한 명은 나와 같은 연수를 가는 회사 동료(그의 영어 닉네임은 '헌(Hun)'이었다.)였고 다른 한 명은 대학생(그의 영어 닉네임은 '주니(Junny)'였다.)이었다. 12시간의 긴 비행이었다. 비행기 안에서 다짐했다. '미국에 가면 한국어는 한마디도 쓰지 말고 영어만 써야지.'라고. 어림도 없는 다짐이라는 것을 곧 알게 되었지만, 영어를 배우겠다는 마음만은 그러했다. 캘리포니아 샌프란시스코에 도착하여 비행기를 갈아타고 프레즈노(Fresno)에 갔다. 프레즈노행 비행기는 국내선이라 작았다. 캘리포니아 프레즈노, 내가 6개월간 머무를 도시였다. 작은 공항에 홈스테이 하숙집 아주머니가 마중을 나와 있었다. 중년의 아일랜드계(Irish) 미국인 노라(Nora) 아주머니였다. 세 명이 각각 다른 집에서 홈스테이하도록 예정되어 있었다. 주니는 노라 아주머니 집에서, 헌은 노라 아주머니 집에서 길 건너 앞집 메리(Mary, 노라 아주머니 친구였다.) 아주머니 집, 나는 다른 집이었다. 공교롭게도 나의 홈스테이 하숙집은 부부 다툼으로 홈스테이를 갑자기 취소하게 되어 나는 당분간 노라 아주머니 집에 머물러야 했다. 노라 아주머니 서재에 임시로 짐을 풀었다.

다음 날 아침, 말로만 듣던 '베이컨 앤 에그'와 '콘플레이크', '우유'와 '버터 바른 빵'으로 아침 식사를 했다. 베이컨은 얇게 썰어 소금에 절인 돼지고기이고 에그는 기름에 살짝 튀긴 달걀부침 요리다. 전형적인 미국식 아침 식사였다. 요즘은 한국에서도 간편식으로 이렇게 식사하는 젊은이가 많지만 그땐 아니었다. 아침 식사 후 집을 둘러보았다. 노라 아주머니 남편은 레스터(Lester)였다. 멕시코계 미국인이

노라 아주머니 홈스테이 집

었고 자동차 회사 부사장이라고 했다. 노라 아주머니는 IBM에서 20년을 근무하고 다시 대학을 나와 지금은 암 병동에서 간호사로 일을 하고 계셨다. 그녀는 중년의 나이로 정이 많고 인자한 한국 아주머니 같았다. 나중에 내가 만난 다른 미국인 아주머니와는 달랐다. 레스터는 재혼이었는데, 레스터의 자녀는 모두 결혼하여 따로 살고 있었다. 집은 정원과 수영장을 갖춘 단층 단독주택으로 차고는 별도로 갖추어져 있었다. 거실은 흰색으로 칠해져 있고 뾰족 천정으로 매우 높았다. 격자 형태의 창틀로 된 창문이 많아 내부는 밝았고 창문 밖 정원도 아름다웠다. 방은 모두 네 개, 거실과 부엌, 별도의 식탁 공간이 갖추어져 있었다. 영국 시골 마을에서 볼수 있는 화려하지 않지만 아름다운 저택이었다. 알고 보니, 이 집은 비교적 부자 동네에 있는 집으로 특별한 경우였다. 내가 계속 머무를 집이 아니어서 아쉬웠다. 나중에 이런 집을 짓고 살았으면! 하는 생각을 했다. 홈스테이는 영어학원(I.E.I)에서 알선해 주었는데, 한 달 홈스테이 비용이 300달러였다. 서울과 단순히 비교하기는 어렵지만, 당시 혼자 방을 쓰는 조건으로 대략 비슷한 수준이었다. 미국은 도시에 따라 생활비가 천차만별이다. 같은 캘리포니아주인 경우에도 한 달 홈스테이 비용이 샌디에이고(San Diego)는 600달러, 버클리대학교가 있는 교육도시 버클리

(Berkley)는 900달러라고 했다. 프레즈노가 물가가 싼 도시라 홈스테이 비용도 매우 저렴하였다. 노라 아주머니는 돈을 벌기 위해 홈스테이를 하는 것은 아니었고 그저 적적함을 달래기 위해 홈스테이를 하고 있었다.

프레즈노는 캘리포니아 중남부 비옥한 분지에 있는 농업 도시로 인구는 50만 명 정도였다. 지중해성 기후로 겨울에는 따뜻하고 비가 많이 오며 여름에는 덥지만 건조하여 그늘에 들어가면 쾌적하였다. 많은 곳은 아니지만, 나중에 이곳저곳에서 살아본 경험에 의하면 나는 지중해성 기후를 가장 좋아한다. 눈부시고 강렬한 햇살, 반면 상쾌하고 건조한 바람! 생각만 해도 기분이 좋아진다. 집을 나와 마을을 둘러보았다. 미국의 중소도시는 다운타운과 주택가가 잘 구분되어 있다. 동네는 조용하고 집집마다 이름 모를 나무와 꽃으로 어우러진 예쁜 정원을 가지고 있었다. 집 밖의 인도에도 잔디가 아름답게 가꾸어져 있었다. 도산 안창호 선생이 1900년대 초 미국에 왔을 때, 미국인을 보고 '미국 사람들은 예의 바르고 정원을 아름답게 가꾼다.'라고 묘사한 부분이 있다. 그분에게도 미국인의 정원 가꾸기는 무척이나 인상적이었던 모양이다. 내게도 그러했다. 한국과는 많은 차이가 있었다. 노라 아주머니가 우리를 데리고 시청 사무소에 가서 사회안전카드(Social Security Card)를 발급받아 주었다. 우리나라의 주민등록증과 비슷한 것인데, 혹시 필요할지 모른다고 했다. 다음에는 월마트에 갔다. 엄청 커다란 마트였다. 지금은 한국도 월마트와 같은 대형마트가 즐비하지만, 그때는 도입되기 전이었다. 눈이 휘둥그레졌다. 상품이 참 많았다. '메이드 인 코리아'를 찾아보았지만 별로 눈에 띄지 않았다. 자전거 판매대에 가서 자전거를 한 대씩 샀다. 학원 등교할 때 사용할 생각이었다. 이동 수단이 생겼으니 도시를 둘러보고 싶었다. 자전거를 타고 집을 나섰다. 도로가 격자로 뻗어 있어 길을 찾기는 쉬웠다. 스트리트(Street)는 동서로, 애비뉴(Avenue)는 남북으로 곧게 뻗어 있었다. 가까운 공원에도 가 보고 호수에도 가 보았다. 가는 곳마다 봄을 머금은 잔디가 파릇파릇 아름다웠다.

내가 미국에 도착했다는 것을 학원에 알려야 했다. 정식 수업은 일주일 후에 시작되었다. 네비게이션이 없던 시절이었다. 지도를 사서 위치를 확인한 후 자전거를 타고 학원에 갔다. 30분쯤 걸렸다. 내가 다닐 학원은 I.E.I(International English Institute)였다. 프레즈노대학교(CSU Fresno) 근처에 있는 어학연수 전문학원이었다. 단층 건물로 아담했지만

우드워드(Woodward) 공원

영어학원(I.E.I) 전경

교실 수는 상당했고 뒤뜰도 넓었다. 땅이 넓은 나라라 다운타운을 제외하고는 대부분 단층 또는 이층 건물이 많았다. 건물 사이에 나무가 많고 건물이 낮으니 전체적으로 편안하고 안정된 느낌이었다. 녹색이 많은 도시가 평화롭고 아름다워 보인다는 것을 이때 알았다. 선생님들은 모두 친절하였다. 간단한 등록 절차를 마치고 내 홈스테이 문제에 대해 담당자와 협의했다. 장황하게 설명을 하였는데, 다시 알아보고 있다는 취지였다. 집에 돌아왔다. 이제 연수를 위한 모든 준비가 끝났다. 다음 날이 기대되었다.

미국식으로 영어 배우기

　　신선한 아침 공기를 가르며 자전거를 타고 학원에 갔다. 등교 첫날, 한국과 달리 영어 레벨 테스트(Level test)가 있었다. 지금은 한국도 학원에 따라 레벨 테스트가 있다. 보다 체계적으로 바뀌었다. 50명 정도로 일부 고등학생도 있었지만, 대부분 대학생 또래와 일반인이었다. 일본 학생들이 많았고 프랑스, 스페인 등 유럽 학생들과 일부 남미 학생들도 있었다. 주로 말하기와 듣기 테스트를 했다. 한국에서 SDA 삼육 영어학원에서 공부한 것이 도움이 되었다. 게다가 운도 따라주어 듣기 테스트에서는 아는 지문도 섞여 나왔다. 역시 운은 외국에서도 중요하였다. 결과가 나왔다. 6단계에서 12단계까지 여러 단계가 있고 각 단계는 한 달 과정으로 편성되었는데, 10단계였다. 신입생 중 가장 높은 단계였다. 10단계 수업에 들어갔다. 학생은 다섯 명 정도였다. 단계가 높을수록 학생 수가 적었다. 외모로 보아 모두 백인, 스위스 등 유럽 학생들이었다. 수업이 시작되었다. 내가 보기에 그들은 외모에서 영어 구사 능력까지, 미국학생과 다름없었다. 문법이나 독해는 문제가 없었지만, 말하기, 듣기를 따라갈 수가 없었다. 혼자 멍하니 앉아 있어야 했다. 레벨 테스트의 행운이 이렇게 시험받고 있었다. 내가 어릴 적 한국에서 영어를 배울 때는 문법과 독해 위주였고 나중에 대학에 들어가서야 말하기, 듣기를 배웠다. 미국에서는 달랐다. 단계가 낮을수록 말하기, 듣기에 치중하고 높은 단계에 올라가면 문법과 어휘를 집중적으로 가르친다. 10단계도 높은 단계라 문법과 어휘 능력 향상이 수업의 중심이었다. 내가 필요한 것은 말하기, 듣기인데, 한국에서 열심히 한, 그래서 상대적으로 나은 문법과 어휘를 미국에서도 해야 하는 상황이었다. 수업 시간에 꿀 먹은 벙어리처럼 앉아서…. 한 이틀 수업을 들은 다음, 결국 선생님과 상담을 했다. 단계를 낮추기로 했다. 8B 단계로 옮겼다. 그렇게 하면 12단계까지 마치고 한국에 갈 수 있다는 점도 고려했다.

　　8B 단계 수업에 들어갔다. 대부분 일본 등 아시아 학생들로 학생 수는 15명 남짓, 모든 것이 편안했다. 수업도 기대했던 대로 회화 중심이었다. 단편소설을 읽고 와서 그룹별로 토론하는 방식으로 수업이 진행되었다. 같은 반에 한국인이 없어 영어로만 얘기해야 했다. 그것도 좋았다.

I.E.I의 다양한 학생들

사실 홈스테이에서는 우리끼리 있을 때는 한국말을 썼다. 곧 수업에 익숙해졌다. 오전엔 9시부터 단계별 영어 정규수업을 듣고 오후에는 4시까지 단계와 상관없이 TOEFL, 영화, 문화교류 등 다양한 선택 수업이 있었다. 어느 날 과제가 나왔다. 단편소설을 써오라는 것이었다. 일주일 정도 시간을 주었다. 허~ 걱 했다. 한국에서 초등학교부터 대학을 졸업하였지만, 한국어로도 단편소설을 써 본 적은 없었다. 새로운 도전이었다. 며칠을 끙끙거리며 단편소설을 썼다. 87년 민주화 운동, 지리산 여행, 그리고 한국 전쟁과 지리산 빨치산을 엮어 소설을 완성했다. 써 놓고 나니 뿌듯했다. 영문 단편소설이라니…. 단계 과정이 끝날 무렵, 각자 쓴 소설을 앞에 나와 발표하게 하였다. 사실 수업 시간에는 영어로 말도 잘 못 하고 더듬거리는 학생들이라 별 기대를 안 했는데, 나는 깜짝 놀랐다. 모두가 훌륭한 소설가였다. 특히 일본 여학생들의 소설이 돋보였다. 소설 구성도 좋고 내용도 신선하고 재미있었다. 생각해 보니, 학생들은 대부분 모국에서 대학을 졸업하고 현지에서 외국어까지 익히려는 나름 우수한 사람들이었다. 외국어인 영어가 어설플 뿐이지 그들의 상상력이나 창의력 등 지적 능력이 떨어지는 것은 아니었다. 일부만 보고 선입견에 찌들어 전체를 보지 못한 나만의 착각이었다. 나의 사고 관점도 바꾸고 친구들도 다시 보게 된 계기가 되었다.

한 달이 흐르고 9단계가 되었다. 9단계에서는 집중적으로 글쓰기를 가르쳤다. TOEFL 에세이 쓰기가 아니라 그냥 글쓰기, 일종의 수필 쓰기였다. 오전 내내 3시간 동안 한 분의 선생님이 수업을 진행하였는데, 수업이 시작되면 주제를 정해주고 무조건 1시간 정도 글을 쓰라고 하였다. 그러면 우리는 글을 썼다. 처음에는 생각하는 시간이 많이 필요했으나, 시간이 흐르면서 그냥 글이 쓰였다. 문법이나 어휘에도 크게 구애받지 않았다. 그리고 나머지 시간에는 신문 기사 등 짧은 글을 읽고 설명하며 어휘와 독해능력을 향상해 나갔다. 제출한 글은 다음날까지 깨알 같은 글씨로 꼼꼼하게 퇴고해 주셨다. 한국 학교에서 공부할 때 글쓰기를 한 적도 많지 않았지만 정성스러운 퇴고를 받아본 기억도 거의 없었다. 그저 평가 점수를 받을 뿐이었다. 미국 교육은 좀 다르구나! 생각했다. 새삼 선생님들이 대단하고 고마워 보였다. 10단계가 되었다. 내가 처음에 배정받았던 단계를 두 달이 지난 뒤에 다시 들어온 것이다. 이곳에서는 한 달이 지났다고 해서 무조건 한 단계 올라가는 것은 아니었다. 엄격하지는 않았지만, 선생님과 상담하여 수업 단계를 올라가기도 하고 같은 단계에 한 달 더 머무르기도 하였다. 아무튼, 이제는 10단계라도 전 단계에서 함께 올라온 친구들도 있고 또 두 달 동안 적응되어 전과 같은 낭패감은 없었다. 이번 단계에서는 어휘력을 늘리는 데 집중했다. 매일같이 단어 시험을 보아야 했다. 한 달간의 방학(Break)을 마친 뒤 11단계를 시작했다. 11단계와 12단계는 최고 수준으로 수업내용과 방식에 큰 차이가 없었다. 법정 사례(Court case)를 읽고 학생 간 편을 나누어 토론(Debate)하는 것이었다. 물론, 단어 시험도 계속되었다. 학생 수는 대여섯에 불과했다. 대부분 학생이 몇 달간 미국 생활도 했고 영어 실력도 향상되어 토론은 항상 진

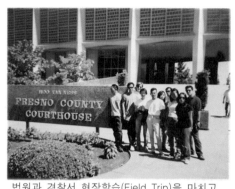
법원과 경찰서 현장학습(Field Trip)을 마치고

지하고 격렬했다. 요즘은 한국에서도 이렇게 수업하겠지만, 내가 학교 다닐 때는 접해 보지 못한 수업방식이었다. 재미있었다. 어느 오후에는 재판과정을 직접 체험하러 법원을 방문하기도 하였다. 현장학습이었다. 살인사건에 대한 재판이라고 하였다. 미국에 와서 별 경험을 다 한다 싶었다.

나는 영어 공부를 열심히 했다. 학위 과정도 아니고 출석 관리도 느슨한 데가 좀 있었지만, 이렇게 미국에서 영어 공부하는 것이 너무 좋았다. 이런 기회가 언제 다시 오랴 싶었다. 한 달 과정의 단계가 끝날 때마다 학원 로비에서 시상식과 함께 종강 파티를 했다. 단 한 번도 개근상(Prefect Attendance Award)을 놓친 적이 없었다. 성실하기만 하면 되었다. 미국에서 공부하며 느낀 점은 언어는 역시 가능하면 현지에서 배우는 것이 가장 빠르고 정확하다는 것이다. 언어는 그 언어를 사용하는 사회의 생활양식과 문화를 반영하므로 언어를 배운다는 것은 그 사회 전체를 배우는 것이다. 현지에서 부딪치며 배우는 것이 가장 좋다. 혹시 필요할까 싶어 오후 선택 수업으로 TOEFL을 들은 적이 있었다. 영어로 듣는 TOEFL 수업이었다. 대학 시절 TOEFL 특강을 몇 번 들어본 적이 있지만, 미국에서의 TOEFL 수업이 훨씬 도움이 되었다. 영어로 가르치니 청취력도 자동으로 향상되었다. 그리고 언어는 사회가 변함에 따라 변화한다. 글쓰기를 배울 때 한영사전 예문을 참고하여 글을 쓴 적이 있었다. 선생님이 틀린 문장이라고 했다. 자신 있게 사전을 들이밀었다. 선생님

왈, 미국에서는 이렇게 안 쓴단다. 더 이상 할 말이 없었다. 단어 뜻도 그랬다. 한영사전을 참고해서 영작을 해가면 가끔 적절한 어휘가 아니라고 지적받았다. 번역에 한계가 있어 미묘한 뉘앙스를 사전에 잘못 옮겨놓은 경우가 있었다. 가능하면 미국에서 출판된 영영사전으로 공부해야 함을 깨달았다. 미국 학원 시스템도 놀라웠다. 사설 학원임에도 학교보다도 더 체계적으로 운영되었고 선생님들도 열정적으로 영어를 가르쳤다. 선생님들이 국가 인정 자격을 갖추고 정기적으로 테스트까지 받는다고 하니 참 대단했다. 한국에서는 아직도 한번 교사 자격증을 취득하면 그것으로 끝일 것이다. 정규학교 선생님들조차 정기적으로 테스트를 받는다는 말을 들어본 적이 없다. 미국에 가기 전에 SDA 영어학원 말고도 여러 영어학원을 다녀 보았지만, 미국의 시스템과는 차이가 있었다. 지금은 한국도 선진시스템을 배워 많이 달라진 듯하다. 종강 파티를 겸한 시상식에서는 단계별로 성적 우수자(Outstanding Academic Achievement) 한 명에게 상을 주었다. 전체 학생이 모인 자리였다. 별 의미는 없었다. 더군다

단계별 시상식

종강 파티

나, 나는 한국에서 대학을 나온 직장인이었다. 열심히 하기도 했지만, 수업 단계도 낮추었으니, 어찌 보면 중간단계에서 매 단계 수상은 당연한 일일 수도 있었다. 12단계에 있을 때였다. 새로운 학생이 들어왔다. 일본

여학생으로 20대 초반이었다. 호주에서 10개월 어학연수 후, 미국에서 대학에 들어가기 위해 왔다고 했다. 영어가 유창했다. 말하는 것을 들어보면 나보다 한 수 위였다. 일본 학생이라 그랬던 것 같다. 일본인을 직접 만난 것도 미국에서 처음이었으니까. 한국 학생들은 일본 학생들과 주로 어울리면서도 종종 감정적 충돌을 경험하곤 했다. 과거 역사의 깊은 상처 때문일 것이다. 특히, 한국을 얕잡아 보는 듯 행동하는 일본 학생들과 그랬다. 보이지 않는 경쟁심이 생겼다. 나 자신이 좀 우스웠다. 상대는 어린 여학생이 아닌가? 아마 그 여학생도 한국에 별로 우호적이지 않아서 그랬을지도 모른다. 아무튼, 시상식 전까지는 누가 성적우수상을 받을지 알 수 없었다. 마지막에 수상자가 호명되었다. "B.K. Choi." 한국 학생들이 소리 지르며 유난히 크게 박수를 쳤다. 외국에 나가면 모두 애국자가 된다는 말은 사실이었다.

학교생활과 지구촌 친구들

학원의 전체 학생 수는 알 수 없었지만, 전일 수업을 받는 정규 학생이 대략 200여 명 정도 되었다. 가끔 단기과정으로 단체로 등록하는 학생들도 있었다. 학생들의 국적은 다양했다. 일본, 대만, 인도네시아, 카자흐스탄 등 아시아, 프랑스, 스위스, 스페인 등 유럽, 브라질, 아르헨티나, 칠레 등 남미 국가 등등. 아프리카를 제외하고는 다 있었다. 아니, 아프리카에서 온 친구도 있었다. 남아프리카공화국이었다. 다만, 그는 백인이었다. 흑인이 없었을 뿐이다. 일본 학생들이 다수를 차지하였고 다른 국가 학생들은 기껏해야 몇 명 정도였다. 각 국가의 경제력을 반영하는 듯했다. 처음에 나는 될 수 있으면 한국말을 안 쓰기 위해 외국 학생들과 어울리려 했다. 영어를 배우기 위해 미국에 온 것이 아닌가! 그러나, 그렇지가 않았다. 문화적 공감대도 그렇고 다들 영어가 불편한지라 모국어로 의사소통이 자유로운 자국 학생들끼리 어울렸다. 정도의 차이는 있었지만 대부분 그랬다. 'A feather flocks together.(깃털이 같은 새들이 서로 무리를 짓는다.)' 영어 속담인데, 맞는 말이었다. 나도 몇 안 되는 한국 학생들과 어울렸다. 다만, 기회가 닿는 대로 외국 학생들과 어울리려 노력했다. '최준지'라는 여학생이 있었다. 재일교포 학생이었다. 한국인 2세로 대한민국 여권을 가지고 있었지만, 한국말은 거의 하지 못했다. 재일교포들이 대한민국 여권을 가진 동포라는

일본과 남미 학생들

것을 처음 알았다. 가슴이 찡~했다. 이 친구도 영어를 배우고 싶은 열정이 컸던 모양이다. 그래서 영어만 쓰기 위해 일본 학생들에게 대한민국 여권을 보여주며 마치 일본말을 못 하는 척, 영어로만 얘기했다. 그러자 일본 학생들 커뮤니티에 들어갈 수가 없었다. 안쓰러워 우리가 보듬어 주었다. 그러나 한국말을 못 하니, 우리 한국 학생들과 어울리는 것도 한계가 있었다. 결국, 포기하고 일본말을 쓰며 일본 학생들과 어울렸다. 비행기에서 한국말을 쓰지 않겠다고 다짐한 내가 생각났다. 열정은 가상하나, 터무니없는 다짐이었다. 인간관계에서 언어가 얼마나 소중한가를 새삼 깨달았다.

점심은 주로 같은 반 학생들과 어울려 샌드위치나 피자 등을 사 먹었다. 주로 일본 학생들과 어울렸다. 아이러니했지만, 과거의 역사는 역사고 그래도 일본 학생들이 제일 편했다. 일단 외모가 매우 닮았다. 유럽 친구들은 한국인과 일본인을 구분조차 못 했다. 또한, 이야기를 나누어

보면 정서적인 공감대도 그렇고, 양국의 문화가 비슷해 말이 잘 통했다. 척하면 척이었다. 그러나 유럽이나 남미 학생들과는 그렇지 않았다. 어쩔 수 없는 이웃이었다. 과거 역사에 대한 관점의 차이로 감정의 골이 메워지지 않는 것이 안타까울 뿐이었다. 학원 앞에 '잭 인 더 박스(Jack in the Box)'라는 패스트 푸드점이 있었다. 처음에는 음식을 주문하는 것도 어려웠다. 한국에 맥도널드가 들어오기 전이었으니, 한 번도 미국 음식을 먹어본 적이 없었다. 그나마 레스토랑이 아니라 패스트 푸드점이라는 것이 다행이었다. 세트 메뉴에 번호가 붙어있어 번호로 주문하면 되었다. 사실 지금도 레스토랑에서 미국 음식을 주문하는 것이 그리 익숙하진 않다. 용어도 까다롭고 음식의 재료나 조리 방법, 향신료를 하나하나 정하

라운드테이블 피자집에서

여 주문하는 문화의 차이 때문이다. 시간이 흐르자 세트 메뉴 말고 다른 음식도 이것저것 주문하게 되었다. 먹고 싶은 것을 주문하여 먹을 수 있다는 사실에 자못 뿌듯했다. '몬테레이 로우스트 비프 앤 샌드위치.(Monterey Roast Beef & Sandwich.)' 납작한 빵을 프라이팬에 살짝 굽고 그 안에 얇게 썬 구운 소고기를 넣은 샌드위치였는데, 너무 느끼하지도 않고 내 입맛에 딱 맞았다. 정말 맛이 좋았다. 미국에 가면 다시 먹어보고 싶었는데, '잭 인 더 박스'가 미국 서부지역 일부에만 있는 체인 음식점이라 기회가 별로 없었다.

어느 여름날 오후였다. 수업을 일찍 마치고 친구들과 학교 근처의

볼파크(Ballpark)에 갔다. 잔디가 잘 가꾸어진 공원이었다. 축구 경기를 하기로 했다. 이글거리는 태양 아래 경기가 시작되었다. 그늘에 있을 때는 잘 몰랐는데, 햇볕이 따가웠다. 지중해성 기후였다. 온도가 화씨 100도, 그러니까 섭씨 38도를 웃돌았다. 한 달음만 달려도 숨이 턱턱 막혀왔다. 연거푸 물을 마셔댔다. 스페인 친구들은 웃통을 벗고 축구를 하였는데, 나는 그럴 엄두를 내지 못했다. 내 피부가 견딜 것 같지 않았다. 땅에서 올라오는 열기도 후끈후끈, 정말 대단했다. 볼을 몰고 몇 발짝만 달리고 나면 땅에 주저앉아 쉬기 바빴다. 아무 생각도 나지 않았다. 내 생애 가장 찌는 듯한 더위 아래 한 축구 경기였다. 내가 좋아하는 태양을 온몸으로 느낄 수 있어, 한편으로는 짜릿하기도 했다. 1994년 미국 월드컵 한국과 독일전이 생각났다. 경기는 캘리포니아주에서 열렸는데, 9월이었다. 나는 그때 모처럼 대학 시절 친구들과 남이섬 근처로 MT를 가서 민박집에서 경기를 시청하였다. 1무 1패인 상황에서 마지막 상대로 세계 최강 독일과 만난 것이다. 독일은 막강했고 우리나라는 3대 0으로 끌려갔다. 희망이 없어 보였다. 경기 후반에 홍명보 선수가 리베로로 포지션을 변경하고 나섰다. 우리 팀의 반격이 시작되었다. 한 골을 넣었다. 혹시나 하는 기대가 생겼다. 경기에 집중하고 있는데, 홍명보 선수가 두 번째 골을 넣었다. 우리는 좋아라, 소리쳤고 더 열심히 응원하며 경기를 지켜보았다. 독일 선수들은 몸이 무뎠고 이미 더위에 지쳐 잘 뛰지 못했다. 아나운서가 말했다. 현지 기온이 40도를 넘는다고, 독일 선수들이 지쳤으니 우리가 조금만 더 열심히 뛰면 이길 수 있다고…. 우리 선수들은 정말 열심히 뛰었다. 그러나 시간이 없었다. 더 열심히 뛰었으면 했지만, 우리 선수들도 지쳐갔다. 결국, 3대 2로 패하고 말았다. 아쉬웠다. 에이~ 조금만 더 뛰지…. 우리는 그렇게 말하며 민박집 마루에 앉아 시원한 맥주잔을 부딪쳤다. 내가 만일 다시 그때로 돌아가 월드컵 경기를 본다면 어떠할까? 나는 홍명보를 비롯한 한국 선수들에게 진심으로 기립박수를 쳤을 것이다. 정말 수고했다고…. 내가 직접 캘리포니아의 이글거리는 태양 아래서 뛰어보기 전까지는 몰랐다. 40도가 넘는 무더위 속에서 90분을 쉬지 않고 뛰기 위해서 얼마만큼의 체력과 정신력이 요구되는지를! 정말 그들은 그날 초인적으로 뛴 것이었다. 우리는 가끔 쉽게 이야기한다. 그래, 나 너 다 이해한다고. 그러나, 나는 그 말 믿지 않는다. 직접 겪어보기 전까지는 다 이해할 수 없다. 그저 추측할 수 있을 뿐이다. 아무튼, 축구 경기를 끝내고 우리는 '라운드테이블(Round table)'이라는 근처 피자집에 갔다. 피자 몇 판과 맥주를 시켰다. 정말 시원하고 맛있는 맥주였다.

일본 친구, 그리고 인연

한 달에 한 번, 종강하는 날에는 학교에서도 파티를 하였지만, 우리도 가끔 집에서 파티를 열었다. 아지트는 '주니'의 홈스테이, 마음씨 좋은 노라 아주머니 집이었다. 우리 한국 학생들이 대부분 남학생이라 주로 수업을 같이 듣고 평소 잘 어울리는 일본 여학생들을 초대하였다. 미국에서는 나이가 별로 중요하지 않으니 연령대는 다양했다. 'BJ'라는 한국 친구가 있었다. 한국 외대를 다니다가 온 친구인데, 요리를 잘했다. 중국집에서 아르바이트한 적이 있다고 했다. 손님을 초대하니 음식 준비는 모두 우리 몫이었다. 학생들은 대부분 홈스테이를 하고 있어 음식을 준비할 형편이 못 되었다. 한국 마트에 가서 김치도 사고 이것저것 장을 보아 음식을 만들었다. BJ의 단골 메뉴는 파전이었다. 한국에서도 맛이 있지만, 미국에서 먹으면 더 맛이 있었다. 일본 아이들도 좋아했다. 한 친구가 이름이 무엇이냐고 물었다. BJ가 '코리아 피자(Korean Pizza)'라고 말했다. 빠른 이해를 위해서였다. 내가 말했다. '파전(Pajeon)'이라고. 나는 우리 음식은 우리 말로 알려주는 것이 맞다고 생각했다. 그래야 우리 음식 −

요즘 말로 'K-Food' – 이 세계화되었을 때 한국 음식으로 정확하게 인식되고 불릴 것이 아닌가? 알량한 애국심의 발로였다. 맛있는 음식은 국적과 상관없이 모두가 좋아했고 요리하는 남자는 인기가 좋았다. 먹는 것보다 더 중요한 것이 무엇이겠는가? 사람 사는 세상에서 요리가 갖는 힘을 느끼는 순간이었다. 나중에 꼭 요리를 배워 사람들을 행복하게 해 주어야겠다고 생각했다. 노라 아주머니 집에는 뒤뜰에 수영장이 있고 그 옆작은 정원에는 탁자도 있었다. 이곳이 우리의 파티 장소였다. 미국 맥주와 맛있는 한국 음식, 나무 탁자에 둘러앉아 우리는 이야기꽃을 피우며 깊어 가는 밤을 즐겼다. 마음이 내키면 수영복으로 갈아입고 물에

노라 아주머니 집 뒤뜰

뛰어들기도 하였다. 하늘엔 별이 빛나고 수영장에는 조명이 밝았다. 모든 것이 즐거운 시절이었다.

일본 학생 중에 '유코'라는 친구가 있었다. 나하고 같은 동갑내기로 직장을 다니다 그만두고 어학연수를 온 친구였다. 샌디에이고에서 3개월 정도 있다 왔다고 했다. 나보다 한 단계 아래 수업을 들었는데, 오후 선택 수업을 같이 듣고는 했다. 동서고금을 막론하고 동갑내기는 특별한 친밀감을 주는 듯하다. 직장을 다니다 온 점도 같았다. 우리는 곧 친해졌다. 그렇다고 학교밖에서 만나 데이트를 하거나 하는 사이는 아니었다. 차가 없으니 그럴 형편도 못 되었다. 그저 쉬는 시간 짬짬이 대화를 하거나, 노라 아주머니 하숙집 파티에 초대해서 다 함께 노는 정도였다. 어느 날

종강 후, 우리는 학생들과 어울려 학교 앞 피자집에서 맥주를 한 잔씩 했다. 따사로운 오후 햇살 아래, 해방감을 느끼며 와자지껄 웃고 이야기를 나눴다. 그녀는 빨간 니트를 입고 내 옆에 앉아 있었다. 유난히 표정이 밝고 화사해 보였다. 함께 있던 헌이 웃으며 말했다.

"You look like a couple. (너네 꼭 커플 같아.)"

"Really? I hope so! (정말? 그럼 좋지!)"

내가 말했다. 그녀도 웃었다.

한 달 후, 그녀는 샌프란시스코로 학원을 옮겼다. 이곳저곳을 옮겨 다니

I.E.I 교정에서 유코와 함께

며 영어 공부도 하고 다양한 경험도 쌓고 하는 것 같았다. 좋은 생각이었다. 우리는 짧은 엽서를 주고받았다. 몇 달 후 내가 귀국할 날짜가 다가왔다. 샌프란시스코를 거쳐서 한국에 오는 비행기였다. 그녀가

공항에 배웅을 나오겠다고 했다. 별로 기대를 하지 않았는데, 정말 그녀가 공항에서 나를 맞았다. 반가웠다. 비행기 시간 때문에 30분 정도 짧은 만남이었다. 그녀가 고마웠다. 마지막 헤어질 때 내가 악수를 하려 했다. 그녀가 팔을 벌렸다. 우리는 잠시 긴 포옹을 하였다. 그렇게 아쉬운 작별인사를 나누었다.

한국에 돌아왔다. 전에 그녀와 주고받은 우편엽서에 그녀의 이메일 주소가 있었다. 아직 이메일이 낯설던 시절이었고 집에 컴퓨터도 없었다. 한 해가 지난 어느 날, 386 삼보 컴퓨터를 한 대 샀다. 90년대 중반으로 인터넷 초기 시절이었다. 이메일을 주고받기 위해 '유니텔(Unitel)'에 가입했다. 우리나라에서 당시 유행하던 이메일 통신방식이었다. 혹시나 하

는 마음에 유코에게 이메일을 보냈다. 그리고 며칠간 계속 이메일을 체크했다. 당시에 맥라이언이 나오는 '유브 갓 메일(You've got mail)'이란 영화가 유행하고 있었다. 답장이 왔다. 지금은 너무 당연하지만, 그때만 해도 신기했다. 그렇게 이메일을 주고받았다. '겨울연가'가 대 히트를 하고 일본에 한류 열풍이 불었다. 일본 관광객이 한국에 밀려들었다. 어느날 유코가 친구와 함께 한국에 온다고 했다. 그녀를 대학로에서 만났다. 반가웠다. 근사한 한정식집에 그녀와 친구를 데려갔다. 한 상 가득 음식이 차려진 밥상이 들려 나왔다. 그녀의 눈이 휘둥그레졌다. 그녀는 연신 "すごい! (굉장해!), すごい! (굉장해!)"라고 말하며 맛있게 먹었다. 그녀에게 서울에서 어디를 가고 싶은지 물었다. 그녀가 웃으며 어눌한 한국말로 말했다. "하느즘마끄." 한증막, 즉 찜질방이었다. 나도 웃었다. 호텔 근처에 있다고 했다. 내일 가라고 했다. 그녀에게 한국다운 그 무엇을 보여주고 싶었지만 늦은 밤이라 마땅치 않았다. 생각 끝에 차를 몰아 남산에 올랐다. 남산타워는 이미 문을 닫은 뒤였지만 반짝반짝 한강의 야경이 내려다보였다. 참 아름다웠다.

그로부터 몇 년 후, 유코를 세 번째 만난 것은 도쿄에서였다. 회사출장길이었다. 상사를 수행하고 있던 터라 일을 모두 끝내고 늦은 밤에야겨우 만날 수 있었다. 나도 그녀도 이제 마흔에 접어들고 있었다. 나는 결혼을 했었고 그녀는 아직 싱글이라 했다. 결혼할 생각이 없다고 했다. 조그만 선술집에서 둘이 앉아 사케를 몇 잔 마시고 헤어졌다. 나눌 이야기가 그리 많지 않았다. 학창 시절 배운 피천득 선생의 작품 중에 '인연'이란 수필이 있다. 일본에서 '아사코'라는 아이를 세 번 만난 기억을 써내려간 글이다. 유코를 처음 만났을 때 그 이름을 들으며 아사코와 수필 '인연'을 떠올렸던 것 같다. 선생은 아사코를 소학교 1학년 때, 성심 여학교 3학년 때, 그리고 아사코가 결혼한 이후에 그렇게 세 번 만난다. 아련한 기억을 더듬으며 세 번째 그녀를 만났지만, 세 번째 만남은 '아니 만

낳어야 좋았을 것이다.'라고 후에 말한다. 기억에서 멀어진 모습과 결혼 후의 어색한 만남 때문이었을 것이다. 유코와 세 번째 만남에서는 전과 같은 밝고 쾌활한 분위기를 느낄 수 없었다. 조금 달랐다. 뭔가 약간 시들시들한. 나도 세 번째는 아니 만났어야 좋았을까? 좋은 친구로 남길 바랐는데…. 이래저래 생각이 많은 밤이었다.

새로운 세상, 다양한 문화 맛보기

I.E.I 오후 선택 수업은 다양한 지구촌 친구들을 만나 새로운 문화를 접할 좋은 기회였다. 수업내용도 문화에 관한 토론이나 주변 탐방 등으로 부담이 없어 자기 단계와 상관없이 선택해서 들을 수 있었다. 어느 날 토론 및 발표주제는 자기 나라의 고유한 문화였다. 그때만 해도 문화에 대한 이해가 지금 만큼 깊지는 않았다. 그저 일반적인 수준이었다. 한국 학생이 몇 명 있어 우리는 같이 이야기하고 아리랑과 '한(恨)'의 정서에 대해 발표를 하였다. 2002년 월드컵 이후였더라면 아마 '다이내믹 코리아(Dynamic Korea)' 등 다른 이야기를 했을 것이다. 아무튼, 우리는 별로 내키지는 않았지만 '한(恨)'의 정서를 이야기하며 우리나라가 옛날부터 이웃 강대국으로부터 침략을 많이 받았다는 등, 자원이 부족하여 가난했다는 등, 이런저런 근거를 이야기했다. 그래서 한국인은 대체로 말도 별로 없고 진지하며 매사 좀 소극적이라고 했다. 짧은 영어니 제대로 전달되지 못한 측면도 있었다. 발표를 마치고도 별로 개운치가 않았다. 다른 학생들도 크게 공감하지 못하는 분위기였다. 다음에는 브라질 친구가 발표했다. 그들은 그들의 문화로 '즐거움과 흥'에 대하여 이야기했다. 자기들은 언제나 춤을 추고 노래하며 항상 즐겁게 산다고 했다. 우리 중 누군가가 한마디 했다.

"너네는 땅도 넓고 열대지방이라 날씨도 따뜻하여 먹을 것도 풍부하고, 그러니 늘 즐겁게 살 수 있는 것 아냐?"

그러자 브라질 친구가 말했다.

"아니, 우리는 인생이 즐겁다고 생각해. 오늘 먹을 것만 있으면 우리는 파티를 열고 춤을 출 거야! 내일 일? 그런 것은 몰라."

그 친구가 말을 할 때 진심이 묻어났다. 거짓이 없었다. 아! 확실히 우리랑은 달랐다. 우리랑 지구 반대편이라 그런가? 나는 자라면서 인생은 즐거운 것이라는 말을 들어본 적이 거의 없다. 반면, 인생은 '고해(苦海)'라는 말은 종종 들었다. '최선을 다해라.', '열심히 살아라.'라는 말은 들어보았어도 '인생을 즐겨라!'라는 말은 들어보지 못했다. 우리가 사는 것이 어려워서 그런가 보다 했는데, 사실 우리가 브라질보다 더 잘 살지 않는가? 오랜 역사를 통해 형성된 민족성 또는 문화인 듯했다. 그리고 현실을 바라보는 생각의 차이이기도 하고. 각박한 세상에서 치열하게 경쟁하며 살다 보니 그랬을까? 그래도 아쉬웠다. 매사 긍정적인 생각으로 살아가면 훨씬 즐거울 것을! 관점을 바꿔 '최대한 즐겁게 살아야지.'라고 생각했다. 나중에 내 아이들에게도 '인생을 즐겨라!'라고 말해 주어야겠다.

학생들에게 종강 파티만큼 신나는 일은 없었다. 학원 로비에는 행사 진행을 위해 간이무대가 설치되고 로비 한구석에는 약간의 다과도 준비되어 있었다. TV에서는 영화도 상영되고는 하였다. 학생들은 자유롭게 어울렸다. 어느 날엔가는 '프렌치키스(French Kiss)'라는 영화를 상영하였다. 맥라이언 주연 영화로 아름다운 프랑스를 배경으로 하는 로맨스 영화였다. 영화도 재미있었지만, 배경인 프랑스 포도원 마을이 참 아름다웠다. 그 뒤로 프랑스를 배경으로 하는 영화를 좋아하게 되었다. 종강 파티에서 가장 중요한 행사는 사진찍기였다. 무대에서도 찍었고 그냥 친구들끼리 어울려 찍었다. 마지막 학기인 학생도 있어 이별이 아쉬운 듯 사진을 마구 찍고 연락처를 주고받았다. 사진을 찍을 때 예쁜 여학생, 잘생긴 남학생은 역시 인기가 좋았다. 특히, 아시아 학생들에게 백인의 경우는 더 했다. 외국인과 사진 찍을 기회가 많지 않던 시절이었다. '사진을 같이 찍어도 될까?'라고 말하며 다가서는 표정들이 너무 재미있었다. 어린 마음에 다들 어쩔 수 없었다. 인종 차별이 아니라 자연스러운 욕망의 표현이었다. 언젠가는 파티가 끝나갈 무렵 귀에 낯선 음악이 들려왔다. 라틴음악이었다. 커다란 녹음기에서 음악이 흘러나오고 있었다. 몇몇 학생이 흥얼거리며 어깨춤을 추는 사이, 한 쌍의 남녀가 무대 가운데로 나섰다. 오후 수업에서 본 브라질에서 온 학생들이었다. 여기에서는 학생이지만, 직장인들로 같은 회사에서 왔다고 했다. 둘은 어울려 춤을 추기 시작했다. 난생처음 보는 춤이었다. 하기야 내가 아는 춤이라고는 디스코와 블루스가 전부였으니…. 남미 특유의 체형으로 볼록 나온 엉덩이를 튕겨가며 매력적으로 한데 어울려 춤을 추었다. 엇박자인 듯 아닌 듯, 말로 표현하기 어려운 라틴 특유의 빠르고 경쾌한 음악이 흐르고, 둘은 다양한 손동작과

함께 수업을 들은 브라질 학생들

정열적으로 살사를 추는 남미 학생들

스텝 속에 때론 섹시하게 몸을 부대끼며 때론 저만치 떨어져 농염한 눈빛을 주고받으며 그렇게 한바탕 열정적으로 춤을 추었다. 우리는 무슨 대단

한 공연이라도 보는 듯 숨을 죽이고 지켜보다 환호성과 함께 우레와 같은 박수를 보냈다. 와~우! 정말 환상적이었다. 당시 한국에는 거의 소개되지 않은 살사댄스였다. 나에게는 충격적이었다. 이렇게 신나고 재미있어 보이는 춤이 있었을까? 아리랑과는 차마 비교할 수 없고 디스코와도 차원이 다른…. 포크 댄스 외에 파트너와 짝을 이루어 열정적으로 추는 춤을 한 번도 본 적이 없었다. 강렬한 첫인상이었다. 기회가 된다면 꼭 배워 보고 싶었다.

가끔 수업이 끝나고 시간이 있을 때는 프레즈노대학교(CSU Fresno)에 친구들과 놀러 가곤 했다. I.E.I 학생증을 보여 주면 학교 오락 시설을 할인하여 이용할 수 있었다. 오락 시설이라고 해 보아야 볼링장과 포켓볼 시설 등이 전부였다. 우리는 포켓볼도 쳤지만 주로 볼링을 하였다. 역시 한국에서는 별로 해 본 경험이 없었다. 한국에서는 무슨 운동을 한번 하려면 폼생~폼사! 준비할 것이 많지만 미국에서는 그렇지 않아 좋았다. 몸만 가면 되었다. 한바탕 볼링을 치고 나면 근처 카페테리아로 이동하여 햄버거나 샌드위치 등을 먹었다. 야외 카페테리아에는 테이블도 많고 앞에는 광장도 있고 계단도 있고 그래서 지나다니는 학생이 많았다. 나와 친구들은 이곳에서 시간을 보냈다. 주로 하는 일은 다양한 사람들을 구경하는 것이었다. 프레즈노대학교 내에서만 100여 개의 서로 다른 언어가 사용된다고 했다. 그만큼 인종도 다양했다. 같은 백인이라고 해도 민족에 따라 앵글로색슨족, 게르만족, 슬라브족, 라틴족 등등 모두 달랐다. 스칸디나비안 등 북유럽계는 금발에 피부가 거칠면서 희었고 게르만은 골격이 크고 대체로 남성적이었다. 프랑스 등 중부 유럽은 머릿결에 검은색이 섞이고 피부는 매끈하고 희었으며 통통한 체격이었다. 흑인도 북아프리카 출신과 중앙아프리카 출신이 구별되었다. 피부색이나 골격, 얼굴 생김새도 달랐다. 아시아인도 동북아시아 출신과 동남아시아 출신, 인도인은 완전히 달랐다. 각각 인종마다 신체의 골격 구조, 즉 어깨와 가슴, 엉덩이와 다리, 그리고 그에 따른 걸음걸이가 조금씩 달랐다. 또, 얼굴로 범위를 좁혀보아도, 머리카락과 얼굴 윤곽, 눈매와 코, 입술 모양 등에 각 민족의 특징이 드러났다. 오죽하면 70억 인구 중 같은 사람은 단 한 명도 없다지 않은가? 하지만, 우리나라는 대체로 단일 민족이기에 모두가 비슷하다. 그래서 서로 간에 다름과 다양함에 익숙하지 못하다. 옷을 입을 때나 말을 하거나 행동을 할 때 남도 나와 비슷해야 하고 나도 남에 맞추어야 한다. 튀는 것은 바람직하지 않다고 생각한다. 그렇게 자신도 모르는 사이 사고가 굳어진 경우가 많다. 미국은 달랐다. 여름에도 누구는 반 팔 셔츠를, 누구는 긴 팔 점퍼를 입는다. 겨울인데도 누구는 오리털 파카를, 누구는 짧은 반바지를 입는다. 누가 뭐라고 하지 않는다. 그저 각자에 맞출 뿐이다. 나는 사람 구경이 좋았다. 그 다양함이 흥미로웠다. 지나다니는 사람 하나하나가 마치 동물원의 원숭이 같았다. 하기야 그들에겐 내가 원숭이였을 것이다. 새삼 우리 인간이, 사회와 문화가 얼마나 다양한가를 깨달은 시간이었다.

■ 미국 생활; 홈스테이와 미국 문화

　　나는 어학연수 6개월 동안 어쩌다 보니 모두 세 곳에서 홈스테이 (Home stay)를 하였다. 홈스테이가 의무는 아니어서 아파트를 임차하여 사는 학생들도 일부 있었지만, 혼자인 경우에는 비용 등을 고려하여 주로 홈스테이를 하였다. 나는 주니가 홈스테이한 노라 아주머니 집에 임시로 3주 정도 머물렀다. 아주머니 서재 겸 작업실에서 생활하였는데, 조그만 낡은 싱글 침대가 놓여 있었다. 낡은 침대가 불편하여 바닥에 이불을 깔고 잠을 잤다. 그럭저럭 지낼 만했다. 노라 아주머니는 아침 식사를 차려 주셨다. 가끔 동네 한인 마트에서 김치며 쌀을 사다 주셨고 주방에는 전기밥솥이 있어 밥도 해 주셨다. 친절하고 정 많은 아주머니셨다. 다음에 옮긴 홈스테이는 헌이 홈스테이하고 있던 메리(Mary) 아주머니 집이었다. 마침 홈스테이하던 남미 학생이 돌아가 방이 비었다. 나에게는 다행이었다. 메리 아주머니는 이혼 후 혼자 살고 계셨고 시청 공무원이라고 했다. 출근을 상당히 일찍 하여 나와 헌은 매일 아침을 직접 만들어 먹어야 했다. 별로 어려운 것은 없었다. 날마다 똑같이 베이컨과 계란후라이, 콘플

두 번째 홈스테이 집과 방

메리 아주머니 손녀 할리

레이크, 식빵 한 조각, 우유 한 컵, 후식으로 바나나나 사과 한 개를 먹었다. 설거지도 우리 몫이었다. 한국의 하숙집과는 달랐고 노라 아주머니 방식과도 달랐다. 나로서는 노라 아주머니 집이 좋았지만 어쩔 수 없었다. 그래도 내 방에는 더블침대가 놓여 있고 크기도 넓어 쾌적하고 좋았다. 뒤뜰에는 수영장도 있어 학교를 마치고 오면 호젓하게 수영을 할 수 있었다. 2주에 한 번씩은 아르바이트 학생들이 와서 집 전체 청소도 해 주었고 정원도 규칙적으로 관리해 주는 아저씨가 있었다. 한국과 비교하면 정말 좋은 환경이었다. 마지막 세 번째 홈스테이는 노라 아주머니 집에서 상당히 떨어진 다른 동네에 있는 집이었다. 여름방학 한 달 동안 내가 여행을 하기로 해서 홈스테이를 옮겨야만 했다. 메리 아주머니는 그 기간 동안 다른 홈스테이 학생을 받기 원했다. 여행하는 동안 짐은 노라 아주머니가 보관해 주셨다. 세 번째 하숙집은 70대 노부부로 은퇴 후 홈스테이로 생계를 유지하는 집이었다. 집도 작고 뒤뜰이나 수영장은 없었다. 조그만 방에 낡은 싱글 침대 하나가 놓여 있었다. 전문 홈스테이 같았다. 비어 있는 방이 많았고 학생은 나를 포함하여 단 두 명뿐이었다. 아랍에서 온 같은 학원 학생이었다. 돈을 벌 목적으로 홈스테이를 하는 집이다 보니 비용을 절감해야 했다. 당연히 음식의 질이 많이 떨어졌다. 늘 비슷한 햄버거 등 패스트 푸드를 해 주었다. 식사 외에 간식은 먹을 수 없었다. 필요하면 사다가 방에 놓고 먹어야 했다. 그리고 밤 10시만 되면 현관문을 잠갔다. 규칙이라고 했다. 아랍 학생 왈! 이래서 학생이 없는 거라며 자기도 다음 달 돌아갈 예정이라고 했다. 그때까지 그저 참고 살고 있다고 했다. 전에 살던 홈스테이와는 비교가 되지 않는 불편하고 열악한 환경이었다. 홈스테이도 천차만별임을 알았다. 고민해 보았지만 한 달여를 남기고 다시 홈스테이를 구하기도 쉽지 않아 보였다. 나도 그냥 참고 살기로 했다. 시간이 빨리 가기를 바랄 뿐이었다. 같은 미국 생활인데 처음과 끝이 너무 달랐다. 홈스테이에는 '씨씨'라는 애완견이 있었다. 스무 살쯤 된 병들고 늙은 큰 개였다. 노부부라 개 목욕을 자주 안 시켜 주어 악취가 났다. 거실에서도 냄새가 났다. 20년을 데리고 살아 정이 들어 안락사를 시킬 수도 없다고 했다. 경제적으로 풍요롭지 못할 뿐, 마음씨가 고약한 아주머니는 아닌 듯했다. 미국이라고 사람들이 다 잘 사는 것은 아니었다. 홈스테이를 여러 번 옮기다 보니 어려움도 있었지만, 그래도 이런 경험을 통해 미국을 좀 더 속속들이 알게 되는구나! 생각했다. 사람 사는 세상은 큰 차이가 없었다. '곳간에서 인심 난다.'라는 말도 일리가 있어 보였다.

메리 아주머니 집에서 홈스테이할 때 가끔 '포틀럭 파티(Potluck party)'를 했다. '포틀럭 파티'는 파티 참석자가 각자 음식 한두 개씩을 만들어와 함께 차려놓고 즐기는 파티를 말한다. 포틀럭 파티 단골 초대 손님은 앞집에 사는 노라 아주머니와 같은 동네에 사는 메리 아주머니 조카였다. 나와 헌도 한국요리를 한두 가지 장만하였다. 한국 마트에서 장을 보아서 두부를 부치거나 김치찌개를 끓였다. 야외 식탁에 차려놓고 먹으면 무얼 먹어도 맛이 좋았다. 특히, 맥주 한잔 들고 수영장 주변 잔디밭을 걸으며 마시면 말 그대로 '스탠딩 파티(Standing party)'가 되었다. 한국 사람들은 한자리에 주야장천 앉아 술을 마시는데, 미국 사람들은 와인이나 맥주를 잔 또는 병째 들고 삼삼오오 모여 서서 얘기하는 스탠딩 파티가 많았다. 우리와는 다른 문화였다.

언젠가 종강하던 날, 선생님이 학생들을 집으로 초대했다. 한국에서는 쉽지 않은 일이다. 학생들은 열 댓명 남짓, 우리는 차를 나누어 타고 선생님

선생님 집에서 한 파티

집을 방문했다. 수영장이 딸려 있었으나, 그리 큰 집은 아니었다. 선생님은 아이가 셋이었다. 음식은 간단했다. 피자 몇 판과 콜라 등 음료, 사과, 바나나 등이었다. 자유롭게 삼삼오오 모여 담소도 나누고 게임도 하였다. 몇몇은 선생님 아이들과 어울려 물놀이도 했다. 많은 준비가 필요한 것은 아니었지만, 여러 사람이 즐겁게 지내기에는 충분했다. 한국에서는 집으로 사람을 열 명 이상 초대하는 일이 거의 없다. 주로 아파트에서 살기 때문일 것이다. 그러나 그것 말고도 또 다른 이유가 있다. 바로 음식 준비다. 한국 사람들은 먹는 것에 목숨을 건다. 사람을 초대하면 일단 음식이 풍성해야 한다. 그래서 음식을 준비하는데, 엄청 많은 시간과 공을 들인다. 게다가 한국 음식이 손은 좀 많이 가는가! 다 이유가 있다. 음식을 떡 벌어지게 한 상 차리지 않으면 뒷말이 나오기 때문이다. 나중에 좋은 소리를 듣지 못한다. 그렇다 보니 큰맘 먹고 음식을 만들 각오를 하지 않으면 사람을 집으로 초대하지 않는다. 요즘은 특히 더 그렇다. 참 다르다. 파티의 주요 목적은 먹는 것이 아니라 함께 어울리는 것인데 말이다.

그런데도 한국 학생들을 집으로 초대해 준 한국 학생이 있었다. 아마 미국이어서 그랬을 것이다. 미국에서 생활하다 보니, 미국 물도 좀 들었고 또, 외국이라 좀 부족해도 양해가 되어 부담을 덜었을 것이다. 다른 회사에서 어학연수를 온 직장인으로 가족이 모두 와서 아파트를 얻어 생활하고 있었다. 나보다 나이가 많았다. 한국 음식을 먹고 싶어 하는 우리를 위해 마음씨 좋은 형수가 초대한 것이었다. 모처럼 한국 음식을 먹을 수 있는 기회여서 우리는 재일 교포 여학생 최준지도 데리고 갔다. 형수는 어디서 재료를 구했는지 불고기와 잡채, 김치와 전으로 한 상 떡하니 차려 주었다. 오랜만에 맛있게 먹었다. 형수는 준지의 존재를 몰랐다. 우리가 재일 교포라고 소개했더니, 당연하다는 듯 한국말로 이야기를 하였다. 준지가 어리둥절해 하였다. 짧은 영어로 내가 통역에 나섰다. 한참을 그렇게 얘기했다. 그러자 안타까운 마음에 형수가 준지에게 말했다.

'아니, 한국인이 한국말을 못 하면 어떻게 하느냐고. 일본말 다음으로 영어가 아닌 한국말을 배워야 하는 것 아니냐고. 방과 후에 자기에게 오면 당신이라도 가르쳐 주겠다고….' 통역을 하던 나는 말문이 막혔다. 아! 이걸 어떻게 통역해야 하나. 내용이 어려운 것이 아니라 갑자기 민족문제가 얽히면서 감정을 제대로 전하는 것이 문제였다. 잠시 생각에 빠졌다. 준지와 같은 재일 교포 2세, 아니 어쩌면 3세에게 과연 모국어는 무엇일까? 한국어일까? 일본어일까? 만일 일본어라면 그가 더 나은 삶을 위해 배워야 하는 제1외국어는 영어일까? 한국어일까? 아마 현실적으로 영어일 것이다. 그러면 형수가 말하듯 한국말을 못 하는 한국인은 과연 한국인일까? 한국에서는 한 번도 생각해 본 적이 없는 문제였다. 국가와 민족, 국민에 대해 다시 정리해 보아야 했다. 그날 나는 준지에게 그냥 이렇게 영어로 말했다.

"She really wishes you could speak Korean very well. (네가 한국말을 할 수 있으면 참 좋았을 텐데….)"
라고 형수가 말했다고.

　세 번째 홈스테이로 옮긴 후, 나는 주말이면 노라 아주머니 집에 놀러 가곤 했다. 아주머니 집에서 짐을 옮길 때, 안쓰러운 눈빛으로 시간 되면 언제든 놀러 오라고 말씀해 주셨었다. 주로 금요일 오후에 갔다. 거리가 꽤 멀기 때문에 자전거를 타고 갔다. 아주머니는 항상 반갑게 맞아 주셨다. 서로 성향도 비슷해 죽이 잘 맞았다. 그때에는 헌도 홈스테이를 노라 아주머니 집으로 옮긴 후라서 나, 주니, 헌 모두 노라 아주머니 집에서 모일 수 있었다. 나와 헌은 메리 아주머니 집에서 하듯 가끔 한국요리도 해서 식탁은 언제나 풍성했다. 레스터와 아주머니, 그리고 우리 셋은 다이닝 룸(Dining room) 식탁에 둥그렇게 모여 앉아 늦은 시간까지 다양한 화제를 가지고 이야기를 나누었다. 레스터는 유머 감각이 뛰어났다. 운수회사 부사장답게 골동품 같은 오래된 자동차를 모으는 게 취미였고 입담도 걸쭉~했다. 박물관에서나 볼 듯한 자동차였는데, 번호판도 있고 실제 드라이브도 가능했다. 우리는 미국 생활과 문화, 그리고 한국의 그것에 관하여 많은 이야기를 나누었다. 마치 비교문화학 시간 같았다. 영어의 좋은 점은 존댓말이 없다는 것이다. 물론 존칭으로 Mr. 를 사용하기도 하지만 어른, 아이 할 것 없이 그냥 'You'이다. 그러니, 서로 말을 하기가 편하다. 당연히 계층 간, 남녀 간, 세대 간 흉·허물없이 대화하고 친구 관계를 맺을 수 있다. 수평 사회를 이루어 온 근간이 아닌가 한다. 반면, 한국은 만나면 나이를 먼저 묻는다. 그것에 따라 위, 아래가 정해지고 반말 또는 존댓말로 말투도 결정된다. 과거부터 오랫동안 수직 사회를 이루어 살아왔고 현재도 그 문화가 남아있기 때문이다. 사람은 대체로 아래에 있는 것을 싫어하니, 나이가 다르면 서로 말을 잘 안 하게 된다. 소통이 잘 이루어질 수 없다. 자연스레 계층과 세대가 나누어지고 각 그룹별로 자기들만의 배타적인 문화를 형성하며 서로 다른 세상에서 살아간다. 그래서 나는 유교의 영향을 받은 동양의 수직 문화가 싫다. 아무튼, 레스터와 노라 아주머니는 우리와는 다른 세대였지만 우리는 마치 친구처럼 거침없이 웃고 떠들며 즐거운 시간을 보냈다. 레스터는 스스럼없이 음담패설에 가까운 야한 농담을 하며 아직 결혼 전인 우리를 놀려먹곤 하였고 노라 아주머니는 옆에서 깔깔대며 웃곤 하였다.

언젠가는 한국에서 여대생 두 명이 학원에 왔다. 한 달 어학연수 과정이었다. 우리는 노라 아주머니 집에 두 여학생을 초대하였다. 흔지 않은 기회여서 고마워하였다. 그때도 다이닝 룸 식탁에 둘러앉았다. 그 여학생들은 미국이 처음이었고 영어도 그저 그랬다. 하지만 영어로 말하는 데 열심이었다. 한 학생이 미국의 이민 사회, 인종 문제 등을 말하며 레스터에게 'Mexican American(멕시코계 미국인)'이라는 단어를 사용했다. 우리가 보기에 그는 멕시코계 미국인이었다. 'Korean American(한국계 미국인)' 하듯이 그녀는 자연스레 사용한 것이다. 조용히 듣고 있던 레스터가 진지하게 말하였다.

"You are wrong. I'm not Mexican American. We're all just American! (네 말은 틀려. 나는 멕시코계 미국인이 아냐. 그냥 우리 모두 미국인일 뿐이야!)"

미국에서는 다양한 인종과 민족이 어울려 살아간다. 처음 나라를 세울 때부터. 이민자의 나라 미국. 그들에게 인종과 민족은 국가 안에서 큰 의미가 없는지도 모른다. 다양한 사람들이 한 국가 안에서 함께 살아가는 나라, 미국. 레스터는 그것을 말하고 싶었을 것이다.

한국으로 돌아오던 날(프레즈노 공항).
왼쪽부터 메리와 할리, 노라, 나 그리고 레스터

■ 북아메리카 배낭여행

미국 서부 여행

푸른 물결, 태평양과 마주하다.

미국 생활에 어느 정도 익숙해지고 학교생활에도 여유가 생기면서 주말이면 친구들과 여행을 다녔다. 나는 한국에서 국제운전면허증을 발급받아갔지만, 장롱 면허증이었다. 헌도 마찬가지였다. 그래서 차를 렌트하여 여행을 다닐 때는 주로 주니가 핸들을 잡았다. 한국에서 운전했었고 드라이브를 좋아하기도 하였다. 첫 여행지는 프레즈노에서 가까운 킹스 캐니언 국립공원(Kings Canyon National Park)이었다. 집을 나와서 학교를 지나 곧바로 쭉 가면 되었다. 두 시간 남짓 걸렸다. 학원에서 만난 태국 학생 노이와 오아를 포함해서 일행은 모두 다섯 명이었다. 특별한 준비 없는 당일치기 여행이었다. 차가 산길로 접어들었다. 길은 가파르게 이어졌고 숲은 우거져만 갔다. 계속 앞으로 나아갔다. 귀가 막히고 뚫리기를 몇 번, 차가 상당히 높은 능선을 타고 고개를 넘어섰다. 눈앞에 시에라네바다 산맥의 장엄한 풍경이 펼쳐졌다. 학창 시절 지리 과목, 특히 세계 지리에 관심이 많은 나였기에 아직도 기억하고 있었다. 정확한 높이를 알 수는 없었지만, 산봉우리들은 4,000m를 훨씬 넘는 것 같았다. 뾰족한 화강암 봉우리가 구름을 뚫고 솟아있었고 대부분 눈으로 덮여있었다. 처음으로 눈 덮인 설산을 눈으로 직접 보았다. 내가 좋아하는 영화 'K2'에서 본 히말라야 같았다. 가슴이 탁 트이며 외국에 나와 있음을 실감했다. 계곡도 깊고 물의 양도 어마어마했다. 건기로 접어들고 있었는데도 눈이 녹아 내려오는 물로 마치 장마철 지리산 계곡을 보는 듯했다. 장관이었다. 장비가 없어 트레킹은 엄두도 못 내고 차로 갈 수 있는 곳까지만 갔다. 길의 맨 끝에 회차 지점이 있었다. 잠시 차에서 내려 깊은 산속 신선한 공기를 만끽하였다. 순간 숲속에서 움직이는 물체가 보였다. 뭘까 살펴보고 있는데, 허~걱! 야생 곰이었다. 한국에선 상상하기 어려운 상황이었다. 산속에서 곰을 만나다니…. 곰과 눈이 마주쳤다. 우리는 당황했다. 어찌해야 할까? 달아날까? 꼼짝 말고 서 있을까? 본능적으로 우리 다섯 명은 뭉쳐 섰다. 어쩔 줄 몰라 하고 있는데, 다행히 곰이 방향을 틀어 산속으로 유유히 사라져갔다. 등에서는 식은땀이 흘러내렸다. 가슴을 쓸어내리며 그 와중에도 얼른 사라져가는 곰의 뒷모습을 카메라에 담았다. 새로운 경험이었다.

세쿼이아 국립공원(Sequoia National Park)도 시에라네바다 산맥에 자리 잡고 있는데, 킹스 캐니언 국립공원에서 약간 남쪽에 있었다. 이

거대한 세콰이아 나무

곳은 일본 친구인 사치코와 함께 갔다. 이 공원은 시에라네바다 산맥 최고봉인 휘트니 산(Mount Whitney)를 품고 있으며, 그 이름에서 알 수 있듯이 커다란 세쿼이아(북미산 삼나무)로 유명한 곳이다. 미국에서 옐로스톤 국립공원 다음으로 1890년에 국립공원으로 지정되었다. 나무가 정말 컸다. 지구상 가장 거대한 나무로 알려진 '제너럴 셔먼(General Sherman) 나무'는 높이가 83m에, 둘레가 31m나 되었다. 오죽하면 한 반 학생이 모두 나무 안쪽에서 사진을 찍을 수 있다지 않은가? 거대한 자연 앞에 입이 떡~ 벌어졌다. 산에

서 내려올 때는 길이 하도 구불거려 약간의 어지럼증까지 느껴졌다. 하지만 내가 다시 언제 이곳에 올까? 여행은 즐겁기만 하였다.

산을 보았으니 바다가 보고 싶었다. 태평양 서부 해안도로를 타고 달려보기로 했다. 이번에는 한국 학생 찬타이가 동행했다. 나와 헌, 모두 셋이었다. 프레즈노에서 남서쪽으로 차를 몰아 서부해안으로 향했다. 해안에

중세 고딕 양식의 허스트 캐슬

조금 못 미쳐 '허스트 캐슬(Hearst Castle)'이 있었다. 언론 재벌 윌리엄 랜돌프 허스트가 1900년대 초에 건립한 성인데, 높은 언덕 위에 중세 고딕 양식으로 세워져 있었다. 중세의 오래된 성처럼 내부는 화려하고 아름다웠으며 밖의 정원과 수영장도 잘 가꾸어져 있었다. 미국에서는 보기 드문 건축물이었다. 차를 달려 검푸른 물결이 출렁대는 태평양에 다다랐다. 아! 태평양. 지중해성 기후로 파란 하늘과 작열하는 태양 아래 반짝이는 바다는 너무 아름다웠다. 그동안 내가 한 번도 보지 못한 빛깔과 색감이었다. 감탄사가 절로 나왔다. 황홀했다. 우리는 1번 국도를 타고 북쪽으로 달렸다. 가는 곳마다 절경이 우리를 기다리고 있었다. 우리는 운전과 멈춤을 반복하며 사진 찍기에 여념이 없었다. 생각보다 일정이 많이 지체되었다. 몬테레이(Monterey)에 도착했다. 몬테레이는 카멜(Carmel)과 더

1번 국도를 따라 펼쳐진 짙푸른 태평양

불어 아름다운 휴양도시로 유명한 곳이다. 해안을 거닐며 태평양을 즐겼다.

바닷가 바위 위에서는 물개들이 손짓하고 있었다. 몬테레이는 '환상의 17 마일 드라이브 코스(Fantastic 17 miles Drive Course)'가 아름답기로 유명했다. 길을 좀 헤맨 뒤에 입구를 찾았다. 유료도로로 입장료를 받고 있었다. 갑자기 헌이 돌아가자고 했다. 별다른 것 없는 해변일 텐데, 굳이 입장료까지 내며 뭐하러 또 보냐고…. 시간도 늦었는데 그냥 가자고 찬타이도 동조하고 나섰다. 헐~! 이걸 어쩌나. 둘 다 나보다 형들이었고 운전도 찬타이가 하고 있었다. 아쉬웠지만 하는 수 없었다. 돌아설 수밖에. 샌프란시스코를 향하는 차 안에서 못 내 아쉬워하는 내 마음을 알았는지, 부산이 고향인 헌이 말했다.

"태평양 해변, 별것 아니네. 내가 보니 동백섬이 훨씬 더 아름답다."

동백섬을 가 본 적이 없으니 뭐라 말할 수 없었다. 또, 사람마다 느끼는 감동이 다를 수도 있겠다 싶었다. 하지만 이곳은 정말 다시 오기 어렵지

붉은 교각이 인상적인 금문교

않은가? 샌프란시스코(San Francisco) 금문교(Golden Gate Bridge)에 다다랐다. 거대한 다리가 바다를 가로지르고 있었다. 규모가 놀라웠다. 저녁 햇살을 받은 다리가 붉게 빛났다. 아름다웠다. 저 멀리 바위섬에 30년간 감옥으로 사용되었다던 앨커트래즈(Alcatraz) 요새도 보였다. 니컬러스 케이지가 주연한 영화 '더 록(The Rock)'의 배경이 된 곳이다. 어디에선가 본 곳을 찾아가는 여행의 또 다른 재미였다. 샌프란시스코! 나에게는 감회가 남달랐다. 내가 좋아하는 도산 안창호 선생이 미국에 처음 도착하여 정착한 곳이 샌프란시스코였다. 화물선에 몸을 싣고 한 달여간 태평양을 건너는 멀고도 긴 여행을 하였을 것이다.

"끝도 없는 바다를 항해하는데, 저 멀리에 섬이 하나 나타났다. 그 섬을 보는 순간, '드디어 새로운 세상에 왔구나.' 하고 희망이 솟구쳐 올랐다. 나는 호를 '도산(島山)'으로 하기로 했다."

언젠가 선생이 말씀하신 글을 읽은 기억이 났다. 그 섬이 샌프란시스코 앞 태평양에 떠 있는 '파랄론 섬(Farallon Islands)'이 아닐까? 선생의 체취를 머나먼 이국땅에서 느낄 수 있는 것 같았다. 돌아오는 길에 버클리(Berkley)에 들렀다. 시간이 없어 히피의 발상지이자 반전 운동의 상징인 버클리대학교(UC Berkley)만 잠시 들렀다. 미국 명문대학 분위기를 살짝 느껴보는 것으로 만족해야 했다.

　　메리 아주머니 집에 홈스테이할 때였다. 주말 연휴에 샌디에이고(San Diego)에 사는 친척 병문안을 할 계획인데, 원한다면 샌디에이고까지 데려다줄 수 있다고 하셨다. 물론 올 때도 태워다 주신다고 했다. 쉽게 말해, 교통비 안 들이고 3박 4일 샌디에이고 여행할 생각 없냐는 것이었다. 숙소는 내가 해결 해야 했다. 좋다고 했다. 메리 아주머니 차를 얻어타고 샌디에이고 여행에 나섰다. 혼자 배낭을 메고 하는 첫 여행이었다. 아주머니는 기차역 근처에 나를 내려 주셨다. 픽업(Pick up)도 같은 장소에서 하기로 했다. 아주머니가 사라지자 아무도 아는 이 없는 미국 땅에 혼자 남겨진 느낌이었다. 믿을 것은 달랑 한국에서 가져온 여행안내 책자 하나였다. 마음이 불안했다. 그러나, 한편 설레기도 하였다. 여행 안내소에서 시내 지도를 한 장 얻어 대중교통 시스템 파악에 나섰다. 지하철이 없어 버스로 이동해야 했다. 짧은 시간에 버스 노선을 익히고 표를 사서 이동하기가 쉽지 않았다. 많이 걸어야 했다. 샌디에이고는 캘리포니아 최남단에 있는 해안 도시이다. 다운 타운을 둘러본 후, 해변으로 이동하여 유람선에 올랐다. 바닷바람이 시원했다. 항구에는 커다란 군함이 정박해 있고 바람에 펄럭이는 돛을 뽐내는 멋진 범선은 바다를 유유히 떠다니고 있었다. 나에게는 그저 하나하나가 다 새로웠다. 하루 종일 걸으니 피곤했다. 버스 정류장에서 버스를 기다리다 깜빡 누워 잠이 들었다. 꿀잠이었다. 다음 날에는 라 호야(La Jolla) 해변에 가 보았다. 팜 트리(Palm Tree)가 곳곳에 서 있어 이곳이 남부임을 일깨워 주었다. 바닷물에는 진흙

발보아 파크에서 만난 거리의 악사들

이 섞여 있어서 그런지, 물은 그다지 맑지 않았다. 오후에는 발보아 파크 (Balboa Park)에 가 보았다. 공원에는 커다란 동물원이 있었으나, 한국 동물원과 다를 것 같지 않아 가지 않고 공원을 산책했다. 곳곳에 모형 군용기가 많이 전시되어 있어 색달랐다. 공원 안 작은 공간에서는 남미계 거리의 악사들이 특이한 곡조의 음악을 연주하고 있었다. 남아메리카 인디언 음악 같았다. 꽤 인상적인 음악으로 나중에도 두고두고 흥얼거리게 되었다. 셋째 날에는 멕시코 국경도시 티후아나(Tijuana)에 갔다. 트롤리 (Trolley)를 타고 이동한 후 걸어서 국경을 넘었다. 멕시코는 미국과 사뭇 달랐다. 도시가 매우 낡고 가난해 보였다. 거리를 둘러본 후, 마야 달력을 기념품으로 사서 돌아왔다. 샌디에이고에서는 유스호스텔에서 묵었다. 방은 4인실로 주방은 모두가 공유했다. 식사를 준비하고 먹다 보면 세계 여러 나라에서 온 친구들과 어울릴 수 있어 좋았다. 향후 유스호스텔을 주요 숙박시설로 이용하게 된 계기가 되었다. 돌아오는 날, 메리 아주머니를 산타페역에서 만났다. 여행 즐거웠냐고 물으셨다. 나는 고개를 끄덕이며 돌아오는 차 안에서 지난 여정을 쭉~ 읊었다. 그렇게 영어가 늘어가고 있었다.

광활한 자연, 그리고 낭만

　　요세미티 국립공원(Yosemite National Park)은 미국 3대 국립공원의 하나로 시에라네바다 산맥 중앙에 위치한다. 프레즈노가 방문을 위한 거점도시이다. 요세미티 국립공원은 높은 산봉우리 눈이 녹아내려 수량이 풍부하고 녹음이 우거진 6월이 가장 아름답다. 6월 어느 날, 드디어 요세미티 국립공원을 가기로 했다. 생각보다 멀었다. 국립공원 내 도로가 좁아 시간이 오래 걸리기도 했다. 거의 세 시간을 달렸다. 국립공원 안에 들어서자 침엽수가 빽빽하게 자라고 있었다. 높은 산악도로를 타고 진입하기 때문에 들어가면서 요세미티 국립공원을 한눈에 조망할 수 있었다. 3,000m 이상의 높은 봉우리와 넓은 계곡이 시원시원하게 펼쳐져 있었다. 먼저 우리의 눈을 사로잡은 것은 엘 캐피탄(El Capitan)이었다. 초원 뒤편으로 수직으로 높이 솟은 거대한 바위로 어마어마했다. 탄성이 절로 나왔다. 바위에 어울리는 원시의 힘과 포즈를 내보이며 사진을 찍었다. 좀 더 계곡을 오르면 요세미티 폭포(Yosemite Falls)를 볼 수 있었다. 아직 폭포의 모습이 보이지도 않는데, 폭포에서 뿜어나오는 물안개가 옷을 적셨다. 차차 굉음이 들려왔다.

요세미티 국립공원. 가운데 멀리 보이는 것이 하프 돔.

한국에서 내가 좋아한 지리산 칠선폭포나 두타산 용추폭포와는 차원이 달랐다. 사진을 찍기 위해 폭포 앞 나무다리에 섰는데, 흩날리는 물보라와 바람으로 몸을 가누기 어려울 정도였다. 낙차가 제일 큰 곳은 730m가 넘는데, 북반구에서 가장 높다고 했다. 6월이라 수량이 가장 많을 때라

더욱더 장관이었다. 내 머릿속에 있는 폭포에 대한 개념을 바꾸어야 했다. 요세미티 빌리지를 지나 하프 돔(Half Dome)으로 향했다. 빙하로 깎인 반달 모양의 바위 봉우리로 요세미티 국립공원의 상징인 곳이다. 높이가 2,965m에 달했다. 놀라울 따름이었다. 영화 'K2'를 보면 자일에 몸을 묶고 플라잉(Flying) 기술로 새처럼 바위 위를 날며 깎아지른 화강암을 오르는 장면이 나온다. 아마 이곳에서 촬영하지 않았을까 하는 생각이 들었다. 참으로 인간을 압도하는 경이로운 광경이었다. 미국에는 많은 국립공원이 있는데, 굳이 비교하자면 요세미티 국립공원은 우리나라 국립공원 중 설악산 국립공원과 유사했다. 물론 규모는 비교가 되지 않지만.

그랜드캐니언 국립공원(Grand Canyon National Park)에 가 보고 싶었다. 그랜드캐니언은 한국인에게 잘 알려진 미 서부의 대표적인 여행지로 익히 사진은 보아온 터였다. 헌과 주니는 심드렁했다. 애리조나주에 있어 꽤 멀기도 하거니와 여름방학에 방문할 계획이라고 했다. 나는 여름방학에는 미 대륙횡단 배낭여행을 계획하고 있었다. 하는 수 없이 혼자 여행을 가기로 했다. 이미 샌디에이고 여행을 통해 어느 정도 자신감도 있었다. 이번에는 비행기와 기차를 이용하기로 했다. 갈 때와 올 때 서로

사우스 림에서 바라본 그랜드캐니언

다른 교통수단을 이용하면 비용이 많이 들지만, 대륙횡단 여행을 앞두고 다양한 교통수단의 장단점을 알아보고 싶었다. 새로운 것에 대한 도전이기도 했다.

우선 비행기로 라스베이거스(Las vagus)로 이동했다. 가는 길에 비행기에서 내려다보니 메마른 사막의 연속이었다. 너무 높아 풍경이 제대로 보이지 않았다. 그저 빠른 교통수단일 뿐이었다. 라스베이거스에서 버스로 갈아타고 그랜드캐니언에 도착했다. 우선 숙소를 정해야 했다. 인터넷도 없었고, 또 아직 미국의 예약 문화에 익숙하지 않던 시절이었다. 롯지(Lodge)에 도착하니 사람들이 줄을 서 있었다. 비싸기도 하였지만, 방도 없었다. 잠깐 기다리다 운 좋게 예약이 취소된 방을 구할 수 있었다. 비용을 아끼기 위해 대기 중이던 한국 학생과 방을 공유하기로 했다. 다음날, 롯지에 짐을 풀고 여행에 나섰다. 그랜드캐니언은 사우스 림(South Rim)과 노스 림(North Rim)으로 나뉘는데 내가 묵고 있는 곳은 남 벽, 사우스 림이었다. 계곡을 보는 순간 아! 눈이 휘둥그레지고 입이 떡~ 벌어졌다. 탄성이 절로 나왔다. 아무리 이름이 대협곡이라지만 정말 어마어마한 계곡이었다. 길이는 콜로라도강을 따라 수십 Km이고 높이도 2,000m에 달했다. 억겁의 세월 동안 침식으로 만들어진 계곡, 장구한 세월을 눈으로 볼 수 있었다. 저 멀리 계곡 아래 실개천이 보였다. 콜로라도강이었다. 그곳까지 가느다란 길이 이어져 있었다. 트레킹 코스다. 말을 타거나, 또는 걸어갈 수 있었다. 왕복 8시간 이상 걸린다고 안내되어 있었다. 가 보고는 싶었지만, 장비도 없었고 시간도 부족했다. 그냥 난간에 서서 바라보는 것으로 만족해야 했다. 캐니언 이곳저곳을 둘러보았다. 아직 여행 시즌이 아니라 비교적 한적했다. 협곡의 난간 한쪽에 자리를 잡았다. 붉게 물든 협곡을 바라보며 한동안 멍하니, 그렇게 세월과 바람을 느끼며 앉아 있었다. 태초의 세상을 보는 듯했다. 너무 좋았다. 저 멀리 어디쯤엔가는 나바호(Nanajo) 인디언 마을도 있겠지? 깃털로 멋지게 장식한 인디언이 둥~둥~ 두드리는 북소리가 귀에 들릴 것만 같았다. 그때는 몰랐다. 백인에 쫓겨 황량한 사막에 자리 잡을 수밖에 없었던 인디언의 슬픈 운명을. 한참이 흘렀다. 아! 그런데 이게 무슨 조화일까? 갑자기 하늘이 흐려지더니 눈발이 날리기 시작했다. 좀 전까지만 해도 6월의 따가운 햇볕이 내리쬐고 있었는데…. 평평해서 잊고 있었다. 생각해 보니 내가 앉아 있는 곳이 해발 2,000m가 넘는 고지대였다. 눈이 내릴 만도 했다. 아무튼, 미국 날씨는 종잡을 수가 없었다. 저녁엔 롯지의 바에 나와 컨츄리 음악을 들으며 맥주를 마셨다. 밤하늘엔 쏟아질 것 같은 별이 빛나고 있

네온 불빛이 화려한 라스베이거스 더 스트립

었다. 낭만 가득한 황홀한 밤이었다. 다음날 라스베이거스로 이동했다. 라스베이거스의 거리는 정말 화려했다. 더 스트립(The Strip)을 따라 늘어선 독특한 호텔과 아름다운 장식, 카지노의 반짝이는 불빛. 거리를 걷는 것만으로도 너무 즐거웠다. 밤늦은 시간임에도 거리는 여행객들로 넘쳐났다. 도박과 매춘이 합법인 네바다주가 아닌가? 젊음과 환락의 거리 그 자체였다. 카지노에 들렀으나, 게임의 규칙을 잘 몰라 슬롯머신만 해 보았다. 그렇게 운이 좋지는 않았다. 분수 쇼, 보물섬 쇼 등 다양한 볼거리를 즐기며 자정이 넘는 시간까지 거리를 활보하고 다녔다. 프레즈노로 돌아오는 길은 암트랙(Amtrak) 기차를 이용했다. 편도로 끊어 비용이 많이 든 편이었지만 넓고 쾌적해서 좋았다. 처음으로 출발부터 도착까지 미국 땅에서 며칠 동안 혼자 한 여행이 무사히 끝나가고 있었다. 배낭여행에 대한 자신감을 얻었다. 더 긴 여행도 할 수 있을 것 같았다.

로스앤젤레스(Los Angeles)는 한국에 돌아가기 바로 전에야 둘러볼 수 있었다. 서울 사람이 남대문에 가 보지 않는 것과 같은 격이었다. 프레즈노에서 세 시간이면 도착했다. 로스앤젤레스는 미국에서 두 번째로

큰 도시로 미국에서 가장 큰 한인사회가 자리 잡고 있어 비교적 한국인에게는 익숙한 도시다. 영화 도시로도 유명했다. 우선 할리우드(Hollywood)와 베벌리 힐스(Beverly Hills)를 둘러보았다. 할리우드 대로에는 유명 영화 스타의 손 모양이 청동에 음각되어 길바닥에 박혀있었다. 좋은 아이디어였다. 지금은 우리나라에서도 종로 극장가에 가면 볼 수 있다. 베벌리 힐스의 집들은 규모도 크고 정원도 아름다웠다. 다만, 밖에서만 볼 수 있어 크게 가슴에 와 닿지는 않았다. 롱 비치(Long Beach)에 들러 보았으나, 그냥 도시의 해변에 지나지 않았다. 다음날 디즈니랜드

디즈니랜드 거리에서

(Disney Land)에 갔다. 한국에서도 놀이공원에 가 본 적이 없었는데, 미국에 오니 한 번뿐이다 싶어 이곳저곳 다 가 본다 싶었다. 화려함과 흥미로움은 기대 이상이었다. 아니, 인디아나 존스 모험(Indiana Jones Adventure)이나 카리브해의 해적(Pirates of the Caribbean) 등은 정말 재미있었다. 마지막 날에는 오전에 유니버설 스튜디오(Universal Studio)도 방문했다. 투어에 참가하여 영화를 만드는 방법, 특수효과 촬영 등도 견학하고 쇼도 보곤 하였다. 시간이 많지 않아 오래 머무를 수 없어 아쉬웠다. 여행하다 보니, 자연을 둘러보는 여행과 도시를 둘러보는 여행은 느낌이 매우 달랐다. 미국의 자연은 광활했고 가슴이 탁 트였다. 반면, 도시 여행은 사람 사는 맛, 문화를 느낄 수 있어 좋았지만 번잡했다. 자연이 주는 경이로움이 나에겐 더 인상적이었다.

미 대륙횡단 여행_ AmeriPass를 손에 들고 집시가 되어….

왜(Why)? 미 대륙횡단 배낭여행을 떠나는가?

I.E.I 어학연수는 3단계 과정을 마치고 한 달간 방학(Break)을 한 후 다시 2단계 과정을 밟도록 구성되어 있었다. 한 달간 무엇을 할 것인가 곰곰이 생각했다. 헌과 주니는 홈스테이에 머무르며 한두 차례 가까운 곳으로 여행을 다니겠다고 했다. 나는 한 달이라는 절호의 기회를 그냥 보내고 싶지 않았다. 당시에는 직장에서 기껏해야 일주일 정도 휴가를 쓰던 시절이었다. 한 달간 연속으로 자유로이 시간을 쓸 수 있다는 것은 너무나 감사한 일이었다. 나는 북아메리카 대륙을 구석구석 누비는 미 대륙횡단 배낭여행을 하고 싶었다. 도산 안창호 선생은 샌프란시스코에서 뉴욕에 이르는 대륙횡단철도를 타고 미국 여행을 한 후, 미국이 얼마나 크고 강한 나라인가를 몸소 깨달았다. 그리고 일본이 미국을 상대로 태평양 전쟁을 일으키자 일본이 패망할 것임을 확신했다. 나도 넓은 세상을 보고 싶었다. 세계 유일 강대국 미국을 내 눈으로 똑똑히 보고 알고 싶었다. 미국에 대한 어릴 적 기억들이 떠올랐다. 책받침에서 보았던, 하얀 돔(Dome) 지붕과 빨간 튤립이 아름다웠던 미국 국회의사당, 철이 들 무렵 동경의 대상이 되어 미국을 꿈꾸게 한 '큰 바위 얼굴'. 어쩌면 이번 여행에서 '큰 바위 얼굴'을 볼 수도 있겠다 싶었다. 어느 날 저녁, 노라와 레스터, 그리고 헌 등과 식탁에 둘러앉아 이야기를 나누고 있었다. 내가 '큰 바위 얼굴' 이야기를 꺼냈다. 헌은 배운 것 같다고, 기억이 가물가물 난다고 했다. 노라는 고개를 갸우뚱했다. 모르는 눈치였다. 내가 소설의 내용을 열심히 설명하며 실제 '큰 바위 얼굴'이 있다고, 사진을 보았다고, 혹시 그곳이 어디인지 아느냐? 고 물었지만, 노라도 레스터도 그 소설을 읽어보지 못한 모양이었다. 눈만 껌벅이며 서로를 돌아볼 뿐이었다. 그렇게

한참 기억을 더듬더니, 노라가 외쳤다. '아! 큰 바위 얼굴을 안다고. 어디에 있는지는 모르지만.' 그러면서 큰 바위 얼굴을 설명했다. '커다란 바위산에 미국 대통령 얼굴이 거대하게 새겨져 있는데, 많은 여행객이 찾는다고…'. 나도 중학교 영어책 앞 페이지에서 본 기억이 있었다. 위대한 네명의 미국 대통령 얼굴을 거대한 바위산에 조각해 놓은 것을. 하지만 그것은 인간의 작품이지 않은가? 내가 찾는 '큰 바위 얼굴'이 아니었다. 내가 보고 싶은 것은 태고에 신이 빚은 '큰 바위 얼굴'이 아닌가? 당시에는 인터넷이나 구글이 없었다. 하는 수 없었다. 그냥 막연히 '미국을 한 바퀴도는 여행이니, 운이 좋으면 볼 수 있겠지.'라고 생각했다.

그랜드캐니언 갈 때 미국에서 며칠 동안 혼자 배낭여행을 해 보긴하였지만, 한 달 동안 긴 여행을 하는 것은 나에게도 커다란 도전이자 모험이었다. 한편으론 설레었지만, 다른 한편으로 두렵기도 했다. 자신에게물었다. 정말 하고 싶은가? 대답은 'Yes'였다. 그래? 그러면 떠나자. 생각이 정리되었다. 곧바로 여행 준비에 들어갔다. 우선 주로 이용할 교통편과 숙소를 대략 정해야 했다. 비행기를 탈 것인가? 아니면 기차? 버스?그동안의 여행 경험과 이용 편의성을 고려하여 버스를 타기로 했다. 비행기는 비용이 많이 들고 구석구석 여행하기에 적합하지 않았다. 암트랙(Amtrak) 기차는 편하기는 하였지만, 철도 노선에 한계가 있어 역시 접근성은 버스에 미치지 못했다. 차를 렌트할 수도 있었지만, 비용도 만만치 않았고 운전도 자신이 없었다. 좀 불편하긴 해도 버스가 저렴하고 접근성이 뛰어났다. 사람들과 얘기할 기회도 많아 미국을 배우기에 좋다는점도 고려했다. 그레이하운드(Greyhound) 버스 터미널을 방문하여 30일간 자유로이 버스를 이용할 수 있는 그레이하운드 버스 패스(AmeriPass)를 샀다. 숙소를 정하기 위해서는 일정을 먼저 확정해야 했다. 가 보고싶은 도시와 국립공원을 커다란 지도에 표시해 가며 여행 계획을 수립했다. 프레즈노에서 출발한 후, 로키산맥을 넘고 미 대륙 북부를 가로질러 뉴욕까지 여행한 다음, 다시 남부로 해서 미 대륙을 횡단하여 돌아오는

그레이하운드 버스 시간표

미 대륙횡단 배낭여행 일정 및 계획

코스로 정했다. 코스를 따라 여행할 도시와 국립공원 등을 하나하나 일정에 맞게 결정했다. 하지만 숙소를 예약하지는 않았다. 예약이 번거롭기도 하였지만, 여행 중에 얼마나 많은 변수가 있겠는가? 무작정 현지에 도착하여 숙소를 정하기로 했다. 다만, 주로 이용할 숙소는 호텔이나 모텔이 아닌 유스호스텔로 하기로 했다. 세계 곳곳에서 온 젊은이들과 어울리고 영어를 배우는 데 도움이 될 것 같았다. 이제 배낭만 꾸리면 되었다. 스포츠용품점을 방문하여 튼튼해 보이는 커다란 배낭과 침낭을 샀다. 취사도구는 챙기지 않았다. 어깨에 메고 다닐 것을 고려하여 짐을 최소한으로 줄였지만 그래도 꽤 무거웠다. 출발 전날, 이삿짐을 메리 아주머니 집에서 마음씨 착한 노라 아주머니 집으로 옮겼다. 이제 출발만 남았다.

시에라네바다 산맥을 넘어

다음 날 아침, 그레이하운드 버스 정류장까지는 노라 아주머니가 데

려다주었다. 버스 정류장에는 백인도 일부 있었지만, 히스패닉과 흑인이 많았다. 미국은 자동차 문화가 발달하여 대부분 자동차로 이동하고 형편이 넉넉하지 않은 사람들이 주로 버스를 이용했다. 우리나라에서는 대중교통 하면 대체로 누구나 이용하는데 미국은 조금 달랐다. 버스에 올랐다. 드디어 출발이었다. 버스에는 화장실도 있었다. 냄새도 좀 나고 청결하지는 않았지만, 그런대로 견딜만했다. 사람이 많지는 않았다. 새크라멘토(Sacramento)를 거쳐 리노(Reno)에 갔다. 7시간 이상 걸렸다. 버스가 시에라네바다 산맥에 있는 타호 국유림(Tahoe National Forest)에 들어섰다. 요세미티 국립공원에서 보았던 풍경이 나타났다. 청명한 하늘에 침엽수림이 하늘로 곧게 뻗어 있었다. 오후 늦게, 리노에 도착했다. 리노는 네바다주에 있는 도시로 라스베이거스에는 미치지 못하지만, 카지노로 꽤 유명한 도시였다. 이미 라스베이거스를 다녀온 터라 내게 별 흥미는 없었다. 버스 터미널에 유스호스텔 정보가 없어 모텔에 묵기로 했다. 카지노의 도시답게 꽤 비쌌다. 다음날 타호 호수(Lake Taeho)로 가는 투어버스에 올랐다. 타호 호수는 둘레가 114km에 달하는 북아메리카 최대의 산상 호수로 네바다주와 캘리포니아주 경계에 있다. 호수는 끝이 보이지 않을 만큼 넓고 물은 투명하리만치 맑고 깨끗했다. 때

푸른 물이 출렁이는 타호 호수

마침 아침 햇살을 받아 반짝이는 수면이 보석처럼 빛났다. 하얀 돛을 높이 올린 요트에 올랐다. 시원한 바람을 가르며 요트가 호수 위를 미끄러

지듯 내달렸다. 호수는 시에라네바다 산맥의 높은 산봉우리들로 둘러싸여 있었다. 요트에서 바라보니, 산 정상부에는 아직도 흰 눈이 언 듯 언 듯 보였다. 흰 눈과 초록으로 뒤덮인 산과 햇살에 빛나는 맑은 호수, 정말 아름다웠다. 행복했다. 요트에서 내려 해변을 걸었다. 수영하는 사람들도 있었다. 산책로로 접어들었다. 햇살이 침엽수림을 뚫고 눈부시게 빛나고 있었다. 영화 '씨티 오브 엔젤(City of Angel)'의 한 장면이 떠올랐다. 여주인공 맥라이언이 침엽수림 사잇길로 자전거를 타고 내려오고 있었다. 얼굴은 하늘을 향하고 눈은 지그시 감은 채, 양손을 벌려 눈 부신 햇살을 한 아름 안으며…. 이곳에서 촬영한 영화였다. 타호 호수는 여름에는 피서로, 겨울에는 스키로 미 서부에서는 유명한 휴양지였다.

저녁 무렵, 리노에 도착하여 간단히 식사하고 솔트레이크시티(Salt Lake City)행 버스에 올랐다. 밤을 새워 약 10시간 달려갈 것이다. 시간도 아끼고 돈도 아낄 겸, 버스에서 자기로 했다. 창밖으로는 붉게 물든 저녁노을이 보였다. 지도를 펴 보니, 어느 틈엔가 미 대륙의 한복판으로 들어가고 있는 나 자신이 보였다. 밀려오는 고독감을 느끼며 잠을 청했다. 유타주 솔트레이크시티에 도착했다. 몸이 찌뿌둥했다. 가볍게 기지개를 켜고 커다란 배낭을 버스 터미널 로커(Locker)에 보관한 후, 작은 배낭을 메고 시내 여행에 나섰다. 솔트레이크시티는 모르몬교의 고향이다. 전체 인구의 70%가 모르몬교도라고 했다. 그래서인지 도시는 매우 깨끗했다. 해군 사관학교 생도 같은 하얀 제복을 입고 서울에서 선교 활동을 하던 모르몬교 선교사가 생각이 났다. 모르몬교 총본산인 템플 스퀘어(Temple Square)에 갔다. 놀랍게도 한국인 자원봉사자가 안내해 주었다. 일 년간 머무르며 자원봉사를 하기 위해 서울 가리봉동에서 왔다고 했다. 세상은 참 다양했다. 안내원을 따라 대 예배당을 둘러보았다. 커다란 돔(Dome)에 파란 하늘과 별을 담은 우주가 그려져 있고 그 안에 신이 인

파이프 오르간

모르몬교 성당 부속 건물

간을 내려다보는 조각이 있었다. 그럴 수 있겠다 싶었다. 성스러움이 느껴졌다. 인간의 상상력이 놀라웠다. 예배당 안에는 세계 제일의 파이프오르간도 있었다. 그림 같은 조명도 아름다웠고 때마침 연주 중인 피아노 소리도 참 맑았다. 성당을 나와 시내버스에 올랐다. 거리에서는 말을 탄 경찰들이 퍼레이드를 하고 있었다. 유타주립대로 향했다. 유명한 대학은 아니나, 그냥 미국의 주립대학을 둘러보고 싶었다. 캠퍼스는 항상 뭔가 젊은 시절의 꿈 또는 희망을 느끼게 해주는 것 같아 나는 캠퍼스 투어를 좋아했다. 도시 외곽에 위치한 캠퍼스는 현대식 건물과 잘 가꾸어진 넓은 잔디밭을 갖추고 있었다. 특별할 것은 없었다. 피로가 몰려왔다. 어젯밤 버스에서 잠을 제대로 못 잔 탓이었다. 조금 일찍 숙소로 향했다.

옐로스톤 국립공원_ 태고의 신비를 한 곳에 담아

다음 날 아침, 그레이하운드 버스에 올라 옐로스톤 국립공원 (Yellowstone National Park)을 향해 북쪽으로 달렸다. 옐로스톤 국립공원은 1872년 미국에서 최초로 국립공원으로 지정되었는데, 미국 로키 산맥의 북쪽 와이오밍주에 있다. 국립공원으로 처음 지정되었다는 사실로 미루어보아 미국에서 가장 아름다운 자연을 간직하고 있지 않을까 싶었지만, 한국에는 잘 알려지지 않아 아는 것은 별로 없었다. 오후 늦게 옐로스톤 국립공원에 도착했다. 우선 버스 터미널에서 나흘 후 떠날 버스표를 예매한 뒤에 국립공원 여행 안내소를 찾았다. 이미 긴 줄이 늘어서 있었다. 내 앞 사람의 차례가 되었다. 이것저것 정보를 얻은 후, 숙소를 구할 수 있는지 물었다. 예약이 다차서 없다고 했다. 당황한 기색을 보이며 옆으로 물러났다. 내 차례였다. 나도 혹시 숙소를 구할 수 있는지 물었다. 똑같은 대답이 돌아왔다. 어찌해야 하나? 생각하며 나도 옆으로 물러섰다. 내 뒤에는 두 명이 더 있었다. 다음 사람도 같은 질문을 했다. 답답하다는 듯 안내원이 밖으로 나와 우리를 보며 말했다. '여러분은 모두 같은 상황에 부닥쳐있다. 옐로스톤 국립공원은 미국뿐만 아니라 전 세계에서 많은 여행객이 온다. 특히 여름철이 가장 인기가 좋다. 공원 내 숙소는 1년 전부터 예약을 받기 때문에 지금은 호텔, 모텔, 롯지, 하물며 캠핑장까지 모든 숙박시설은 예약이 끝나 숙소가 없다.'라고. 허~걱! 이걸 어찌한다? 숙소를 미리미리 예약하고 오지 않은 것이 문제였다. 미국의 예약 문화에 익숙하지 못한 대가를 톡톡히 치르고 있었다. 마지막까지 남은 사람은 모두 넷이었다. 뉴질랜드에서 온 데이비드, 네덜란드에서 온 리오, 미국 유타주에서 온 스테파니, 그리고 한국에서 온 나. 모두 혼자 여행 온 사람들이었다. 같은 상황임을 깨닫고 우리는 자연스럽게 일행이 되었다. 먼저 차를 한 대 렌트했다. 다행히 데이비드가 군용 텐트를 하나 가지고 있었다. 우리는 공원에서 30여 마일 떨어진 곳에서 캠핑 그라운드를 겨우 하나 찾아내서 밤늦게 텐트를 칠 수 있었다. 뜻밖의 야영이었다. 간단히 시장을 보아 요기를 하였다. 데이비드는 트럭 운전사로 야영에 많은 경험이 있었다. 오랜 계획 끝에 옐로스톤에 왔다고 했다. 리오는 건설현장에서 일하는데, 여행이 취미란다. 1년 정도 일을 해 돈이 모이면 세계 이곳저곳을 여행한다고 했다. 스테파니는 20대 초반 미국 여자였다. 옐로스톤 국립공원이 좋아 이곳에서 아르바이트를 구해 일 년 정도 살고 싶어 왔다고 했다. 이런저런 이야기 속에 캠핑장의 밤은 깊어갔다. 텐트가 너무 좁아 스테파니는 차 안에서 자야 했다.

다음날 드디어 국립공원 여행에 나섰다. 여행객이 많았지만, 한국인은 고사하고 동양인조차 볼 수 없었다. 우선 옐로스톤 국립공원의 상징인 올드 페이스풀(Old Faithful)을 찾았다. 옐로스톤 국립공원은 화산지대에 위치해 온천과 간헐천이 많고 이곳저곳에서 김이 모락모락 피어올랐다.

분출하고 있는 올드 페이스풀

불에 탄 숲에서 풀을 뜯고 있는 버팔로

올드 페이스풀은 가장 규모가 큰 간헐천으로 65분 간격으로 50~60m의 물기둥이 수증기와 함께 솟구쳐 오른다. 사람들이 모여들었고 12시 58분, 드디어 하얀 물기둥이 파란 하늘을 향해 솟구쳐 올랐다. 가장자리에 서 있는 나에게까지 열기가 느껴졌다. 참으로 신비스러운 장관이었다. 나무로 만들어 놓은 산책로를 따라 김이 피어오르는 파란 물웅덩이(Geyser)를 보며 걸었다. 가장자리는 광물질로 적갈색을 띠었으나, 물이 깊은 안쪽으로 갈수록 에메랄드빛으로 신비로움을 더해 주었다. 정말 아름다웠다. 로우어 루프(Lower Loop)를 따라 남쪽으로 돌았다. 한참을 가다 보니 검게 타서 죽은 나무가 빽빽하게 산을 메우고 있었다. 1988년 옐로스톤 국립공원에는 자연발화로 인한 대화재가 있었다고 한다. 이때 공원 면적의 30% 이상이 불에 탔는데, 국립공원관리공단은 '그냥 타게 놓아두는 정책(Let It Burn Policy)'에 따라 초기에 진화하지 않았단다. 자연 화재도 자연 현상의 하나로 보기 때문이란다. 결국, 화재는 눈이 내린 가을에야 자연 진화되었다. 찬반 논란은 있었지만, 공원은 화재 후 현재 자연생태계가 복원되는 중이라고 했다. 자연을 가장 자연스럽게 보호하는 미국인의 사고방식이 놀라웠다. 옐로스톤 호수와 강을 둘러보았다. 특히, 침엽수림 그림자를 가득 담은 호수가 너무나 평화롭고 아름다워 보였다. 옐로스톤 강을 따라 옐로스톤 폭포(Lower Fall)와 옐로스톤 그랜드캐니언(Grand Canyon)이 펼쳐져 있었다. 전망대에서 바라본 폭포는 한 폭의 그림처럼 아름다웠다. 어디를 둘러보아도 아름답지 않은 곳이 없었다. 이곳에 있는 내가 행복했다. 저녁 무렵 웨스트 옐로스톤으로 나와 레스토랑에 갔다. 저녁 식사를 주문하고 왁자지껄 떠들며 들뜬 기분을 마음껏 즐겼다. 레스토랑 주인 아주머니도 함께 앉아 한참을 얘기했다. 도중에 우리가 아직 오늘 캠핑 장소를 못 구했다고 했더니 아주머니 집 뒤뜰에 텐트를 치라고 하셨다. 이게 웬 횡재람? 그날 우리는 아주머니 집 뒤뜰에서 캠핑을 했다. 미국도 시골 인심은 참 좋았다.

다음 날은 어퍼 루프(Upper Loop)를 돌기로 했다. 스테파니는 아르바이트 자리를 알아보겠다고 했다. 그녀를 따라나섰다. 아르바이트 자리를 어떻게 구하는지 보고 싶었다. 특별할 것은 없었다. 레스토랑과 바를 일일이 돌아다니며 아르바이트를 구하는지 물었다. 일자리 구하기가 쉽지 않았다. 한동안 돌아다니다 그녀를 남겨두고 나는 데이비드와 리오와 함께 다시 공원 안으로 들어갔다. 어퍼 루프 최고의 볼거리는 매머드

매머드 핫 스프링스, 와슈번 산, 드넓은 초원과 옐로스톤 폭포 (왼쪽부터)

핫 스프링스(Mammoth Hot Springs)였다. 이곳에는 뜨거운 물과 광물질이 땅속 깊은 곳에서 위로 솟구쳐 올라와 흘러내리면서 오랜 세월에 걸쳐 만들어진 계단식 테라스가 있었다. 여러 층의 흰 석회가 겹쳐져 환상적인 풍경을 만들어 냈다. 테라스 옆에서는 주변 지표면도 따뜻하여 한 무리의 사슴 떼가 여유를 즐기고 있었다. 참 이국적이었다. 돌아오는 길에 와슈번 산(Mt. Washburn)에 차를 세우고 휴식을 취하며 샌드위치를 먹었다. 드넓은 초원이 펼쳐져 있고 강물이 흐르고 물소(Buffalo) 떼가 여유롭게 풀을 뜯고 있었다. 목가적이면서도 아름다웠다. 기분이 너무 좋아 저절로 콧노래가 흘러나왔다. 초원, 협곡, 강, 폭포, 호수, 야생동물까지, 어느 것 하나 빠질 것 없는 옐로스톤 국립공원이었다. 늦은 오후, 우리는 다시 국립공원 여행 안내소를 찾았다. 하룻밤만이라도 공원 안에서 캠핑하고 싶었다. 사정을 했다. 우리 모두 외국에서 왔는데, 하룻밤 묵을 캠핑 그라운드 남는 것이 없느냐고…. 안내원이 한참 예약 컴퓨터를 들여다보더니, 방금 예약 취소된 캠핑 그라운드가 하나 있다며 안내해 주었다. 우리는 쾌재를 불렀다. 스테파니를 만나러 웨스트 옐로스톤으로 나왔지만 만날 수 없었다. 하는 수 없었다. 우리끼리 맥주를 곁들여 저녁을 먹고 캠핑 그라운드로 향했다. 밝은 달빛 아래 푸른 침엽수림이 고요히 병풍을 두르고 개울 물은 반짝이고 있었다. 기분이 한껏 오른 우리는 길을 따라 공원 속으로 차를 달리면서 제각기 자기 나라말로 노래를 불러댔다. 예의 없는 고성방가였지만 들어줄 사람도 없었다.

옐로스톤 국립공원에서의 마지막 날이 되었다. 어쩌면 다시 오기 어려운 기회에 볼 것 많은 넓은 공원, 우리는 서로 의견이 달랐다. 할 수 없이 리오를 원하는 온천에 내려 주고 나와 데이비드는 그랜드 티턴 국립공원(Grand Teton National Park)으로 향했다. 그랜드 티턴은 4,198m에 달하는 높은 봉우리로 여름에도 정상에 눈을 이고 있지만, 주변에는 잭슨 호수(Jackson Lake), 제니 호수(Jenny Lake) 등 많은 호수가 있어 참 아름다운 공원이다. 특히, 단풍이 드는 가을날에는 더더욱 환상적이다. 하지만 여름에도 너무 아름다웠다. 우리는 배를 타고 호수를 건너 트레킹에 나섰다. 1시간 정도 오솔길을 따라 오르니 폭포가 나왔다. 눈이 녹으면서 산에서 내려오는 물로 수량이 상당히 많았다. 꽃과 나무와 호수가 어우러진 산! 정말 잊을 수 없는 풍경이었다. 그 후로 미국에서나 한국에서나 그랜드 티턴 국립

그랜드 티턴 국립공원(작은 사진은 팸플릿에서)

공원 사진을 많이 볼 수 있었다. 형형색색으로 아름다운 꽃이 피어있는 호수 뒤에 자리 잡은 눈 덮인 세 개의 바위산 사진. 자세히 보면 언제나 그랜드 티턴 국립공원이었다. 이제 돌아갈 시간이 되었다. 웨스트 옐로스톤 버스터미널에서 4시 40분 그레이하운드 버스를 타야 했다. 공원을 빠져나와 차를 달리기 시작했다. 시간이 빠듯했다. 그런데, 아뿔싸! 국립공원에서 빠져나오는 차가 많아 길이 막히기 시작했다. 비까지 부슬부슬 내렸다. 도로는 왕복 2차선, 국립공원 내라 좁은 길이었다. 큰일이었다. 버스가 자주 없기에 놓치면 그다음 날 떠나야 했고 그러면 일정이 헝클어진다. 마음이 조급했다. 운전대를 잡은 데이비드도 알고 있었다. 순간 데이비드가 비상등을 켜고 중앙선을 넘어 차를 달리기 시작했다. 저 멀리 맞은 편에서 트럭이 다가오며 상향등을 깜빡였다. 심장이 얼어붙었다. 어디로 갈 것인가? 이대로 가면 충돌인데…. 데이비드가 경적 소리와 함께 원래 차선으로 붙으며 막혀있는 차들 사이로 끼어들었다. 위험천만이었다. 가슴을 쓸어내렸다. 그러나, 그 후로도 우리는 그런 곡예를 여러 차례 되풀이해야만 했다. 사색이 된 나를 바라보며 데이비드가 말했다.

"You know what? (너 그거 알아?)"

"What? (뭐?)"

"I am a truck driver! (나, 트럭 운전사야!)"

버스가 부릉부릉 떠나려는 찰나 우리는 정류장에 도착할 수 있었다. 차에서 내려 보니 돌이 튀어 차 바닥 부분 페인트가 여기저기 벗겨져 있었다. 거친 운전의 흔적이었다. 데이비드가 웃었다. 나는 데이비드를 힘껏 끌어 안으며 아쉬운 작별 인사를 나누었다. 버스가 래피드 시티(Rapid City)를 향해 출발했다. 덩치가 산 만한 마음씨 좋은 트럭 운전사가 손을 흔들고 있었다. 한국에 돌아온 후, 누가 나에게 미국에서 가장 아름다운 여행지가 어디냐고 물으면 나는 주저 없이 옐로스톤 국립공원이라고 말했다. 기회가 되면 꼭 가 보라는 말과 함께.

미국의 자부심_ 대통령 얼굴 조각, 큰 바위 얼굴

그레이하운드 버스로 장거리 이동을 하다 보면 목적지에 도달하기 전, 중간에 버스를 갈아타야 하는 경우가 종종 발생한다. 운전기사가 바뀌는 경우도 흔하다. 한밤중 또는 새벽녘에 버스를 갈아타는 일은 고역이었다. 안내가 정확하지 않은 경우가 많았고 시간도 잘 지켜지지 않았다. 늘 긴장 상태에 있으니, 잠을 깊이 잘 수도 없었다. 래피드 시티 까지도 12시간 이상을 가야 했다. 새벽 4시나 되었을까? 버스 정비를 위해 모든 승객이 하차해야 했다. 미국 중부 프레리(Prairie)의 어느 조그만 마을이었다. 버스 정류장(Depot) 가장자리에 졸린 눈을 비비며 쭈그리고 앉았다. 초원 너머에서 어렴풋이 먼동이 터 오고 있었다. 여기가 어딘가 싶었다. 한 미국인이 내 옆에 다가와 앉았다. 어디에서 왔냐고 묻기에 서울에서 왔다고 했다. 반가워했다. 한국에서 미군으로 근무한 적이 있다고 했다. 나도 반가웠다. 이 시골 마을에서 한국을 아는 사람을 만나 한국에 대해 이야기를 하다니, 한편 신기하기도 했다. 그렇게 한 시간을 보냈다. 래피드 시티에서 YMCA에 짐을 풀고 저녁에 그레이라인 투어버스에 올랐다. 마운트 러시모어 메모리얼(Mount Rushmore Memorial)에서 펼쳐지는 '빛의 축제(Lighting Ceremony)'에 참가하기 위해서였다. 마운트

러시모어 메모리얼은 조지 워싱턴, 토머스 재퍼슨, 테오도르 루스벨트, 에이브러햄 링컨 등 훌륭한 미국 대통령 4명의 얼굴을 화강암으로 된 바위산에 조각해 놓은 곳이다. 보그램과 그의 아들이 2대

마운트 러쉬모어 메모리얼

에 걸쳐 수십 년간 조각하여 완성했다고 한다. 한 사람의 얼굴 크기가 18m나 된다고 하니 놀라울 따름이었다. 노라 아주머니가 말한 '큰 바위 얼굴'이 바로 이것이었다. 빛의 향연은 컴컴한 산을 배경으로 야외무대에서 진행되었다. 먼저 네 명의 미국 대통령에 대한 기록 영화가 상영되고, 다음으로 다이너마이트로 산을 폭파하고 전동 드릴로 얼굴을 조각하는 전 과정을 상세하게 담은 민주주의 향연(Shrine of Democracy) 영화가 상영되었다. 곧이어 불빛이 네 대통령의 조각상을 비추어 거대한 바위 얼굴이 산 위에 떠 오르면 분위기는 절정에 달했다. 관객들은 모두 일어나 미국 국가를 합창하였고 환호와 박수 속에 의식은 끝이 났다. 외국인인 나에게도 감격이 솟구쳐 올라올 정도였다. 하물며 미국인의 가슴에는 얼마나 큰 자부심과 감동의 파도가 밀려들 것인가? 미국인임이 못내 자랑스러울 것이다. 부러웠다. 무(無)에서 유(有)를 창조하고, 나아가 이런 의식을

거행하여 애국심을 고취하고 국민을 하나로 묶는 그들이 대단해 보였다. 우리는 어떠한가? 오늘의 우리를 있게 한 민족의 영웅을 숭배하는가? 그들을 찬양하며 후손에 물려줄 위대한 유산을 만들고 있는가? 딱히 기억이 없었다. 영웅 하면 떠오르는 인물도 대체로 국난을 극복한 위인들 뿐이다. 을지문덕 장군, 강감찬 장군, 이순신 장군 등등. 국가를 수호한 인물뿐만 아니라 국토를 넓히고 국가를 반석 위에 올려놓은 인물을 숭배하는 것은 어떨까? 만주를 정복한 광개토대왕이나 고려의 윤관 장군, 조선의 김종서 장군, 최윤덕 장군 등등 말이다. 그들이 있었기에 오늘날 우리나라의 국경이 확정된 것 아닌가? 물론 내가 잘 모르는 보이지 않는 노력도 있을 것이다. 하지만 우리는 위대한 인물을 발굴하고 그의 업적을 높이 평가하고 칭찬하는데 인색한 경향이 있지 않나 생각한다. 또, 문(文)을 숭상한 조선과 유교의 영향으로 무(武)와 실질(實質)을 경시하는 측면도 있어 보인다. 국가의 유산을 가꾸고 보존하려는 노력이 부족해 보였다. 국력의 차이일 수도 있고 민족성의 차이일 수도 있다. 남북 분단상황의 영향도 있을 것이다. 하지만, 아쉬움이 남는 것은 어쩔 수 없었다. '지금부터라도 진취적인 기풍을 바로 세우고 후대에 물려줄 자랑스러운 유산을 창조해 나갔으면 좋겠다.'라는 생각을 참 많이 하게 한 '빛의 향연'이었다. 내가 찾던 '큰 바위 얼굴'은 아니었지만, 인간의 위대함을 새삼 깨닫게 하고, 많은 것을 느끼게 한 소중한 경험이었다. 의식을 끝내고 돌아보니 한국인 여행객이 있었다. 그들도 감동한 표정이었다. 그들이 사진을 같이 찍자고 했다. 은은하게 빛나는 거대한 얼굴 조각을 배경으로 사진을 찍었다. 같은 한국인이라는 사실만으로도 반가운 것은 어쩔 수 없었다.

다음 날은 그레이라인 투어버스를 타고 데블스 타워(Devils Tower), 크레이지 호스(Crazy Horse) 조각상 및 인디언 거주지 등을 둘러보았다. 곳곳에 기묘한 바위들이 있었지만, 이젠 익숙해져 가고 있었다.

인디언 거주지도 관광 목적이어서 특별함은 없었다. 마지막으로 둘러본 것은 크레이지 호스 조각상이었다. 크레이지 호스는 인디언 수우족 추장으로 미국의 인디언 말살 및 강제이주 정책에 맞서 싸웠으며, 1876년 리틀 빅혼 전투에서 미 제7 기병대를 전멸시킨 전쟁 영웅이다. 그러나, 미군의 잔인한 보복과 인디언 학살로 결국 전투에 패배하고 살해당한다. 미국 대통령 조각상이 완공될 무렵, 수우족 추장 '서 있는 곰'은 미국뿐만 아니라 자신들 인디언에게도 영웅이 있었음을 알리기 위해 크레이지 호스의 상을 조각해 달라고 대통령 조각 프로젝트팀에서 일했던 조각가 코자크 지울코브스키에게 편지를 보냈다. 코자크는 크레이지 호스의 생애에 감명을 받아 조각상을 만들기로 했다. 다만, 비용이 문제였다. 미국 정부는 지원을 약속했지만, 코자크는 미국에 저항한 영웅의 조각상을 만드는데 미국 정부의 지원을 받을 수 없다며 모금을 통해 공사를 진행했다. 현재는 그 자손들에 의해 공사가 진행 중이라고 했다. 규모는 대통령 얼굴 조각상보다 훨씬 커서 높이가 172m, 넓이는 201m에 달한다. 산 하나를 완전히 깎아 말을 탄 크레이지 호스 조각상을 만드는 것이다. 자금이 부족하니 공사 진행이 더뎌 아직 윤곽 정도만 진행되고 있었다. 언제 완공될지는 아무도 알 수 없다

크레이지호스 조각 모형. 멀리 실물 조각이 보인다.

고 했다. 하지만 언젠가는 완공될 것이다. 사라져 가는 인디언의 기상이 놀라웠고 조각가도 참 대단하다고 생각했다. 미국 곳곳에 이방인인 내가 잘 알지 못하는 슬픈 역사가 숨어 있었다. 신대륙이라 일컬어진 곳에서 벌어진 잔혹한 승자와 패자의 역사가…. 바위와 조각이 많은 곳이었다.

여행 중에 행여 내가 중학교 교과서에서 본 '큰 바위 얼굴'을 만날 수 있을까? 하며 사방을 두리번거려 보았지만 끝내 '큰 바위 얼굴'을 볼 수도, 그 흔적을 찾을 수도 없었다. 이제 이곳을 떠나면 사람의 문명이 숨 쉬는 동부의 도시들 일 텐데, 아쉬움이 묻어났다. '큰 바위 얼굴'을 보지 못할 운명 같았다. 내일은 시카고(Chicago)를 향해 긴 여행을 떠날 것이다.

시카고, 나이아가라 폭포, 그리고 몬트리올

미국 대평원(Prairie)을 가로지르는 여행이 시작되었다. 가도 가도 초원과 지평선뿐이었다. 초원이 끝나자 이번에는 옥수수와 콩밭이 끝도 없이 나타났다. 새삼 미국이 얼마나 광활한 나라인가를 깨달았다. 여행을 떠난 지 벌써 10일째, 어느덧 꾀죄죄한 집시가 다 되어가고 있었다. 20여 시간을 달려 시카고에 도착했다. 오후였다. 시카고 썸머 호스텔(Chicago Summer Hostel)에 짐을 풀었다. 시카고대학 기숙사인데, 여름철에 여행객에게 개방하고 있었다. 시설이 매우 좋았다. 그랜트 공원(Grant Park)에 갔다. 공원 옆에는 미시간 호(Lake Michigan)가 마치 바다처럼 펼쳐져 있었다. 호수에서 불어오는 바람을 맞으며 산책을 했다. 호스텔에는 각국의 젊은이들이 모여있었다. 그들과 이야기하며 시카고 여행에 관한 많은 정보를 얻었다. 다음 날 시카고 상품거래소

미시간호에서 바라본 시카고

130

(Chicago Mercantile Exchange), 시카고 상업거래소(Chicago Board of Trade) 등을 둘러보았다. 볼거리는 많지 않겠지만 이래 봬도 내가 증권 맨 아닌가? 시카고는 오대호의 중심도시로 일찍부터 수상교통을 이용하여 중부 농산물의 집산지로 발전해 왔고 그러다 보니 상품 거래시장이 발달해 왔다. 우리나라와 달리 수(手) 신호를 이용하여 거래하는 것이 인상적이었다. 오후에는 건축물 투어에 참가하여 시카고의 아름다운 현대식 건물을 둘러보았다. 시카고는 1871년 대화재 참사 이후, 도심 건물의 대부분을 다시 건립하여 현대 건축물의 박물관으로 불린다고 했다. 밤에는 그랜트 공원 야외 음악당에서 열린 음악회에 참석했다. 시카고 교향 악단이 클래식 음악을 연주하고 있었다. 음악은 잘 모르지만, 시원한 바람을 맞으며 이국의 호숫가에서 듣는 교향곡은 감미로웠다. 클래식 음악과 좀 더 가까워져야겠다고 생각했다. 시카고는 치안이 안 좋다는 이야기를 많이 들었다. 호스텔로 걸어오는 밤길이 무섭기는 하였지만, 낯 모르는 일행이 있어 그나마 다행이었다. 마지막 날에는 시카고 자연사박물관(Field Museum of National History)과 시카고 미술관(The Art Institute of Chicago)을 둘러보았다. 자연사박물관은 특별할 것이 없었으나, 미술관은 시간이 없는 것이 아쉬웠다. 교과서에서나 보았던 쇠라의 '그랑드 자테 섬의 일요일 오후(Sunday Afternoon on the Island of La Grande Jatte)' 등 인상파 화가들의 작품이 다수 전시되어 있었다. 오후에는 미시간호의 유람선에 올랐다. 배를 타고 호수로 멀리 나가 바라본 시카고 도심 건물들과 아기자기 조화를 이룬 스카이라인이 매우 아름다웠다. 가까이서 보는 것과 매우 달랐다. 지하철을 타고 그레이하운드 버스터미널로 이동했다. 지하철은 오래전에 개통되어 낡고 어두컴컴했다. 사람도 별로 없어 무서웠다. 간혹 흑인을 볼 때마다 머리칼이 쭈뼛쭈뼛 섰다. 다행히 별일은 없었다. 아무튼, 늦은 밤의 시카고는 여행 중 가장 위험한 도시로 기억되었다.

나이아가라 폭포(Niagara Falls)에 도착했다. 폭포를 향해 걸어가는데, 멀리에서도 폭포에서 피어오르는 하얀 물안개 기둥과 떨어지는 폭포수의 굉음을 들을 수 있었다. 기대되었다. 드디어 폭포가 나타났다. 나이아가라강이 50m 아래로 떨어지니 상상을 초월하는 엄청난 규모였다. 정말 장관이었다. 아름다웠다. 우리나라 제주도처럼 한때 미국에서 가장 인기 있는 신혼여행지였다고 한다. 유람선(Maid of the Mist)을 타고 폭포

미국 쪽에서 바라본 나이아가라 폭포

아래에 가 보았다. 우비에도 불구하고 세찬 바람과 물보라로 온몸이 젖었다. 카타르시스가 느껴졌다. 엄청난 수량, 우레와 같은 소리, 폭포의 힘을 온몸으로 느꼈다. 나이아가라는 인디언 말로 '천둥소리'라는 뜻이라고 한다. 맞는 말이었다. 폭포를 제대로 감상하기 위해서 캐나다 쪽으로 건너가 보았다. 말발굽 모양의 폭포를 훨씬 잘 볼 수 있었다. 캐나다 쪽에서 보아야 제맛이었다. 그레이하운드 버스를 타고 국경을 넘어 캐나다에도 갈 수 있었다. 몬트리올(Montreal)로 향했다. 버스를 탄 채로 입국심사를 받았다. 몬트리올은 캐나다 동쪽 퀘벡주에 있다. 1976년 몬트리올 올림픽에서 레슬링 경기에 출전한 양정모 선수가 처음으로 우리나라에 금메달을 안겼다. 어린 시절 라디오에서 양정모 선수 연속극을 들은 기억이 있어 왠지 도시가 친숙하게 느껴졌다. 몬트리올은 미국의 도시와는 달랐다. 우선 불어를 사용했다. 모든 간판도 불어로 표기되어 있었다. 거리는 무척 깨끗했다. 마치 프랑스에 온 느낌이었다. 버스를 타고 밤에

잠을 자며 이동하는 것은 쉽지 않았다. 그런 다음 날은 매우 피곤했다. 도심에 공원이 있었다. 잔디밭에 누워 잠시 휴식을 취했다. 하지만 몬트리올에서 머무르는 기간은 하루 남짓, 곧 투어 버스를 타고 시내 관광에 나섰다. 몬트리올 올림픽 경기장도 보고 거대한 성당에도 들렀다. 도시 건물들의 디자인이 대체로 아름다웠다. 여행 속, 또 하나의 다른 여행을 하는 느낌이었다. 늦은 밤, 뉴욕을 향하여 몬트리올을 떠났다. 내일이면 다시 미국에 도착할 것이다. 고향에 가는 기분이었다.

몬트리올에서 방문한 성당

화려한 도시, 뉴욕. 그리고 워싱턴 D.C, 남부 도시들

뉴욕(New York)에 새벽에 도착했다. 버스에서 내렸다. 다른 도시의 버스터미널과 달랐다. 방향을 도무지 종잡을 수가 없었다. 멍~했다. 무조건 위층으로 올라가서 밖으로 나왔다. 알고 보니, 지하에 있는 버스터미널이었다. 공간을 효율적으로 활용하기 위함이었다. 당시만 해도 우리나라에서는 볼 수 없었던 교통 시스템이었다. 세월이 흐르면 한국에서도 볼 수 있을 것이다. 지하철을 이용하여 유스호스텔로 향했다. 유스호스텔은 맨해튼 북쪽 할렘가 근처에 있었다. 뉴욕답게 유스호스텔 규모가 매우 컸다. 6인실이었다. 짐을 정리하고 시내로 나섰다. 뉴욕의 상징 엠파이어스테이트 빌딩(Empire State Building)에 갔다. 한때는 세계 최고 높이의 빌딩이었다. 102층에 전망대가 있었다. 뉴욕 시내를 사방으로 조망할 수 있었다. 마천루가 대단했다. 말 그대로 빌딩 숲이었다. 빌딩 아래

에는 한인타운도 늘어서 있었다. 브로드웨이에 있는 타임스퀘어 광장 매
표소에서 뮤지컬 표를 예매했다. 운 좋게 반값에 표를 구할 수 있었다.
슈베르트 극장(Schubert theatre)에서 공연 중인 뮤지컬 '너에게 반했
어.(Crazy for You.)' 였다. 한국에서 뮤지컬을 볼 기회는 거의 없었다.
비싸기도 했고 또 잘 몰랐다. 공연이 시작되었다. 화려하게 장식된 무대,
경쾌한 음악과 그에 맞추어 추는 배우들의 아름다운 탭 댄스! 정말 환상
적인 공연이었다. 눈이 휘둥그레졌다. 뮤지컬이 이렇게 재미있는 줄 미처
몰랐다. 행복을 느끼고 있었다. 두 시간이 어떻게 갔는지 모를 정도였다.
세계는 넓고 정말 재미있는 것은 많았다. 앞으로 뮤지컬을 좋아하게 될

엠파이어 스테이트 빌딩에서 바라본 맨해튼

것이 틀림없었다. 새로운 문
화를 체험하고 배워가는 것!
이게 여행의 참맛이 아닌가
생각되었다. 밤늦게 지하철
을 타고 돌아가는 길이 약간
무서웠지만 감수할 만한 가
치가 있었다. 다음 날 아침,
뉴욕 할렘 워킹 투어(New
York Harlem Walking Tour)에 나섰다. 위험한 관계로 별도의 비용을
지불하고 안내자를 따라가는 단체 여행이었다. 한때 뉴욕의 부촌이었던
할렘, 지금은 백인이 모두 떠나고 부서진 건물에 가난한 흑인들이 집단
거주하고 있었다. 공원 여기저기에는 마약을 투약했던 주사기와 술병이
나뒹굴고 부랑자 같은 흑인들이 아무렇게나 널브러져 있었다. 화려한 뉴
욕의 또 다른 얼굴이었다. 할렘가를 벗어나 센트럴 파크(Central Park)에
갔다. 뉴욕을 배경으로 하는 영화에 단골로 등장하는 맨해튼(Manhattan)
에 있는 거대한 공원이다. 숲이 우거져 있고 사람들은 평화롭게 자전거를
타거나 달리기를 즐기고 있었다. 평화로와 보였다. 공원에 있는 메트로폴

할렘가, 센트럴 파크 그리고 뉴욕증권거래소 (왼쪽부터)

리탄 뮤지엄(Metropolitan Museum)에 들렀다. 14세기부터 20세기에 걸친 전 세계의 다양한 예술품이 있었다. 짧은 관람 시간이 아쉬웠다. 저녁에는 뉴욕 양키스(New York Yankees) 야구 경기를 보러 갔다. 무엇을 해도 새롭고 즐거웠다. 발이 부르트도록 바쁘게 돌아다닌 하루였다.

다음 날 이번엔 맨해튼 남쪽으로 갔다. 월 스트리트(Wall Street)에 있는 뉴욕 증권거래소(New York Stock Exchange)를 방문했다. 세계 금융의 중심, 월 스트리트는 생각보다 매우 좁고 짧았다. 건물들은 화려하지는 않았지만, 석조건물로 웅장했다. 오랜 전통이 느껴졌다. 세계무역센터(World Trade Center)를 둘러보고 그린위치 빌리지(Greenwich Village)로 향했다. 주변에 뉴욕대학교(New York University)가 있어서 그런지 우리나라 대학로와 닮아있었다. 조그만 카페와 음식점, 상점들이 늘어서 있었다. 밤에는 센트럴 파크에서 뉴욕 그랜드 오페라단(New York Grand Opera)의 오페라 공연을 감상했다. 한 여름밤 이벤트로 누구나 관람할 수 있었다. 내용을 이해할 수는 없었다. 휴식 시간에 옆에 앉은 백인에게 물었다. 내용이 이해되느냐고. 이해할 수는 없지만, 그냥 좋다고 했다. 고개를 끄덕였다. 나도 이해할 수는 없었지만, 그냥 좋았다. 아름다운 여름밤이 깊어 갔다. 다음 날엔 뉴욕의 또 다른 상징인 자유의 여신상(Statue of Liberty)을 보러 갔다. 맨해튼 남쪽에서 배를 타고 가야 했다. 미국 독립을 기념하여 프랑스가 보내준 선물, 자유의 여신상! 생각보다 규모가 매우 컸다. 자유의 횃불이 활활 타오르는 듯했다. 인간의 자유를 신봉하는 나에겐 그렇게 보였다. 아이비리그 명문대학 중 하나인 컬럼비아 대학교(Columbia University)에도 가 보았다. 내가 입학한 것도 아닌데 그냥 캠퍼스를 둘러보는 것만으로도 좋았다. 도서관 건물에 들어가니 로비에 고려청자와 조선백자가 다수 전시되어 있었다. 놀라웠다. 일제 강점기 때부터 컬럼비아 대학교에는 유난히 한국 유학생이 많았고 지금도 그렇다고 했다. 뉴욕에서 느끼는 한국인의 숨결이었다. 저녁에는 그린위치 빌리지에 있는 빌리지 뱅가드(Village Vanguard)라는 재즈(Jazz) 바에 갔다. 뉴욕의 재즈 음악을 감상하고 싶었다. 9시나 되어서야 문을 열었다. 예약하지 않아 줄을 서서 기다린 후 입장했다. 생각보다 규모는 작았다. 이름 모를 뮤지션 사진과 다양한 금관악기로 내부가 장식되어 있었다. 맥주를 주문하고 한쪽 귀퉁이에 자리를 잡았다. 흑인 뮤지션

자유의 여신상, 타임스퀘어 광장, 빌리지 뱅가드 내부 및 슈베르트 극장 (왼쪽부터)

이 낯설지만 감미로운 곡을 연주하였다. 사실 나는 재즈 음악에 문외한으로 한국에서 재즈 음악을 들어본 적이 없었다. 성장하면서 그럴 기회가 없었다. 이제야 기회를 얻은 것뿐이었다. 맥주 한잔에 이국에서 듣는 낯선 재즈 음악이 방랑자의 여로를 달래주고 있었다. 그렇게 화려한 도시 뉴욕과 4박 5일의 짧지만 긴 만남을 갈무리했다. 미국의 다양한 도시문화를 만끽할 수 있었던 소중한 시간이었다.

이제 버스는 미국의 남쪽을 향해 가고 있었다. 미국의 수도 워싱턴 D.C에 도착했다. 워싱턴은 뉴욕보다 거리도 지하철도 모두 깨끗했다. 투어모빌(Tourmobile)을 타고 몰(Mall)을 둘러보기로 했다. 먼저 국회의사당(The Capitol)에 갔다. 하얀 뾰족 돔(Dome) 지붕의 아름다운 건물! 어린 시절, 책받침에서 본 그 건물이, 나에게 미국을 동경하게 한 그 건물이 눈앞에 있었다. 감회가 남달랐다. 대단한 것은 아니지만, 무언가 오

랜 꿈을 이룬 기분이랄까? 아! 실제는 저렇게 생겼구나. 한동안 멍하니 서서 건물을 바라보았다. 미국 대통령 집무실인 백악관(White House), 그리고 워싱턴기념탑(The Washington Monument)을 거쳐

미국 대통령 집무실 백악관

연못을 따라 베트남 베테랑 기념관(Vietnam Veterans Memorial)에 갔다. 영화 '포레스트 검프(Forest Gump)'에서 여주인공이 포레스트 검프를 만나기 위해 가로지른 그 연못이었다. 벽에는 베트남전에서 사망한 5만이 넘는 참전용사의 이름이 모두 기록되어 있었다. 한명 한명 모두 소중한 목숨일 텐데, 기분이 숙연해졌다. 링컨기념관(The Lincoln Memorial)과 알링턴국립묘지(Arlington National Cemetery)도 둘러보았다. 존 에프 케네디(John F. Kennedy) 대통령의 묘지가 인상적이었다. 묘지에서 타오르는 불은 꺼진 적이 없다고 했다. 돌아오는 길에 여행 안내 책자에 나와 있지 않은 장소를 발견했다. 여러 명의 병사가 제각기 완전 군장을 하고 어디론가 향해 걸어가는 모습을 한 조각이었다. 궁금했

링컨기념관

베트남전 기념비

한국전 기념비

다. 그 앞에는 이런 글귀가 있었다. 'Freedom is not Free! (자유는 공짜가 아니다!)' 그리고 땅에 있는 돌에는 '조국은 그들이 결코 알지도 못하는 나라, 만나본 적도 없는 사람들을 지키기 위한 국가의 부름에 응답한 우리의 아들과 딸들에게 경의를 표한다.'라고 적혀 있었다. 한국전 참전용사 기념비(Korean War Veterans Memorial)였다. 기념비는 내가 방문하기 불과 사흘 전에 개막식을 한 것으로 되어있었다. 가슴이 뭉클했다. 베트남 베테랑 기념관과는 완전히 다른 느낌이었다. 돌에 새겨진 '알지도 못하는 나라'는 우리나라였고 '만나본 적도 없는 사람'은 바로 우리였다. 새삼 한국 전쟁의 비극을 다른 차원에서 느꼈다. 처지를 바꾸어, 내가 알지도 못하는 아프리카 어느 나라, 어느 국민의 자유를 지키기 위해 목숨을 바쳐야 한다면 그렇게 할 것인가? 그들이 고마웠다. 그리고, 자유가 얼마나 소중한가도 되새겼다. 저녁에는 어찌어찌 연락된 고등학교 시절 친구를 만나 저녁을 먹었다. 삼성전자에서 파견 나와 근무하고 있었다. 공주 촌놈이 워싱턴기념탑 앞에서 만날 줄을 그때는 상상도 못 했는데, 신기했다. 다음 날, 조지워싱턴대학교(George Washing University)와 조지타운대학교(Georgetown University)를 둘러보았다. 조지타운대학교는 노라 아주머니가 가 보라고 한 대학교였다. 건물이 담쟁이덩굴로 덮여있어 명문대다운 기풍을 느낄 수 있었다. 포토맥강(Potomac River)이 내려다보이는 강가에 앉아 휴식을 취했다. 모처럼의 여유였다. 미국 동부여행이 끝나가고 있었다. 더불어 배낭여행도 종반으로 치닫고 있었다.

다음 날 버스를 타고 조지아주 애틀랜타(Atlanta)로 향했다. 뉴욕과 워싱턴을 여행하며 도시 여행으로 많이 지쳐있었다. 대도시 여행은 국립공원을 중심으로 하는 자연 여행과는 달랐다. 안전에도 신경을 써야 했고 만나는 사람들 인심도 달랐다. 광활한 자연이 있는 서부가 슬슬 그리워지기 시작했다. 하지만 아직 갈 길이 멀었다. 애틀랜타는 남부 도시답게 무덥고 조금 지저분했다. 하루만 묵을 예정이어서 마틴 루터 킹(Martin Luther King Jr.) 목사 기념관을 방문했다. 생가와 묘지가 있었다. 어느 흑인이 다가와 길 안내를 해 주었다. 고마웠다. 하지만 나중에 팁을 요구했다. 애틀랜타의 새로운 문화라 생각했다. 다음 날, 아침부터 아랫배가 아파왔다. 병원에 갈 정도로 심각했다. 두려움이 몰려왔다. 아무도 아는 이 없는 이곳에서 아프면 큰일이었다. 무턱대고 병원을 찾았다. 진찰을 받으려면 줄을 서서 기다리란다. 줄을 서고 접수를 하고 또 기다리고 결국 종일을 기다린 뒤 의사를 만날 수 있었다. 진찰 결과 특별한 이상은 없다며 무리하지 말고 쉬란다. 다행이었다. 저녁 무렵, 병원을 나서며 병원비를 지급하려고 하였으나, 현금을 받지 않는다며 나중에 집으로 청구서를 보내면 자기앞 수표를 보내면 된다

마틴 루터 킹 목사 묘지와 살던 집

고 했다. 자기앞 수표를 주로 이용하는 미국의 독특한 지급 시스템이었다. 남부를 가로질러 텍사스주 댈러스(Dallas)로 향했다. 19시간 이상 가야 했다. 차창 밖으로 남부의 경치를 보며 가면 되겠거니 생각했는데, 고속도로 양쪽으로 커다란 나무들이 있어 경치는 거의 보이지 않았다. 내 기대와는 달리, 흑인 노예들이 일했다는 대규모 목화농장도 볼 수 없었다. 이따금 작은 농장을 볼 수 있었을 뿐이었다. 댈러스에 도착했다. 댈러스에 머무르는 시간은 약 3시간, 곧바로 댈러스 역사지구(Dallas Historical Area)로 이동했다. 존 에프 케네디 대통령이 암살된 장소에 기념 조각과 박물관이 있었다. 단출한 사각형 모양 조각품이었다. 박물관은 문을 닫아 들어갈 수 없었다. 다시 콜로라도주 콜로라도 스프링스(Colorado Springs)를 향해 18시간 이상 이동해야 했다. 여러 가지로 좀 무리이긴 했지만, 일정을 맞

존 에프 케네디 추모 조각 및 기념관

추다 보니 달리 방법이 없었다. 몸 상태는 아직 충분히 회복되지 않고 있었다. 힘들었다. 건강이 버텨주기만을 바랐다.

다시, 로키산맥의 넓은 품이 그리워

다음 날 정오쯤, 콜로라도 스프링스에 도착했다. 버스 안에서 먹고

자면서 쉬어서 그런지 몸 상태는 좀 나아진 듯했다. 길고 지루한 여행이지만 어느새 버스 여행에 익숙해진 탓도 있었다. 유스호스텔에 짐을 풀고 파익스 피크(Pikes Peak)로 향했다. 파익스 피크는 로키산맥에 있는 해발약 4,300m의 봉우리로 산악열차를 타고 갈 수 있었다. 한국에서 2,000m 이상 높은 산에 올라본 적이 없어 잔뜩 기대되었다. 사람이 많

파익스 피크 정상

아서 한 시간 정도 기다려 산악열차를 탔다. 기다리는 동안 간이역 근처에서 핫도그를 하나 사 먹었는데, 정말 꿀맛이었다. 고기에 소스를 넣고 볶아 만든 핫도그였는데, 여느 핫도그와는 달랐다. 지금도 그 맛을 잊을 수가 없다. 기차는 톱니바퀴를 달고 급경사인 산을 올랐다. 위험스럽기는 했지만, 오를수록 시야가 탁 트이며 끝없이 펼쳐진 로키산맥이 한눈에 들어왔다. 광활하고 아름다웠다. 다시 보고 싶었던 로키산맥의 웅장한 봉우리들이었다. 정상에 오르니 여름인데도 쌀쌀했다. 멋진 전망을 감상하며 30여 분 머물렀을까? 현기증이 느껴지며 고산병 증세가 나타났다. 처음으로 겪는 고산증세가 신기하기도 하였다. 다시 기차를 타고 산에서 내려왔다. 드넓은 땅을 가진 미국이 부러웠다. 고구려의 만주벌판도 이랬을 텐데 하는 생각에 아쉬움이 밀려왔다. 다음 날 덴버(Denver)로 향했다. 이제 여행도 이틀밖에 남지 않았다.

덴버에 도착했다. 로키산맥 국립공원(Rocky Mountains National Park)에 가고 싶었으나, 국립공원에 들르기에는 시간이 부족했다. 하는 수 없이, 가까운 에스테스 파크(Estes Park)만 둘러보기로 하였다. 그러나 이마저도 여의치 않았다. 교통편을 찾을 수 없었다. 결국, 계획을 바꿔

유타주로 이동하여 캐니언(Canyon)에 가기로 했다. 배낭여행의 좋은 점이 이런 것 아닌가! 그러려면 다시 이동해야 했다. 그레이하운드 버스를 타고 시더 시티(Cedar City)로 이동했다. 새벽 2시에 도착하면 버스터미널에서 밤을 새우고 자이언 캐니언(Zion Canyon)을 갈 생각이었다. 목적지 도착을 알리는 운전기사의 안내방송에 설 풋 든 잠에서 깨어났다. 졸린 눈을 비비며 버스에서 내렸다. 버스가 떠나고 주위를 둘러보니 내린 승객은 나 혼자였다. 간이 정류소였다. 허허벌판에 조그만 세븐일레븐 상점이 딸랑 하나 있을 뿐이었다. 그나마 다행이다 싶어 상점으로 갔다. 아뿔싸! 문이 잠겨있었다. 정신이 번쩍 났다. 어찌해야 하나! 난감했다. 저 멀리에 불빛이 보였지만 걷기에는 너무 먼 거리였다. 어둡고 황량한 벌판에 혼자 남겨졌다. 어떻게 해서든 쉴 곳을 찾아 아침까지 버텨야 했다. 상점 뒤편으로 한 바퀴 돌아보았다. 마침 멍석처럼 돌돌 말린 철망이 두어 개 뒹굴고 있었고 공사용 합판이 벽에 세워져 있었다. 철망을 굴려 두 개를 맞대어 붙여놓고 그 위에 합판을 깔았다. 풀 섶 인지라 뱀은 피할 수 있을 것 같았다. 배낭에서 침낭을 꺼내 그 위에 깔고 들어가 누웠다. 하늘엔 셀 수 없이 많은 별이 쏟아질 듯 빛나고 있었다. 저 멀리 컴컴한 숲속에서는 늑대의 울음소리가 들려왔다. 여름이지만 고도가 있어 밤엔 서늘했다. 무서웠지만, 한편으론 참 낭만적이란 생각도 들었다. 반짝이는 별을 보며 이런저런 생각도 잠시, 피로가 몰려오면서 그만 잠이 들고 말았다. 얼굴을 간질이는 바람에 눈을 뜨니 날이 밝아오고 있었다. 침낭이 이슬로 흠뻑 젖어있었다. 7시쯤 되니 상점이 문을 열었다. 햄버거를 하나 사 먹었다. 잠시 후 그레이하운드 버스가 도착하고 두 명의 승객이 하차했다. 스위스에서 온 여행객이었다. 잠시 다음 여행지와 가는 방법에 관해 이야기를 나누었다. 이곳에서는 캐니언에 가는 투어버스가 없어 택시를 불러 타고 가야 했다. 근처 여행지로는 자이언 캐니언과 브라이스 캐니언(Bryce Canyon)이 있는데, 그들은 이미 자이언 캐니언을 가 본 적이 있으니 나에게 브라이스 캐니언을 함께 가면 어떻겠냐고 말했다. 나는 원래 자이언 캐니언을 갈 계획이었지만, 브라이스 캐니언도 상관없었다. 택시를 불러 브라이스 캐니언을 함께 가기로 했다. 택시로 왕복 4시간 이

브라이스 캐니언 사잇길에서

전망대에서 바라본 브라이스 캐니언

상 걸리는 먼 길이었다. 당연히 비용도 많이 나와 240달러를 내야 했다. 일행이 있어 비용을 1/3로 줄일 수 있어 다행이었다. 브라이스 캐니언은 그랜드 캐니언과는 또 다른 풍경이었다. 수억 년 세월에 걸친 풍화작용으로 촛대 같이 솟은 붉은 바위들이 빽빽하니 숲을 이루고 있었다. 사막의 강렬한 햇살을 받아 붉게 빛나는 아기자기한 바위기둥 모습이 장관이었다. 참으로 아름다웠다. 기념품 상점에 들렀다. 배낭여행이라 짐을 늘릴 수 없어 여태까지 기념품을 거의 사지 못했었다. 이제 여행도 하루 남았으니 지를 수 있었다. 브라이스 캐니언을 담은 셔츠와 머그잔 등을 구입했다. 무슨 대단한 보물을 얻은 양 뿌듯했다. 시더 시티로 돌아와 라스베이거스행 버스에 올랐다.

한동안 깜깜한 도로 위를 버스가 내달렸다. 얼마나 달렸을까? 칠흑 같은 어둠을 뚫고 휘황찬란하게 반짝이는 불빛이 지평선에 수도 없이 나타나더니 점점 가까이 다가왔다. 라스베이거스였다. 전에는 비행기를 타고 와서 잘 느끼지 못했었다. 라스베이거스가 허허벌판 사막 위에 인간의

힘으로 세워진 도시라는 것을! 인간이 만든 장관이었다. 놀라우면서도 아름다웠다. 전에 와 본 도시였다. 피곤도 하고 너무 늦은 시간이라 숙소로 향했다. 라스베이거스의 공기를 숨 쉬는 그것만으로 만족해야 했다. 여행의 마지막 날이 밝았다. 아침 일찍 부랴부랴 그레이하운드 버스에 올랐다. 먼 길을 가야 했다. 로스앤젤레스를 거쳐 프레즈노에 도착했다. 늦은 오후였다. 노라 아주머니가 차를 가지고 마중을 나와 있었다. 아주머니를 보자 반가움에, 그리고 무사히 돌아왔다는 안도감에 눈물이 핑 돌았다.

미 대륙횡단 배낭여행을 마치고

홀로 넓은 세상을 돌아보고 다른 사람이 되어 집에 온 것이었다. 가슴이 뿌듯하고 나 자신이 자랑스러웠다. 오랜만에 푹신한 침대에서 편히 잘 수 있을 것 같았다.

◈ 미국 어학연수 뒷이야기

6개월간의 미국 어학연수가 끝이 났다. 스물여덟, 살아온 세월에 비하면 연수 기간은 짧았지만 내 인생에 진한 기억을 남긴 시간이었다. 날마다 새로운 것을 배운 영어학원과 미국 홈스테이 생활도 좋았지만, 무엇보다 광활한 아메리카 대륙을 여행한 것이 나를 바꾸어 놓았다. 북아메리카 대륙, 미국을 홀로 배낭을 메고 한 바퀴 둘러보았다. 태평양에서 출발하여 로키산맥을 넘어 대서양까지, 그리고 다시 대평원을 가로질러 태평양까지…. 스물여덟 젊은 나이에 '아! 이것이 절대 자유구나!' 하는 생각을 했다. 혼자 여행한다는 것은 외로울 수도 있지만, 또한 자유가 될 수 있었다. 외로울 때는 길 위에서 낯선 사람을 만나고 먼저 다가가면 되었다. 버스에서, 여행지에서, 그리고 유스호스텔에서 많은 사람을 만나고 헤어졌다. 오히려 혼자였기에 쉽게 다가설 수 있었다. 그들 역시 내가 혼자여서 경계심을 풀고 나를 대해준 면도 있으리라. 물론 스물여덟이라는 젊음이 준 선물일 수도 있었다. 아무튼, 그래서 혼자 떠나는 배낭여행은 자연, 아니 나아가 세상과 소통하는 여행이었다. 밝은 면을 바라보고 그것을 즐기는 삶의 태도도 이번 여행에서 얻은 큰 소득이었다. 행복하게 살아가기 위해 꼭 필요한 삶의 태도였다.

여행하는 동안 내내 가슴 설레고 행복했다. 때론 길을 잘 몰라 발바닥이 부르트도록 걸었고 늦은 밤 어두운 골목에서 인기척에 놀라 머리카락이 쭈뼛~서기도 했었다. 예기치 못한 일로 허허벌판에서 찬 이슬을 맞으며 별과 함께 밤을 보내기도 하였다. 그러나, 내가 살아오면서 가슴 쿵~쾅 거리는 설렘과 흥분에 들떠 나도 모르게 콧노래를 흥얼거리던 나의 모습, 이런 경험은 정말 처음이었다. 그 후로 오랫동안 누군가가 나에게 인생에서 가장 행복한 순간을 물어올 때면 나는 항상 조금도 주저함 없이 '스물여덟의 미국 배낭여행'이라 답했다. 그리고, 그 추억거리를 꺼낼 때면 나는 나도 모르게 신이 나서 시간 가는 줄 모르고 떠들어 대곤 하였다.

미국에 올 때 내가 어린 시절 꿈꾸어 온 '큰 바위 얼굴'을 한번 볼 수 있을까? 했던 나의 기대는 이루어지지 않았다. 하지만, 내 머릿속에 '어니스트'의 삶까지 흐릿해진 것은 아니었다. 나는 미국의 자연을 이곳저곳 둘러보면서, 많은 사람과 만나 이야기를 나누면서, 그들의 삶을 보고 그들의 문화를 겪으면서, 세계를 움직이는 앞선 문명에 탄복하면서 '도대체, 무엇이 미국을 강하게 하는가?'에 대해 깊은 의문을 품게 되었다. 광대한 대륙, 풍부한 자원, 신이 축복한 나라! 그래서 어찌 보면 한없이 부러운 나라! 그런데 그게 전부일까? 미국을 한 바퀴 돌아보았지만 그들의 실체가 분명하게 손에 잡히지 않았다. 미국 사람들을 만나 내가 그들의 문화를 접해 보았다고는 하지만 어찌 보면 나는 여행객에 지나지 않았다. 여행객의 한계로 말미암아, 그들 문화의 한 단면을 밖에서 피상적으로만 보지는 않았을까 하는 생각이 들었다. 내가 둘러본 미국이 정말 세계 유일 강대국 미국의 참모습일까? 자신이 없었다. 그들의 실체를 정확하게 알 수 없었다. 외국인이 아닌 미국인들 속에서, 미국인들과 부대끼며, 미국인들과 함께 공부해 보고 싶다는 생각이 들었다. 아마 그때부터였을 것이다. MBA를 꿈꾸게 된 것은. 미국 여행을 통해서 나는 새로운 세상을 향한 새로운 꿈을 갖게 되었다. 그래, 미국에 다시 오자. 그들 속에서 맨살로 한번 부딪혀 보자. 그래서….

MBA 유학;
살아 숨 쉬는 경영학(Business)을 배우러

■ 치열한 삶; MBA 준비하기

    프레즈노 I.E.I에서 마지막 종강 파티를 하던 날, 한국에서 전화를 받았다. 어머니가 위독하니 급거 귀국 요망! 예정된 귀국 일자까지는 아직 일주일이 남아 있었다. 심상치 않음을 느꼈다. 부랴부랴 짐을 챙겨 다음 날 프레즈노 공항으로 갔다. 노라 아주머니와 레스터, 메리 아주머니가 공항까지 나와 배웅해 주셨다. 그렇게 미국을 떠났다. 학기 끝나고 일주일간 여유 있게 지내며 미국 생활을 돌아보겠다던 계획은 물거품이 되었다. 하지만 그나마 다행이었다. 학기 중에 연락을 받았으면 어떻게 했을까? 하는 생각을 하면. 어머니는 서울대 병원에 입원하여 대수술을 앞두고 계셨다. 오랜 지병인 간과 쓸개 담석 수술이었다. 긴 병원 생활로 건강이 많이 약해지긴 하셨지만, 무사히 퇴원하실 수 있었다. 신림동에 자취방을 구하고 회사에 복귀했다. 국제업무부로 발령받기를 기대하였지만, 그렇게 되지는 않았다. 회사업무를 전체적으로 총괄, 조정하는 업무총괄부였다. 곧 일이 밀려들었다. 정신없이 일에 빠져 살았다. 미루어두었던 승진시험도 보아야 했다. 정말 일 년이 눈 깜짝할 사이에 지나갔다. 그리고 1997년, IMF 외환위기가 닥쳐왔다. 전체적으로 암울했다. 국제통화기금(IMF)은 우리나라에 선물거래소 시장 개설을 요구했다. 선물거래 증거금을 효율적으로 관리하기 위해 증권회사와 선물회사, 선물거래소 및 우리회사를 전산시스템으로 연결하는 선물시장개설 준비 태스크포스팀(Task Force Team)이 꾸려졌고 나는 여기에 차출되었다. 회사는 명예퇴직이다 뭐다 하여 어수선하였지만, 나는 날마다 계속되는 야근과 긴장 속에 몸은 늘 녹초가 되었다. 매일 일에 치여 사니, 연애도 제대로 할 수가 없었다. 사귀던 여자친구와도 헤어졌다. 1999년 마침내 선물거래소 시장이 개설된 후에야 어느 정도 정상적인 생활로 복귀할 수 있었다. 일에 찌들어 살던 그동안의 삶에서 벗어나 생활에 활력을 주고 싶었다. 어학연수 시절 새로운 세상을 느끼게 한 살사 댄스를 배워보고 싶어 수소문 끝에 홍대 앞에 있는 살사 클럽 '사보르 라티노'를 찾았다. 내가 잘 몰라서 그렇지 우리나라에도 별천지가 있었다. 당시 우리나라에는 살사 등 라틴 댄스가 막 도입되고 있었다. 살사 댄스도, 가끔 함께 추는 메링게도 재미있었다. 일주일에 두 번, 그날이 기다려졌다. 그러나 즐거운 시간도 잠깐, 연구개발(R&D) 부서로 발령을 받았다. 사무실은 일산에 있었고 다시 야근이 계속되었다. 시간과 공간의 제약으로 규칙적으로 살사 클럽에 가는 것이 어려워졌다. 게다가 '젊은 시절 이렇게 춤을 배우는데 열정을 불태워도 되는가?' 하는 물음에 대해 자신이 없었다. 회사에서 인정받고 승진하기 위해, 세상 속에서 성공하기 위해, 과거처럼 열심히, 더 치열하게 살아야 할 것 같았다. '고기도 먹어 본 놈이 먹는다.'라고 했던가? 그간 살아온 나의 삶 속에 마냥 놀던 시절이 한 번도 없었다. 생활은 여전히 팍팍했고 경제적으로도 크게 나아지지 않았다. 어느 한 곳 기댈 곳 없는 나는 그저 열심히 살아야 했다.

연구개발부에서 국제업무부로 발령을 받았다. 드디어 국제업무를 담당하게 된 것이다. 글로벌 커스터디안 뱅크(Global Custudian Bank)와 국제간 증권거래를 결제하는 업무였다. 그간 업무를 하며 영어를 사용할 기회가 거의 없었는데, 이젠 영어로 의사소통을 해야 했다. 다시 영어 공부를 시작했다. 더불어 그동안 접어두었던 미국 MBA(Master of Business Administration; 경영학 석사) 유학도 꿈을 꾸기 시작했다. 연수를 신청할 수 있는 입사 연차도 되어가고 있었다. 그러나 세상일이 어디 나의 뜻대로만 되는가? 갑자기 금융감독위원회(현 금융위원회) 파견근무 발령이 났다. 금융감독위원회는 우리회사를 관리하는 정부 부처로 파견근무자의 역할은 매우 중요했다. 파견근무는 쉽지 않았다. 일도 많았지만, 상급 기관이라 마음도 편하지 않았다. 꼬박 1년을 근무하고 나서야 회사로 복귀할 수 있었다. 파견 기간에 그동안 사귀어 온 같은 회사 직원과 결혼을 하였다. 사내 결혼은 정말 피하고 싶었는데, 운명을 거스를 수는 없었다. 아내는 직장생활을 계속하고자 하였으나, 회사의 압력으로 회사를 그만두어야 했다. 나중에 들으니 남편인 나에게 인사상 불이익을 주겠다고 경영진으로부터 협박을 당했다고 했다. 인사상 불이익 중에는 승진 누락이나 연수 기회 박탈 등이 포함될 것이었다. MBA 유학을 준비 중인 나는 아무 말도 할 수 없었다. 나쁜 회사였고 사람들이 미웠지만 어쩔 수 없었다.

회사에 복귀했다. 다시 영어 공부를 시작했다. 회사생활과 MBA 준비를 병행하기는 쉽지 않았다. 야근을 마치고 집에 오면 밤 10시부터나 공부를 시작할 수 있었다. 늦은 시간까지 책과 씨름하여야 했다. MBA에 지원하기 위해서는 TOEFL과 GMAT 점수가 필요했다. TOEFL 점수를 확보하고 GMAT 공부를 시작했다. GMAT 공부는 혼자 하기가 쉽지 않았다. 학원에서 만난 친구들과 스터디그룹을 만들었다. 모두 직장인이었다. 우리는 주중에 혼자 공부한 다음, 주말이면 회사 빈 사무실에 함께 모여 공부한 내용을 점검하고 토론하며 시험을 준비해 나갔다. TOEFL과 GMAT, 꼬박 2년을 공부한 끝에 원하는 점수를 얻을 수 있었다. 다음 관문은 학교 지원 에세이(Essay)와 인터뷰(Interview)였다. 지원 에세이는 더욱 감이 없었다. 최선을 다해야 했기에 하는 수 없이 유학 컨설팅 업체의 도움을 받아 가며 준비했다. 겨울 내내 주말도 없이 서류를 작성하여 원하는 대학에 원서를 접수하고 인터뷰를 하였다. 예상 인터뷰 질문에 답안을 미리 만들어 모조리 외웠다. 시차로 인해 대부분 새벽에 일어나 전화로 인터뷰를 하여야 했다. 정말 오랜 준비와 각고의 노력 끝에, 드디어 겨울이 끝나갈 무렵 몇몇 원하던 학교에서 합격통지서를 받았다. 워싱턴

대학교(Washington University)와 밴더빌트대학교(Vanderbilt University) 등이었다. 날아갈 듯 기뻤다. 이제 회사에서 스폰서쉽(Sponsorship; 후원)만 받으면 되었다. 당시 회사는 매년 입사 연차를 기준으로 연수대상자를 선발해 왔고 내 입사 연차에서는 나 이외에 연수를 준비하는 사람이 없어서 나는 회사 스폰서쉽을 받을 수 있을 것으로 생각했다. 그러나 예상은 빗나가고 말았다. 회사 경영진이 바뀌며 회사 정책이 바뀐 것이다. 영어 성적이 우선이라고 했다. 최근 한국외국어대학교로 영어 연수를 다녀온 후배를 선발했다. 그 친구가 영어 공부하는 동안 나는 상급 기관에 파견 나가 날마다 야근을 달고 살았는데, 나는 도저히 결과를 받아들이기 어려웠다. 분노가 치밀어 올랐다. 회사에서도 영어 성적만으로 해외연수자를 선발하는 것은 무언가 잘못되었다는 여론이 들끓었다. 연수제도가 개편되었다. 회사에 기여한 사람, 즉 최근 3년 내내 인사고과 30% 이내 우수자 중에서 선발하는 것으로 바뀌었다. 헐~! 정말 기가 막혔다. 파견이 매우 드물었던 당시 회사는 금융감독위원회 파견자에게 평균 인사고과를 주고 있었다. 나는 우수한 직원이라 상급 기관에 파견 가서 고생한 대가로 어이없게도 최소한 3년 동안 해외연수를 신청조차 할 수 없게 된 것이다. 이것이 말이나 되는가! 이것이 회사생활이었다. 회사는 나중에 이 역시 잘못되었음을 인정하고 금융감독위원회 파견자를 오히려 우대하기 위해 파견자에 대해서는 상위 10% 이내에서 인사고과를 주도록 회사 규정을 바꾸었다. 그러나 그건 몇 년 후의 일이고 당시 나에게는 해당되지 않았다. 내가 모든 것을 걸고 도전한 미국 MBA 유학의 꿈이 날아가고 있었다. 지난 몇 년간의 노력이 물거품처럼 사라지고 있었다. 아내는 아무 말도 하지 않았지만, 아내를 볼 면목도 없어졌다. 좌절감과 함께 배신감이 밀려왔다. 더는 회사를 신뢰하고 최선을 다해 열심히 일할 수가 없었다. 최악의 상황이었다.

상처받은 마음은 쉽게 아물지 않았다. 회사생활이 싫어졌다. 미래에 대한 꿈도 사라졌다. 어떻게 살아야 하나? 앞이 막막했다. 그냥 하루하루 살았다. 그러던 중, 취업 준비하던 시절이 떠올랐다. 내 인생에서 가장 막막하고 어려웠던 시절이었다. 그때와 비교하면 그래도 지금이 나았다. 한참을 고민하고 방황했다. 그래! 끝날 때까지는 끝난 것이 아니다. 다시 도전해 보자. 힘들었지만, 그렇게 마음을 고쳐먹었다. 3년 내내 상위 30% 이내에 드는 우수한 고과를 받아야 했다. 이를 악물고 다시 열심히 일했다. 당연히 상사나 동료에게도 잘했다. 혹시나 하는 마음에 매년 해외연수를 신청해 보았지만, 번번이 선발되지 않았다. 그렇게 3년이 흐른 후, 다시 연수를 신청했다. 4수 만에 가까스로 연수대상자로 선발될 수 있었다. 물론 3년 내내 국제업무부 팀장으로서 우수한 인사고과를 받은 뒤였다. '하늘은 스스로 돕는 자를 돕는다.'라는 말이 맞을 때도 있었다. 그러나 그게 끝이 아니었다. 혹시나 하는 마음에 전에 합격한 밴더빌트대학교 경영대학원(Business School)에 기탁금을 내고 입학 연기신청(Deferral)을 해 놓았었는데, 3년이나 지나다 보니 모두 무효가 되어있었다. 더군다나 영어 TOEFL 점수도 유효기간이 지나 있었다. 게다가, TOEFL 시험방식도 CBT(Computer-Based Test)에서 IBT(Internet-Based Test)로 바뀌어 있었다. 처음부터 모두 다시 시작해야 했다. 정말 하기 싫었지만 하는 수 없었다. 다시 공부를 시작하고 시험을 보았다. 어려웠다. 3년 동안 지원자들의 영어 성적도 많이 높아져 있어 입학 허가를 받기 위해서는 더 높은 점수가 필요했다. 다시, 에세이와 인터뷰도 준비해야 했다. 한번 입학 허가를 준 학교에서는 더는 나를 믿지 않기 때문에 다시 입학 허가를 주지 않았다. 또다시 겨울 내내 주중과 주말을 가리지 않고 밤낮으로 준비하여 합격권 내에 있는 거의 모든 학교에 지원서를 냈다. 마침내 코네티컷대학교(University of Connecticut)에서 입학허가서를 받았다. 그날 여의도 샛강으로 달려 나와 큰 소리로 'Yes. I did. (그래. 마침내 해냈다!)'를 큰소리로 외쳤다. 그러나 그 학교는 미국 동북부 추운 지역에 있었고 동네 물가도 비쌌다. 흡족하지는 않았다. 다시 사우스캐롤라이나대학교(University of South Carolina)에서 인터뷰 요청이 왔다. 하필 카자흐스탄 출장이 잡힌 날짜였다. 국제전화도 잘되지 않는 카자흐스탄 알마티 어느 호텔 방에서 한밤중에 전화 인터뷰를 하였다. 출국을 겨우 한 달 앞둔 5월 초순, 사우스캐롤라이나대학교 경영대학원(University of South Carolina, Darla Moore School of Business)에서 입학 최종라운드에 합격하였다는 통지서를 받았다. 집에 가서 막걸리를 한 잔 먹고 펑펑 울었다. 주마등처럼 지난날들이 스쳐 지나갔다.

➡

　　MBA를 꿈 꾼지 13년, TOEFL과 GMAT 공부 등 본격적인 MBA 입학 준비에 들어간 지 8년. 정말 분노와 좌절, 온갖 어려움을 견뎌내야 했던 오랜 인고의 세월이었다. 평일에는 늦은 퇴근, 학원으로 새벽까지 책과 씨름하고 주말에는 아이 키우는 것을 아내의 몫으로 돌린 채 스터디그룹(Study Group)을 전전해야 했다. 늦은 시간 집으로 돌아오며 얼마나 많은 회의가 들었던가? MBA, 꼭 가야만 하는가? 안 가면 굶어 죽는가? 직장생활을 할 수 없는가? 아니다. 그렇지 않다. 그러면 왜 가야 하는가? 나는 나 자신에게 왜? (Why?)를 설명해야 했다. 왜? (Why?) 그랬다. 나는 가고 싶었다. 절실히 원했다. 우리가 살아가다 보면 모든 것을 걸어야 하는 때가 있다. 나는 지금이 그때라고 생각했다. 내 모든 것을 걸고, 그 어떤 대가를 치르더라고 꼭! 가고 싶었다. 더 나은 세상에서 배우고 살아 보고 싶었다. 새로운 세상을 향한 꿈! 그것은 그 무엇과도 바꿀 수 없는 가장 소중한 것이었다. 꿈에는 용기를 부르는 마력이 있다. 인생이란 무엇인가? 꿈을 향해 뚜벅뚜벅 걸어가는 여정이 아닌가? 도전해 볼 용기조차 없다면 도대체 삶은 무엇이란 말인가? 시위를 떠난 화살은 뒤를 돌아보지 않는다. 그저 날아가 과녁에 꽂힐 뿐이다. 그렇게 나는 나에게 주어진 길을 걸어갔다. 창가 책상 위 스탠드 불빛이 어둠을 사르던 늘 같은 밤과 함께…. 그리고 2008년 6월, 내 나이 마흔한 살, 나는 마침내 미국행 비행기에 올랐다.

■ 미국 동남부, 컬럼비아 정착하기

    입학허가서를 늦게 받다 보니 유학 준비 기간이 터무니없이 짧았다. 최대한 서둘러 비자(F-1 Visa) 인터뷰를 하고 예방접종 증명서 및 보험 서류 등을 준비했다. 이사도 해야 해서 차도 팔고 짐도 꾸려야 했다. 그래도 일정이 빠듯했다. 마침내 6월 10일, 출국 날이 다가왔다. 오후 2시 비행기였다. 그때까지 가족 중 아내의 비자가 나오지 않았다. 비자를 의뢰받은 여행사 직원이 몸이 달아 대사관까지 가서 알아보고 있었는데, 별 뾰족한 수가 없는 모양이었다. 아침까지도 비자가 나오지 않았다. 회사에 연락하여 출국을 하루 미루겠다고 했더니 안된다고 했다. 항공권을 오후 6시 비행기로 바꾸고 아침에 미국대사관으로 찾아갔다. 미국대사관이 어떤 곳인가? 달리 알아볼 방법이 없었다. 그때였다. 대사관 창문 안쪽으로 여직원 한 명이 보였다. 나는 그녀를 애타게 불렀다. 처음엔 나를 알아보지 못했다. 일주일 전쯤 비자 인터뷰를 하기 위해 서류를 준비하여 대사관을 찾았었다. 서류를 접수하던 여직원이 내 서류를 살펴보다가 반갑게 말했다.

"어머! 공주사대부고 나오셨네요."

"네." 내가 말했다.

그 직원은 자기도 공주사대부고를 나왔다며 후배라고 했다. 나도 반갑게 인사를 했다. 그게 전부였다. 이번엔 내가 말했다.

"저~, 지난번에 공주사대부고 나왔다고 하셨지요? 저 기억하세요?"

그 직원이 잠시 생각하다 이내 웃으며 고개를 끄덕였다. 내가 사정 이야기를 했다. 오후 출국인데, 아내 비자만 안 나왔다고. 그 직원이 알아보겠다고 하고 안으로 들어갔다. 긴 시간이었다. 두 시간쯤 지났을까? 그 직원이 아내 비자를 갖고 나왔다. 어찌해서 누락 되어있었다고. 그냥 두었으면 사흘 후에나 받았을 거라고 하며…. 정말 운이 좋았다. 전혀 예기치 못한 곳에서 이렇게 후배의 도움을 받는구나! 생각했다. 고마웠다. 집으로 돌아와 이민용 가방 6개, 캐리어 2개에 짐을 꾸려 공항으로 향했다. 드디어 비행기가 날아올랐다.

애틀랜타에서 비행기를 갈아타고 대학교가 위치한 사우스캐롤라이나 주 컬럼비아(Columbia)로 향했다. 서울에서부터 꼬박 17시간을 걸려 이동했다. 현지 시각으로 밤 11시가 넘었다. 호텔로 이동하는 것이 문제였다. 한국을 떠나기 전, 인터넷을 통해 사우스캐롤라이나대학교 자원봉사 센터에 공항 픽업(Pick-Up) 서비스를 요청한 적이 있었다. 그런데 비행기 시간이 갑자기 바뀌는 바람에 미국 도착 시각이 달라져 버렸다. 출발 전에 도착 예정 시각이 바뀌었다고 이 메일을 보내 놓았지만, 시차로 인해 확인 메일을 받지 못한 상태에서 출국한 것이었다. 혹시나 했는데, 내 이름이 써진 표지판을 들고 미국 할아버지 두 분이 입국장에 나와계셨다. 내가 짐이 많다고 해서 트럭을 가지고 오셨다고 했다. 너무 반갑고 고마웠다. 한국에도 이런 서비스가 있나 싶었다. 다시 한번 미국에 대한 인상이 정해지는 순간이었다. 밖으로 나오니 비가 내리고 있었다. 나는 차를 한 대 렌트했다. 호텔을 예약하지 못해 무조건 학교에서 가까운 시내 호텔로 데려다 달라고 했다. 메리어트 호텔이었다. 그분들께 무엇이라도 답례하고 싶었으나, 고맙다는 인사말 외에 달리 표현할 방법이 없었다. 다음 날부터 2년 동안 살 아파트를 구해야 했다. 시간이 있었으면 한국에서 미리 알아보고 아파트를 구해놓고 왔겠지만, 나는 그럴 시간적 여유가 없었다. 네 살, 여섯 살, 어린아이 둘을 데리고 참 대책 없이 온 미국이었다. 아내와 아이들을 호텔에 머물게 하고, 호텔에서 지도 한 장을 구해서 차를 몰고 학교 근처부터 임대아파트를 찾아 나섰다. 이곳저곳, 참 많은

컬럼비아에서 살았던 폴로 커먼스(Polo Commons) 아파트

아파트를 둘러보았다. 그러나 학교 주변 아파트는 시설대비 가격이 비싸면서도 가족이 거주하기에는 적합하지 않았다. 또 학교가 도심에 위치하여 근처는 치안도 문제가 있어 보였다. 학교에서 반경을 조금씩 넓혀가며 결국 사나흘 동안 외곽까지 다녀 보았다. 학교에서 고속도로를 타고 20여 분이나 떨어진 근교에서 괜찮은 아파트를 발견할 수 있었다. 나중에 알고 보니, 그 동네 아파트가 그나마 형편이 좀 나은 중산층이 선호하는 동네로 한국인도 꽤 살고 있었다. 세상엔 공짜가 없었고 미국에서도 가격은 많은 것을 반영하고 있었다. 일주일간의 호텔 생활을 마치고 아파트로 이사했다.

아파트에는 냉장고, 가스레인지, 세탁기 등이 기본으로 갖추어져 있었으나, 나머지 가구는 모두 장만해야 했다. 동네를 돌아다니며 중고가구를 포함해서 이것저것 가구를 샀다. 월마트에 들러 텔레비전도 샀다. 한국제품이 반가웠으나, 한쪽 구석 공간에 전시되어 있을 뿐이었다. 전화와 인터넷도 연결해야 했다. 우연히 한국인을 만나 소개를 받고 한국인이 운영하는 휴대전화 대리점에 들렀다. 삼성 애니콜과 미국 모토로라 전화기를 보여 주며 미국에 왔으니 모토로라를 써 보라고 했다. 잘 모르는 나는 혹시 미국에서 사용하는 데 유리할까 싶어 모토로라를, 아내는 애니콜을 샀다. 그러더니 나보고 자동차를 샀느냐며 자동차 사는 것을 도와주겠다고 했다. 그를 따라나섰다. 한두 군데 자동차 판매점을 돌아보더니 혼다 아쿠라 중고차를 권했다. 해치백 스타일로 지프 차와 유사하게 생겼다. 자기가 좋아하는 차라고 했다. 썩 마음에 들지 않았다. 내가 머뭇거리자 자기가 도와주려고 하는 데 이해할 수 없다며 언짢아했다. 그와 헤어졌다. 내가 잘 모르니 이래저래 고생이었다. 특히 자동차 사기는, 그것도 새 차가 아닌 중고차는 더욱더 어려웠다. 이번에는 아내가 아파트 단지에서 우연히 만났다며 한국인 2세 미군을 데려왔다. 이틀 후면 하와이로 떠난다고 했다. 자동차 사는 것을 도와주겠다고 했다. 그와 함께 다시 판매점 몇 군데를 돌아다녔다. 결국, 유학생들이 가장 많이 선호한다는 중고 도요타 캠리와 시에나 밴을 구입했다. 그 친구가 흥정을 잘해 주어 약간 할인을 받을 수 있었다. 고마웠다. 해외에 유학 가거나 이민 가면, 특히 한국인을 조심하라는 얘기를 들은 적이 있다. 사기를 당하거나 하는 안 좋은 일은 한국인과의 사이에서 많이 일어난다는 얘기였다. 전화기를 판매한 한국인과는 그 후로도 요금 등이 설명과 달라 불편한 일이 있었다. 그리고 아쿠라는 잠깐 유학하고 다시 차를 팔고 돌아가는 학생들에게 적합하지 않다는 것을 나중에 알았다. 큰일 없이 일이 마무리되어 다행이다 싶었다. 새삼 실질적인 도움을 준 한국인 2세 미군 병사가 고마웠다. 은행에 계좌를 열고 남은 돈을 입금했다. 미국 자

데이케어 센터와 폴로 초등학교

동차 운전면허는 시간이 좀 흐른 후에 딸 수 있었다. 쓰리포인트턴(Three Point Turn)이 무슨 말인지 몰라 다시 시험을 보아야 했다. 한국에서 흔히 유턴(U-Turn)이라고 하는 것이었다. 그것 이외에도 운전 방식이나 신호체계 보는 것이 조금씩 달라 적응하는데, 약간의 시간이 필요

했다. 국제운전면허증 대신 미국 운전면허증을 제시하니 자동차 보험료가 많이 할인되었다. 여섯 살 큰아이는 공립초등학교에서 운영하는 프리스쿨(Preschool)에, 네 살 작은아이는 민간에서 운영하는 데이케어 센터(Daycare Center)에 보내야 했다. 데이케어 센터는 주당 160달러로 비용이 많이 들었다. 2주간에 걸쳐 어느 정도 정착이 마무리되자 학교를 방문해서 입국 사실을 알렸다. 드디어 공부할 준비가 되었다.

■ MBA; 미국에서 하는 경영학 공부

왜(Why)? 무어 비즈니스 스쿨?

사우스캐롤라이나대학교는 미국 동남부 사우스캐롤라이나주 주도인 컬럼비아에 있는 주립대학교이다. 1805년 설립된 역사와 전통이 오래된 학교로, 특히 국제 경영학 분야에서 두드러진 강점을 보여 주고 있었다. 사우스캐롤라이나대학교를 선택한 이유는 우선 국제 경영학 분야에 강하다는 점도 고려하였지만 학교가 위치한 지역 또한 중요하였다. 미국은 대륙에 가까운 매우 큰 나라여서 지역마다 서로 다른 특성과 문화를 가지고 있었다. 어학연수 시절, 미국 서부 캘리포니아주에서 살아보았기 때문에 이번에는 초기 미국의 발상지인 동부에서 살아보고 싶었다. 물론, 동북부가 미국의 중심이겠지만, 따뜻한 날씨나 저렴한 물가 등 생활환경을 고려할 때 남부가 훨씬 더 매력적이었다. 그리고 또 하나의 이유 같지 않은 이유가 있었다. 나는 영화를 좋아하는데, '노트북(The Notebook)'이란 영화를 본 적이 있었다. 1940년대 사우스캐롤라이나 찰스턴(Charleston)의 세련된 도시 처녀와 그 근처 작은 시골 마을 총각의 사랑 이

영화 '노트북(Notebook)'의 한 장면

야기를 다룬 로맨스 영화였다. 영화의 배경이 된 마을은 그림처럼 아름다웠다. 특히 주인공 노아와 앨리가 다시 만나 철새들로 가득한 호수에서

보트를 타고 사랑을 확인하는 장면은 환상적이었다. 우리의 일상에서 사소한 이유가 어떤 일에 결정적인 영향을 미치는 경우는 생각보다 많다. 공부와는 별 상관없지만, 그냥 아름다운 동네에 끌려 살아보고 싶었다. 나중에 알았지만, 그 호수는 영화를 위해 연출된 장면이었다.

학교까지는 차를 운전하여 통학했다. 학교 외곽 주차장에 차를 주차하고 통학버스로 갈아타고 강의실까지 가야 했다. 학교는 도심에 위치하여 넓은 캠퍼스 안으로 대중교통 수단이 다니고 있었다. 우리나라 대학 캠퍼스와 달리 학교와 도시의 경계가 특별히 울타리로 표시되어 있지 않았다. 캠퍼스에는 오래된 남부 특유의 건축양식을 한 건물부터 최근에 지은 현대식 건물까지 다양했다. 잘 가꾸어진 잔디밭과 커다란 나무들도 학교의 역사를 말해 주고 있었다. 경영대학원(Darla Moore School of Business)은 새로 지은 건물이었다. 어느 졸업생의 막대한 기부로 지어진 건물이라고 했다. 구내식당을 겸한 카페테리아나 도서관, 체육관 시설 등도 잘 갖추어져 있었다. 처음엔 호기심으로 학교 여기저기를 돌아다녀 보았지만, 막상 학기 중에는 공부하느라고 바빠 체육관 등 좋은 시설을 이용할 기회는 별로 없었다. 강의실은 대부분 강단을 중심으로 라운드 형인데, 계단식으로 좌석이 배치되어 있었다. 당시 한국의 대학 강의실을 본 적이 없어 비교하기는 어렵지만, 내가 공부하던 20여 년 전 한국의 일자

사우스캐롤라이나대학교 캠퍼스 전경과 비즈니스 스쿨 강의실 모습

형 강의실과 조금 달랐다. 강의실에는 앞면과 옆면, 심지어는 뒷면에도 스크린이나 모니터가 설치되어 있어 어느 방면에서도 파워포인트로 작성된 강의자료를 볼 수 있었다. 교수들도 강의하며 볼 수 있는 모니터가 책상을 비롯하여 여러 곳에 설치되어 있어 자연스럽게 강의자료와 학생들을 둘러보며 강의를 진행할 수 있었다. 교수와 학생 간 소통이 편리하도록 스크린이나 모니터가 설치된 것이 인상적이었다. 교수가 준비한 강의자료 위에 다시 쓰거나 지우는 것도 모든 학생들이 스크린을 통해 볼 수 있어 다양하고 입체적인 강의가 가능했다. 학생들은 모두 랩탑 컴퓨터(노트북)를 가지고 강의자료를 다운 받아 강의를 들었다. 간혹 노트 필기를 하는 친구도 있었지만, 대부분 노트북에 직접 타이핑하여 필요한 사항을 메모했다. 중등학교 시절부터 학교가 학생들에게 대여해 주는 노트북을 가지고 수업을 받아 노트북 사용이 자연스레 일상화되어 있었다. IT 강국이라고는 하지만 그로부터 10년이 지난 지금도 한국의 초·중등학교에서는 노트북을 이용하여 수업하지 않는다. 교육정책의 차이인지, 경제 역량의 차이인지 모르겠다. 나는 한국에서 최신 삼성(Samsung) 노트북을 사서 가지고 갔었다. 그러나 강의실에서 사용 중 계속 에러가 발생했다. 학교 전산지원센터에 노트북을 가져갔다. 메이커를 보더니 심드렁했다. 미국에서 아직 한국제품에 대한 인지도가 낮았다. 미국 학생들은 대부분 미국 휼렛패커드(HP)나 일본 소니(Sony) 노트북을 사용하고 있었다. 전산센터 자원봉사자가 많은 노력과 시도를 하였으나, 문제를 해결할 수는 없었다. 방화벽 충돌이라고만 했다. 하는 수 없이 전자제품 전문점 베스트바이(BestBuy)에 가서 휼렛패커드(HP) 노트북을 구입했다.

교수진은 다양했다. 절반 정도는 미국 또는 유럽계 백인이었으나, 재무관리(Finance)나 생산관리(Operations Management) 등은 중국이나 인도 등 아시아계 미국인 교수들도 많았다. 한국인 교수도 한 분 계셨다. 가뜩이나 영어도 잘하지 못하는 나는 인도계 교수의 발음은 정말 알아듣기 힘들었다. 재미있는 것은 유럽계 교수도 출신 지역에 따라 발음이 알아듣기 어렵다는 것이다. 특히, 이탈리아계나 러시아계가 그러했다. 백인이라고 해서 모두 영어가 모국어는 아니라는 사실을 새삼 깨달았다. 하지만 교수들은 대부분 정말 자세하게, 그리고 열심히 가르쳤다. 하다못해 대학

경영대학원 친구들

원생들에게 재무 계산기(Financial Calculator) 사용법을 일일이 하나하나 가르칠 정도였다. 한국에서라면 상상도 할 수 없는 일로 학생들이 알아서 터득해야 했을 것이다. 항상 학생의 이해를 돕기 위해 애를 쓰고 잘 가르치려 노력하는 모습이 정말 놀라웠다. 내가 대학 다니던 시절 대부분의 한국 교수들과는 다른 모습이었다. 어느 날인가 한국인 교수에게 이런 말을 들었다. '한국은 학생이 공부를 못하면 학생 탓으로 돌리는데, 미국은 학생이 공부를 못하면 선생 탓으로 돌린다고. 그래서 미국에서는 교수하기 힘들다고….' 참으로 한국과 미국의 교육 현실을 정확히 표현한 말이었다. 그래서 한국에서는 학생들이 학교 다니기가 힘든 모양이다. 그 한국인 교수는 내가 졸업할 즈음 한국 대학에 자리를 얻어 돌아오셨다. 학생들은 미국인이 80% 정도였고 나머지는 외국 유학생이었다. 인도 학생들이 다수를 차지했고 중국 및 일본, 유럽 학생 등도 있었다. 한국 학생은 나 혼자였고 미국 영주권을 가진 한국계 미국 여학생이 한 명 있었다. 10여 년 전 어학연수시절에는 일본 학생이 대부분이었는데, 많이 달랐다. 전에는 이 학교에도 일본 학생들이 많았다고 했다. 경제력이 나아지고 있는 인도를 보는 듯했다. 인도 학생들은 인도에서 영어가 공용어로

사용되고 있어 발음은 좋지 않았지만, 모두 영어를 유창하게 구사했다. 나를 포함한 일부 동아시아 학생들이 영어로 공부하는데 초기에 어려움을 겪었다. 국제 경영학으로 유명한 학교라서 그런지 미국 학생들은 대부분 외국 생활 경험이 풍부했다. 그래서 외국 유학생들의 어려움을 잘 이해했고 외국 문화에도 상당히 개방적이었다. 직장생활 경험도 몇 년씩 가지고 있었다. 학교 생활하는 데 많은 도움을 받을 수 있었다. 대학원에 들어가면서 대학 시절 못해 본 것 중에 꼭 해 보고 싶은 일이 있었다. 바로 동아리(Club) 활동이었다. 선택의 폭은 넓지 않았다. 와인 동아리(Wine Club)에 가입했다. 한 달에 한 번 정도 모여 와이너리와 와인을 소개하고 시음하는 행사를 했다. 내가 기대했던 한국 대학교 동아리 활동과는 거리가 있었지만, 와인에 대한 다양한 상식과 와이너리 및 와인 산업에 대해 배울 수 있었다. 훗날 미국을 여행할 때 와인의 고장, 나파 밸리(Napa Valley)를 방문하는 계기가 되었다. 그렇게 세월을 되돌려 학교생활에 적응해 갔다.

미국 MBA 과정; 다시 새로운 마음으로

무어 비즈니스 스쿨(Darla Moore School of Business)은 2년 과정으로 1년에 3학기(Trimester) 방식으로 운영되고 있었다. 국제 경영에 특화된 과정답게, 첫해에는 국제 경영학 핵심과목(Core Course)과 글로벌 경영환경 및 지역 문화(Global & Regional Business Issues) 등을 배우고, 다음 해에는 인턴십(Internship)과 경영학 전문 분야(Business Specialization)로 구성되어 있었다. 그렇다 보니 미국에 도착한 직후, 곧 6월 말부터 수업이 시작되었다. 첫 학기에는 경영학을 배우기 위한 기초 과목들 – 기업의 사회적 책임, 글로벌 경영전략, 경영 통계 데이터 분석, 재무회계, 창업 등 - 을 배웠다. 학생 중에는 대학 학부 과정에서 경영학을 배우지 않은 학생이 많았다. 자연히 강의실은 새로운 학문을 배우려는 열기로 가득했다. 한국 대학과 달리 교수와 학생 간에, 또는 학생들 간에 시도 때도 없는 질문과 토론이 이어졌다. 교수도 토론을 적극적으로 유도했다. 내가 한국에서 대학을 다닐 때와는 매우 달랐다. 미국에 와서, 미국 학생들과 어울려, 미국 방식으로 공부하고 있다는 것을 피부로 실감할 수 있었다. 그

사례연구에 활용된 하버드 비즈니스 리뷰

리고 몇몇 과목은 수업에 들어가기에 앞서 사례연구(Case Study) 자료를 미리 읽고 가야 했다. 주로 하버드 비즈니스 리뷰(Harvard Business Review)를 사용하였다. 꼬박 2시간 이상 읽어야 했다. 드디어, 다시 공부가 시작된 것이다. 치열하게 살았던 고등학교 3학년 시절로 되돌아간 느낌이었다. 미국 수업방식에 적응하기 위해 정말 시간을 아껴가며 열심히 준비하고 노력했다. 그러나 금방 한계가 드러났다. 우선 하버드 비즈니스 리뷰 같은 페이퍼(Paper; 소논문)를 빠르게 읽고 이해하기가 쉽지 않았다. 그러나 이것은 그나마 어떻게든 많은 시간을 투자하면 되었다. 더욱 더 어려운 것은 수업 시간에 토론에 참여하는 것이었다. 수업 시간에 토론이 시작되면 미국 학생들은 토론에 적극적일 뿐만 아니라 정말 빠르게 토론을 주고받았다. 일상대화보다 말이 무척 빨랐다. 어눌한 영어 솜씨로는 끼어들 여지도 없었고 빠르게 논리적으로 설명할 수도 없었다. 결국, 짧은 영어가 문제였다. 미리 예상은 했었지만, 영어 구사 능력이 정말 중요함을 느꼈다. 아무리 내용을 잘 알고 좋은 아이디어가 있어도 대등하게 토론하는 것이 불가능했다. 정도의 차이는 있지만, 이것은 나뿐만 아니라

많은 유학생이 경험하는 현실이었다. 팀 프로젝트(Team Project)도 문제였다. 우선 팀을 구성하는데, 애를 먹었다. 교수가 팀을 짜 주면 별문제가 없으나, 그렇지 않은 경우, 미국 학생들과 함께 팀을 구성하는 것이 만만치 않았다. 일부러 드러내지는 않았지만, 미국 학생들도 외국 유학생들과 팀을 이루려고 하지 않았다. 또, 팀을 구성한다 해도 자기 몫을 다하기 위해서는 미국 학생보다 몇 배의 시간을 들여 노력해야 했다. 뭐랄까~ 약간 바보가 된 느낌이었다. 중·고등학교와 대학을 통틀어 대체로 공부를 좀 하는 편이었다. 이제야, 내가 이런 상황을 겪어보고 나서야 그 당시 함께 공부했던, 성적이 그리 좋지 못했던 친구들의 마음을 충분히 이해할 것 같았다. 겸손함을 배우고 있었다. 나 자신이 반성도 되었다. 한국에 돌아가면 좀 더 이해심을 가지고 포용력 있는 사람이 되어야겠다는 다짐을 했다. 더불어 살아가는 방법을 배우는 소중한 시간이었다. 아무튼, 살아남아야 했다. 더 많은 시간을 투자하고 미리미리 공부하는 방법밖에 없었다. 그렇다고 성적이 나쁜 것은 아니었다. 한국 학생들이 시험에 강하다는 것은 맞는 말이었다. 또한, 숫자를 다루는 몇몇 과목에서 한국 학생들은 월등한 실력을 보여 주었다.

두 번째 학기에서는 국제 경영학 핵심과목 - 국제 재무(Global Finance), 국제 경영(Global Management), 생산(Operations Management), 국제 마케팅(Global Marketing), 미시 및 거시경제학(Micro & Macro Economics) 등 - 을 배웠다. 큰 틀에서 보면 한국 대학의 경영학과에서 배우는 과목들과 유사했다. 9월에 학기가 시작되었다. 국제 재무관리 시간이었다. 첫 강의에서 교수님이 '투자(Investment)'와 '투기(Speculation)'의 차이를 물었다. '성과의 확률 기댓값이 투입자본보다 크면 투자이고 작으면 투기이다.'라는 답변 등 교과서에 나올 법한 다양한 답변이 여기저기서 나왔다. 한참을 듣던 교수님이 여러 학설을 설명한 다음, 교수님의 개인 의견을 말씀하셨다. '투자와 투기는 사실상 구분할 수 없다.'라는 것이었다. 한국에서는 흔히 부동산은 투기라고 말하고 주식은 투자라 말한다. 교수님이 질문하셨을 때 내 머릿속에 언뜻 떠오르는 말도 '부동산 투기'와 '주식 투자'였다. 당시 한국의 사회·정치적 가치판단이 반영된 용어였다. 학문적 관점에서 보면 부동산이나 주식이나 그저 하나의 투자상품에 불과할 뿐 달리 볼 여지는 없었다. 국어사전을 찾아보아도 사실 두 단어의 정의가 명확히 구분되지 않는다. 내가 대학을 다닐 당시만 해도 부동산 금융(Real Estate Finance)이라는 학문은 한국에 소개조차 되지 않았었다. 그래서 부동산은 늘 투기였다. 나는 지금도 '투기'와 '투자'라는 단어의 뉘앙스 차이는 인정하지만, 실물경제에서의 차이는 구별하지 않는다. 실제 선물거래소 시장에서는 투기거래(Speculation Trading)가 있어야만 헤지거래(Hedge Trading)가 가능하다. 나는 교수님의 의견에 동의했다. 실물경제에 맞는 실제적인 가르침이 신선하게 다가왔다. 그로부터 일주일쯤 지난 어느 날, 교수님이 얼굴이 하얗게 질려 수업에 들어오셨다. 2008년 9월 미국 서브프라임모기지 금융위기(Subprime Mortgage Financial Crisis)의 시작이었다. 뉴욕증권거래소의 다우지수가 사상 최대로 폭락하기 시작했다. 교수님이 60대이셨는데 생전에 이런 폭락은 처음 본다고 하셨다. 예전에 한국 증시가 폭락하면 사람들은 늘 견고한 미국 증시를 부러워하며 역시 선진시장은 다르다고, 한국 시장은 아직 멀었다고 말하곤 하였다. 그러나 미국 증권시장도 금융위기 앞에서는 속절없이 반 토막 나고 있었다. 사람들의 투자심리는 한국이나 미국이나 크게 다른 것 같지 않았다.

세 번째 학기는 글로벌 경영환경 및 지역 문화(Global & Regional Business Issues) 등을 배우고 현장학습(Field Trip)을 하는 과정이었다. 평소 세계 지리와 다양한 지구촌 문화에 관심이 많았던 나에게 이번 학기는 특히 흥미로웠다. 이 과정은 각 지역의 비즈니스 환경과 이슈, 지역 문화 등을 다루는 과목으로 구성되었는데, 나는 일본, 중국, 서유럽, 동유럽, 북미(North America Business Issues) 그리고 남미(Latin America Business Issues) 과목을 선택했다. 각 지역의 인종, 역사, 정치와 문화, 그리고 경제·경영 이슈들을 매우 폭넓게, 그리고 자세히 다루었다. 꼭 비즈니스 차원이 아니더라도 평소 관심이 있었던 세상과 인간에 대해 깊이 있게 이해할 수 있는 아주 소중한 기회였다. 아마 국제경영학에 특화된 무어 비즈니스 스쿨만의 장점이 아닌가 싶었다. 미국에 처음 어학연수 와서 I.E.I에서 공부할 때 캘리포니아대학교 프레즈노분교에 놀러 가곤 했던 기억이 떠올랐다. 그때 다양한 사람들을 관찰하며 여러 생각을 떠올리곤 했었다. 아마도 무어 비즈니스 스쿨에서 배운 뒤였더라면 각양각색의 사람들을 보며 좀 더 다양한 상상의 나래를 펼 수 있지 않았을까 하는 생각이 들었다. 현장학습(Field Trip)은 중국과 멕시코 중 선택하게 되어있었는데, 대부분의 미국 학생들이 아시아 국가인 중국을 원해서 주로 아시아에서 온 유학생들은 멕시코를 가야 하는 상황이었다. 이미 중국을 출장으로 몇 번 다녀온 나는 오히려 멕시코에 가는 것이 좋았다. 멕시코에서는 과달라하라(Guadalajara)와 몬테레이(Monterrey)를 방문했다. 많은 회사와 공장을 견학 했는데, 주로 과자 공장, 맥주 공장 등 식료품 공장과 전자 부품 공장 등이었다. 주로 미국에 제품을 수출한다고 했다. 북미자유무역협정(NAFTA)에 따른 분업의 결과로 보였다. 자매결연을 한 대학이나 경제단체를 방문하여 강의를 듣기도 했다. 가장 인상적인 견학은 멕시코의 대표 술인 테킬라를 생산하는 양조장 겸 농장(Tequila Herradura)을 방문한 일이었다. 일단 농장의 규모가 대단히 컸다. 테킬라의 원료인 용설란과의 아가베(Agave)를 재배하고 있었다. 드넓은 농장이 평화롭고 아름다웠다. 그들에겐 고된 생활 터전이 될 수 있겠지만 나에게는 목가적으로 보였다. 아름답게 채색된 높다란 담장으로 둘

168

러싸인 양조장에서는 아가베를 잘라 다듬고 발효시켜 술을 만드는 전 과정을 둘러보고 마지막엔 시음도 할 수 있었다. 양조장은 대단히 넓었지

멕시코 현장학습(Field Trip) 중 (왼쪽부터 테킬라 농장, 동료 학생들, 그리고 몬테레이)

만, 공정별로 깔끔하게 정리되어 있었고 아름답게 꾸며져 있었다. 곳곳에서 예술적인 감각도 느낄 수 있었다. 저개발국가인 멕시코라고 느껴지지 않을 정도로 다른 견학 공장과는 사뭇 달랐다. 관광 상품으로도 인기가 좋을 듯싶었다. 우리나라의 국순당이나 한산 소곡주 등 전통주를 담그는 양조장도 이런 식으로 비즈니스를 하면 어떨까? 하는 생각을 했다. 프랑스나 이탈리아의 와이너리 투어만 있는 것은 아니었다. 저마다 자신들이 가진 문화를 다양한 방법으로 세계화하고 상품화하고 있었다. 우리나라도 우리만의 독특한 음식 문화를 여행 상품화하여 세계에 알릴 수 있었으면 좋겠다고 생각했다.

경영학 석사(MBA) 공부; 무엇을 배울 것인가?
무엇을 배웠는가?

MBA 과정 2년째가 시작되었다. 우선 3개월 인턴을 해야 했다. 그런데 나의 경우는 회사에 재직 중인 상태라 미국에서 급여를 받는 인턴으

로 재취업을 하는 것이 문제가 되었다. 상담 교수와 의논하여 회사에 리서치 자료를 제공하고 확인받는 것으로 대체하기로 했다. 매일 도서관에 들러 최근 미국 금융 경제 동향 관련 자료와 신문 기사 등을 조사한 후, 보고서로 작성하여 매주 제출했다. 미국 금융시장에 대한 지식과 시야를 넓히는 좋은 기회가 되었다. 여름방학이 지나고 마지막 두 학기는 경영학 전문분야(Business Specialization)에 대한 학습으로 구성되어 있었다. 나는 미국으로 공부하러 떠나기 전에 MBA 과정 동안 무엇을 배우고 싶은가? 에 대해 곰곰이 생각해 본 적이 있었다. 한국 대학 학부 과정에서 경영학을 전공한 관계로 많은 부분이 겹칠 수 있었다. 하지만 학교를 떠난 지 어언 20여 년이 다 되어가고 있었다. 최신 글로벌 금융시장 및 비즈니스 동향을 파악하고 글로벌 기업 경영에 관한 새로운 지식과 노하우로 무장할 필요가 있었다. 그중에서도 나는 컨설팅(Consulting), 협상(Negotiation), 리더쉽(Leadership), 부동산 금융(Real Estate Finance)을 배워보고 싶었다. 네 분야 모두 내가 성장하고 또, 지금의 회사생활에 꼭 필요한 분야였지만, 내가 대학에 다닐 때는 개설되어 있지 않았던 과목으로 새로운 분야였다.

먼저 컨설팅(Consulting) 수업은 최근 들어 급격히 팽창하고 있는 컨설팅 비즈니스 시장에 대해 전반적으로 다루면서 비즈니스 개발, 컨설팅 과정, 컨설턴트의 역할 등을 가르쳤다. 그리고 팀을 구성하여 실제 컨설팅회사의 컨설턴트가 되어 사례연구(Case Study)에서 제시하는 프로젝트를 수행하는 방식으로 진행되었다. 매우 구체적인 실제 사례를 가지고 팀 프로젝트를 수행하고 발표 및 보고서를 제출해야 했다. 내가 회사에서 컨설팅 프로젝트를 수행할 때 외부 컨설팅회사의 컨설턴트가 하던 일 그대로였다. 실제 회사에서 벌어지는 최근 사례로 공부하기 때문에 MBA 출신들은 채용 후 현장에 즉시 투입이 가능하다고 들었는데, 맞는 말이었다. 미국 기업들이 MBA 학위 소지자를 선호하고 MBA 출신 연봉 수준이 높은 이유를 알 수 있었다.

협상(Negotiation)의 순간은 누구에게나 하루에도 여러 번 다가온다. 직장에서 학교에서 또는 심지어 가정에서도 우리의 삶은 늘 협상의 연속이다. 국가 간 또는 회사 간에, 상사나 동료 사이에서는 물론이고 때론 엄마와 아이, 남편과 아내 사이에서도 협상이 일어난다. 다만, 우리가 협상이라고 하면 비즈니스로 접근하기 때문에 소소한 협상을 인지하지 못하는 것이다. 협상력은 좋은 성과를 내기 위해 또는 원만한 대인관계를 위해서도 필수적이다. 협상의 기술을 배워두면 삶이 훨씬 더 부드럽고 매끄럽지 않을까 생각했다. 수업은 다양한 협상 이론을 배운 다음, 역시 사례연구를 연속으로 다루었다. 실제 협상 과제를 가지고 일 대 일로, 또는 팀 대 팀 간에 협상하고 협상 결과를 제출하게 하였는데, 협상 전략, 협상의 전 과정 및 협상 결과의 득실 등을 상세히 보고서로 작성해야 했다. 협상은 늘 한 치의 양보 없이 치열했다. 그러나 한쪽이 일방적으로 주장하고 설득한다고 해서 쌍방이 모두 만족할만한 협상 결과가 도출되는 것은 아니었다. 쌍방이 원하는 다양한 옵션 개발과 협상 결렬 시 이용 가능한 대안 등이 매우 중요했다. 물론 이외에도 협상은 다양한 전략과 기술, 심리전 등이 모두 동원되는 복합적인 과정이었다. 항상 협상에서는 완전한 승자와 패자가 있을 수 없었다. 윈-윈(Win-Win)이란 말도 그리 쉽게 할 수 있는 것은 아니었다. 아주 좋은 경험이었다. 인생을 살아가는데, 실질적인 많은 도움이 될 것 같았다.

리더쉽(Leadership) 수업은 혹시나 회사에서 상위 직급 또는 경영진으로 승진하는 경우 필요할 것 같아 관심이 많았다. 그러나, 한편으로 리더쉽은 원래 타고난 천성이나 자질과 깊은 연관이 있다고 생각하였기 때문에 별로 기대하지 않았다. 그저 그런 이론에 관한 공부에는 흥미가 없었다. 삼성의 이병철 선대회장이나 현대의 정주영 창업자가 리더쉽을 배워 훌륭한 기업가가 된 것은 아니지 않는가? 하지만, 리더쉽 수업은 역시 듣기를 잘했다. 리더의 덕목을 다룬 사례연구 중에 이런 질문이 있었다. '좋은 리더(Good Leader)'와 '훌륭한 리더(Great Leader)'의 차이는 무엇인가? 나는 처음에는 '그게 그 말 아닌가? 별 차이 없어 보이는데….'라고 생각했다. 영어에서 굿(Good)과 그레잇(Great)은 분명 차이가 있는 모양이었다. 연구 결과에 따르면, 훌륭한 리더는 그것이 무엇이든, 좋은 리더의 덕목을 모두 가지고 있으며 그 외에 딱 한 가지 덕목을 더 가지고 있다고 했다. 그것은 바로 '겸손(Humility)'이었다. 아~하! 그렇구나. 더 이상의 설명이 필요 없었다. 느낌이 확 와닿았다. 이것과는 결이 조금 다른 이야기지만 언젠가 이런 글을 읽은 적이 있었다. 어느 신문기자가 백만장자들을 인터뷰하기 위해 사전에 약속을 잡고 호텔 회의실로 초청한 적이 있었단다. 그 기자는 부자들의 얼굴을 알지 못했지만, 예의상 마중을 해야 할 것 같아 약속시간 한참 전부터 호텔 로비에서 부자들을 기다렸다고 한다. 그러나 그가 기대하는 멋진 양복을 입고 검은색 세단이나 고급 차를 타고 오는 호텔 손님이 없었다고 했다. 기자의 초청에 마지못해 말로만 승낙했을 뿐, 바쁜 백만장자들이 한낱 기자와 인터뷰하기 위해 시간을 내지는 않은 것 같았다. 실망으로 풀이 죽은 기자가 약속장소인 회의실로 들어섰다. 그런데 회의실은 초대받은 백만장자들로 가득 차 있었다고 했다. 기자의 기대와는 달리 그들은 대중교통 수단을 이용하거나 픽업 트럭과 같은 일반적인 자동차를 타고 왔으며 그저 허름하고 평범한 자켓에 청바지와 같은 차림을 하고 있었다. 그래서 그 기자가 로비에서 그들을 알아보지 못한 것이었다. 글을 읽으면서 그것이 진정한 멋진 부자들의 한 단면일지 모른다고 생각했다. 부자인 척하는 사람과 진짜 부자는 다를 수 있으니까. 세상에 좋은 사람, 좋은 리더가 얼마나 많은가? 그러나 겸손함을 갖춘 훌륭한 사람, 훌륭한 리더는 정말 흔하지 않다. '겸손'을 마음속에 새겨야 했다. 이 강의 하나만으로도 리더쉽 수업은 꼭 들을 필요가 있었다.

172

마지막은 부동산 금융(Real Estate Finance)이었다. 한국에서도 날로 그 비중과 중요성이 커가는 새로운 분야였다. 부동산 개발을 위한 자금 조달, 임대 전략, 현금흐름 분석, 자산의 증권화 등 주로 기술적인 문제를 다루었다. 처음 배우는 분야여서 어렵기도 하였지만, 실생활과 밀접한 부분도 있어 재미있었다. 숫자를 많이 다루니 상대적으로 공부하기 쉬운 측면도 있었다. 20대 후반의 중국계 미국인 교수는 매우 상세하게 가르쳤다. 때가 때 인지라 어느 학생이 미국의 서브프라임모기지 금융위기가 언제쯤 끝날지를 물어보았다. 그 교수는 아직 시작에 불과하므로 언제 끝날지 모르며 그 규모 또한 아무도 모른다고 했다. 나중에 보니 그 말은 맞는 말이었다. 오랜 불황의 터널이 기다리고 있었다.

　　아무리 원해서 하는 공부이고 관심 있는 분야라고 해도 공부하는 것은 늘 어려웠다. 부족한 영어 실력은 매 순간 걸림돌이었고 그러다 보니 시간이 항상 부족했다. 학기 중에는 다른 것을 생각할 겨를이 없었다. 새벽부터 늦은 밤까지 공부 또 공부였다. 늦은 나이에 하는 공부라고 대충할 수가 없었다. 모르면 빵점, 알면 백 점, 중간이 없었다. 수업 들어가기 전에 미리 교재를 다 읽고 충분히 이해하고 수업에 들어갔다. 그렇지 않으면 수업 시간에 따라가기가 어려웠다. 수업을 통해서는 이미 이해한 내용을 확인만 하였다. 팀 프로젝트나 토론 수업도 할 수 있는 한 다른 사람에게 민폐 끼치지 않으려고 최선을 다했다. 꽉 짜인 일정에 한시도 긴장을 늦출 수 없었다. MBA를 쉽게 하는 사람도 있겠지만 나는 그렇지 못했다. 엄청난 스트레스가 밀려왔다. 비슷한 처지의 한국 학생도 없으니 누구와 얘기하며 스트레스를 풀 수도 없었다. 운동에 매달렸다. 그냥 달렸다. 아파트 단지 내도 달리고 근처 공원에 가서도 달렸다. 체력관리를 위해서 아파트 헬스장도 규칙적으로 드나들었다. 학기 중간 며칠씩 쉴 때는 여행으로 스트레스를 풀기도 하였다. MBA를 오기 위해 GMAT 등 영어 공부하던 시절을 떠올리며 그래도 지금이 행복하지 않으냐고 스스로를 위로했다. 그건 맞는 말이었다. 정말 힘든 시기도 있었지만, 어찌 됐든 하고 싶은 일에 열정을 불사른 나날들이었다. 힘들게 노력한 대가인지 몰라도 결과적으로 성적은 매우 좋았다. 드디어 마지막 시험이 끝났다. MBA 과정을 끝낸 것이다. 깊은 가슴속에서 솟구쳐 오르는 뜨거운 희열을 느꼈다. 얼마나 오랜 세월이었던가? 그 힘겨웠던 MBA 준비부터 시작하여 항상 긴장 속에 살아야 했던 학교생활, 다시 한번 그 지난 했던 과정이 주마등처럼 눈앞을 스쳐 갔다. 집으로 고속도로를 타고 운전하고 오면서 창문을 활짝 열고 고래고래 소리를 질렀다. 더 할 수 없는 성취감과 해방감

학위 수여식 후 아내와 함께

이었다. 내 젊은 시절, 가장 커다란 꿈을 마침내 이루는 순간이었다. 학위 수여식 날, 학교를 찾은 아내와 교정에서 처음으로 사진 한 장을 찍었다. 여러모로 말없이 도와준 아내가 고마웠다.

■ 미국 남동부에서 살아보기

친절한 미국 사람들, 그리고 학생들

사우스캐롤라이나는 미국 남동부, 대서양 연안에 위치한다. 위도상 우리나라의 제주도와 비슷하여 연중 따뜻했다. 한겨울에도 기온이 영하로는 잘 내려가지 않았다. 미국 남북전쟁 당시에는 남군, 즉 아메리카 남부연합의 중심지여서 찰스턴 등 역사의 유적지가 많이 남아 있다. 평야가 많고 기후 여건이 좋아 농산물이 풍부했고 물가는 저렴하였다. 사우스캐롤라이나에 오기 전에 미국 남부에 대해 약간의 선입견이 있었다. 미국 남부는 건국 초기 대농장과 흑인 노예제도가 발달해 있었고 그 당시 가치가 오늘날에도 생활과 문화 속에 자리 잡고 있지 않을까 하는 생각이었다. 소위, 보이지 않는 인종 차별이 있지 않을까 염려했다. 그러나 생활하면서 그런 것은 크게 느낄 수 없었다. 나중에 한인사회에서 들으니 처음에는 북부 사람들이 친절하고 차별도 하지 않는 것처럼 보이지만, 오래 지내다 보면 정작 이방인을 집에 초대하고 정을 나누는 것은 남부 사람들이라고 했다. 아무튼, 날씨가 따뜻하고 물가가 싸다 보니 사람들이 대체로 여유롭고 친절했다. 기독교 국가답게 미국에서는 대부분 교회를 중심으로 지역 커뮤니티가 활성화되고 자원봉사활동 등도 활발하게 펼쳐진다. 학교 근처에 미국인 감리교회가 있었다. 이 교회에서는 자원봉사자들을 중심으로 매주 수요일 유학생들에게 공짜 점심을 제공해 주었다. 12시가 되면 나를 포함한 학생들은 길게 줄을 서서 기다렸다. 가끔은 미국 학생들도 같이 먹었다. 미국 사람들이 간편하게 먹는 햄버거나 핫도그, 과일 및 음료 등이었다. 접시가 작아 많은 음식을 담을 수는 없었다. 더 먹고 싶은 사람은 다시 줄을 서서 기다려야 했다. 나름대로 될 수 있으면 많은 학생에게 공평하게 음식을 제공하려는 지혜였다. 점심값을 아낄 수도 있었지만, 내가 수요일마다 이곳에서 점심을 먹는 이유는 따로 있었다. 점심을 대부분 테이블에서 삼삼오오 모여 먹다 보니, 다양한 새로운 사람들과 자연스럽게 대화할 기회가 많았다. 식사 배급이 끝날 무렵에는 자원봉사자들도 함께 식사하였다. 어떤 때는 두세 시간을 넘겨 가며 그들과 미국과 한국, 또는 정치, 경제, 문화와 취미 등, 서로 다른 주제를 가지고 담소를 나누기도 하였다. 강의실에서 배울 수 없는 다양한 미국을 엿볼 수 있었다. 또한, 매주 금요일 저녁에는 'Friday Night'라는 유학생 가족까지 모두 참여할 수 있는 이벤트가 있었다. 공짜 저녁을 제공해 주고 식사 후에는 소규모로 모여 이야기나 게임도 하고 성경 공부도 하였다. 음식 준비와 봉사는 컬럼비아 지역 교회가 돌아가며 맡고 있었는데, 교회별로 자원봉사자들이 참여하고 있었다. 기독교적 색채가 묻어나긴 하였지만, 참석하고 돌아가는 것은 어떤 강요나 불편함 없이 자유로웠다. 혹자

미국 교회의 'Friday Night' 모임

는 그저 선교 활동의 일환이라고 말하였지만, 아무튼 우리 같은 유학생에게는 많은 도움이 되었다. 이곳에서 우리 가족은 외국에서 온 다른 가족도 만나고 친구도 사귀며 즐거운 시간을 보냈다. 주말에는 미리 신청을 받아 여행도 다녔다. 사바나(Savannah) 같은 대서양 바닷가나 인근 산과 계곡에 갔다. 여행 중에 혹 영화 '노트북(Notebook)'의 배경, 씨브룩(Seabrook)이란 마을을 만날 수 있을까 하였지만 비슷한 풍경을 볼 수 있었을 뿐 촬영지를 보지는 못하였다. 차량이 없는 유학생이 많아 자원봉사자가 차량을 제공하는 경우가 많았다. 때에 따라서는 교통비 정도를 부담하기도 했다. 형편이 어려운 유학생이 미

국에서 즐겁게 생활하며 보다 많이 배우고 느낄 기회를 제공하려는 자원

교회 주말여행으로 갔던 대서양 해변

사바나의 습지

봉사자들이 참 고마웠다. 그리고 그런 문화를 가지고 있는 미국 사회에서 선진문화를 느꼈다.

학기 중에는 미국 학생들도 공부에 바빠 여유가 별로 없었다. 시험도 시험이지만 중간중간 과제가 정말 많았다. 그래도 개강 파티와 종강 파티는 그냥 지나칠 수 없는 행사였다. 그런데 개강 파티라고 해서 판에 박힌 행사는 아니었다. 보통 바(Bar)를 하나 정해 시간약속을 하고 자유로이 모여 음식도 주문해 먹고 맥주도 마시면서 스탠딩 파티(Standing Party)처럼 돌아다니며 웃고 떠들고 춤추고 했다. 가끔은 교수님도 오셔서 함께 어울렸다. 한국과 별반 다르지 않은 모습이었다. 다만, 훨씬 친구처럼 서로 간에 격의가 없었다. 언젠가는 학교 친구 아파트에 모였다. 방 2개인 조그만 아파트였는데, 2층이었다. 모인 친구들은 30~40명 정도 되었다. 거의 발 디딜 틈이 없을 정도였다. 그래도 모두 자연스러웠다. 맥주 한 잔씩 또는 한 병씩 들고 발코니나 거실, 또는 방에 몇 명씩 모여 와자지껄 웃고 떠들고 하였다. 음악 소리도 시끄러웠다. 내가 미국 학생에게 물어보았다. '이웃들이 항의하지 않느냐고.' 날마다도 아니고 가끔 이 정도는 서로 양해가 된다고 했다. 미국이 사생활 침해 등으로 더 문제가 될 것 같았는데 그렇지 않았다. 의외였다. 학생들이 많이 사는 아파트여서 그럴 수도 있겠다 싶었다. 아무튼, 한국보다 훨씬 개방적이고 너그러웠다. 사

람 사는 맛이 느껴졌다.

첫 학기 기말고사가 끝나던 날, 학교체육관에 가 보았다. 2층 건물로 상당히 크고 넓었다. 웨이트 트레이닝 시설부터 실내 암벽등반 시설까지 다양한 시설을 갖추고 있었다. 실내 수영장도 있었고 야외에는 비치발리볼 경기장까지 있었다. 수영하다 같은 MBA 과정 미국 친구들을 만났다. 자연스레 이야기를 나누었는데, 한국에 관심이 많았다. 독일에서 공부할 때 홈스테이 아줌마가 한국 사람이어서 한국 음식을 즐겨 먹었다고 했다. 내가 그 친구를 비롯한 몇몇을 한국식당으로 초대했다. 보통 식사하

학교 친구들과 함께 (왼쪽부터 아파트 파티, 친구들, 그리고 제이슨과 가족

러 가면 더치페이를 하지만, 이날 만큼은 모처럼 으스대며 한국식으로 거하게 한~턱 쏘았다. 그날은 모두 한국 음식과 문화를 맘껏 만끽했다. 중국 친구들과도 가깝게 지냈다. 결혼한 친구도 있어 가족을 집에 초대하기도 하고, 또 그 친구 집에 초대받아 가기도 했다. 그 친구는 아이는 없었는데, 그 친구 아내가 우리 아이들과 참 잘 놀아주었다. 미국 친구들 집에 놀러 간 적도 있었다. 제이슨(Jason)이란 친구는 미군 장교였는데 MBA 과정에 와 있었다. 군에서 보내주었다고 했다. 아이도 하나 있었다. 서로 상황이 비슷해 가깝게 지냈다. 어느 학기엔가는 종강 이후 나를 포함한 몇몇 친구들을 집으로 초대했다. 아담한 단독주택에 살고 있었다. 늦은 시간까지 마당에 모닥불을 피워 놓고 맥주와 바비큐를 즐기며 즐거운 한때를 보냈다. 미국인들은 이렇게 사는구나! 하는 생각을 했다. 지금 생각해 보아도 좋은 친구들이었다.

소소한 일상, 한국 사람들

　　나는 쇼핑을 별로 좋아하지 않았다. 한국에서 백화점을 오래 돌아다니다 보면 꽉 막힌 공간에 머리가 지근지근 아팠다. 시골에서 유년기를 보내 쇼핑에 익숙하지 않았고 경제적으로도 여유롭게 자라지 않아 돈을 펑펑 써 본 적이 없었다. 자연히 명품과도 거리가 멀었다. 미국에 오니 마트가 많았다. 유명한 월마트(Walmart)나 타겟(Target) 등 대형 쇼핑몰이 즐비했다. 물건도 다양했다. 그러나 나의 관심을 끈 곳은 단연 딕스 스포팅 굿즈(Dick's Sporting Goods) 였다. 이곳에 가면 덤벨 등 소소한 운동기구부터 자전거, 텐트, 카약, 사냥용 총포까지 야외활동에 필요한 상품은 없는 것이 없었다. 야외활동을 좋아하고 모험심이 가득 찬 나에게 안성맞춤이었다. 쇼핑을 좋아하지 않는 것이 아니었다. 방문 횟수가 증가했고 갈 때마다 사 오는 이런저런 야외활동 용품이 늘어만 갔다. 요즘 한국에는 월마트와 비슷한 대형 할인매장은 곳곳에 존재하지만, 딕스 스포팅 굿즈 같은 대형 스포츠용품 전문매장은 아직 없다. 소득수준이 높아짐에 따라 레저활동 인구가 늘어나는데, 한국에서도 이런 사업을 하면 성공할 수 있지 않을까 하는 생각을 했다.

　　방학 때나 시간에 여유가 있을 때는 영화를 즐겨보았다. 아이들이 어려 극장에 갈 수는 없었고 주로 중고 DVD를 구입하거나 대여하여 보았다. 늘 새로운 것, 낯선 곳, 그리고 사람 사는 세상에 관심이 많은 나는 영화를 좋아했다. 저렴하고 간편하게 내가 속하지 않은 세상을 경험하기에 영화만큼 좋은 것이 없었다. 다른 목적도 있었다. 그것은 영어 듣기 훈련이었다. 영어 공부에서 가장 어려운 부분이 듣기였다. 아무리 노력을 해도 듣기 능력은 크게 나아지지 않았다. 어렸을 때 듣는 영어에 노출되지 않아 귀가 영어에 닫혀서 그런 모양이었다. 영화 중 1995년 작 '비포 선라이즈(Before Sunrise)'라는 영화가 있다. 주인공 제시(Jesse)와 셀린

(Celine)이 20대 초반 여행 중 비엔나에서 만나 하룻밤을 보내는 이야기를 담고 있다. 등장인물이 거의 주인공 두 명으로 주인공들의 끊임없는 대화로 영화가 구성된다.

비엔나의 명소도 두루 나와 여행을 좋아하는 나에게 딱! 이었다. 이 영화를 보고 또 보고, 한 서른 번도 더 보았다. 시나리오도 구해 밑줄을 그어가며 몇 번씩 읽었다. 그리고 나니

영화 '비포 선라이즈' 시리즈 포스터

영화 대화가 어느 정도 들렸다. 그러나 다 알아 듣는 것은 역시 잘 안 되었다. 그렇게 영화도 보고 영어 공부도 하며 남는 시간을 즐겼다. 이 영화 이야기를 조금만 더하면 감독은 2004년에 '비포 선셋(Before Sunset)'이라는 이름으로, 2013년에는 '비포 미드나잇(Before Midnight)'이라는 이름으로 이 영화 속편을 찍었다. 9년 간격을 두고 모두 같은 배우가 연기하였고 영화 속 주인공의 이야기도 세월을 건너 계속 이어진다. 속편 두 편도 전편과 같이 내용을 모두 외울 만큼 수십 번씩 보았다. 영어 공부를 위해 여러 번 본 것도 있지만, 영화 그 자체로도 내용이 흥미롭고 배경 화면도 파리로, 그리스로 정말 아름다웠다. 1편에서 20대에 하룻밤 사랑을 나눈 연인은 2편에서 세월이 흐른 뒤 서로의 상처를 안은 채 노력과 우연 속에 파리에서 재회한다. 그리고 3편에서는 결혼 후 절대 아름답지만은 않은, 그러나 피할 수 없는 그렇고 그런 우리가 삶을 살아가는 모습을 가감 없이 보여 준다. 내가 이 영화를 좋아하는 이유는 젊은 시절의 풋풋함, 삶에서 겪는 시행착오, 그리고 그것을 극복하며 아름답게 삶을 이어나가는 모습이 예쁜 배경과 함께 영화 속에 잘 그려져 있기 때문이다. '비포 선라이즈' 영화 마지막에 기차역에서 헤어지며 서로

연락처를 주고받지 않은 것을 후회하며, '비포 선셋' 영화 중 다시 만나 세느강 유람선에서 제시가 셀린에게 "왜 그때 우리가 연락처를 주고받지 않았을까?" 하고 질문한다. 셀린의 대답이 지금도 귀에 쟁쟁하다. "Because we were young and stupid! (그땐 우리가 아직 어렸고 바보 같았잖아!)" 운명을 너무 믿은 것일까? 아니면 더 좋은 사람을 만날지도 모른다는 기대를 접고 싶지 않았을 수도…. 어쩌면 내 첫사랑 이야기인지도 모르겠다.

컬럼비아에는 한인이 5천 명 정도 살고 있다고 했다. 근처에 미군부대가 주둔하고 있었다. 그래서 미군과 결혼하여 미국에 온 한국 사람들이 컬럼비아에 많이 살고 있었다. 학교 근처 시내에는 제법 큰 한인교회도 있었다. 나는 한국에서 교회에 다니지 않았고 또 시간도 없어 처음에는 교회에 나가지 않았다. 아내는 아이들을 데리고 교회에 처음부터 나가곤 했다. 많은 유학생이 미국에 오면 한인사회 도움도 받고 외로움도 달래기 위해 교회에 다닌다고 했다. 1년이 다 되어갈 무렵, 결국엔 나도 교회에 나갔다. 교회에 나가니 자연스럽게 목장 모임에 속하게 되었다. 우리나라의 구역예배와 비슷한 것이었다. 유학생들은 모두 내가 속한 목장에 속해 있었다. 우리 목장 목자님은 오래전에 이민 오신 분으로 미국에서 주얼리 가게(Jewelry Shop)를 운영하여 경제적으로 여유가 있으셨다. 자녀는 모두 분가하여 텍사스에 산다고 했다. 마음씨 착한 목자님이 가난한 유학생들을 좀 돌보라는 교회 목사님의 배려였다. 원칙적으로는 돌아가면서 목장 예배를 보았지만, 주로 목자님 댁에서 많이 만났다. 목자님 댁에서 만나는 날은 푸짐한 음식으로 유학생들이 외국 생활의 고단함을 달래는 날이었다. 미국답게 수영장(Pool) 옆에서 하는 넉넉한 바비큐 파티였다. 내외분 모두 인심 좋은 분들이었다.

교회에 나가다 보니 자연스럽게 아는 사람이 많아졌다. 그들 중에 사우스캐롤라이나대학교에서 교수로 재직하고 있는 대학교 후배가 있었다. 외국에서 만나니 더 반가웠다. 사람들과 어울리기 좋아하고 골프도 좋아했다. 방학 때 가끔 만나 골프를 쳤다. 사실 나는 한국에 있을 때 골프를 치지 않았었다. 그럴 여유가 없었다. 미국에 가기 전에 연습장에 두어 달 다닌 후, 친구들과 한두 번 필드에 나간 것이 전부였다. 그러나 미국 생활 버킷리스트 중에는 골프 보기 플레이어도 들어 있었다. 겨울방학이 시작되고 나서야 처음으로 미국 골프 연습장에 갔다. 사우스캐롤라이나는 겨울에도 따뜻하여 일년 내내 골프를 칠 수 있었다. 틈만 나면 연습장에 가서 연습하였지만, 레슨을 제대로 받지 않아 실력은 시원치 않았다. 여름방학이 되어서야 필드에서 칠 수 있었다. 후배 교수가 같은 교회 사람들로 항상 팀을 만들고 연락을 주었다. 실력도 없는 나를 끼워주는 것이 고마웠다. 미국 골프장엔 그늘집이 없었다. 가끔은 그 후배가 소금을 살짝 뿌린 수박을 락앤락 통에 담아 오기도 하였는데, 더운 날에 정말 시원하고 맛이 좋았다. 그런 날은 라운딩 후에 내가 햄버거를 사 주곤 했다. 미국에서 골프는 말 그대로 운동이었다. 한국 골프장에서는 당연히 카트를 타야 하지만, 미국에서는 손 카트를 끌며 걷는 일이 흔했고 캐디도 없었다. 당연히 비용도 한국의 십 분의 일에도 못 미쳤다. 경기 후 한국에서처럼 음식점에 모여 왁자지껄 술을 먹는 일도 거의 없었다. 아쉬움도 있지만, 한편으론 좋기도 했다. 한국에 돌아오기 며칠 전까지도 보기 플레이, 즉 90타를 쳐 본 적이 없었다. 아쉬웠다. 귀국을 앞둔 마지막 라운딩이었다. 18번 마지막 홀을 남겨놓고 보기 플레이를 하고 있었다. 18번 홀에서 파를 잡으면 진정한 보기 플레이, 즉 89타를 칠 수 있었다. 나도 모르게 긴장되었다. 어쩌면 버킷리스트를 달성하고 갈 수도 있는 상황이지 않은가? 티 박스에서 티 샷을 했다. 아뿔싸! 볼이 페어웨이를 벗어나 산으로 향했다. 아! 안되는구나. 순간 가슴이 철렁했다. 그런데 공이 나무에 맞고 페어웨이 가운데에 떨어지는 것이 아닌가? 하! 행운이었다.

신중에 신중을 더해 공을 그린에 올리고 마침내 파를 잡았다. 89타였다. 살다 보니 이럴 수도 있었다. 그날은 한국식당에 가서 한국식으로 뒤풀이를 하였다. 물론 보기 플레이어인 내가 기분 좋게 쏘았다.

함께 어울리는 일행 중에는 기업체에서 연구차 온 연구원도 있었고 안식년을 맞아 미국에 온 교수도 있었다. 우리는 연배도 비슷하고 마음도 잘 맞아 같이 어울려 지내곤 하였다. 돌아가며 집들이 겸 파티도 하고 온 가족을 동반하여 콘도미니엄을 잡아 함께 여행하기도 했다. 미국 문화에서는 뷔페식으로 음식을 서너 가지만 준비하면 되어 파티하기가 어렵지 않았다. 또, 포틀럭(potluck) 파티도 매우 흔했다. 먹는 것보다는 함께 모여 어울리는 것이 더 중요했다. 함께하는 것보다 음식에 더 신경을 쓰는, 그러다 보니 집에 초대하는 문화가 점점 사라져가는 한국과는 다른 문화였다. 실질을 중시하는 미국 파티 문화가 바람직해 보였다.

컬럼비아 한국 사람들과 어울리기 (왼쪽부터 골프 동료, 포틀럭 파티, 네 가족 여행)

언젠가는 콜럼비아 한인 모임 사람들과 함께 골프를 치고 호숫가로 피크닉을 간 적이 있었다. 열 서너 명 정도 되었다. 나이는 나랑 비슷했는데, 미국에 이민 와서 나름 경제적으로 성공한 사람이 회장을 맡고 있었다. 함께 모여 집에서 준비해 온 음식으로 바비큐 파티를 하며 즐겁게 보냈다. 얼마 후 호수에 보트를 띄웠다. 미국은 호수가 많아 개인 보트를 가지고 있는 사람들이 꽤 있는 모양이었다. 호수 한가운데로 데려가더니 물속에 뛰어들라고 했다. 물론 구명조끼는 입고 있었다. 편안히 누워 하늘을 올려다보라고 했다. 시키는 대로 호수 가운데 누워 파란 하늘을 올려다보았다. 가수 정수라의 노랫말처럼 파란 하늘에 조각구름 하나가 느릿느릿 떠가고 있었다. 평화로움과 자유, 그 자체였다. 미국 중산층 삶의 여유를 느껴보는 시간이었다.

■ 아메리카 자동차 여행

미국 동부 여행

해방; 첫 여행_ 대서양에 몸을 담그다.

첫 학기가 끝나자 하루를 쉬었다. 주말을 포함하면 3일간의 휴식(Break)이었다. 처음으로 맞이한 천금 같은 휴가였다. 공부에 지친 몸과 마음을 달래고 싶었다. 8월 말이었다. 여름이 가기 전에 대서양으로 향했다. 사우스캐롤라이나주는 대서양 연안에 있다. 내가 사는 컬럼비아에서 3시간 정도 가면 머틀 비치(Myrtle Beach)라는 아름다운 해변이 있었다. 미국에서 처음 떠나는 자동차 여행이었다. 여느 여행과 같이 설레기도 하였지만, 역시 긴장도 되었다. 지도를 하나 사서 아침 일찍 운전하고 나섰다. 도시를 벗어나니 도로 양쪽으로는 콩과 옥수수밭이 펼쳐져 있었다. 중간에 패스트 푸드점에서 점심을 먹고 오후에 해변에 도착하였다. 대서양이다. 바닷물은 푸르렀고 해변에는 백사장이 끝도 없이 이어져 있었다.

대서양 머틀 비치 해변

리플리스 아쿠아리움

아이들과 함께 바다로 향했다. 우리나라 동해가 어찌 보면 태평양에 속해 있어 태평양은 나에게 친숙한 면이 있었지만, 대서양은 완전히 달랐다.

바닷물 속에 몸을 담그고 온몸으로 짜릿함을 느꼈다. 아! 이게 대서양이 구나. 감회가 남달랐다. 공부에 찌든 마음을 모두 파도로 씻어내는 기분이었다. 아이들은 모래 장난에 여념이 없었다. 해변이 넓고 길기도 하였지만 정말 깨끗하였다. 파도 소리를 들으며 걷기에도 그만이었다. 사람들도 그리 많지 않아 한층 해변이 여유로웠다. 가족과 함께 하는 여행이어서 저렴한 인근의 호텔에서 묵었다. 바닷가 호텔은 비쌌다. 나중에 알고 보니, 한국에서 가져온 여행안내 책자에는 나오지도 않지만, 머틀 비치는 미국에서 대서양에 있는 꽤 유명한 휴양지였다. 다음날에는 리플리스 아쿠아리움(Ripley's Aquarium)에 갔다. 상어 등 다양한 바다 생물이 유유히 헤엄치고 있었다. 아쿠아리움엔 처음 가 보았는데, 규모도 엄청나게 크고 물고기도 다양했다. 시간을 내 둘러볼 만했다. 오후에는 수영도 하고 워프(Wharf)에 나가 낚시도 했다. 미국 해변에는 바다를 향해 통나무로 만든 다리 모양의 긴 워프가 있었다. 낚시도 쉬운 일은 아니었다. 어설픈 낚시꾼에게 물고기가 잡히지는 않았다. 낚을 물고기에 따라 낚시 방법과 찌도 다양한데, 나로서는 알 수가 없었다. 그냥 낚시하는 행위 자체를 즐길 뿐이었다. 탁 트인 바다가 자유를 느끼게 해 주었고 시원한 바닷바람이 머리를 맑게 해 주었다. 다음 날 돌아오는 길, 짧은 여행이 무척 아쉬웠다.

두 번째 학기 중간에는 나흘간의 연휴가 있었다. 가을이 한창이었다. 스모키 마운틴 국립공원(Smoky Mountain National Park)에 갔다. 예전 배낭여행 시절 러시모어 마운틴 메모리얼에 갔었는데, 그때 퀴즈 행사가 있었다. 미국인이 가장 많이 찾는 국립공원에 관한 질문이었다. 그랜드캐니언 국립공원이나 요세미티 국립공원이 아니라 스모키 마운틴 국립공원이었다. 그때 나는 처음 듣는 이름이었다. 그렇게 여행객에게 인기가 있는데, 신기하게도 여행안내 책자에는 나와 있지도 않았다. 나중에 기회가 되면 가 보리라 생각했는데, 드디어 그날이 온 것이다. 스모키 마운틴 국립공원은 미국 동부에 남북으로 길게 뻗은 애팔래치아산맥의 남쪽 끝자락에 자리 잡고 있다. 높이는 약 2,000m로 로키산맥의 봉우리들에 비하면 산세는 작은 편이나 단풍이 아름답기로 유명한 곳이다. 테네시주에 있어 컬럼비아에서는 차로 5시간 정도 달려야 했다. 학교 근처 교회에서 공짜 점심을 먹을 때 어느 미국인

누런 호박이 유명한 메기 밸리

이 스모키 마운틴에 갈 기회가 있으면 매기 밸리(Maggie Valley)에도 꼭 가 보라고 한 것이 생각나 먼저 매기 밸리에 들렀다. 매기 밸리는 호박 농사가 유명한 농촌 마을이었다. 많은 아름다운 가게들이 호박으로 장식되어 있었다. 커다란 붉은 색의 늙은 호박을 쌓아 놓고 팔기도 하였다. 미국인들이 핼러윈데이(Halloween day)에 호박 랜턴(Jack of the Lantern)을 사용하는 등 호박은 특별한 농작물인 듯했다. 향수를 자아내는 듯한 동네 분위기가 마음에 들었다. 스모키 마운틴에 도착했다. 주로 흙으로 이루어진 완만한 산세를 갖춘 산으로 흡사 우리나라의 지리산 같았다. 입구에는 체로키 인디언(Cherokee Indian) 유적도 있었다. 산 정상 부근까지 차로 올라갈 수 있었다. 맨 꼭대기에는 전망대가 있다. 단풍으로 곱게 물든 산과 들이 한눈에 내려다보였다. 가을 하늘도 유난히 푸르렀다. 아름다웠다. 땅이 넓은 나라답게 미국 국립공원은 유난히 면적이 넓다. 스모키 마운틴에서도 사흘간 머무르며 이곳저곳을 둘러보았다. 공원 안에서는 산이 가파르지 않고 한적하여 드라이브하기 너무 좋았다. 가을이라 울긋불긋 물든 단풍이 참 예뻤다. 설악산의 단풍보다 붉게 물들지는 않았지만 붉은 듯 노란 듯 물든 단풍이 다른 느낌으로 조화를 이루고

있었다. 곳곳에서 초기 정착민의 소박한 통나무 오두막집과 조그만 농장 등도 볼 수 있었다. 기념품 상점도 있었다. 우리나라와 달리, 그 지역 고유의 물건과 기념품을 팔고 있었다. 저녁에는 근처 레스토랑에 들러 티본 스테이크(T-Bone Steak)도 먹어보았다. 시골 마을답게 주로 통나무로 만

스모키 마운틴 국립공원

든 외관에 컨츄리 음악을 틀어 주었다. 장작 타는 냄새와 어울려 목가적 이었다. 우리나라 사람들이 가장 많이 찾는 우리나라 국립공원은 어디일까? 아마 북한산 국립공원일 것이다. 빼어난 산세를 자랑하기도 하지만, 서울 주변이라 접근이 쉽고 사람들이 많이 살기 때문일 것이다. 스모키 마운틴 국립공원은 동부에 있어 접근이 어려워 우리에게는 잘 알려지지 않은 것 같다. 반면, 동부에 미국 인구가 많아 미국인들이 가장 많이 찾는 국립공원일 수 있다. 내가 가 본 경험으로는 젊은 시절 내가 즐겨 찾았던 지리산과 같은 푸근함을 주는 산이었다. 미국 동남부를 방문할 기회가 있는 사람들이라면, 특히 가을에 한 번쯤 방문하는 것도 좋으리라.

블루 리지 마운틴, 셰넌도어 리버
(Blue ridge mountain, Shenandoah river)

11월 추수감사절이 돌아왔다. 미국에서는 가장 중요한 명절이다. 일

주일간 연휴였다. 미국 학생들은 대부분 부모님이 사시는 고향을 방문한다고 했다. 우리는 특별히 할 것이 없었다. 미국의 수도 워싱턴으로 여행을 떠나기로 했다. 85번 고속도로를 타고 리치몬드를 거쳐 가면 8시간이면 되었지만 나는 블루 리지 파크웨이(Blue Ridge

블루 리지 파크웨이

Pkwy)를 타고 가기로 했다. 블루 리지 파크웨이는 미국 동부 버지니아주에 있는 애팔래치아산맥의 능선을 따라 남북으로 길게 뻗어 있는 산악도로다. 스모키 마운틴의 기억이 있어서 이 도로를 타고 가면 멋진 경치를 감상할 수 있을 것 같았다. 다만, 산 능선을 따라가는 구불구불한 2차선 도로여서 하루를 자고 꼬박 12시간 이상을 가야 한다. 예전에 한국 학원에서 영어 공부할 때 팝송을 듣고 받아적기(Dictation)를 한 적이 있었다. 팝송은 존 덴버(John Denver)의 'Take me home, Country Road' 였다. 웨스트버지니아의 정든 고향, 시골길을 그리워하는 내용의 노래다. 그 노래 중에 'Blue ridge mountain, Shenandoah river'라는 가사가 나온다. 그 'Blue ridge mountain'이 바로 이곳이다. 수업시간에 아무리 노래를 여러 번 들어도 'Shenandoah river'의 'Shenandoah' 철자를 받아 적을 수가 없었다. 그때는 'Shenandoah'가 고유명사라는 것을 몰랐었다. 쉽게 말하면, 그냥 강 이름이었다. 그러니 내가 아는 단어가 아니었다. 모르면 못 쓰는 법이다. 그래서 아는 것, 직접 가 보는 것이 중요하고 경험이 견문을 넓히는 것이다. 아무튼, 기대했던 대로 늦은 가을 애팔래치아산맥을 지나는 풍경은 아름다웠다. 파란 하늘, 떨어지는 낙엽, 그리고 운치 있는 도로가 내 마음속으로 들어왔다. 산이 높지도 않아 들판과 시골 마을도 한눈에 내려다보였다. 셰넌도어 국립공원(Shenandoah National Park)은 블루 리지 파크웨이의 끝자락에 있었다. 아름다운 숲과 강이었다. 표지판 앞에서 기념사진을 하나 찍었다. 블루 리지 파크웨이를 탄 것은, 중간중간 사슴이 나와 위험하기도 하였지만, 고속도로로 가는 것보다 훨씬 잘한 선택이었다. 산속에서 하루를 묵고 다음 날 밤 워싱턴에 도착했다. 전에 배낭여행으로 한번 와 본 곳이라 익숙하여 숙소를 쉽게 찾을 수 있으리라 생각했다. 오산이었다. 지도를 하나 구해 호텔을 찾았으나, 밤길에 찾을 수가 없었다. 옆 좌석의 아내는 지도를 보는데 익숙하지도 않았다. 늦은 밤에 차를 몰고 흑인 밀집 지역, 다운 타운 등 낯선 길을 한참 헤맸다. 정말 위험천만이었다. 그 밤에 사고라도 나면 어찌할 것인가? 그때까지 차에 네비게이션을 달지 않고 있었다. 문명의 이기를 십분 활용했어야 했는데 길눈이 밝다고 오만했던 것이다. 워싱턴에서

컬럼비아에 돌아오자마자 바로 네비게이션을 샀다. 워싱턴을 둘러볼 때는 차를 가지고 다녀서 전보다 훨씬 여유가 있었다. 나를 제외한 가족은 워싱턴이 처음이었다. 워싱턴 몰(Mall)에 있는 백악관, 국회의사당, 워싱턴기념탑, 링컨기념관 등을 둘

워싱턴기념탑

러보았다. 국립 미술관(National Gallery of Art)과 항공우주박물관(National Air and Space Museum)에도 가 보았다. 가족과 함께 하는 도시 여행은 처음이었는데, 혼자 하는 배낭여행과 가족 여행은 사뭇 달랐다. 사람마다 여행에 대한 열정, 여행 중에 보고 싶은 것, 그리고 어떤 것을 보았을 때 느끼는 것이 천차만별이었다. 아이들은 아직 여행을 충분

히 즐기기에는 어렸고 아내도 싫어하지는 않았지만 그렇다고 여행 마니아
는 아니었다. 나는 이미 한번 와 본 곳이었다. 항상 첫 경험이 강렬한 것
이었다. 예전 같은 새로움에 대한 설렘과 흥분은 없었다. 그냥 가족이 함
께 여행하며 추억을 쌓고 있다는 것에 만족해야 했다. 돌아오는 길은 고
속도로를 이용하여 지루하지만 쉽게 올 수 있었다.

레스트 에어리어에서

이듬해 6월, 미국
북동부로 여행을 떠났
다. 나이아가라 폭포와
뉴욕, 그리고 대서양을
거쳐 돌아오는 여정이
었다. 아침 일찍 웨스
트버지니아를 가로질러
북쪽으로 향했다. 800
마일을 가야 했다. 웨
스트버지니아는 우리나라 강원도와 비슷했다. 산이 많고 탄광의 흔적도
심심찮게 볼 수 있었다. 11시쯤 레스트 에어리어(Rest Area; 쉬어가는
곳)에서 점심을 먹었다. 미국을 여행하다 보면 고속도로 가에 있는 레스
트 에어리어를 가끔 볼 수 있다. 우리나라 고속도로 휴게소와 역할은 유
사하지만, 운영방식은 전혀 다르다. 시끌벅적한 우리나라 고속도로 휴게
소와 달리, 레스트 에어리어는 매우 조용했다. 시설은 화장실과 음료를
판매하는 자판기, 그리고 넓은 피크닉 장소가 전부다. 미국인들은 주로
음식을 싸 가지고 여행을 하기 때문에 레스트 에어리어에 들러 피크닉 장
소의 야외 테이블에 펼쳐 놓고 먹는다. 피크닉 장소는 깨끗하고 평화로웠
다. 사람들도 많지 않고 한적해서 정말 쉬기에 좋았다. 땅덩어리의 크기
와 사람들의 생활 방식, 문화 등을 반영하여 휴게소 형태도 달라지겠지만

그들의 휴게소가 나에게는 참 편리하고 좋았다. 점심 식사 후, 아이들은 신이 나서 잔디밭을 뛰어다녔다. 우연히 이곳에서 찍은 딸 아이의 사진은 내가 가장 소중히 여기는 사진 중 하나가 되었다. 싱그런 여름 햇살을 받으며 푸른 잔디 위를 뛰어다니는 발랄함과 생기가 사진에 넘쳐흘렀다. 유명 여행지가 중요한 것은 아니었다. 점심과 저녁 먹는 시간을 빼고 꼬박 13시간을 운전하여 밤 10시쯤 가까스로 나이아가라 폭포에 도착했다. 일정이 잘 안 나와 어쩔 수 없긴 하였지만, 미친 짓이었다. 하루에 6시간 이상 운전하는 것은 무리였다. 나이아가라 폭포는 다시 보아도 장관이었다. 폭포의 수량과 물보라가 보는 이를 압도했다. 아내나 아이들도 모두 놀랍고 신기해했다. 그들의 즐거워하는 모습이 운전의 피로를 날리며 나를 뿌듯하게 했다. 아빠의 마음이었다. 뉴욕에 들렀다. 다시 찾은 뉴욕은 여전히 화려한 도시였다. 예전의 기억을 되살리며 엠파이어스테이트빌딩에 오르고 타임스퀘어에도 가 보았다.　브로드웨이에서 뮤지컬 맘마미아(Mamma Mia)도 보았다. 영화 속 한 장면처럼 센트럴 파크를 거닐며 베데스타 분수

브로드웨이 타임스퀘어 광장

(Bethesda Fountain) 근처 카페에서 커피도 마셨다. 아내가 좋아하는 구겐하임미술관(Solomon R. Guggenheim Museum)과 메트로폴리탄미술관(Metropolitan Museum of Art)도 가고 아이들을 위해서 동물원(Central Park Zoo)도 구경했다. 나를 위해서는 예전에 가 보지 못한 소호(Soho) 거리나 풀턴 피시 마켓(Fulton Fish Market)에 들렀다. 물론 뉴욕의 상징인 월가와 자유의 여신상도 빼놓을 수는 없었다. 점심으로는

온 가족이 함께 허드슨강 강가에서 말로만 듣던 뉴욕 바닷가재를 먹었다. 듣던 만큼의 유명세에 미치지는 못했지만, 유명한 요리라고 하니까 더 맛있는 것 같았다. 가족의 괜찮은 가이드가 되기 위해 최선을 다했다. 볼 것도 많고 할 것도 많은 뉴욕이었다. 다

로아녹 아일랜드 레스토랑에서

시 방문했어도 역시 바쁜 나흘이었다. 돌아오는 길에 대서양 연안 로아녹 아일랜드(Roanoke Island)에 들러 하루를 묵었다. 여행안내 책자에는 나오지 않는 곳이었다. 지도를 보니 대서양을 따라 바다 중간에 길고 좁은 모래언덕이 발달되어 있어 아름다울 것 같았다. 뜻밖에도 이곳에 비행기를 발명한 라이트 형제 기념관(Wright Brothers National Memorial)이 있었다. 1900년대 초 이곳에서 라이트 형제는 대서양의 거센 바람을 이용하여 비행시험을 했다. 우연히 여행 중에 만난 뜻밖의 소득이었다. 대서양을 막을 듯 길게 뻗어 있는 사구는 신비롭기까지 했다. 오랜 세월 파도가 밀려와 만들었으리라. 아내는 멋진 모래언덕을 배경으로 시원한 차림을 하고 사진을 몇 장 찍었다. 한적한 해변의 통나무로 지은 레스토랑에서 황금빛 낙조를 바라보며 저녁을 먹었다. 여행의 피로가 묻어나긴 하였지만 아름다운 밤이었다. 그렇게 뉴욕 여행이 마무리되어 갔다.

미국의 남쪽 끝_ 키웨스트

2008년 겨울, 두 학기를 끝내고 나자 약 2주 정도 겨울방학이 있

었다. 크리스마스가 포함되어 있었다. 주변 사람들은 겨울 추위를 피해 카리브해(Caribbean Sea)로 크루즈(Cruise)를 타러 간다고들 하였다. 나는 크루즈 여행에 대해 잘 몰랐고, 또 미국에 있으니 그냥 미국을 좀 더 이곳저곳 여행하고 싶었다. 한편으로는 아이들의 로망인 디즈니월드에도 가야 했다. 모든 것을 고려하여 마이애미와 키웨스트, 그리고 디즈니월드로 여행 일정을 잡았다. 9박 10일간의 여행이었다. 크리스마스를 앞두고 남쪽으로 길을 나섰다. 플로리다주에 들어서니 겨울임에도 불구하고 날씨가 급격히 따뜻해지는 것을 느낄 수 있었다. 하루를 꼬박 달려 데이토나 비치(Daytona Beach) 근처 호텔에 묵었다. 경유지 정도여서 비교적 저렴한 호텔로 정했다. 데이즈 인(Days Inn)이었는데, 뜻밖에 야외에 수영장이 있었다. 물은 따뜻했다. 데워놓은 듯했다. 암튼, 예기치 않게 수영을 하며 피로를 풀 수 있었다. 다음날 키웨스트(Key West)를 향해 내달렸다. 역시 하루 종일 가야 했다. 키웨스트는 광활한 미대륙의 최남단(Southernmost)에 위치한다. 플로리다주의 끝, 마이애미에서 32개의 섬을 잇는 42개의 다리를 건너야만 다다를 수 있다. 플로리다 1번 도로에 진입하여 마침내 카리브해에 다다랐다. 영화 '캐러비안의 해적'에서 말하는 그 바다, 카리브해였다. 그동안 내가 보아왔던 바다 물빛이 아니었다. 독특한 에머럴드 빛으로 반짝이고 있었다. 새로움에 반해 차에서 내려 사진을 하나 찍었다. 길은 바다를 건너며 연이어 늘어선 섬을 다리로 연결하고 있었다. 100여 마일을 그렇게 가야 했다. 길 양쪽으로는 푸른 바다가 시원하게 펼쳐져 있었다. 바다 위를 달리는 기분 그 자체였다. 탁 트인 바다 위로 곧게 뻗은 다리! 해방감과 자유를 느꼈다. 늦은 오후, 키웨스트에 도착했다. 우선 예약한 숙소에 들렀다. 키웨스트는 호텔이 많지 않고 연말이 가장 붐비는 성수기여서 숙소를 예약하기가 쉽지 않았다. 평소 요금의 3배를 지불하고 겨우 호텔을 예약할 수 있었다. 그래서 키웨스트에서는 하루만 묵기로 했다. 짐을 풀고 멜로리 광장(Mallory Square)

에 갔다. 해변가에 있는 키웨스트 명소로 멕시코 만으로 지는 일몰을 보는 곳이다. 사람들이 이미 도크 주변에 바다를 바라보고 자리를 잡고 있었다. 아름다운 석양과 함께 해가 기울고 있었다. 어디선가 하얀 돛에 바람을 가득 담은 요트가 다가와 황금빛 낙조를 받으며 유유히 사라져갔다. 한참을 넋 놓고 앉아 그 풍경을 눈에 담았다. 참 아름다웠다. 저녁을 먹기 위해 근처 식당을 찾았다. 실내 장식이며 요리가 미국 본토와는 달랐다. 쿠바의 영향을 받은 듯도 하고 남미랄까, 아니면 스페인이랄까 아무튼 이국적인 냄새가 물씬 났다. 음식 맛도 좋았다. 다음 날 아침, 키웨스트를 둘러보는 코끼리 열차(Conch Tour Train)에 올랐다. 시내를 한 바퀴 돌며 이국적인 키웨스트의 거리와 건물들을 소개해 주었다. 가장 인기있는 곳 중의 하나는 헤밍웨이의 집(Ernest Hemingway Home)이었다. 헤밍웨이는 이곳에서 8년간 머물며 '누구를 위하여 종을 울리나' 등을 집필하였다고 한다. 나는 헤밍웨이의 '노인과 바다'를 특히 좋아했었다. 어린 시절 읽었는데, 노인이 사투를 벌였던 그 커다란 청새치를 늘 상상하곤 했다. 새삼 바다낚시가 그리웠다. 헤밍웨이는 실제로 이곳에서 어부들과 어울리며 쿠바까지 청새치낚시를 다녔다고 한다. 이곳에서의 섬 생활이 헤밍웨이로 하여금 소설 속에 나오는 현장감 넘치는 묘사나 독특한 문체를 가능하게 하였으리라. 최남단 지점(The Southernmost Point)에 도착했다. 커다란 붉은 원통형의 표지석이 세워져 있었다. 이곳에서 쿠바 하바나까지의 거리는 160km로 플로리다 반도까지 보다 가깝다고 했다.

키웨스트 가는 길과 카리브해의 일몰   헤밍웨이 집

먼 미국의 남쪽 끝에 서 있는 것이 실감 났다. 오후에는 그림 같은 하얀 돛을 단 요트에 올랐다. 배가 1시간 정도 푸른 카리브해를 미끄러지듯 달려 멈추더니 우리 보고 바다에 뛰어들라고 했다. 12월 말인데도 수영을 해도 될 만큼 날씨가 따뜻했다. 느긋하게 하늘을 바라보며 수영을 즐겼다. 아내와 아이들은 하얀 돛이 펼쳐진 요트에 앉아 시원한 바람을 즐겼다. 떠나온 콜롬비아를 생각하면 이곳은 별천지였다. 돌아오는 길에는 붉은색 칵테일을 한잔 권한다. 이름은 알 수 없었지만, 카리브해의 정취와 잘 어울렸다. 잊지 못할 카리브해의 추억이었다.

저녁이 다 되어서야 키웨스트를 떠나 플로리다로 돌아왔다. 밤이 늦어 반도 가장 가까운 숙소에 머물렀다. 다음 날 플로리다 남단에 있는 에버글레이즈 국립공원(Everglades National Park)에 갔다. 끝도 없는 늪지가 펼쳐져 있었다. 달리 구경할 만한 것은 없었다. 보트를 타고 악어

비스카야 가든

구경을 한다고 되어있었으나, 보트장까지는 너무 멀고 날은 뜨거웠다. 크게 구미가 당기지 않아 공원을 빠져나와 마이애미로 향했다. 마이애미에서는 비스카야 가든(Vizcaya Gardens)을 방문했다. 20세기 초에 어느 부호의 별장으로 지어진 거대한 르네상스 양식의 저택과 잘 가꾸어진 정원이 아름다웠다. 유럽 이민자들이 과거 그들의 유럽 문화를 그리워하며 남겨놓은 유산이었다. 특히, 정원은 아름다운 꽃들로 가득하여 사진 찍기에 좋았다. 저택을 나와 마이애미 비치에 들렀다. 온갖 상점을 뒤로하고 긴 백사장과 푸른 바다가 펼

쳐져 있었다. 가벼운 비키니 차림의 아가씨도 보였지만 겨울이라 사람이 많지는 않았다. 이곳까지 온 김에 말로만 듣던 팜 비치(Palm Beach)에 도 가 보았다. 예전 마이클 잭슨 등 유명 연예인들의 별장이 있다고 들어서였다. 아름다운 별장들이 늘어서 있었지만, 어느 것이 누구의 별장인지는 알 수 없었다. 그저 아름답고 평화로운 마을이 부러울 뿐이었다.

올랜도에 있는 디즈니월드(Disney World)까지는 그리 오래 걸리지 않았다. 근처 호텔에 숙소를 정하고 다음 날 디즈니월드에 갔다. 이제부터는 아이들의 시간이었다. 디즈니월드는 상상을 초월하는 거대한 놀이공원이었다. 한국의 에버랜드나 로스앤젤레스의 디즈니랜드와는 비교가 되

디즈니월드   시 월드   할리우드스튜디오   신데렐라 성

지 않을 만큼 규모가 컸다. 매직 킹덤(Magic Kingdom), 애니멀 킹덤(animal Kingdom), 할리우드 스튜디오(Hollywood Studio), 엡코트 센터(Epcot Center) 등 네 개의 서로 다른 테마파크로 구성되어 있었다. 4박 5일을 머무를 예정이었지만 모두 둘러보는 것은 무리였다. 하는 수 없이 매직 킹덤과 할리우드 스튜디오를 하루씩 보고 나머지 하루는 인근의 시 월드(Sea World)라는 놀이공원을 둘러보기로 했다. 매직 킹덤은 테마파크 중에서도 디즈니월드를 대표한다. 카리브해의 해적(Pirates of the Caribbean), 빅 선더 마운틴 철길(Big Thunder Mountain Railroad), 투머로우랜드 인디 스피드웨이(Tomorrow Land Indy Speed Way), 스페이스 마운틴(Space Mountain) 등 다양하고 재미있는 놀이기구가 있었다. 공원 가운데에 세워진 신데렐라 성과 팅커벨 쇼는 아이들을 동화 속

으로 불러들이기에 충분했다. 특히, 내가 방문한 날이 마침 12월 31일이어서 다양한 퍼레이드와 함께 밤 12시를 넘기며 아름다운 불꽃놀이 송년 쇼와 새해맞이 공연도 볼 수 있었다. 퍼레이드도 너무 아름다웠고 불꽃놀이와 공연도 상상 이상이었다. 무엇을 보든 세계 최고의 쇼와 공연이었다. 아이들도 무척 좋아했다. 다음 날에는 할리우드 스튜디오에 갔다. 인디애나 존스 스턴트 쇼(Indiana Jones Epic Stunt Spectacular), 스타 투어(Star Tours), 판타즈믹(Fantasmic), 인어공주의 여행(Voyage of The Little Mermaid) 등 다채로운 공연과 놀이기구를 즐길 수 있었다. 특히, 늦은 밤 중앙 호수에서 펼쳐진 레이져 쇼(Illuminations: Reflections of Earth)는 환상적이었다. 정말 아름답고 신비로웠다. 이곳에 앉아 있는 내가 너무 좋았다. 황홀한 밤이었다. 마지막 날에는 시 월드에 가서 '빌리브(Believe)'라는 범고래 샤무의 쇼를 보았다. 조련사와 샤무가 한 몸이 된 듯 물속과 허공을 오가며 공연을 펼쳤다. 새삼 범고래가 총명하다는 생각과 함께 얼마나 많은 훈련을 했을까? 하는 생각이 들었다. 멋진 공연이었다. 3일 내내 아침부터 늦은 밤까지 공원을 구경 다니다 보니 나도 아내도, 아이들도 피곤하였지만 모두 흥분에 들떠 시간 가는 줄 몰랐다. 미국을 여행하며 자연의 광활함과 아름다움에 흠뻑 매료되었지만, 그 땅에서 인간이 정착하며 창조하고 가꾸어 온 문화도 정말 다채롭고 흥미롭다는 것을 새삼 깨달았다. 세상은 넓고 볼 것은 많았다. 아쉬움을 뒤로 하고 컬럼비아를 향해 떠났다. 여행에서 돌아올 때면 늘 그렇듯, 고향에 오는 기분이었다.

자동차 대륙횡단 여행; 떠나는 자유, 그 짜릿함

떠나자! 해가 지는 서쪽으로

MBA는 2년 과정으로 1학년을 마치면 여름방학이 있다. 미국은 여름방학이 약 3달 정도로 긴 편이다. 중간에 한 달 정도는 여행을 떠날 수 있었다. 나는 어렸을 때부터 여행을 좋아했다. 낯선 곳을 찾아 새로운 것을 보고 배우는 것이 즐거웠다. 자유, 그리고 설렘! 그 가슴 뛰는 짜릿함이 좋았다. 여행을 통해 오롯이 나를 느낄 수 있었다. 그래서인지 나의 로망 중 하나는 세계 일주 여행이다. 세계 일주 여행이라고 하면 거창하게 들리지만, 사실은 별것 아니다. 그냥 기회 닿는 대로, 가능하면 세계의 여러 곳을 여행하면 되는 것 아닌가? 기회를 놓칠 수는 없었다. 가족과 함께 자동차 여행을 떠나기로 했다. 미국은 흔히 자동차 여행의 천국이라 불린다. 도로며 숙소 등 자동차 여행 인프라가 잘 갖추어져 있고 무엇보다 안전하기 때문일 것이다. 자동차를 이용하는 것이 장소 접근성이나 편리성 측면에서 타 교통수단과 비교해 우월하기도 했다. 젊은 시절 한 달간 그레이하운드 버스를 타고 배낭여행을 해 보았지만, 그것과 직접 운전하며 하는 자동차 여행과는 여러모로 달랐다. 길 위에서 의지할 수 있는 것은 오직 자신뿐이다. 철저한 준비가 필요했다.

한 달간 대륙횡단 자동차 여행을 하기로 하고 계획 수립에 들어갔다. 우선 여행 일정을 수립해야 했다. 지난 배낭여행은 혼자 하는 여행이어서 여정이 좀 어그러져도 어떻게 하든 끼워 맞출 수 있었지만, 이번은 그렇지 않았다. 어린아이 둘이 포함된 가족 여행이었다. 무엇보다 안전에 최우선 순위를 두고 세세하게 계획을 짰다. 지난번에는 미국 서부에서 출발하여 대륙을 가로질러 대서양을 보고 돌아오는 일정이었지만, 이번에는 반대로 동부에서 출발하여 로키산맥을 넘어 태평양을 찍고 돌아오는 여행이었다. 내가 지난번에 갔던 곳을 될 수 있으면 피해서 여행지를 선정했지만, 가족이 미국에서 꼭 보아야 하는 여행지는 중복되더라도 모두 포함

자동차 여행 경로

했다. 다음은 숙소를 정해야 했다. 지난번엔 유스호스텔을 주로 이용하였지만, 이번에는 가족 여행이라 장소에 따라 호텔과 캠핑을 병행하기로 했다. 전에 예약하지 않아 낭패를 본 경험도 있고, 또 이젠 인터넷도 발달

하여 숙소 예약도 그리 어렵지 않아 몇몇 숙소는 예약하기로 했다. 특히, 국립공원 캠핑장은 사전 예약이 꼭 필요해서 일일이 찾아 예약했고, 라스베이거스 같은 대도시도 여름철 성수기를 맞아 사람들이 붐빌 것 같아 미리 예약을 하였다. 물론, 몇몇 유명한 쇼나 공연도 예약하였다. 절반 이상의 일정을 예약했고 나머지는 이동하면서 2~3일 전에 예약하거나 현장에서 호텔을 구하기로 했다.

차량은 내가 통학할 때 사용하는 9인승 밴을 가져가기로 했다. 뒤편의 의자를 접어 4인승 차로 만들면 차량 후면의 공간이 꽤 넓었다. 여행에 필요한 장비를 준비해야 했다. 호텔 투숙과 캠핑을 병행하려다 보니 준비해야 할 장비가 많았다. 주로 내가 좋아하는 '딕스 스포팅 굳즈'에 가서 텐트며 침낭 등 캠핑용품을 구입했다. 코펠, 버너 등 취사도구며, 랜턴, 텐트 바닥에 까는 에어 매트 등 빠짐없이 챙겼다. 미국의 야영 장비는 정말 다양하고 실용적으로 잘 만들어져 있어 마음에 쏙 들었다. 그 외에 한국식 압력밥솥, 변압기 등 한국에서 가져온 용품들도 사용할 수 있

도록 모두 꾸렸다. 로키산맥에서 야영할 계획이어서 겨울 옷가지도 준비
해야 했다. 짐을 모두 꾸려 차에 실었더니 넓어 보이던 뒤 공간이 가득
찼다. 마지막으로 자동차를 정비해야 했다. 자동차 정비소에 가서 여행
계획을 말하고 철저하게 점검해 달라고 했다. 정비를 마친 정비공이 웃으
며 말한다. 꼼꼼히 정비는 하였지만, 아무튼 행운을 빈다고…. 나도 따라
웃었지만, 순간 두려움이 몰려왔다. 아무도 없는 사막에서 뜨거운 여름날
차가 고장이라도 나면 어찌한단 말인가? 혹시 도시에서 사고라도 난다면
견인은 어떻게 하고 또 보험처리는? 떠나기 전날, 늦은 시간까지 짐을 꾸
리고 잠자리에 들었다. 아내와 아이들은 천진난만하게 잠이 들었지만, 나
는 쉽게 잠이 오지 않았다. 온갖 생각이 밀려왔다. 장거리 여행을 떠나기
전에 항상 느끼는 설렘과 두려움! 하지만 이번에는 그 크기가 여느 때보
다 훨씬 컸다. 그래! 두려움에 맞서 보리라. 용기는 두려움이 없는 것이
아니라 두려움에 맞서는 거라고 하지 않는가? 스스로 자신에게 용기를 불
어넣었다.

다시 만난 로키 마운틴

다음 날 아침, 드디어 서쪽을 향해 길을 나섰다. 한여름, 7월의 어
느 날이었다. 최종 목적지는 로키 마운틴 국립공원(Rocky Mountain
National Park)이었다. 옐로스톤 국립공원은 이미 가 본 터라 로키산맥
에 있는 다른 국립공원을 선택하였다. 내가 사는 컬럼비아에서 약 1,700
여 마일 떨어진 곳으로 미국 중부 대평원(Prairie)을 가로질러 3박 4일
가야 했다. 우선 테네시주 내슈빌(Nashville)을 향해 달렸다. 내슈빌에는
내가 예전에 가고 싶어 입학 허가를 받고 입학 보증금까지 냈던 밴더빌트
대학교가 있다. 캠퍼스를 둘러보고 싶었지만, 가족과 함께 있고 또 시간

도 없어 아쉽지만, 그냥 통과해
야 했다. 길가 호텔에서 하루를
묵고, 다음 날 또 달렸다. 이번
엔 미주리주 세인트루이스(St.
Louis)를 통과하는데, 저 멀리
게이트웨이 아치(The Gateway
Arch)가 보였다. 세인트루이스
명물로 이 아치는 미국 역사에

대평원에 곧게 뻗은 고속도로

있어 서부로 가는 관문을 상징한다. 미시시피강을 건넜으니, 이곳부터 명
실공히 서부인 것이다. 또 하루를 묵고 70번 고속도로를 타고 계속 차를
달렸다. 캔자스시티를 지났다. 끝도 없는 대평원이 펼쳐져 있었다. 한국에
서 볼 수 없는 이국적인 풍경이었다. 차량도 거의 없었다. 거친 광야를
나 홀로 달리는 느낌이었다. 가슴이 딱 트이며 어김없이 해방감과 자유가
밀려들었다. 자동차로 여행하는 기분이 제대로 났다. 그 기분을 오래 간
직하고 싶어 차에서 내려 아무것도 없는 광야를 배경으로 사진을 찍었다.
유명 여행지와는 또 다른 느낌이었다. 이것이 자동차 여행의 묘미 아닐
까? 하고 생각했다. 어떤 때는 사거리에서 좌회전하니, 내비게이션에 '직
진 650마일', 이렇게 표시된다. 환산하면 1,000km가 아닌가? 대략 우리
나라 부산에서 신의주까지의 거리일 것이다. 쉬지 않고 10시간 이상 운전
해야 하는 거리이다. 입이 떡 벌어지며 헛웃음이 나왔다. 미국이 얼마나
광대한 나라인가를 실감할 수 있었다. 또 하루를 묵고 해가 지는 서쪽으
로 계속 달렸다. 지루한 시간이었다. 얼마나 달렸을까? 저 멀리 푸른 산
이 눈에 들어오기 시작했다. 공기도 서늘해지는 느낌이었다. 로키산맥이
시야에 들어왔다. 콜로라도주 덴버(Denver)였다. 도시를 가로지르는데 상
당히 깨끗하다는 인상이 들었다. 곧바로 로키 마운틴 국립공원으로 향했
다. 가다 보니, 에스테스 파크(Estes Park)가 나타났다. 그 이름이 기억이

났다. 예전 배낭여행으로 덴버에 왔을 때 교통편이 없어 방문을 포기해야만 했던 곳이었다. 세월이 지나 이렇게 방문하게 될 줄이야! 사실 이 공원은 로키 마운틴 국립공원 가는 길목에 있는 도시 근교 휴양지에 지나지 않았다. 잠시 둘러보고 로키 마운틴 국립공원으로 향했다.

공원 입구에서 티켓을 구입하고 캠핑장을 안내받았다. 캠핑장은 규모가 컸지만 잘 관리되어 있었다. 마치 신도시 계획에 따라 개발된 단독주택 마을 같았다. 캠핑 장소(Site)가 부채꼴 모양으로, 때론 S자 모양으로 숲을 따라 배치되어 있고 일련번호가 매겨져 있었다. 간격도 널찍널찍하고 사이사이 나무들이 있어 사생활이 충분히 보호되었다. 캠핑 장소마다 텐트 치는 장소, 주차공간, 피크닉 테이블, 그리고 모닥불(Campfire) 장소가 구비되어 있었다. 물론 공동으로 이용할 수 있는 식수 시설, 화장실 및 샤워장도 갖추어져 있었고 전기도 사용할 수 있다. 조용하고 호젓

아름다운 로키산맥, 그리고 캠핑

하여 좋았다. 꿈에 그리던 로키 마운틴 국립공원에서 하는 첫 캠핑이었다. 한국에서도 온 가족이 캠핑해 본 적이 없었는데, 미국에 오니 별것을 다 한다 싶기도 했다. 아무튼, 텐트를 치고 관리사무소에 들러 모닥불 피울 통나무와 마시멜로를 구입했다. 날이 어두워졌다. 나는 모닥불을 피우고 아내가 서둘러 저녁을 준비했다. 여행의 주목적이 먹는 것이 아닌 여

행을 지향하고 있었기 때문에, 식사는 간단히 준비하여 먹었다. 아이들은 저녁 식사보다 마시멜로 구워 먹는데 정신이 팔려 있었다. 길 다란 마시멜로를 구이 꼬챙이에 끼워 모닥불에 구워 먹었다. 옆 텐트에는 미국 아이들이 있었는데, 그들은 금방 친구가 되어 어울려 놀았다. 아이들이 어른들보다 사교성이 훨씬 뛰어났다. 로키 산 속의 밤은 생각보다 훨씬 추웠다. 해발 고도가 2,000m를 넘는 듯했다. 이렇게 추울 줄 몰랐다. 침낭 두 개와 담요, 겨울옷을 몽땅 동원하였지만, 추위를 피할 수 없었다. 땅에서 올라오는 냉기도 대단했다. 밤새 덜덜 떨었다. 다음 날, 로키 산을 둘러보러 여행에 나섰다. 베어 레이크 트레일(Bear Lake Trail)을 걸었다. 멀리 보이는 눈 덮인 봉우리들이 웅장하면서도 아름다웠다. 파란 하늘과 잘 어울렸다. 트레일 중간중간에 투명하고 아름다운 호수도 많았다. 햇살에 반짝반짝 빛나는 맑은 호수가 푸른 침엽수림을 아름답게 비추고 있었다. 오후에는 계곡을 찾아보았다. 계곡이라기보다 작은 시내에 가까웠다. 낚시를 할 수 있을까 했는데 마땅하지 않았다. 멍하니 앉아 넓은 초원의 아름다움만 실컷 감상했다. 평화로웠다. 돌아오는 길에 에스테스 파크로 나가 월마트에 들러 침낭을 두 개 더 샀다. 습기를 막을 수 있는 매트도 추가로 샀다. 어젯밤 추위를 다시 겪고 싶지 않았다. 다음 날은 차를 운전하여 공원 여행에 나섰다. 거친·원시의 자연을 느끼고자 올드 폴 리버 로드(Old Fall River Road)를 타고 알파인 리지 트레일(Alpine Ridge Trail)로 향했다. 해발 3,595m 봉우리였다. 이 도로는 일방통행 비포장 도로로 겨우 차량이 한 대 지나갈 정도로 거칠고 가팔랐다. 약간의 불안도 있었지만, 모험심이 발동했다. 약 14km를 조심조심 올라갔다. 마침내 알파인 비지터 센터(Alpine Visitor Center)에 도착해 차를 세워두고 아이들을 달래 걸어서 정상에 올랐다. 여기저기 눈도 쌓여 있고 바람도 거셌다. 모두 검은 얼굴에 흩날리는 머리를 하며 사진을 찍었다. 히말라야 등반대원 모습이었다. 돌아올 때는 트레일 리지 로드(Trail Ridge Road)

파란 하늘 아래 한가로이 풀을 뜯는 사슴들

를 이용했다. 세계 3대 산악도로라는 명성에 맞게 3,000m 이상의 능선 길에 깎아지른 벼랑을 타고 2차선 도로가 구불구불 이어져 있었다. 길이 정말 험하고 위험했다. 운전하며 등에 식은땀이 나기는 처음이었다. 그러나 중간중간 전망대에 내려 바라보는 풍경은 천금을 주고도 살 수 없는 아름다움 그 자체였다. 황홀했다. 한 곳에 도착하니 군데군데 흰 눈과 푸른 풀이 어우러진 펑퍼짐한 능선에 파란 하늘을 등에 지고 한 떼의 사슴 무리가 한가로이 풀을 뜯고 있었다. 다시 보기 어려운 아름답고 평화로운 풍경이었다. 지금도 잊을 수가 없다.

다음 날은 이곳을 떠나야 했다. 아침 일찍 일어나 텐트를 걷었다. 밤에는 추웠지만, 한낮의 태양은 따가웠다. 얼굴은 검게 그을리고 심한 온도 변화에 거칠어졌다. 강행군에 피로도 겹쳐 입술은 부르트고 몸은 천근이었다. 여행의 피로가 묻어났다. 하지만 또 먼 길을 가야 했다. 그야말로 집시였다. 솔트레이크시티로 방향을 잡았다. 470마일, 쉬지 않고 9시간을 운전해야 한다. 눈 덮인 로키산맥의 봉우리들을 넘어 고원지대를 달렸다. 일부러 80번 고속도로 대신 40번 지방도로를 탔다. 자연을 보다 가까이서 느끼며 드라이브하는 기분을 만끽하고 싶어서였다. 오지라고만 생각했는데, 콜로라도주 산 중에는 작지만 아름다운 휴양도시도 많았다. 긴 운전에 지루함을 달래고자 마트에 들러 CD를 구입했다. 켈트 풍의 음악이 담긴 몇 개의 CD였다. 서부 유럽 켈트족의 포크 송과 전통 춤곡,

서정적인 팝송도 들어있었다. 여행 내내 이 CD를 들어가며 운전을 했다. 음악이 감미로우면서도 듣기에 편하고 심금을 울리는 그 어떤 정서가 있었다. 지금도 이 음악을 들으면 그때의 여행 풍경이 떠오르며 말로 형용하기 어려운 당시의 분위기와 기분이 느껴진다. 기억에 관한 한 음악도 사진이 될 수 있음을 알았다. 왕복 2차선 지방도를 타고 가다 보니 예상보다 시간이 오래 걸렸다. 일정이 많이 지체되고 있었다. 쉬지 않고 달렸으나, 긴 여름날도 저물어 갔다. 날이 어두워지고 10시가 넘었건만 아직도 2~3시간은 더 가야 할 것 같았다. 도로에는 차가 거의 없었다. 길 안내로 차 한 대를 앞세우고 바짝 뒤를 따라 달렸다. 만일의 사태에 대비하고 안전을 위해서였다. 그런데 앞차가 속력을 내기 시작했다. 떨어질세라 나도 속력을 냈지만, 앞차가 보이지 않을 만큼 간격이 벌어졌다. 길은 곧게 뻗어 있었고 길 주변에는 관목이 어우러져 있었다. 약간 높은 구릉지를 통과하고 있을 때였다. 고갯마루에 올라선 순간 자동차 불빛에 엘크 (Elk; 미국 사슴) 한 마리가 찻길 한가운데 서 있는 것이 보였다. 큰 뿔에 크기는 황소만 했다. 그 짧은 찰나의 순간 도로로 뛰어든 것이었다. 가슴이 철렁했다. 핸들을 꺾어 피해 보려 했으나, 이미 속력이 붙은 차였고 2차선이라 불가능했다. 급히 브레이크를 밟았지만, 세게 끝까지 밟을 수도 없었다. 여차하면 차가 전복될 것 같았다. 아! 어쩔 도리가 없었다. 삶과 죽음, 정말 찰나의 순간이었다. 브레이크에 유격을 가하며 최대한 속력을 줄이고 핸들을 꽉 움켜잡았다. 순간 둔탁한 물체가 차에 충돌하며 차가 심하게 흔들렸다. 아내와 아이들을 돌아보았다. 아내는 놀라 깨어났고 아이들은 아무것도 모르고 뒷좌석에서 자고 있었다. 쿵쿵거리는 가슴을 진정시키며 자동차의 계기판을 바라보았다. 일단 정상이었고 차도 잘 굴러가고 있었다. 잠시 망설였지만 차를 세울 수도 없었다. 이 깜깜한 밤에 아무도 없는 허허벌판 황무지에서 무얼 어찌한단 말인가? 그냥 이를 악물고 달리는 수밖에 없었다. 그렇게 3시간을 더 달려 솔트레이크시티의 한 호텔에 도착했다. 차에서 내려 차의 앞부분을 살펴보았다. 순간 가슴이 쿵쾅거리며 극도의 공포감이 몰려왔다. 사고의 흔적이 고스란히 남아 있었다. 보닛을 비롯한 앞부분이 심하게 찌그러져 있고 엘크 털도 여기저기 끼어 있었다. 온 가족이 무사한 것이 정말 천운이었다. 차가 전복되기라도 했으면 어찌할 뻔했단 말인가? 생각할수록 머리칼이 곤두서고 아찔하였다. 그 후로 나는 웬만하면 밤에는 절대 운전을 하지 않는다.

이미 자정을 넘은 시간이라 몇몇 옷가지만 챙겨 호텔에서 잤다. 다음 날 아침, 자동차 사고 처리를 해야 했다. 우선 보험회사에 연락하여 상황을 설명했다. 솔트레이크시티 근처 자동차 수리공장을 알려주며 차를 맡기라고 했다. 차에 있는 모든 짐을 내려야 했다. 뒤편에 실려있는 짐을 내려 호텔 캐리어로 날랐다. 이민용 가방이 세 개, 야영 장비 등 기타 짐이 박스로 6개, 대형 아이스박스 1개 등 거의 이삿짐 수준이었다. 캐리어를 끌고 대 여섯 번을 왔다 갔다 했다. 호텔 직원의 놀라던 표정이 지금도 기억이 난다. 자동차 수리공장에 가서 견적을 뽑았다. 엔진에는 이상이 없고 다행히 부품이 있어 1주일 후면 차를 받을 수 있다고 했다. 수리비가 약 4,000달러 나왔지만, 보험처리가 가능했다. 많이 걱정했는데, 일단 한숨 돌릴 수 있었다. 다시 호텔로 돌아왔다. 여행 일정을 수정해야 했다. 1주일 동안 어디서 무얼 한단 말인가? 이대로 자동차 여행을 포기해야 하나? 어떻게 떠나온 여행인데…. 생각이 많았지만 이대로 여행을 포기할 수는 없었다. 에라, 모르겠다. 넘어진 김에 쉬어 간다고 일단 하루를 쉬며 생각을 정리하기로 했다. 아이들과 함께 배낭여행때 인상적으로 보았던 모르몬

모르몬교 템플 스퀘어

교 총본산인 템플 스퀘어(Temple Square)를 둘러보았다. 예나 지금이나 깨끗하고 신성함이 묻어났다. 오후에는 근처 리버티 공원(Liberty Park)에 가서 공놀이도 하고 피크닉도 하며 피로를 풀고 재충전도 하였다. 공원에는 다양한 사람들이 자유분방한 차림으로 햇살과 음악을 즐기고 있었다. 망중한의 시간이었다. 예기치 않은 사고가 있었지만, 여행을 그만둘 수는 없었다. 그냥 사고도 여행의 한 부분으로 받아들이기로 했다. 여행이라는 것이 원래 그런 것 아닌가! 예약한 일정을 최대한 살리면서 일정을 변경하여 여행을 계속하기로 했다. 다음날 내 차와 같은 밴으로 차량을 1주일간 렌트 했다. 그동안 서부 캘리포니아주와 네바다주를 여행한 후, 돌아오는 길에 다시 솔트레이크시티를 방문하여 렌트한 차를 반납하고 내 차를 인수할 생각이었다. 1주일 내로 그 넓은 서부여행을 끝마쳐야 하는 것이 무리이긴 했지만, 일정을 조정하면 가능할 것 같았다. 짐을 차에 옮겨 싣고 솔트레이크시티를 떠났다. 솔트레이크시티와는 질긴 인연이었다. 1주일 후 다시 한번 만남을 기약했다.

포도원의 싱그러움_ 나파 밸리

　　　다음 여행지는 타호 호수(Lake Tahoe)였다. 80번 고속도로를 타고 네바다주를 횡단하여 하루 종일 달렸다. 오후 늦게 타호 호수에 도착했다. 타호 호수는 여전히 아름다웠다. 푸른 물결은 바다처럼 너울대고 호수를 둘러싼 산봉우리들도 여전히 위용을 자랑하고 있었다. 지난번에는 요트를 즐겼지만, 이번에는 유리알 호숫가에

산정호수 타호

서 수영하기로 했다. 캠핑장에 텐트를 치고 아이들과 호수에 뛰어들었다. 시원한 호숫물이 온몸으로 느껴졌다. 네바다 사막을 가로지른 열기를 모두 씻어내는 기분이었다. 호숫가의 캠핑은 산속에서의 캠핑보다 훨씬 여유로웠다. 캠핑이 특별히 다를 것은 없지만, 그냥 마음이 그랬다. 밤이 되니 잔잔한 호수가 나를 감싸주는 듯했다. 하늘에 참 별도 많았다. 평화로운 밤이었다. 다음 날 아침, 나파 밸리(Napa Valley)의 몬다비 와이너리(Robert Mondavi Winery)를 향해 길을 나섰다. 시골에서 자란 나는 목가적이면서도 아름다운 포도원을 특히 좋아하였다. 실제 가 본 적이 없어 늘 사진으로만 동경해 왔는데, 드디어 직접 방문하는 것이었다. 몬다비 와이너리는 내게 특별하였다. 무어 스쿨에서 와인 동아리 활동을 할 때 몬다비 와이너리에 대한 설명과 시음 행사도 있었고, 또 수업 시간에 사례연구(Case Study)를 다룬 적도 있었다. 몬다비 와이너리는 로버트 몬다비가 1965년 당시 이름 없는 포도 재배지에 불과했던 나파 밸리에 처음으로 문을 연 대규모 포도원이다. 이후 나파 밸리는 미국 와인의 주요 생산지로 전 세계에 이름을 날리고 있다. 80번 고속도로를 타고 가다 베리에사 호수(Lake Berryessa)를 보기 위해 179번 도로로 길을 꺾었다. 베리에사 호수는 댐을 막아 생겨난 거대한 인공 호수다. 포도원을 비롯한 인근 농경지에 필요한 물을 공급하여 오늘날의 나파 밸리를 만든 어머니의 젖줄 같은 호수다. 인적이 드문 산지이다 보니 길은 좁고 거칠었다. 한참을 달려 호수에 다다랐다. 인공 호수라는 것이 믿기지 않을 만큼 거대한 호수였다. 호수를 지나 나파 밸리로 향했다. 좁은 산길을 벗어나 평지로 접어들었지만 나파 밸리는 보이지 않았다. 산속이다 보니 내비게이션이 제대로 길을 찾지 못하는 것이었다. 한참을 같은 곳을 맴돌며 길을 헤매었다. 무엇인가 잘못되었다. 못 믿을 내비게이션이었다. 나중에는 아내가 짜증을 내며 그냥 샌프란시스코로 가자고 했다. 하! 그럴 수는 없었다. 내비게이션을 무시하고 지도와 방향감각에 의존해 한참을 운전했다.

드디어 포도원이 보이기 시작했다. 마침내 나파 밸리에 도착한 것이다. 후~유! 한숨을 내쉬었다. 먼저 숙소를 정해야 했다. 아름다운 포도원이 딸린 숙소는 꽤 비싼 편이었지만 그냥 묵기로 했다. 포도원의 정취를 맘

몬다비 와이너리와 나파 밸리 포도원 들녘

껏 느끼고 싶었다. 포도원 구석 피크닉 테이블에 불을 피우고 저녁을 준비하여 먹었다. 아이들은 수영장에서 물놀이를 즐겼다. 밤에는 나도 잠시 수영장에 몸을 담갔다. 낮의 피로와 짜증은 온데간데없이 사라지고 아름다운 포도원의 평화로운 밤이 깊어만 갔다. 다음 날, 몬다비 와이너리로 이동하여 와이너리 투어에 나섰다. 와인을 숙성시키는 저장고에 오크 통이 정말 많았다. 포도원도 둘러보고 와인 시음도 하였다. 와이너리 곳곳이 그림같이 아름다웠다. 좋은 와인을 생산하고 판매할 뿐만 아니라 관광 상품까지 개발하는 상업성이 대단하다고 생각했다. 멕시코의 테킬라 생산 양조장 겸 농장(Tequila Herradura)과 유사했다. 포도원이 계곡 전체를 뒤덮고 있었다. 잘 가꾸어진 포도원은 가지런한 녹색으로 싱그럽고도 아름다웠다. 프랑스에만 포도원이 있는 것은 아니었다. 이런 곳에서 살면 인생도 평화롭고 아름답지 않을까 하는 생각을 했다.

와이너리 투어를 마치고 샌프란시스코(San Francisco)로 향했다. 이번에는 금문교(Golden Gate Bridge)를 북쪽에서 남쪽으로 건넜다. 언제봐도 아름다웠다. 아이들과 함께 사진을 찍었다. 샌프란시스코 시내에 진입했다. 피셔맨즈 워프(Fisherman's Wharf)에 들러 항구도시 샌프란

시스코의 분위기를 즐겼다. 잠시 둘러보고 바람과 언덕의 도시인 샌프란시스코를 제대로 느끼기 위해 러시안 힐(Russian Hill)로 향했다. 러시안 힐은 19세기 무렵부터 수많은 예술인이 모여 살아온 예술인 마을이다. 이 지역은 오래된 빅토리아풍의 건물들로 유명하기도 했지만 내가 이곳을 찾은 이유는 롬바르드 거리(Lombard Street) 때문이다. 롬바르드 거리는 샌프란시스코 명물 중의 하나로 1920년에 자동차 도로로 설계되었다. 일방통행으로 오르는 길과 내려오는 길이 달랐다. 막판 오르는 길은 약 300m의 일직선 급경사 도로였다. 여행객이 많아 차가 꼬리에 꼬리를 물고 줄지어 있었다. 경사도가 굉장히 심했다. 겨우 1~2m씩 가다 서기를 반복하는데 브레이크를 밟고 있는 다리가 후들거렸다. 그 많은 차량 중 하나만 잘못되어 뒤로 밀리면 영락없는 초대형 사고였다. 식은땀이 흘렀다. 가슴을 졸이며 그런 일이 없기만

롬바르드 거리

을 바랄 뿐이었다. 정상에 오르니 샌프란시스코가 한눈에 내려다보였으나, 차량이 꼬리를 무니 즐길 틈도 없이 바로 롬바르드 거리로 내려가야 했다. 이곳이 바로 그 유명한 롬바르드였다. 급경사지에 좁은 간격으로 굽이굽이 급한 커브가 이어져 있었다. 조심조심 운전해야 했다. 커브 사이에는 형형색색 다양한 꽃이 아름답게 피어있었다. 파란 하늘과 어울려 마치 인상파 화가 모네 그림을 보는 듯한 풍경이었다.

구불거리는 길을 내려와 차를 세우고 아래에서 다시 한번 그 모습을 감상하였다. 참 아름다웠다. 같은 도로인데, 인간의 창의성으로 이렇게 다른 작품이 탄생할 수 있다는 것이 새삼 놀라웠다.

샌프란시스코를 뒤로하고, 몬테레이(Monterey)로 향했다. 몬테레이는 카멜(Carmel)과 더불어 태평양의 유명한 휴양도시다. 전에 아쉬움을 남겨두고 간 곳이기도 했다. 14년 만에 다시 찾은 이곳에서 컬럼비아에서 함께 유학 중인 오 소령을 만났다. 미국 서부에서 다시 만나니 반가웠다. 그는 해군으로 미국에서 박사과정을 밟고 있었는데, 그도 여행 중이었다. 전에 몬테레이 근처에서 유학한 적이 있다고 했다. 그가 군인들이 이용하는 멋진 숙소를 소개해 주었다. 하루를 묵고 그의 안내로 '환상적인 17마일 드라이브 코스(Fantastic 17 miles Drive Course)'를 보러 갔다. 전에 왔을 때 일행의 반대로 가 보지 못한 바로 그 코스였다. 태평양을 끼고 굽이굽이 정말 아름다운 해변과 절벽이 펼쳐져 있었다. 말 그대로 환상적이었다. 전에 헌이 이야기했던 부산 동백섬도 아름답지만, 나에게는 이국적인 이곳이 훨씬 더 아름다웠다. 아내도 아름다운 풍경에 연신 카메

페블 비치 해변

페블 비치 GC

라 셔터를 눌러댔다. 페블비치(Pebble Beach) 해변에 앉아 간단하게 샌드위치로 점심식사를 했다. 어린 아들과 함께 태평양에 발을 담그며 미지와의 만남, 세레모니도 했다. 아내가 웃었다. 페블비치 골프 코스와 클럽하우스도 둘러보았다. 파란 하늘, 푸른 태평양, 녹색의 잔디가 어우러진 정말 아름다운 골프코스였다. PGA U.S. Open 골프대회가 여러 번 열렸고 2008년에는 타이거 우즈(Tiger Woods)가 우승했던 유명한 곳이다.

아쉽지만 골프를 칠 수는 없었고, 잠시 사람들이 없는 틈을 타서 18번 홀 앞에서 사진 한 컷을 찍을 수 있었다. 언젠가 다시 오면 꼭 한번 라운딩을 해 보고 싶었다. 오 소령이 위로하며 생각보다 가격은 비싸지 않다고 귀띔해 주었다.

이제 방향을 동쪽으로 살짝 돌려 요세미티 국립공원(Yosemite National Park)으로 향했다. 가기 전에 일부러 시간을 내어 프레즈노(Fresno)에 들렀다. 어쩌면 예전 어학연수 왔을 때 지냈던 홈스테이 노라 아주머니를 만날 수도 있을 것 같았다. 친절하고 고마웠던 하숙집 아주머니! 연락처를 알지 못해 미리 방문 약속을 할 수는 없었다. 그저 14년 된 낡은 기억을 더듬어 집을 찾아가는 것이었다. 지도를 보고 블랙스톤(Blackstone Street)과 쇼(Shaw Avenue) 사거리를 찾았다. 그곳에 도착하니, 어렴풋이 기억이 났다. 가물가물 기억을 살려 노라 아주머니 집을 찾아갔다. 많이 변하긴 하였어도 그곳에 아주머니 집이 있었다. 반가웠다. 전에 없던 철문이 앞마당에 있었다. 다행히 빼꼼하게 문이 살짝 열려 있었다. 집에 들어가 현관 초인종을 눌렀다. 아무 인기척이 없었다. 혹시 안 사시나? 지금쯤 연세가 70대 중반은 되었을 터였다. 다시 초인종을 눌렀다. 잠시 후 인기척이 나더니 누군가 문을 열었다. 하얀 머리에 동그란 눈, 그리고 붉은 뿔테 안경. 오랜 세월의 흔적이 보였지만 노라 아주머니였다. 아주머니 눈이 휘둥그레지시더니 'BJ?'하고 묻는다. 'No. I'm BK!' 내가 웃으며 말했다. 내 닉네임이었다. 아주머니가 나오시더니 나를 와락 앉으신다. 아! 이게 얼마만 인가? 참 오랜 세월이 흐른 뒤의 재회였다. 노라 아주머니 남편 레스터도 집에 있었다. 역시 반갑게 맞아 주셨다. 두 분 모두 세월이 흘러 많이 늙어계셨다. 집도 예전과 달리 잘 관리되고 있지 않았다. 정원의 나무는 베어지고 수영장도 사용하고 있지 않으셨다. 공사 중이라고 했다. 아무튼, 기억과는 많이 달라져 있었다. 아내와 함께

요세미티 국립공원   홈스테이 아줌마 노라 & 레스터

시장을 보아서 한국식으로 맛있게 저녁 밥상을 차렸다. 두 분 모두 좋아
하셨다. 노라 아주머니는 연신 내가 다시 공부하러 올 줄 알았다고 말씀
하셨고, 또 잊지 않고 찾아주어 고맙다고 하셨다. 안타깝게도 앞집 메리
아주머니는 돌아가셨다고 했다. 옛날이야기를 하며 밤이 깊어가는 줄도
몰랐다. 다음 날 새벽, 아주머니 부부와 아쉬운 작별 인사를 나누었다. 노
라 아주머니 얼굴에 눈물이 그렁그렁했다. 다시 보기 어려울 수 있다는
것을 아주머니도 나도 알고 있었다. 그렇지만 애써 웃으며 헤어졌다. 요
세미티 국립공원에 갔다. 예전에 와 본 나는 기억을 살려가며 훌륭한 가
이드가 되려 애썼다. 엘 캐피탄(El Capitan)과 요세미티 폭포(Yosemite
Falls), 하프 돔(Half Dome) 등을 둘러보았다. 아이들이 걷는 것을 힘들
어해서 캐리어 달린 자전거를 빌려 뒤에 아이들을 태우고 다니기도 했다.
계절에 따라 풍경도 매우 달랐다. 8월이라 요세미티 폭포의 수량은 예전
과 비교할 수 없을 만큼 적었다. 전에는 무슨 댐의 수문 같았는데, 이번
에는 마치 우리나라 설악산 토왕성 폭포처럼 바위 사이 실오라기 같은 모
습이었다.

　　오후 늦게 로스앤젤레스(Los Angeles)를 향해 출발했다. 밤 운전을
하지 않으리라 다짐했지만, 마음대로 되지는 않았다. 로스앤젤레스에 도
착했을 때는 밤 11시가 가까웠다. 로스앤젤레스에는 대학 시절 내 병상
곁을 지켜 주었던, 절친했던 친구가 살고 있었다. 한국에 살다가 5년 전
쯤 사정상 미국에 이민 온 친구였다. 이메일로 미리 연락해 놓은 터라 늦

은 시간이었지만 찾아갔다. 반갑게 맞아 주었다. 미국에서는 건설 현장에서 일한다고 했다. 밤이 늦어 인사만 나눈 채 눈을 붙여야 했다. 다음 날은 그 친구 가족과 함께 디즈니랜드에 갔다. 아이들은 그저 신나 했다. 놀이기구를 타기 위해 기다리며 그동안 못 나눈 많은 이야기를 나눌 수 있었다. 처음 이민 와서는 대부분 그렇듯이 고생을 많이 했는데, 지금은 한인사회의 도움으로 그런대로 잘 지내고 있다고 했다. 그의 얼굴에 타향살이의 흔적이 묻어났다. 저녁에는 밤늦게까지 맥주를 마셔가며 이런저런 이야기꽃을 피웠다. 이제 헤어지면 또 언제 볼 수 있을까? 늘 만남과 헤어짐은 함께 있는 것 같았다. 다음 날 아침, 솔트레이크시티를 향해 새벽같이 길을 나섰다. 수리를 맡겨 놓은 차를 찾으러 가야 했다. 10시간 이상 운전해야 하는 먼 길이었다.

붉은 땅, 넓은 대륙, 그리고 모뉴먼트 밸리

솔트레이크시티에서 하루를 자고 다음 날, 차를 인수하여 온 길을 되짚어 다시 라스베이거스(Las Vegas)로 향했다. 정말 지루하고 먼 길이었다. 이틀 내내 붉은 땅을 바라보며 사막과도 같은 곳을 운전했다. 그래도 고속도로 주변이 탁 트여 운전하며 경치를 볼 수 있어 다행이었다. 다시 유혹의 도시, 라스베이거스에 도착했다. 예약한 MGM호텔에 짐을 풀었다. 다음 날 아침, 호텔을 둘러보았다. 라스베이거스 호텔답게 규모가 엄청났다. 호텔 안에 물놀이 테마파크도 있었다. 웬만한 놀이동산을 능가했다. 아이들이 좋아하는 물놀이를 즐겼다. 오후에는 호텔이 즐비한 중심가 스트립(Strip)을 걸었다. 대부분 호텔이 독특한 외관과 실내 장식, 호텔 조형물을 가지고 있어 보는 것만으로도 재미있었다. 거리에는 스파이더맨 등 영화의 캐릭터들도 여행객을 사로잡았다. 스파이더맨 열성 팬인 아들은 마냥 신기해하며 함께 사진을 찍었다. 벨라지오 호텔 분수 쇼

(Fountains of Bellagio) 등을 보며 아내도 마냥 들떠 있었다. 40도에 육박하는 무더위 속에서도 여행객은 넘쳐났고, 거리의 인파 속을 걷는 것만으로도 라스베이거스의 분위기를 한껏 즐길 수 있었다. 라스베이거스에서는 쇼를 보는 것도 놓칠 수 없었다. 쇼는 주로 밤에 했다. 라스베이거스 3대 쇼 중의 하나, 주빌리(Jubilee) 쇼를 보기로 했다. 성인용으로 아

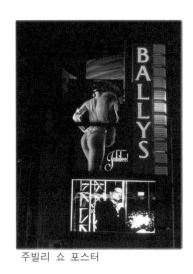

주빌리 쇼 포스터

이들은 어려서 함께 갈 수 없었다. 하는 수 없이 아내와 교대로 보았다. 쇼는 그 명성만큼이나 화려하고 아름다웠다. 성인용 쇼라서 인지 무희들은 거의 반라의 모습이었다. 삼손과 데릴라 쇼에서 무대 위 건물이 무너지는 장면은 장관이었다. 어떤 쇼는 신기하고 오묘했으며, 인체의 한계를 보여주는 곡예도 있었다. 정말 즐겁고 재미있었다. 지상 최대의 쇼를 한다는 라스베이거스 아닌가? 명불허전(名不虛傳)이었다. 재미있는 것은, 함께 공연을 관람한 대부분 관객이 아시아계 사람들이었고 한국인이 상당수 있었는데, 스님도 많이 포함되어 있었다. 단체로 여행을 온 모양이었다. 아무리 스님이어도 세계 최대의 쇼를 그냥 지나칠 수 없었던 모양이다. 나갈 때 표정을 보니, 다들 즐거운 시간을 보낸 것 같았다. 나도 즐겁게 시간을 보냈고, 나중에 쇼를 본 아내도 좋아하였다.

그랜드 캐니언 국립공원(Grand Canyon National Park)으로 향했다. 미 서부를 대표하는 여행지인 만큼 아내와 아이들에게도 꼭 보여주고 싶었다. 공원에 도착하여 일주일 짜리 입장권을 샀다. 캠핑장에 도착했다. 지난번에 로키 마운틴 국립공원에서 며칠 동안 캠핑을 한 터여서 이젠 어

느 정도 익숙했다. 텐트를 치고 그랜드 캐니언 빌리지(Grand Canyon Village)에 갔다. 야바파이 포인트(Yavapai Point)와 마더 포인트(Mather Point) 등을 둘러보았다. 아내는 놀라워하였지만, 다시 방문한 나는 예전과 같은 감동을 느낄 수 없었다. 누구에게나 그렇듯이 첫 경험과 두 번째 경험은 사뭇 다르다. 아니면 세월의 흐름, 즉 새로움을 대하는 나의 감각이 무디어져 있을 수도 있었다. 그때는 20대 청춘이었고 지금은 어느새 40대가 아닌가? 공부도 그렇지만 여행도 젊었을 때 하여야 한다는 말이 실감 났다. 현실적으로는 쉽지 않겠지만 말이다. 그래도 그랜드 캐니언은 장관이었고, 저 아래 보이는 콜로라도 강은 인디언의 옛이야기를 들려주는 듯했다. 저녁을 먹고 아내와 함께 야영장을 한 바퀴 산책했다. 낮에는 찌는 듯 더웠지만, 밤에는 선선했다. 하늘엔 별이 많았다. 그랜드 캐니언에서 캠핑을 하는 것이 꿈만 같았다. 살다 보니 이런 날도 있었다. 다음 날은 여유를 갖고 웨스트 림(West Rim) 호피 포인트(Hopi Point), 이스트 림(East Rim) 그랜드 뷰 포인트(Grand View Point) 등을 둘러보았다. 브라이트 엔젤 트레일(Bright Angel Trail)을 따라 콜로라도 강까지 가 보고 싶었지만, 이번에는 아이들 때문에 어려웠다. 모든 것을 다할 수도, 또 다할 필요도 없었다. 아쉬움 속에 혼자 한 시간 정도 내려가다 뒤돌아 왔다. 일주일 입장권을 구입하였지만, 다음 날은 다시 떠나야 했다. 자이언 캐니언 국립공원(Zion Canyon National Park)을 향해 북쪽으로 갔다. 예전에 브라이스 캐니언 국립공원(Bryce Canyon National Park)을 가기 위해 포기한 곳이었다. 가는 길은 붉은 산과 계곡의 연속이었다. 이국적인 경치가 아름다웠다. 자이언 캐니언 국립공원은 한산한 편이었다. 잘 알려지지 않아서 그런 것 같았다. 역시 캠핑을 하였다. 캠핑장 바닥이 낮에 햇볕을 받아 흙먼지가 날릴 만큼 상당히 건조했다. 그랜드 캐니언과 마찬가지로 밤에는 선선했다. 하지만, 낮 동안 달구어진 딱딱한 흙바닥이 마치 온돌과 같아, 누우니 등은 따뜻했다. 춥지 않았다. 아침 일찍 버진 강(Virgin River)을 따라 트레킹에 나섰다. 마지막 코스는 리버사이드 워크(Riverside Walk)로, 강을 따라 협곡 사이를 걸어가야 했다. 깎아지른 붉은 바위 절벽 사이로 물길을 헤치며 앞으로 나아갔다. 물이 깊지는 않았지만 시원했다. 태고의 신비를 찾아 원시 속으로 걸어 들어가는 느낌이었다. 이 곳은 맑은 날씨지만 상류에서 비가 오는 경우, 갑자기 계곡 물이 불어날 수 있다는 경고 판이 있었다. 예상하기 어려운 일이지만, 거대한 땅덩어

자이언 캐니언 협곡

리에 충분히 그런 일이 일어날 수 있었다. 이름이 신성해서 그랬는지 신비로운 곳이었다. 그랜드 캐니언과 또 다른 느낌이었다. 처음 온 곳, 새롭다는 것은 중요한 것이었다.

점심을 먹은 후, 모뉴먼트 밸리(Monument Valley)를 향해 떠났다. 운전하는 내내 낯선 풍광이 눈을 사로잡았다. 다시 한번 자동차 여행의 묘미를 만끽했다. 특별한 여행지가 아니어도 좋았다. '로드 트립(Road Trip)이 이런 것이구나!' 하고 생각했다. 나바호(Navajo) 인디언 자치 구역을 지났다. 가난한 인디언들이 길가에서 전통 장식품을 팔고 있었다. 한때는 미대륙을 누비던 그들이었는데, 지금은 인디언 보호구역이란 이름의 이곳에서 가난하게 살고 있었다. 약자의 슬픔을 보는 듯하여 마음이 좋지 않았다. 오후 늦게 모뉴먼트 밸리에 도착했다. 광활한 대지 위에 거대한 붉은 바위기둥(Butte & Mesa)이 파란 하늘을 찌를 듯 여기저기 솟아있었다. 참으로 장관이었다. 해가 떨어지기 전에 서둘러 밸리 드라이브

(Valley Drive)에 나섰다. 약 28km의 비포장도로로 모뉴먼트 밸리를 자동차로 한 바퀴 둘러보는 코스였다. 더 미튼즈(The Mittens)를 출발하여 토템 폴(Totem Pole)까지 거대한 붉은 바위기둥과 기묘한 바위산을 흙먼지를 날려가며 둘러볼 수 있었다. 바위 높이가 수백 미터는 되는 것 같았다. 평평한 사막에 파란 하늘을 향해 솟아있는 거대한 바위기둥들! 이 장관을 연출하기 위해 얼마나 많은 세월이 흘렀을까? 억만년 세월의 장구함을 느낄 수 있었다. 이 땅이 아닌 듯, 마치 우주의 어느 다른 행성, 달나라나 화성에 와 있는 기분이었다. 그랜드 캐니언에서 변압기를 떨어뜨려 고장 내는 바람에 성능 좋은 디지털카메라로 사진을 찍을 수 없는 것이 못내 아쉬웠다. 비지터 센터(Visitor Center)로 돌아오니 모뉴먼트 밸

리를 한눈에 조망할 수 있는 전망대가 있었다. 웨스트 미튼 뷰트(West Mitten Butte), 이스트 미튼 뷰트 (East Mitten Butte), 메릭 뷰트(Merrick Butte) 등 더 미튼즈(The Mittens)를 제대로 감상할 수 있었다. 거대한 붉은 돌기둥 세 개

모뉴먼트 밸리 (작은 사진은 더 뷰 호텔 실내 장식)

가 광야에 우뚝 솟아 파란 하늘을 떠받치고 있었다. 그것도 아주 조화롭게, 아주 아주 옛날부터…. 평생 잊을 수 없는 장관이었다. 그 감동이 나를 사로잡았다. 원래 계획은 이곳을 보고 바로 이동하는 것이었는데, 이대로 지나칠 수 없었다. 비지터 센터에 문의하니, 이곳에는 호텔이 딱 하나밖에 없단다. 더 뷰 호텔(The View Hotel)이었다. 사전 예약을 하지 않으면 숙박이 어려운데, 오늘은 운 좋게 방이 하나 나왔다고 했다. 나는 그냥 땡큐! 라고 말하고 하루를 묵었다. 엄청 비싼 방이었다. 하지만, 호

텔은 사막에 어울리지 않게 현대식이었고 이국적이면서도 고풍스러웠다. 전통적인 나바호 인디언의 조각과 그림으로 가득했다. 얼마가 들더라도 하루를 묵고 싶었다. 저녁은 모뉴먼트 밸리가 바라다보이는 야외 카페테리아에서 먹었다. 거대한 호텔 벽면을 스크린 삼아, 모뉴먼트 밸리를 배경으로 한 존 포드(John Ford) 감독의 서부영화가 상영되고 있었다. 내가 어린 시절 본 카우보이와 인디언이 등장하는 서부영화, 바로 그것이었다. 존 포드 감독의 영화 덕분에 서부영화 하면 으레 사람들은 이곳을 기억한다고 했다. 아내와 함께 어둠 속의 계곡과 광야를 바라보며 시원한 맥주 한잔을 마셨다. 더 바랄 것 없는 환상적인 밤이었다. 다음 날 아침, 창문으로 따가운 햇볕이 비쳤다. 커튼을 열고 베란다로 나왔다. 떠오르는 태양을 등에 지고 어제의 그 더 미튼즈가 반짝이는 햇살을 받으며 위풍도 당당하게 서 있었다. 저녁노을 속 고요한 모습과는 또 다른 강렬하고 짜릿한 아름다움이었다. 오래도록 바라보며 그 풍경을 기억 속에 담았다. 어학연수를 다녀온 후, 한동안 사람들이 미국에서 가장 기억에 남는 곳이

아침 햇살을 받은 더 미튼즈 (2019년 촬영)

어디냐고 물으면 옐로스톤 국립공원이라 말했었다. 그런데, 그것

이 바뀌고야 말았다. 이젠 말한다. 미국에 갈 일이 있으면 모뉴먼트 밸리에 꼭 가 보라고….

이국적인 아름다움을 간직한 모뉴먼트 밸리를 뒤로하고, 화이트 샌드 내셔널 모뉴먼트(White Sands National Monument)로 향했다. 뉴

멕시코주를 종단하여 하루 종일 가야 했다. 한낮의 태양은 뜨거웠고 거친 사막은 열기로 후끈거렸다. 자동차가 퍼질까 걱정되었지만, 잘 버텨주고 있었다. 도중에 하루를 묵고, 다음날 화이트 샌드 내셔널 모뉴먼트에 도착했다. 멕시코와의 국경도시 엘 파소(El Paso)에서 북쪽으로 130km 떨어진 곳이었다. 남미 멕시코 분위기가 물씬 풍겼다. 비지터 센터(Visitor Center)에 들러 이 지역의 식생과 생활 모습을 담은 박물관을 둘러보고 곧장 화이트 샌드로 갔다. 새하얀 모래언덕이 아름답게 펼쳐져 있었다. 일종의 사막이었다. 다만, 모래가 눈부신 흰색이었다. 나는 사막 지역을 본 적은 있어도 사방을 둘러보아도 모래뿐인 사막은 처음이었다. 파란 하늘과 하얀 모래가 뜨거운 태양 아래 대비를 이루며 새로운 세상을 보여주고 있었다. 땅에서는 뜨거운 모래 열기가 뿜어져 나왔다. 가지고 다니던 온도계를 모래언덕에 내려놓았다. 온도계의 마지막 눈금이 섭씨 50도였는데, 한계를 훌쩍 넘어 빨간 기둥이 올라갔다. 뜨거운 날씨였다. 조그만 휴식공간이 군데군데 세워져 있었다. 가만히 서 있어도 땀이 줄줄 흘러내렸다. 아이스 박스를 열어 과일과 물을 마시며 더위를 달랬다. 하지만 옆에 있는 모래언덕에서는 미국 아이들이 부모와 어울려 모래 썰매를 타고 있었다. 참 대단하고 놀라웠다. 인간은 어떠한 상황에서도 즐거움을 찾아내는 방법을 알고 있었다. 오래 머물 수가 없었다. 아름다운 모래언덕을 배

경으로 사진을 찍고 칼즈배드 동굴 국립공원(Carlsbad Caverns National Park)을 향해 떠났다. 칼즈배드 동굴은 세계 최대의 종유굴이다. 입구는 보잘것없었는데, 엘리베이터를 타고 동굴에 들어가게 되어있었다. 그러나 밖에서 보는

화이트 샌드 내셔널 모뉴먼트

것과는 달리 동굴 안은 어마어마하게 넓었다. 동굴 높이가 어떤 곳은 100m는 되는 것 같았다. 무슨 지하 광장에 서 있는 기분이었다. 커다란 규모에 비해 우리나라 종유굴 같은 아기자기한 멋은 없었다. 두 시간여 동굴을 둘러보고 나왔다. 이곳에서 유명하다는 일몰 때에 동굴을 나서는 박쥐 떼를 볼 수는 없었다. 근처에 호텔을 구해 하룻밤을 묵었다. 이곳은 멕

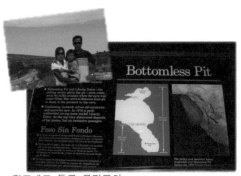

칼즈배드 동굴 국립공원

시코와 가까워 히스패닉계 사람들이 많았다. 영어가 통용되었지만, 스페인어를 주로 썼다. 거리도 지저분하고 오가는 사람들도 괜히 조금 불안해 보였다. 미국이 아닌 듯한 느낌이었다. 낯선 풍경이었다. 오래 머물고 싶지 않았다. 다음 날, 휴스턴(Houston)을 향해 텍사스주를 가로질렀다. 10시간 이상 운전했다. 처음엔 거친 광야를 끝도 없이 달렸다. 황량한 지역이라 그런지 레스트 에어리어(Rest Area)도 잘 갖추어져 있지 않았다. 지나가는 차도 거의 볼 수 없었다. 중간에 차를 세우고 자동차 트렁크 그늘에 의지하여 샌드위치를 먹었다. 불편하였지만, 그것도 나름 낭만이었다. 10번 고속도로에 접어들었다. 고속도로에 들어서니 마음이 편안해졌다. 휴스턴을 통과하여 호텔을 정했다. 휴스턴을 둘러볼 마음이 별로 나지 않았다. 몸도 마음도 지쳐가고 있었다. 엉덩이에도 땀띠가 나서 오래 앉아 있는 것도 불편했다. 아내가 가끔 교대로 운전을 해 주었다. 어느덧 여행도 거의 끝나가고 있었다. 사나흘 남겨두고 있었다. 지난 한 달간의 자동차 여행을 돌아보며 여유 있게 여행을 마무리하고 싶었다. 멕시코만을 끼고 미국 남부를 가로질러 동쪽으로 향했다. 차례로 루이지애나, 미시시피, 앨라배마주를 통과하여 플로리다주 로즈메리 비치(Rosemary

Beach)로 향했다. 여행안내 책자에는 나와 있지 않은 곳이지만, 지도를 보니 조용한 해변 도시 같았다. 하루를 꼬박 달려 호텔에 짐을 풀었다. 파도 소리가 들려오는 해변의 조용한 호텔이었다. 다음날은 아무것도 하지 않고 카리브해를 바라보며 그냥 쉬었다. 정말 오랜만에 맛보는 달콤한 휴식이었다. 아내와 아이들도 좋아하였다. 지난 여행을 돌아보며 즐겁기도 하였지만, 한편으로 많이 힘들었다고 회상했다. 꽉 짜인 일정에 그럴 만도 했다. 그런데, 그렇게 힘든 여행이었다면, 누구를 위한 여행이었나? 하는 생각이 갑자기 들었다. 아내도 여행 마니아는 아니었고 아이들은 딸이 일곱 살, 아들이 다섯 살, 여행을 제대로 즐기기엔 아직 어린 나이였다. 문득, 넓은 세상을 보여주려는 것이 그저 부모의 욕심에 지나지 않을지도 모른다는 생각이 들었다. 먼 훗날, 그들은 아마 기억조차도 하지 못할 것이다. 어느 구석엔가 남아 있을 수는 있지만. 그러면 나를 위한 여행이었나? 어쩌면 그런지도 모른다. 하지만 나도 참 힘들지 않았나? 뜬금없이 이런저런 생각이 들었다. 하! 생각을 접기로 했다. 쓸데없는 생각이었다. 그냥 이 평화롭고 행복한 휴식을 즐기면 되었다. 나중에 온 가족이 평생을 두고 이야기할 추억을 담은, 길고 긴 여행을 무사히 끝내고 맛보는 이 달콤한 순간을. 다음 날, 컬럼비아를 향해 길을 나섰다. 한 달여만에 돌아오는 길이었다. 컬럼비아가 가까워지자 낯익은 길가의 풍경이 눈에 들어왔다. 편안했다. 낯선 풍경을 찾아 떠났다가 낯익은 풍경에 즐거워하며 안도하는 모습이라니…. 웃음이 났다. 하지만 그것이 길 떠나는 자의 숙명 아닐까?

◈ 미국 MBA 유학을 마치고….

MBA를 떠나기 전, 나는 내가 미국에서 하고 싶은 것을 노트에 적어 보았다. 영어, 경영학 공부(Business), 골프, 여행. 나는 늘 영어 공부에 매달렸다. 어쩌면 경영학 공부보다도 우선이었다. 수업 시간뿐만 아니라 방과 후 과제를 하거나, 다음 수업을 준비할 때도 그랬다. 논문 및 저널을 가능한 한 꼼꼼히 많이 읽고, 토론에도 최대한 열심히 참여하였다. 집에서도 TV 뉴스, 영화 등을 보며 틈만 나면 영어에 나를 노출 시키려고 했다. 미국 교회 활동에 참여한 것도 이러한 목적이 컸다. 돌아올 즈음에는 영어가 일상생활에 불편하지 않을 정도로 향상되었지만, 그래도 아쉬움은 남았다. MBA 과정을 통해, 나는 생생한 경영학을 마음껏 배울 수 있었다. 실제 기업사례를 가지고 토론하고 해결책을 찾는 사례연구(Case Study)는 실전 경영학을 배울 수 있는 좋은 접근법이었다. 컨설팅, 협상, 리더쉽, 그리고 부동산 금융. 모두 새로운 경영학 분야로 많은 것을 배울 수 있었다. 좋은 경험이었다. 특히, 협상은 우리가 인식하든, 그렇지 않든 간에, 우리의 삶 자체가 매일 매일 크고 작은 협상의 연속이므로, 살아가면서 회사 또는 일상생활에서 많은 도움이 될 것이다. 골프와 여행은 학기 중간 중간에 있는 브레이크(Break)나 방학 기간만을 활용했다. 그것만으로도 충분했다. 많은 어려움과 에피소드가 있었지만, 대륙횡단 자동차 여행은 그 자체로 너무 좋았다. 가족 간에 평생 잊지 못할 아름다운 추억을 쌓고, 또 두고두고 나눌 이야깃거리를 만든 소중한 시간이었다. 돌아가면 MBA에서 배운 것을 회사에서 활용할 기회가 있을까? 아마 있을 것이다. 어느 곳에서, 어떤 일을 하든, 낭중지추(囊中之錐)라고 내가 제대로 공부했다면 그 진가가 부지불식 중에 드러날 것이다. 나에게 흔치 않은 기회를 준 회사에 감사하며 업무에 도움이 될 수 있기를 기대했다.

그러나, 한편 생각해 보면, 내가 MBA를 꿈꾸게 된 가장 직접적인 이유, 즉 '무엇이 미국을 강하게 하는가?'에 대해서는 알 듯 말 듯 했다. 미국인들과 함께 공부하고 생활하며 그들 속에서 살았건만, 미국과 미국 사회, 미국인을 속속들이 아는 데는 무언가 부족했다. 그들과 그들의 문화를 이해할 듯하면서도 뭔가 모를 거리감이 있었다. 함께 테일게이트 파티(Tailgate Party)를 하고 경기장에서 미식축구를 보며 소리쳐 응원하였지만, 정서적 간격이 사라지진 않았다. 생활 속에서 더불어 보고, 듣고, 느끼며 어울리다 보니, 어떤 때는 아는 것도 같았다. 그러나, 돌아서면 나는 잠시 주변에 머물다 가는 유학생, 그저 낯선 이방인이었다. 그들과의 동질성과 일체감까지는 바라지도 않았지만, 나를 미국으로 이끈 이유, '세계 유일 강대국, 미국의 실체'에 대해 자신 있게 답을 할 수가 없었다. 2년이란 기간이 짧아서일까? 에둘러, 중언부언 말하면 어렴풋이 얘기할 수는 있었지만 쉽고, 명확하게 설명할 수 없었다. 결론적으로, 잘 모르는 것이었다. 아이러니하게도 내가 배우고 싶었던 '무엇이 미국을 세계 최고의 국가로 만들었는가?'에 대하여 정작 제대로 배울 기회가 없었다. MBA 과정에 그런 과목은 없었다. 졸업식을 마친 후, 나는 뿌듯한 마음으로 한국행 비행기에 올랐다. 그땐 몰랐다. 내 마음 한구석에 무언가 석연찮은 것이 있다는 것을…. 그래서였을까? 뜻하지 않은 순간에 내가 다시 미국을 찾게 된 것은.

VIPP 연수;
문화, 그 위대한 유산

■ 삶의 전환점, 선택

　　MBA를 마치고 회사에 복귀했다. 전에 살던 곳에서 집도 이사를 했다. 어찌 보면 인생 2막, 집도 회사도 새로운 시작이었다. 회사생활도 18년을 넘어서고 있었다. 처음에는 2년 동안 회사가 많이 변했다고 생각했는데, 시간이 좀 지나니 크게 달라진 것은 없었다. 신사업추진단에 발령을 받았다. '연수 가서 재충전 많이 하였으니, 이제 일 좀 해야지?'라는 의미 같았다. 그랬다. 나도 마음의 준비가 되어있었다. 일하고 싶었다. 다만, 국제업무를 하는 부서로 발령이 나지 않을까? 했는데, 이번에도 그런 일은 일어나지 않았다.

　　신사업추진단에서 맡은 업무는 상품시장 개설과 관련하여 금 예탁결제업무를 도입하는 것이었다. 선물시장 업무, 외국증권 국내 최초 발행 및 상장 업무, 전자투표 업무 등 새로운 업무를 시장에 도입하는 일을 많이 해 본 경험이 있는 나에게 신규 프로젝트 수행은 낯설지 않았다. 신규업무를 도입하는 과정은 으레 유사했다. 국내시장 현황을 파악하고 해외사례를 연구한다. 다음으로 시장참여자들과 함께 업무 프로세스를 그리며 동시에 법률 및 규정 초안 작업도 병행한다. 최종적으로 제도 및 업무 프로세스가 확정되면 외부 전산업체와 공동으로 전산시스템 개발에 나서고 개발이 완료되면 시장 관련자가 모두 참여하여 모의 테스트를 시행한다. 고객과 시장 참가자에게 대대적인 홍보를 하고 시스템을 오픈하면 프로젝트를 종료한다. 상품 현물시장 업무는 그동안 해 온 증권시장 업무와는 달랐다. 지식경제부 등 정부 부처와 한국거래소뿐만 아니라, 금 제련업자, 한국조폐공사, 화학시험연구원 등 그간 우리회사와 관련이 없어 보이는 많은 다른 분야 사람들과 함께 프로젝트를 수행하여야 했다. 새로운 분야라 재미있었다. 그러나 신규업무 도입이 늘 일사천리로 진행되는 것은 아니었다. 시장의 변화 또는 이해당사자 이견 조율 등에 따라 종종 법률 제정 등이 미루어지는 경우도 허다하다. 이번 사례도 그런 경우였다. 일반 상품거래법 제정이 연기되며 잠깐 업무 소강상태를 맞았다. 좀 쉬어갈 좋은 기회였다. 하지만 회사에서는 내게 그런 기회를 주지 않았다. 곧바로 전략기획본부 경영전략팀장으로 발령을 받았다. 경영전략팀장은 회사 직제 규정상 1번 팀장이다. 회사의 경영전략을 총괄하는 실무팀장으로 매우 중요하면서도 일이 많은 자리였다. 무거운 책임감과 함께 긴장감이 밀려왔다. 직원일 때 나는 경영전략팀에 근무한 적이 없었다. 주로 현업 업무 부서에 근무했다. 그러나 현업 부서라고 해서 오퍼레이션(운영 업무)만을 한 것은 아니고 다양한 기획업무를 병행했다. 팀장일 때도 대부분 본부 선임팀장이었다. 그래서 어쩌면 다양한 현장 실무 경험이 훨씬 더 실현 가능한 전략을 수립하는 데 도움이 될 수도 있었다. 경영전략팀은 예상대로 일이 많았다. 회사의 거의 모든 부문과 직·간접적으로 관련되다 보니, 국내외 금융시장 동향, 국회 및 정부 정책, 시장과 고객의 니즈 변화 등을 항상 파악하고 이에 맞는 회사 장기 비전 및 경영전략을 수립함은 물론, 이사회에서 결정된 회사의 정책을 집행해야 했다. 야근은 늘 달고 살았고 가끔은 주말에도 출근해야 했다. 지금까지 회사생활 중 가장 바쁘게, 그리고 항상 긴장 속에 생활한 시간이었다. 하지만, 그만큼 보람도 있었다. 통상 힘든 자리라 1~2년이면 보직변경이 있었지만, 나는 2년 6개월 정도 근무하고 다른 부서로 발령이 났다. 장수한 팀장이었다. 마음이 한층 홀가분했다.

해외사업부장으로 발령을 받았다. 얼마 후에는 사장도 바뀌었다. 금융위원회에서 온 사람이었다. 신임 사장은 업무 스타일이 전임 사장과는 매우 달랐다. 그동안 회사의 지향점과도 차이가 있었다. 어느 날 대대적인 인사이동이 있었고 나는 갑자기 부산지원장으로 발령을 받았다. 나와는 코드가 맞지 않는 듯했다. 생각지도 못한 지방 발령이라 헛웃음이 나왔다. 이런 것이 조직 생활이구나! 하고 생각했다. 당장 부산으로 가야 했다. 옷가지 몇 벌을 챙겨서 혼자 부산으로 내려갔다. 부산지원은 지원 중 가장 규모가 크지만, 본원에 비하면 부서 규모도 훨씬 작고 일도 많지 않았다. 생활에 여유가 있었다. 회사 생활하며 처음으로 갖는 한가함이었다. 한참 동안 그동안 일해오던 관성이 있어 뭔가 불안하였지만, 곧 적응이 되었다. 밝은 면을 보자고 다짐했다. 시간이 생기자 무엇이든 하고 싶어졌다. 젊은 시절 배우다 그만둔 살사댄스가 생각났다. 이제 예술을 알아갈 나이가 아닌가! 인터넷을 검색하여 남포동에 있는 '청담'이라는 살사학원을 찾아갔다. 내가 나이가 제일 많은 축에 속했다. 젊은 친구들과 어울려 춤을 배웠다. 처음에는 쉽지 않았다. 술도 자주 사 주고 최대한 나이를 잊고 거리감 없이 지내려고 노력했다. 춤을 배우는 시간이 즐거웠고 삶에 활력소가 되었다. 그렇게 부산 생활에 적응되어갈 무렵, 하!~ 이번에는 예기치 않게 서울로 발령이 났다. 살사를 배운지 5개월째였다. 살사와의 인연은 여기까지란 말인가? 또 이렇게 접어야 한다니…. 너무 아쉬웠다. 증권파이낸싱부장으로 2년간 근무했다. 증권 대차와 리포(Repo) 결제를 담당하는 부서였다. 외국 투자자들을 대상으로 하는 업무도 많았고 해외 출장과 국제회의도 잦았다. 그동안 갈고 닦아온 내 역량을 십분 활용할 수 있는 업무였고 모처럼 회사에서 재미있게 일한 시간이었다. 성과도 매우 좋아 상여금도 두둑했다. 신임 사장이 다시 부임하였다. 새로운 경영진이 구성되고 대규모 인사가 단행되었다. 회사의 부서 경영평가를 위해 전 부서장들이 임원들 앞에서 프리젠테이션을 하였는데, 이때 신임 사장에게 낙점을 받은 것 같았다. 경영전략부장으로 발령이 났다. 이때는 회사가 정부의 공공기관 이전 정책에 따라 본사를 부산으로 이전한 후였다. 다시 부산 생활이 시작되었다. 경영전략부장은 부장 중 회사의 가장 선임부장으로 회사의 경영전략을 담당한다. 국회, 기재부, 금융위, 감사원 등 대 정부 부처 업무는 물론, 부산시 관련사항, 회사의 장기 비전, 전략 및 예산, 경영평가 등 주요 업무가 모두 집중되어 있다. 가장 중요하고도 바쁜 자리였다. 전에 경영전략팀장으로 오래 근무한 경험이 있어 지난번 보다는 중압감이 덜하였다. 아무튼, 또다시 야근과 특근이 반복되었고 부산과 서울, 세종시를 제집 드나들 듯 출장 다녀야 했다. 그렇지만 사장님한테 신뢰받는다는 것이 큰 힘이 되었다. 소위 코드가 맞았다. 고되고 힘들었지만, 사명감 가지고 회사를 위해 열심히 일했다. 경영전략팀장 시절과 함께 회사에 애사심을 가지고 최선을 다해 일한 시절이었다.

다시 1년이 지났다. 인사 시즌이 되었다. 경영전략부장은 임원으로 가는 핵심보직이다. 일반적으로는 회사생활의 '별'이라 불리는 임원으로 승진하는 것을 좋아하지만, 우리회사와 나의 현실은 그렇지 못했다. 통상 임원을 하면 짧으면 4년, 아무리 운이 좋아도 6년 이내에 회사를 떠나야 했다. 경영전략부장을 하며 가까이서 지켜본 전례가 모두 그러했다. 그렇다고 보수가 많은 것도 아니었다. 부장보다 약간 많은 정도였다. 인사제도의 변천 과정 속에 어쩌다 보니 그런 제도가 정착되어 있었다. 그래서 회사에서는 일을 적당히 하고 어물쩍 나이에 맞추어 승진하려는 분위기가 팽배했다. 처음부터 이런 제도가 있었더라면 나도 그랬을는지 모른다. 그러나, 내가 직원이던 시절에는 열심히 일해 빨리 승진하면 그에 맞는 보상을 해주었다. 임원 임기도 짧게는 6년, 길면 8년을 넘었다. 그래서 야근도 마다치 않고 열심히 일했고 빨리 승진하고 싶어 했다. 그런데, 나중에 '공공기관 운영에 관한 법률'이 제정되고 회사에 적용하는 과정에서, 또 노조와 협상하는 과정에서 이렇게 바뀐 것이었다. 나는 입사 이후 열심히 회사생활을 해 왔고 그래서인지 동기들에 견주어 승진이 빠른 편이었다. 게다가, 입사도 일찍 한 편이어서 나이도 상대적으로 적었다. 아직만 40대였다. 평생 열심히 일한 보상으로 회사에서 오를 수 있는 임원 자리! 당연히 임원으로 승진하고 싶었다. 하지만, 나이에 비해 빨라도 너무 빨랐다. 승진을 하더라도 몇 년 뒤에 하고 싶었다. 세상은 100세 시대를 앞두고 있는데, 열심히 일했다는 이유로 50대 초중반에 이렇다 할 보상도 없이 회사를 떠나야 하는 상황을 받아들이기 어려웠다. 독특한 회사 업무 특성상 퇴직 후 다른 곳에 재취업하는 것도 사실상 불가능했다. 선배들을 보면 불을 보듯 뻔했다. 어떻게 해야 하나? 고민과 갈등이 시작되었다. 앞이 보이지 않았다. 설상가상으로 회사에는 직책 상한제라는 다른 회사에서 볼 수 없는 희한한 제도가 도입되어 있었다. 팀장과 부장 등 직책자로 일정 기간을 근무하고 나면 다시 팀원으로 되돌리는 제도였다. 밖에 나가 다른 회사 사람들과 이야기하면 다들 고개를 갸우뚱하며 어이없어했다. 회사의 조직 체계를 뒤흔들고, 열심히 일하는 문화를 해치는 등 부작용이 크고 문제도 많았지만, 노조의 요구로 마지못해 도입되어 있었다. 쉽게 말해, 가급적 많은 사람이 돌아가면서 팀장이나 부장을 하자는 제도였다. 노사합의 내용이 제대로 공개도 되지 않아 직원들이 잘 모르는 부분도 있었다. 아무튼, 회사정책에 따르면 임원으로 승진하여 조기 퇴직하거나, 아니면 팀원으로 다시 돌아가야 하는 것이었다. 어느 쪽으로 가든 내 상식으로는 도무지 이해할 수 없었다. 회사생활에 회의가 들었다. 나는 지난 26년 동안 회사생활을 하면서 단 한 순간도 회사 뱃지를 가슴에서 떼어 본 적이 없었다. 그런 내가 애사심을 갖고 열심히 회사생활을 한 결과가 이런 것이란 말인가? 허탈하고 참담했다. 우리가 흔히 얘기하는 회사의 올바른 인사제도, 바람직한 조직 문화는 그렇게 쉽게 찾아볼 수 있는 것이 아니었다. 내가 어떻게 통제할 수 없는 외적 환경에 대한 내적 대응, 즉 나의 선택이 요구되고 있었다.

회사에 연수공고가 나붙었다. 부장을 대상으로 한 VIPP 연수였다. 한동안 폐지되었다가 새로 오신 사장님이 부활시킨 연수였다. 결단을 내려야 했다. 나의 상황에 맞지 않는 제도를 바꾸려 혼자 강물을 거슬러 헤엄쳐 갈 수는 없었다. 뻔한 결과에 지혜롭지 못한 선택이라 생각했다. 그렇다고 헤르만 헤세의 '수레바퀴 밑에서'처럼 세상의 수레바퀴에 깔리며 타인이 원하는 삶을 살고 싶지도 않았다. 그렇게 살 수는 없었다. 잠시 멈추었다. 그리고 생각했다. 시간이 걸릴지 몰라도 세상은 늘 순리대로 흐르기 마련이다. 정말 나에게 운이 닿는다면 언젠가 다가올 때를 기다리는 것이 현명하다고 판단했다. 세상의 의지이든, 나의 의지이든, 이제 앞으로의 내 운명은 내가 선택하고 스스로 개척해 나가야 했다. 아내도 나의 결정을 지지해 주었다. 그동안 나를 신임해 주셨던 인자하신 사장님 얼굴이 스쳐 지나갔다. 죄송한 마음이었지만, 달리 선택의 여지가 없었다. 회사의 별, 임원 자리를 뒤로하고 회사에 VIPP 연수신청서를 제출했다. 삶의 전환점! 한 번도 가보지 않은 길을 향한 고뇌에 찬 결단이었다.

▶

　　다시 미국으로 유학을 떠난다. 절반은 세상으로 인하여, 절반은 나의 의지로. 아마, 이것도 운명이리라. MBA를 다녀온 지 10여 년, 내 나이 쉰 하나! 만감이 교차했다. 대부분의 한국 남자들처럼 회사와 집을 오가며 앞만 보고 열심히 살아 온 세월이었다. 회사의 주요 부서에서 늦은 시간까지 업무에 매진하며 회사에 인생을 걸었던 내가, 이제 방향을 바꾸어 새로운 길로 가야 한다는 것이 처음에는 망막하고 두려웠다. 열심히 일하던 사람은 그렇게 하지 않으면 어딘지 모르게 불안하고 불편하다. 세상에서 낙오자가 되고 있다는 느낌이 드는 것이다. 덜 열심히 사는 것도 쉬운 일은 아니었다. 사실 VIPP 과정은 8년 만에 새로 생긴 연수 과정으로 그 과정에 대해 아는 것이 별로 없었다. 8년 전에는 대상이 아닌지라 관심도 없었다. 다만, VIP라는 말에 익숙해서 그랬는지 나는 VIPP가 VIP Program, 즉 'Very Important Person Program(고위직 과정)'인 줄 알았다. '회사에서 직책상 부장(Director)이면 중요한 고위직 인사지.' 라는 터무니없는 생각을 가져다 붙이며…. 나중에 알았다. VIPP는 'Visiting International Professional Program(국제전문가 초빙 과정)' 이라는 것을. 수소문 끝에 오래전에 연수를 다녀온 전임 연수자를 만났다. 그가 말했다. '원하는 공부를, 원하는 만큼 할 수 있는 과정'이라고. 구미가 당겼다. 그래! 내가 하고 싶은 공부를 마음껏 해 보자. 덜 열심히 사는 것이 아니라, 방향을 바꾸어 더 열심히 살아보자. 타고난 천성을 쉽게 바꿀 수는 없다. 이런 좋은 기회가 언제 다시 오겠는가? 하늘의 도움이지. 내 뜻을 받아준 사장님이 새삼 고마웠다. 세상의 모든 일에는 밝은 면(Bright side)과 어두운 면(Dark side)이 공존한다. 밝은 면만 바라보고 살면 그뿐이었다. 다시 내 가슴이 뛰기 시작했다. 나이가 들어감에 따라 이전과는 조금 다른, 성숙한 울림의 심장 박동 소리가 내 귓전을 두드렸다. 지금부터는 그동안 가슴속에 묻어두었던 내가 진정 원하는 삶을 살아보리라! 그리고 가면, 이번엔 꼭 '큰 바위 얼굴'을 찾아보리라.

■ 미국 동북부 생활

오키모스 정착하기

연수 선발은 최종적으로 매우 늦게, 2018년 6월이나 되어서 결정되었다. 회사에서도 고심한 흔적이 보였다. 연수 과정이 시작되기 불과 2개월 전이었다. 급히 서둘러 연수 절차를 진행해야 했다. 예전 MBA 갈 때 비자 문제로 고생한 기억이 떠올라, 연수기관인 미시간주립대학교(Michigan State University; MSU)에 직접 연락하여 최대한 빨리 절차를 진행해 달라고 했다. 비자(J-1 Visa) 받기도 빠듯할 것 같았다. 다음은 누구누구가 미국에 갈 것인가를 결정해야 했다. 아내는 직장에 다니고 있었고 아이들도 딸이 중3, 아들이 중1이었다. 온 가족이 모여 회의를 했다. 아내는 벌써, 좋아라! 하고 있었다. 해외연수가 남편이 아내에게 해줄 수 있는 최고의 선물이라지 않는가? 내가 상황을 설명하고 아이들 의견을 물었다. 아들은 엄마와 함께하겠다고 했다. 같이 미국에 가겠단다. 아직 엄마의 손길이 필요한 나이였다. 그런데, 딸은 한국에 남겠다고 했다. 고교입시를 앞둔 중3이었다. 미국에 다녀온 뒤 한국 학교에 다시 적응할 자신이 없다고 했다. 또, 이미 자아정체성이 형성된 고등학생이라 미국 학생들과 어울리는 것도 어려움이 있을 거라 했다. 모두 맞는 말이었다. 이미 미국 경험이 있지 않은가? 받아들이기로 했다. 나머지는 이 상황을 만든 내가 해결해야 했다. 부산에서 함께 모시고 살던 나이 드신 어머니도 신경이 쓰였다. 누군가 돌봐드릴 사람이 필요했다. 서울에 사는 작은 누나와 여동생과 이야기해 보았으나, 여의치 않았다. 하는 수 없이 미국에 사는 큰 누나와 협의했다. 큰누나는 15년 전쯤 미국에 이민 가셨는데, 종종 한국이 그립단 말을 하곤 했었다. 한 1년쯤 한국에 나와 살고 싶다는 말과 함께…. 이제는 아이들이 모두 대학을 졸업하고 결혼까지 하여 시간에 여유가 있었다. 큰누나가 한국에 나오겠다고 했다. 내가 살던 서울 집에서 어머니와 큰누나, 그리고 딸이 살면 되었다. 물론 모든 비용은 내가 부담하기로 했다. 나로서는 천만다행이었다. 딸아이에게 미안하였지만, 그나마 마음 놓고 미국에 갈 수 있었다.

미시간주 디트로이트(Detroit) 공항에 도착했다. 학교에서 연수 프로그램을 담당하는 한국인 스태프(Staff)가 공항 픽업을 나와 주었다. 곧바로 사전에 한국에서 예약한 아파트가 있는 오키모스(Okemos)로 향했다. 2시간이 채 걸리지 않았다. 미시간주립대학교는 이스트 랜싱(East Lansing)이란 도시에 있었는데, 오키모스는 바로 옆에 붙어있는 근교 도시였다. 아파트 임대 계약을 체결하고 짐을 풀었다. 자동차도 일주일 렌트 했다. 인터넷을 신청하고 휴대전화는 한국에서 가져온 스마트 폰에 유심(USIM) 카드만 교체하여 사용하기로 했다. 일사천리였다. 10년 전 MBA할 때와 비교하면 너무나 수월한 정착이었다. 다만, 자동차가 문제였다. 미국에서 큰누나가 쓰던 자동차를 쓰기로 했다. 애틀랜타(Atlanta)에 가서 가져와야 했다. 옛날에 배낭 여행하던 시절을 생각하고 그레이하운드 버스를 타고 애틀랜타에 갔다. 자동차로 가면 15시간 정도면 되었는데, 꼬박 21시간이 걸렸다. 잘못된 판단이었다. 너무 지루하고 힘들었다.

오키모스에서 살았던 센트럴파크 아파트

여행과 일은 역시 다른 것이었다. 돌아올 때 하루에 쉬지 않고 12시간 이상 운전하는 것도 위험하고 무리였다. 다시는 그러지 않겠다고 꾹꾹~ 다짐했다. 한국과 미시간주는 협약이 체결되어 있어서 자동차 운전면허증도 한국에서 발급받은 국제운전면허증을 가져가니 미시간주 운전면허증으로 바꿔 주었다. 노트북은 한국에서 가져갔고 TV와 자전거, 책상 등 몇몇 가구는 월마트(Walmart)나 마이어(Meijer)에 들러 저렴한 것으로 구입했다. 마땅한 중고 가구점을 찾기가 어려웠다. 한 가지 놀라운 것은 월마트나 마이어의 가전매장에 갔을 때였다. 삼성과 LG 등 국내 기업의 가전제품이 가전매장 한가운데를, 그것도 가장 많은 부분을 차지하고 전시되어 있었다. 10년 전 MBA 왔을 때는 한 귀퉁이에 볼품없이 한두 개 전시되어 있었는데, 완전히 딴판이었다. 세계시장에서 한국 전자제품의 위상을 실감할 수 있었다. 새삼 어깨가 으쓱하며 기분이 좋았다. 정착 과정도 그렇고, 10년 동안 세상 참 많이 변해 있었다. 아들은 근처 공립학교에 들어갔다. 정착을 대략 마무리하자 미국 동북부, 미시간 생활이 시작되었다.

미시간에서 맞는 삼일절

두 개의 반도로 이루어진 미시간 주

오대호에 둘러싸인 미시간주는 좁은 호수를 사이에 두고 다시 북쪽과 남쪽으로 땅이 나누어져 있다. 동쪽으로 뻗어 있는 북쪽 반도는 어퍼 페닌슐러(Upper Peninsular(UP)), 북쪽으로 솟아있는 남쪽 반도는 로우어 페닌슐러(Lower Peninsular)라고 부른다. 중간 지역을 특별히 구분하여 미들 랜드(Middle Land)라고도 한다. 전체 땅 모양이 벙어리 장갑을 겹쳐놓은 모습을 닮았다고들 했다. 처음에는 미국 제일의 자동차 생산 도시인 디트로이트가 있어 공업이 발달한 지역이라 생각했는데, 알고 보니 빙하가 빠져나간 평지에 농업이 주로 발달한 지역이었다. 예전에는 나무가 많아 목재 생산이 많았고 이를 말이 끄는 수레로 옮겼는데, 그러다 보니 수레의 뒤를 이은 대체 산업인 자동차 공업이 발달하게 되었다고 한다. 위도는 북위 42도를 넘어 우리나라 백두산보다도 북쪽, 만주 땅과 비슷하였다. 그래서 겨울이 유난히 길고 추웠다. 보통 첫눈이 내리는 11월부터 5월까지, 6개월 정도 되었다. 게다가 삼면이 호수로 둘러싸여 날씨 변화가 심하였고, 특히 겨울엔 눈이 많이 내렸다. 오죽하면 하루에 봄, 여름, 가을, 겨울 등 사계절 날씨를 모두 경험할 수 있다고 하였을까! 처음엔 믿기지 않았는데, 살아보니 맞는 말이었다. 4월 어느 날, 아내와 함께 EPIC 영어 수업을 듣기 위해 주차장에 차를 세우고 200여 미터를 걷고 있었다. 갑자기 맑은 하늘에 먹장구름이 순식간에 몰려들더니, 천둥과 번개가 치며 우박

눈 덮힌 미시간주립대학교 교정

을 동반한 소나기가 내렸다. 냅다 뛰었지만 피할 도리가 없었다. 그저 쭈쭈바 속 얼음 같은 한국의 우박으로 생각했는데, 큰 오산이었다. 냉장고 얼음 트레이(Tray)에서 꺼낸 듯한, 공깃돌보다도 훨씬 큰 얼음덩어리였다. 제대로 맞으면 머리가 터질 것 같았다. 정말 무서웠다. 그때를 생각하면 지금도 아찔하다. 아내는 달리다 넘어져 무릎에 커다란 훈장이 생겼다. 겨울엔 날씨로 인해 학교가 쉬는 날이 많았다. 특히, 내가 머문 그해 겨

울은 30년 만의 강추위라 했다. 영하 25도를 오르내렸고 매일 아침 일어나면 눈이 수북이 쌓였다. Snow Day(눈 많이 온 날), Windchill Day (바람이 살을 엘 듯 부는 날; 얼굴이 동상에 걸림), Ice Day(도로에 얼음이 얼어 미끄러운 날) 등 겨울 날씨 관련된 모든 휴교일을 다 겪었다. 혹독한 겨울이었다. 그래도 6월부터 10월까지는 날씨가 청명하고 덥지 않아 생활하기에 무척 좋았다. 미시간에서는 어디를 가든, 'Pure Michigan(청정 미시간)'이란 표지판이 도로변에 세워져 있는 것을 자주 볼 수 있는데, 생활하다 보니 그 의미를 알 수 있었다. 땅덩어리는 남북한보다 넓은데, 인구는 천만이 되지 않았다. 산림과 농지가 많고 인구밀도는 낮으니 어디를 가도 공기가 정말 맑고 깨끗했다. 자연이 살아 숨 쉬고 있다는 것을 몸으로 느낄 수 있었다.

긴 겨울이 단점만 있는 것은 아니었다. 장점도 많았다. 우리는 서로 만나면,

"What are you doing in this long winter? (이 긴 겨울에 뭐해?)"

라고 물으면,

"Just hibernation! (겨울잠 자야지!)"

하고 대답하며 웃곤 하였지만, 사실은 긴 시간에 할 일이 아주 많았다. 춥다고는 하여도 야외활동에 제약이 있을 뿐, 에너지 소비 1등 국가 미국답게 실내는 항상 따뜻했다. 먼저 책을 보고 공부하기에 좋았다. TV나 영화도 마음껏 볼 수 있었다. 영어 공부의 일환이었다. 또, 체육관에 가서 운동하기에 좋았다. 겨우내 체력을 보강할 수 있었다. 가족과 함께 보내는 시간이 많은 것도 좋았다. VIPP 수업을 통해 사귄 중국인 학생들이 있었다. 여기서는 학생이지만 중국에서는 대부분 교수였다. 그들을 집에 초대하여 저녁도 먹고 파티도 하며 지냈다. 눈 내리는 날, 벽난로에 장작불을 피우면 운치가 그만이었다. 본국에서 누릴 수 없는 호사라, 다들 좋아하였다. 물론, 학교의 아파트형 기숙사에 사는 그 친구들 집에 놀러 가

중국 학생들과 대학 기숙사에서

기도 했다. 서로 다른 문화를 교류하고 공유하는 좋은 기회였다. 모두가 미시간의 긴 겨울이 주는 선물이었다.

미시간주립대(MSU)는 매우 큰 학교로 한국에도 잘 알려져서 한국에서 유학 온 사람들이 많았다. 유학생도 많았지만, 한국 교민들도 주위에 많이 살고 있었다. 학교의 역할도 매우 크지만, 지역 커뮤니티 활동에서는 한인교회가 중요한 역할을 하고 있었다. 이곳에서도 아내는 한인교회에 다녔다. 나는 미국인들과 어울릴 겸 미국인이 외국 사람들을 대상으로 운영하는 교회에 나갔다. 아내와 나는 서로 교회에 나가는 목적이 달랐다. 그렇지만 한인교회 목장 모임(구역예배)은 보통 가족을 동반하므로 가끔은 나도 목장 모임에 참석했다. 목장 목자는 사업을 하시는 분이었고 부인은 미시간주립대 교수였다. 집이 크고 넓었으며 잘 정돈된 백야드(뒤뜰)도 딸려 있었다. 어느 날 저녁, 구역예배를 끝내고 식사를 마친 후 네댓 명의 남자들이 테이블에 둘러앉아 이야기를 나누고 있었다. 보통 한국에서는 부부들이 섞여 앉는데, 미국에서는 오래전 한국에서 그랬듯이 남자와 여자들이 각기 다른 테이블에 앉았다. 이민 오던 시절의 문화와 관습을 그대로 유지하고 있는 것이었다. 나에게는 그것도 재미있었다. 당시 한국에서 큰 이슈였던 손혜원 국회의원 목포 문화재 거리 부동산 투기 의혹이 화제에 올랐다. 옹호와 비난으로 나뉘어 갑론을박이 벌어졌다. 모두 관련 내용을 한국에서 갓 건너온 나보다 더 잘 알고 있었다. 논쟁은 점차 뜨거워지고 거칠어져 갔다. 얼마 전 한국에서 왔다는 이유로 내가 아는 체를 하며 끼어들어 열기를 식히고 화제를 다른 곳으로 돌렸다. 일상의 해프닝이었다. 갑자기 의문이 들었다. 그들이 한국에서 이민을 왔다지만 이미 오래전 일이고, 현재는 모두 미국 시민권자였다. 그렇지만, 나는 그들이 미국의 정치 및 사회 이슈와 관련하여 핏대를 세우는 것을 거의 보지 못했다. 그런데 한국 문제에 대해서는 달랐다. 아무리 한국이 고국일지라도 현실은 남의 나라 이야기 아닌가? 음⋯. 그들은 아직 한국인의 민족성, 사고방식과 문화를 그대로 간직하고 사는 것 같았다. 좁은 땅에서 몸을 부대끼며 살아온, 그래서 늘 공통된 화제가 있고 함께 갑론을박하며 그것을 즐기는, 그리고 하나의 공동체 속에서 서로에 대해 너무 잘 알아 때론 간섭하고 참견하며, 때론 서로서로 도우며 오랜 세월 더불어 살아온⋯. 몸은 타국에서 살고 있지만, 그들은 늘 한국을 바라보고 있었다. 미국이 워낙 큰 나라이고 다원화된 사회라 주요 이슈에서 소외되어서 일 수도 있고, 아시아계 이민자로 그 사회의 주류가 아니어서 일 수도 있었다. 아무튼, 한국에서는 접할 수 없는 이민 사회의 한 모습이었다.

2019년, 3.1 독립 만세 운동 100주년이었다. 삼일절이 다가왔다. 사실 한국에 있을 때는 큰 의미부여 없이 그저 태극기나 달며 삼일절을 맞고는 했었다. MSU 학생회와 지역 교회를 중심으로 한인교회에서 삼일절 100주년 기념행사를 한다고 연락받았다. 좀 망설였지만, 모르는 사람들도 아니고

한인교회에서 열린 삼일절 100주년 기념행사

미국에 와 있기도 하고 해서 자리나 채워줘야겠다 싶어 참석하겠다고 했다. 아직 추운 삼일절 저녁, 오키모스의 제법 큰 한인교회에 사람들이 모

여들었다. 한국인이 대부분이었지만, 곳곳에 미국인도 꽤 섞여 있었다. 사회자가 삼일절 100주년 기념행사의 의미를 기록 영상과 함께 설명하고 애국가를 부른 후, 기념 공연행사가 시작되었다. 주로 MSU 음대 유학생을 중심으로 악기 연주와 노래 공연이 펼쳐졌다. 멀리 뉴욕에서 일부러 와 준 가수도 있었다. 타국에서 듣는 아름다운 한국 가곡에 얼마 전 떠나온 고국의 산천이 새삼스레 눈앞에 아른거렸다. 마지막에는 모든 연주자의 반주에 맞추어 합창단이 '아리랑'을 불렀다. 대형 스크린에 일제 강점기 낡은 태극기와 함께 아리랑 가사가 한글과 영문으로 비추어졌다. '청천 하늘에 별도 많고~~, 우리네 가슴엔 꿈도 많다.~~ 아리랑~ 아리랑~ 아라리요~ 아리랑 고개를 넘어간다.~~~' 행사 참가자도 모두 일어나 노래를 따라 불렀다. 고운 아리랑 노랫가락이 온 교회를 넘어 먼 이국의 밤하늘에 울려 퍼졌다. 나도 모르게 눈물이 흘러내렸다. 어쩔 수 없는 한국인이었다. 내 생애 가장 의미 있는 삼일절을 미국에서 보내고 있었다.

IFH_ 외국인의 홈, 고마운 사람들

VIPP 연수가 시작되기 전에 오리엔테이션이 있었다. VIPP 과정 연수생들을 대상으로 했다. 중국 학생들이 대부분이었고 나머지는 한국 학생, 그리고 일부 이집트와 볼리비아 학생이 있었다. 오리엔테이션은 VIPP 과정에 한정된 것이 아니었다. 앞으로 짧게는 6개월, 길게는 1년 동안 머무를 미시간에서 어떻게 하면 가장 유익하고 보람있게 생활할 수 있는지에 대해 꼭 필요한 정보를 제공해 주었다. MSU는 전통적으로 외국인 또는 유색인종 등 이민자에게 매우 친화적인 학교였다. 1960년대 흑인 민권 운동(Civil Right Movement)이 일어났을 때에는 관련 흑인 학생들을 장학생으로 받아 준 적도 있었다. 그래서인지, 대학에서 개설하는 정규교육과정 이외에도 MSU와 교회 등 지역 커뮤니티, 그리고 자원봉사자들이 함께하는 외국인을 대상으로 하는 다양한 기회들이 많이 마련되어 있었다. 모두 영어 또는 미국 문화를 미국인들에게서 직접 배울 수 있는 좋은 기회였다. 그뿐만 아니라 여행이나 쇼핑 등 소소한 생활의 팁도 알려 주었다. 처음으로 미국에서 생활하는 학생들에게 실질적인 도움이 되는 시간이었다.

그중에서도 IFH(International Friendship House)는 외국인들의 홈이었다. 학교 근처에 있는 별도의 단아한 주택에서 주중에 하루 종일

IFH 영어 회화 및 문화 강좌

영어, 미국 역사와 문화, 종교, 운동 및 요리에 이르기까지 정말 다양한 수업이 이루어졌다. 역시 MSU와 교회의 후원, 그리고 자원봉사자들의 활동으로 운영되고 있었다. 수업 참여대상에 딱히 구분은 없었다. 주로 유학생들을 따라온 배우자들과 갓 이민 온 사람들이 영어와 미국 문화를 배우려고 찾았다. 아내는 날마다 이곳에 다녔다. 나는 학교 수업 때문에 자주 이용할 수는 없었지만, 시간 나는 대로 영어와 요가, 그리고 요리 수업을 듣곤 했다. 영어 수업은 숙어(Idiom) 중심의 현지 영어를 배우는 데 주력했다. 자원봉사 선생님은 메간(Megan) 선생님이셨는데, 어렸을 때 미국에 입양된 한국 여성이었다. 한국말은 전혀 못 하였다. 정말 열정적이었고 재미나게 수업을 진행했다. 같은 영어 숙어인데도 한국에서 배우던 숙어와 현지에서 배우는 영어 숙어는 매우 달랐다. Red eye(첫차), A dime a dozen(매우 흔한), My way or the highway(내 방식대로 하던 가? 아니면, 그만두던가?), Jump on the bandwagon(시류를 따르다.) 등등. 대부분이 처음 보는 숙어였다. 내가 의아해하며 실제 미국인의 생활에서 많이 사용되는 숙어인지 물었다. 선생님은 그런 나를 의아해하며 그렇다고 했다. 당연히 선생님 말씀이 맞을 것이다. 여긴 미국이고 선생님은 원어민이니…. 그저 열심히 배워야 했다. 다른 수업에서는 영어 토론과 프리젠테이션도 많이 했다. 모두 열심이었다. 아이러니한 얘기지만, 한 일 년쯤 지나면, MSU 연구실에서 컴퓨터 또는 화학 약품과 씨름하며 연구에 몰두한 유학생보다 IFH에 열심히 다닌 배우자들이 영어를 훨씬 잘한다고 했다. 사실일 것이다. 말은 사람 속에서 배우는 것이지 실험실에서 배우는 것이 아니니까.

매주 금요일에는 세계 요리 수업(International Cooking)이 있었다. 오전 10시에 IFH 주방에 모여 함께 음식을 만들고 점심으로 나누어 먹었다. 요리 강사 역시 자원봉사자들이었다. 학생들 – 사실 세계 각국에서 온 주부들 – 중에 요리를 잘하는 사람도 강사로 참여하였다. 수업을 듣는 경우, 재료비로 3달러를 내야 했다. 참여하는 사

매주 금요일 세계 요리 수업

람은 인쇄된 레시피(Recipe; 요리법)를 받고, 요리하는 모습을 지켜보거나 직접 참여하여 음식을 만들 수 있었다. 메뉴도 다양하여 서양과 인도, 아랍 음식은 물론, 가끔은 중국 음식이나 한국 음식도 만들었다. 붙박이

로 수업을 듣는 남자는 내가 유일했다. 아내는 수업에 참여하지 않았다. 내가 수업을 듣는 이유는, 물론 맛있는 세계의 음식 요리법을 배우고 싶기도 하였지만, 요리에 사용되는 다양한 용어를 익히고 싶었다. 외국에 나가면 항상 식당에서 음식 주문하기가 어려웠다. 메뉴판에는 음식 이름과 재료, 요리 법이 쓰여있었는데, 용어들이 현지 식재료와 다양한 조리 방법과 관련되어 있어 평소 접하기 어려운 영어였다. 용어도 낯설고 발음도 쉽지 않았다. 이번 기회에 그 어려움을 극복하고 싶었다. 서양 요리인 크랜베리 브리 바이츠(Cranberry Brie Bites), 스윗 포테이토 엔 블랙 빈 브리또스(Sweet Potato and Black Bean Burritos), 오트밀 캐럿 케이크(Oatmeal Carrot Cake)도 만들고, 인도 음식인 버터 치킨과 커리(Butter Chicken & Curry), 난 브레드(Naan Bread), 월넛 바클라바(Walnuts Baklava)도 만들었다. 쉬시 카바브(Sheesh Kabab)와 코코넛 푸딩(Coconut Pudding)도 만들고, 지아오지(Jiaozi)와 애플 케이크(Apple Cake)도 만들었다. 지금 다시 보아도 참 읽기도 어렵고, 어떤 종류의 음식인지 알기도 쉽지 않다. 그래도 이 수업을 통해 얻은 소득은 요리 용어에 어느 정도 익숙해졌고, 또 이제는 음식을 주문하는데 두려움이 없어졌다는 것이다. 여전히 어려움은 남아있지만…. 우리 음식인 흰 쌀밥에 소고기 무국, 김치와 계란말이도 만들어 먹었다. 다들 원더풀!~~을 외치며 좋아했다. 맛난 음식 앞에서 찡그리는 사람은 없었다. 모두 즐거워했고 행복한 시간이었다.

매년 3월, IFH는 기부금 후원자들을 모아놓고 지난해의 성과와 향후 계획, 예산 등을 보고하는 연차총회를 개최했다. IFH가

IFH 연차총회 발표

외국인 또는 이민자들에게 어떤 교육 프로그램을 제공하고, 또 얼마나 큰 성과를 거두었는지 등을 공유하는 자리였다. 몇몇 자원봉사 선생님들과 수강생들이 IFH가 외국인 또는 이민자들에게 얼마나 소중한 공간인가를 그간의 경험을 토대로 솔직하게 발표했다. 모두 놀라운 경험이었다는 말과 함께 진심에서 우러나는 고마움을 전했다. 아내도 수강생을 대표하여 프리젠테이션과 함께 감사한 마음을 담아 노래를 불렀다. 'I believe in the sun~~, I believe in the sun, even when~~, even when it isn't shining~~~.(비록 햇빛이 반짝이지 않아도 나는 저 하늘에 태양이 있다는 것을 믿네.)' 외국에 나오니 평소에 잘 하지 않던 노래를 부를 일도 들을 일도 많았다. 고마운 사람들이었다.

MSU, 사회를 향해 열린 기회들

MSU에서 진행하는 VETP(Volunteering English Tutoring Program)라는 프로그램이 있었다. 모든 외국인과 이민자를 대상으로 자원봉사자가 무료로 진행하는 영어 및 문화 프로그램이었다. IFH와 다른 점은 MSU가 직접 학교 국제센터에서 진행한다는 점이었다. 주로 나와 같은 유학생들이 시간 나면 자유로이 수업에 참여하였지만, 일반 외국인과 유학생 배우자들도 얼마든지 들을 수 있었다. 부지런하기만 하면 돈 한 푼 들이지

VETP 수업 중 잭오랜턴을 만들고 나서

않고 영어와 문화를 배울 수 있는, 다양한 열린 기회가 여기저기 널려 있

캐런 집과 파티 후 거실에서

었다. 그야말로 이 학교는 '미시간주립대학교(MSU)는 지역사회에 기여하기 위해 존재한다.' 라는 설립 취지를 잘 이행하고 있었다. 자원봉사자는 은퇴한 선생님이나 군인, 회사원 등 다양했다. '포스(Foss)'라는 분은 퇴직한 우체부였는데, 이렇게 자원봉사 수업을 진행하는 것에 대단한 자부심을 느끼고 계셨다. 수업은 보통 쇼핑, 명절 등 일상생활과 관련된 영어를 배우거나 신문 기사나 짧은 저널 등을 읽고 서로 토론하는 방식으로 진행했다. 추수감사절에는 호박으로 잭오랜턴(Jack O Lantern)을 만들기도 하고 세라믹 타일에 물감으로 그림을 그리기도 하였다. 참 다양한 창작활동을 늦은 나이에 하고 있었다. 선생님 중에 '캐런(Karen)'이란 여자분이 계셨다. 나이가 70세가 넘으셨고 얼굴 마비가 와서 말하기가 쉽지 않으셨는데도 친절하게 영어를 가르쳐 주었다. 늦은 가을 어느 날, 선생님은 학생들을 집에 초대하셨다. 내비게이션에 주소를 입력하고 숲속 길을 한참을 달려 찾아갔다. 정말 시골에 살고 계셨다. 차로 한 시간 반이나 걸렸다. 이 먼 길을 운전하여 아무 보수 없이 자원봉사 수업을 하러 오신다 생각하니, 새삼 고마움이 느껴졌다. 미국 시민에게 자원봉사 정신이 얼마나 뿌리 깊게 박혀있는지 알 수 있을 것 같았다. 참 대단했다. 파티는 늘 즐거웠다. 카드놀이도 하고 수저잡기 게임도 하였다. 어린아이로 돌아간 것 같았다. 늦은 밤에야 헤어져 집으로 돌아왔다.

2019년 2월, EPIC(English Partners In Communication) 프로

그램 신청 접수를 받았다. MSU 교육대학이 주관하는 10주간 영어교육 프로그램으로 일주일에 두 시간씩, 두 번 수업이 있었다. 영어교육학과 학생들이 졸업을 앞두고 실습을 하는 일종의 교생실습 프로그램인 듯했다. VIPP 연수 과정과 상관이 없었기 때문에 개인적으로 수업료를 지불하고 수업을 들었다. 한 시간 정도 영어 면접을 거쳐 최종 단계인 6단계에 배치받았다. 수업은 저녁 6시부터였다. 학생들은 석·박사과정 유학생이나 연구원, 나처럼 VIPP 과정에 연수를 와 있는 사람들이었다. 중국 학생들을 비롯하여 브라질, 콜럼비아 등 남미국가, 짐바브웨, 탄자니아 등 아프리카 학생들도 있었다. 비싸지는 않았지만, 수업료를 내고 듣고 수료증도 주는 정식 과정인 만큼, IFH나 VETP 수업보다 훨씬 체계적이고 수준이 높았다. 다만, 수업방식은 유사하여 저널을 읽고, 또는 다양한 생활문화에 대해, 토론을 하거나 프리젠테이션을 하기도 하였다. 가끔은 남미학생이나 아프리카 학생들과 같은 그룹이 되기도 했다. 남미 국가 학생들과는 그나마 MBA 과정에서 남미 역사와 문화에 대해 배운 것이 있어 이야기를 주고받을 수 있었는데, 아프리카 학생인 경우는 난감하였다. 정말 그들의 역사나 문화에 대해 아는 것이 없었다. 반면, 그들은 놀랍게도 주몽 같은 한국 드라마나 K-팝에 대해 잘 알고 있었다. 한류 문화의 대단한 힘을 확인하는 순간이었다. 한번은 중국 학생이 고흐의 그림, '녹색 밀밭(Field with Green Wheat)'을 가지고 프리젠테이션을 하였다. 중학교 때부터 자기 인생의 그림이라고 했다. 그림을 아주 상세하게 영어로 설명하는 능력이 부러웠다. 외국인에게는 영어로 큰 메시지를 전달하는 것보다 세밀하고 아기자기하게 묘사하는 것이 훨씬 어려웠기 때문이다. 고흐의 그림을 다시 보는 계기가 되었다. 내 차례가 되었다. 나는 '행복(幸福)'을 주제로 프리젠테이션을 하였다. 주어진 시간이 짧아, 슬라이드는 단두 페이지였다. 첫 페이지에 행복을 영어(Happiness), 한자어(幸福), 한글(행복) 등으로 큼직하게 적어 놓고 "What is happiness from your viewpoint? (당신에게 행복이란 무엇인가?)" 라는 질문을 던졌다. 다양한 답이 돌아왔다. 나도 건강, 성공, 사랑, 출세, 돈 등등, 세상의 일반적 관점에서 언급되는 행복의 구성 요소를 예로 들었다. 그리고 시민들을 대상으로 한 미국의 한 서베이 결과도 곁들였다. 그 서베이에 따르면, 사람들은 행복을 '그리 멀지 않은 직장에서 즐겁게 일하고 퇴근 후 동료들과 술 한잔 걸치고 집에 돌아와 섹스하고 자는 것'이라고 했단다. 가장 평범하면서도 일리 있는 대답일 수 있었다. 그리고, 어원의 중요성을 이야기하며, 한자어 행복(幸福)의 뜻풀이를 해 주었다. '우연히 행(幸), 술과 고기 복(福)', 우연히 얻은 술과 고기가 행복이라 했다. 아주 오랜 옛날 예기치 않게 얻은 술과 고기보다 더 좋은 일이 무엇이겠는가? '행복'에 딱 맞는 한자 구성이었다. 다음 페이지에는 조그만 선술집에 몇몇 젊은 청춘들이 옹기종기 모여앉아 삼겹살에 소주를 마시고 있는 사진을 담았다. 내가 말

EPIC 졸업식 후 동료들과 함께

했다. 이것이 글자 그대로 가장 행복한 장면 아니겠냐고? 한국에서는 이런 장면을 종종 볼 수 있다고. 당신이 평소 연락이 뜸했던 친구를 지금 불러내어 술과 고기를 사 주면 적어도 그 친구는 행복할 거라고···. 한바탕 웃음과 공감의 탄성이 흘렀다. 그랬다. 우리의 삶에서 행복을 느끼는 순간은 의외로 소소하고 작은 것에서일 수 있다.

그해 봄, MSU에서 한국어를 배우는 미국 학생들을 대상으로 두 달 간 수업 시간에 30분씩 대화 파트너가 되어주는 자원봉사자를 모집한다는 공고가 붙었다. 물론, 한국어가 능통한 한국인만 지원할 수 있었다. IFH나 VETP에서 내가 받은 고마움을 작게나마 돌려준다는 생각에 망설임 없이 지원했다. 선한 일은 선한 일을 낳는 것이었다. 한국어 교수는 이민 온 나이가 지긋한 한국인이었다. 수강생은 열 명 남짓이었다. 완전 백인도 있었지만, 한국인 혼혈 또는 한국인 2세도 포함되어 있었다. 백인의 경우 한국말을 배우게 된 동기는 K-팝이 제일 많았다. 그동안은 언어에 관한 한 내가 늘 배우는 처지이었는데, 이번에는 반대로 내가 한국어를 가르치고 있었다. 뒤바뀐 상황에 기분이 묘했다. 가끔 나도 모르게 한국말을 빠르게 하면 미국 학생은 말을 알아듣지 못해 어리둥절해 했다. 수업마다 상대방을 바꾸었는데, 저마다 알아들을 수 있는 속도가 달랐다. 내가 영어를 학습한 경험을 돌아보며 상대방에 따라 세심하게 대화의 내용과 속도 등을 조절하며 성심껏 대화 파트너 역할을 했다. 늘 영어와 미국 문화를 배우다 한국어와 한국 문화를 미국인에게 가르치는 느낌이 꽤 괜찮았다. 나도 모르게 우쭐하는 기분이 들기도 했다. 미국을 비롯한 유럽 사람들이 선진문화를 배우려는 아시아나 아프리카 사람들을 대하는 태도가 이럴 수도 있겠구나! 하는 생각을 했다. 다양하고 다른 문화일 뿐이라고 겉으로는 늘 말하지만, 정작 속내는 그렇지 않을 수도 있었다. 앞선 문명, 선진문화라는 말속에 이미 우열의 개념이 포함된 듯도 했다. 그래도 한 가지 분명한 것은, 모든 문화에는 그 나름의 장점이 있는 것이라 생각했다. 서로의 입장이 바뀌다 보니 생각도 배움도 많았다. 아무튼, 자원봉사기간이 끝난 뒤에도 나는 몇몇 학생을 학교에서 가끔 만나 햄버거도 먹고 차도 마셨다. 새로운 언어와 문화를 배우고 교류한다는 것은 분명 즐거움이었다.

미국 사회 속으로….

나는 야외활동을 좋아했다. 달리는 것도 좋아했고 자전거 타는 것도 좋아했다. 미국에 온 후, 곧 월마트에 가서 자전거를 한 대 샀다. 한국에는 주로 비싼 자전거가 많지만, 미국은 가격대도 천차만별이었다. 날씨가 좋은 날은 자전거를 타고 학교에 갔다. 30분 이상 걸리는 비교적 먼 길이었다. 자전거를 타고 다니면 미국인 동네를 샅샅이 둘러볼 수 있어 좋았다. 루트를 다양하게 하여 이곳저곳을 다녀 보았다. 미국인 동네를 보며 감탄하는 것 중의 하나는 잘 가꾸어진 잔디밭이었다. 집집마다 푸른

잔디가 예쁘게 가꾸어져 있었고 찻길이나 인도 옆 잔디도 누가 관리하는지 항상 정리가 잘 되어 있었다. 예전에 유럽에선 잘 가꾸어진 정원과 잔디밭이 부

잔디가 잘 가꾸어진 도로 및 동네

와 품격있는 가문의 상징이었다고 했다. 그 전통을 물려받아서 그런지, 아니면 특별히 아름다움을 추구해서 그런지 몰라도 모두 잔디를 가꾸는데 참 열심이었다. 아침저녁으로 예초기로 잔디를 손질하는 모습도 종종 볼 수 있었다. 어떤 이는 벌금 등 규제 때문이라고 했지만, 그것만으로 설명하기에는 한참 부족했다. 아무튼, 파릇파릇한 잔디밭이 보기에 참 좋았다. 예전에 스위스를 방문한 적이 있었는데, 그때도 잘 가꾸어진 잔디밭이 참 아름답고 인상적이었다. 우리나라나 중국 같은 동양에서는 보기 드문 광경이었다. 날씨 등 환경 차이 때문일까? 아니면 경제발전 정도, 그도 아

니면 민족성 차이? 자연환경 차이 때문은 아닌 것 같다. 전에 용산에 있는 국립박물관을 방문한 적이 있었다. 계단을 올라 3층인가를 올라가니, 바로 옆에 있는 미군 부대 안이 들여다보였다. 깜짝 놀랐다. 부대 안은 마치 미국 동네처럼 잔디가 아름답게 가꾸어져 있었다. 아름다운 마을은 어느 한 사람의 노력으로 만들어지는 것이 아니다. 모두가 나서야 한다. 아름다움을 추구하는 사람들의 마음과 다 같이 함께 노력하는 모습이 부러웠다.

미국에서 운전하다 보면 신호등이 없는 작은 사거리에서 'STOP(멈춤)'이란 표지판을 종종 볼 수 있다. 충돌사고를 막기 위함이다. 성질 급한 한국인들은 좌우를 둘러보고 차가 없으면, 서는 둥 마는 둥 하고 지나치기 일쑤라고 한다. 그러다 경찰에게 발각되면 벌금을 내야 했다. 그래서 한국인 사회에는 멈춘 후 반드시 하나, 둘, 셋하고 3초를 센 후에 지나가야 한다는 나름의 팁이 퍼져 있었다. 그런데 한국에서 갓 이민 온 어떤 사람이 하나, 둘, 셋을 세고 출발하였는데, 그런데도 경찰이 다가와 딱지를 뗐단다. 그래서 나중에 운전 중에 옆에 앉은 미국인에게 물어보았단다. 인종 차별 아니냐고, 도무지 이해할 수가 없다고…. 그러자 그 미국인이 실제 어떻게 했는지 다시 한번 해 보라고 했단다. 한국인이 사거리에서 멈춰 선 후, 'One, Two, Three'를 세고 출발하자 그 미국인이 말했다고 한다.

"You are wrong. It's your fault. One, Two, Three? No. You should say, One Mississippi, Two Mississippi, Three Mississippi! (틀렸어. 네가 잘못했네. 원, 투, 쓰리? 아니, 이렇게 해야지. 원 미시시피, 투 미시시피, 쓰리 미시시피!)"

사실인지 지어낸 이야기인지는 확인할 길이 없었다. 왜 딱히 미시시피인지도 모르겠다. 긴 강만큼이나 긴 단어 때문일까? 어쨌든 그렇게 발음하면 충분히 3초가 확보되었다. 매사 여유로운 미국인과 늘 '빨리~ 빨리~'

문화에 익숙한 한국인! 아무튼, 한국인에게는 꼭 필요한 운전 팁이었다.

　　VIPP 수업 중 조직행동이론을 강의하는 에리카(Erika) 교수님이 계셨다. 일본에서 오래 생활한 가라데 유단자로 소셜 댄스에도 조예가 깊었다. 내가 살사댄스에 관심이 있다고 하자 자기가 다니는 클럽을 소개해 주었다. 지역 커뮤니티 센터에 있는 소셜댄스 클럽(Center for Social Dance)이었다. 킴벌리 커버커의 시, '지금 알고 있는 걸 그때도 알았더라면' 에 보면 이런 구절이 있다. '(중략)… 지금 알고 있는 걸 그때도 알았더라면 나는 분명코 춤추는 법을 배웠으리라.' 지금의 시간을 미래에 돌아보면 바로 그때였다. 나는 그런 후회를 하고 싶지 않아 세 번째로 살사댄스에 도전하기로 했다. 아! 그러나 쉽지 않았다. 수강생이 적다 보니 기초부터 가르쳐 주는 레벨별 수업이 이루어지지 않았다. 초보자에다 아시아계 남자, 거기에다 나이까지…. 넘어야 할 벽이 이중삼중이었다. 아무리 차별이 없다지만 그건 그랬으면 하는 바람이고, 실제 세상에 부딪혀 보면 그렇지 않다는 것은 금방 느낄 수 있다. 달리 보면 선호라고 볼 수도 있다. 춤 동작도 좀 달랐고 진도를 따라잡는 것도 버거웠다. 그렇다고 파트너도 없는 상태에서 별도로 연습을 하기도 쉽지 않았다. 무리였다. 사교댄스는 오래도록 꾸준히 활동할 수 있는 커뮤니티에서 배우는 것이 맞았다. 아무튼, 한 달 정도 버티다 제풀에 그만두었다. 그래도 그들의 사교문화를 가까이서 볼 수 있는 좋은 기회였다. 아쉬움은 없었다.

　　MSU에는 와튼센터(Wharton Center)라는 큰 공연장이 있었다. 미시간에서 MSU는 학문적 측면에서 주의 구심점이면서 문화의 중심이기도 했다. 공연장 시설이 매우 좋았다. 이곳에서 클래식, 재즈, 뮤지컬 등 다채로운 공연행사가 열렸다. 공연은 미시간 주민들에게 인기가 많아 미리미리 예약하여야 했다. 이곳에서 뮤지컬 '미스 사이공'을 보았다. 내가 처음 뉴욕에 갔을 때도 무대에 올려져 있었으니, 족히 30년은 된, 장기간

흥행 중인 공연이었다. 말로만 듣던 유명 뮤지컬을, 그것도 미국에서 볼 수 있어 좋았다. 내용은 베트남전을 배경으로 미군 병사 크리스와 베트남 아가씨 킴,

와튼 센터 (오른쪽은 미스 사이공 포스터)

그리고 베트남 청년 투이 간의 어그러진 사랑 이야기를 그리고 있었다. 투이는 킴을 사랑했지만, 킴은 크리스를 사랑했는데 크리스가 긴박하게 철수하는 과정에서 아이를 가진 킴을 남겨두고 미국으로 돌아가면서 생기는 슬픈 사랑 이야기였다. 예전 같으면 신파조의 사랑 이야기에 눈물을 흘렸을지도 모르겠는데, 이제는 타국인 미국에서 다양한 사람들과 생활하다 보니 좀 다른 관점에서 뮤지컬을 보게 되었다. 크리스에게 킴은 정말 사랑이었을까? 킴에게 베트남은 어떤 존재일까? 나를 키워 준 조국일까? 인간에게 조국이란 무엇인가? 등등. 뮤지컬을 보는 내내 미국에서 만들어진 뮤지컬이다 보니 미국 관객에 호소할 수 있는, 미국인의 관점이나 정서가 참 많이 반영되어 있구나! 하는 생각이 들었다. 한국 전쟁을 겪은 한국인으로 뮤지컬을 보는 내내 마음이 좀 불편했다. 예전에는 뮤지컬은 다 재미있고 즐거웠는데, 꼭 그렇지도 않았다. 잘 선택해서 보아야 했다.

처음 미시간에 왔을 때 국제 운전면허증을 미시간 운전면허증으로 교체하러 갔다가 우연히 옆자리에 앉아 있던 '데니스(Dennis)'라는 미국인을 알게 되었다. 60대 정도로 보였고 근처에서 마늘농장을 한다고 했다. 이런저런 이야기를 나누었고 헤어질 때 그가 명함을 주며 한번 집에 오라고 했다. 차일피일 미루다 두어 달이 지난 후, 아내와 함께 그의 집

을 방문하였다. 커다란 케이크를 하나 사 갔다. 그의 집은 한적한 시골에 있었다. 우리나라는 시골이라고 하면 집이 옹기종기 모여있는 농촌을 생각하는데, 미국의 경우는, 특히 인구밀도가 낮은 미시간은 집이 숲속에 한 채만 있는 경우도 허다했다. 데니스는 은퇴한 선교사였는데 주로 필리핀에서 활동했다고 했다. 늦게 결혼한 필리핀 아내와 함께 허름한 농가에서 살고 있었다. 농장의 규모는 미국의 농장이라고는 생각할 수 없을 만큼 보잘것없고 매우 작았다. 아내가 비정기적으로 일을 해서 생계를 꾸려가고 있는 것 같았다. 두 시간 정도 머무르며 이런저런 이야기를 나누었다. 이야기 도중 사회보장제도의 열악함과 그에 따른 정부에 대한 불만 등을 이야기했다. 생활의 어려움이 묻어났다. 가난은 누구에게나 불편하고 힘든 것이었다. 그래도 마음씨가 착해 돌아올 때 직접 가꾼 호박 한 개와 마늘 몇 통을 선물로 주셨다. 내가 미국에 머무르는 동안 초대받아 방문한 가정은 대부분 경제적으로 여유가 있어 자원봉사활동을 하거나 학교와 관련된 사람들의 집이었다. 그래서 선진국인 미국에서 사는 사람들은 대체로 경제적으로 잘 산다고 생각했다. 그러나, 그렇지는 않았다. 더구나, 미국은 빈부격차가 심한 자본주의 사회였다. 어느 사회나 빛과 그림자, 밝은 곳과 어두운 곳은 있었다. 사람 사는 사회는 그런 면에서 비슷했다.

나는 학교 근처에 있는 크로스웨이 멀티내셔널 교회(Crossway Multinational Church)에 다녔다. 미국 교회였다. 교회 목사님과 신도는 대부분 미국인이었지만 유학생과 외국인 등을 대상으로 선교의 목적도 가지고 있는 교회였다. 그래서 외국인에게 매우 친절하고 개방적이었다. 이곳에서 '론(Ron)'을 만났다. 론은 노르웨이계 이민자의 후손이었다. 론의 초대로 그의 집을 방문했다. 나만 초대한 것은 아니고 같은 교회 중국인들을 포함하여 어른만 10여 명이 넘었다. 집은 한적한 시골에 있었다. 예전에는 농사를 100에이커도 더 지었는데, 지금은 일부만 경작한다고 했다. 집은 2층으로 지하실도 있었다. 지하실에는 커다란 직접 만든 벽난로와 서재가 있었다. 이 벽난로를 이용하여 온 집안을 난방한다고 했다. 우리의 온돌과 비슷해서 놀라웠다. 서재에는 아주 오래된 성경부터 시작해서 책으로 가득했다. 참 대단한 분이었다. 점심을 먹고 넓은 뒤뜰에서 공돌이를 하고 놀았다. 나이의 구분은 없었다. 론은 자식이 다섯이었고 손주는 열 명이 넘었다. 아들 중 한 명인 '존(John)'도 파티에 왔는데 존은 아이가 네 명이었다. 나이는 나보다 어렸는데 고등학교를 졸업하고 사회생활을 시작했다고 했다. 낮에는 전기공으로 일하고 저녁과 주말에는 나

크로스웨이 멀티내셔널 교회 예배 모습   론의 나무 농장

무 농장(Tree Farm)을 하고 있었다. 참 표정이 밝고 재미있는 친구였다. 공놀이하고 난 후, 그의 나무 농장을 방문했다. 크리스마스트리를 판매하는 농장이었다. 사람들이 와서 나무를 선택하면 잘라 다듬어 주었다. 그러면 차에 싣고 갔다. 농장 한쪽에 있는 막사는 아기 예수 등으로 아기자기하게 장식되어 있고 모닥불도 피워져 있었다. 간이 카페였다. 열심히 사는 친구였다. 돌아오는 길에는 론의 방앗간과 창고(Garage)도 볼 수 있었다. 창고는 증조 할아버지 때부터 물려 내려온 온갖 기계로 가득 차 있었다. 론은 이곳에서 고물과 다름없는 1940년대 자동차를 구입해 수리하고 있었다. 왠 만한 공장 같았다. 아무도 없는 곳에서 스스로 모든 것을 해결하며 살아가야 했던 초기 이민 개척자의 삶이 고스란히 배어있었다. 존경스러울 뿐이었다.

추수감사절(Thanksgiving Day)에는 학교 교직원의 집에 초대받아 갔다. VIPP에서 마련한 추수감사절 문화 체험행사였다. 나와 함께 교환교수로 와 있는 처음 만난 중국인도 같이 갔다. 나를 초대한 교직원은 멋진 여자분으로 남편과 이혼하고 새로운 남자친구와 함께 살고 있었다. 남자친구라고 자신 있게 소개했다. 미국 문화에서 흠이 될 것도 없었다. 딸도 결혼해서 남편과 함께 와 있었다. 파티 장소는 그녀의 집이 아니라 그녀 아버지 집이었다. 몇몇 음식을 픽업트럭에 싣고 다시 이동했다. 그녀의 아버지는 연세가 여든이 훌쩍 넘어 보였다. 추수감사절이라 온 가족이 모이는 행사였다. 일종의 포틀럭 파티였다. 가져온 음식을 모두 차리니 금세 뷔페식당이 완성되었다. 추수감사절의 백미는 칠면조 요리, 잘 익은 칠면조 요리에 군침이 돌았다. 모두 둘러앉으니 스무 명도 넘었다. 자식과 손주에, 이웃 친구들까지 모두 모인 것 같았다. 서로 이야기를 나누며 맛있게 식사를 하였다. 식사를 마치자 가족 중 한 분이 사회를 보며 퀴즈 맞히기도 하고 게임도 하였다. 함께 사진도 찍고 하며 가족의 정을 나누었다. 한국과 중국의 추수감사절 문화를 묻기도 했다. 온 가족이 함께 모여 조상에게 차례를 지내고 음식을 만들어 먹으며 정을 나누는 우리의 추석 명절을 자세히 설명해 주었다. 중국도 우리와 비슷하였다. 파티가 끝난 후 다시 그 교직원의 집으로 이동하여 딸 내외와 함께 맥주를 마시

추수감사절 가족 모임

며 TV로 미식축구를 보며 좀 더 놀고 난 후 집으로 돌아왔다. 추수감사절에는 미식축구를 꼭 보아야 한다고 했다. 미국 문화를 엿본 즐거운 시

간이었다. 우리는 흔히 한국을 비롯한 동양 문화권이 서양 문화권 보다 훨씬 더 가족 중심적인 문화를 가지고 있다고 말한다. 정말 그럴까? 최근 한국 사회는 급격한 산업화를 겪으면서 가족 중심 문화가 많이 사라진 듯하다. 친척 간 왕래도 뜸해졌다. 짧지 않은 기간 내가 본 미국 사회는 가족 간의 정이 상당히 깊어 보였다. 다만, 어른이든 아이이든, 개인을 존중하는 사회로 각자의 독립성을 중시하다 보니 우리의 눈에 정이 없어 보이는 것뿐이었다. 오히려 우리는 가족 간 정이라는 명분 아래 서로의 생활에 너무 깊이 관여하는 것은 아닐까? 나중에 다시 한번 짚어보겠지만 문화의 차이란 생각이 들었다. 다른 나라에서 살다 보니 이래저래 서로의 문화를 비교하는 일이 많아지고 있었다.

■ 그 외 아메리카 여행

오대호 주변 여행_ UP, 디트로이트, 시카고, 그리고 동부 여행

　　미국에 체류하는 것이 이번이 세 번째였다. 그래서인지 미국 여행에 대한 로망이 예전과 같을 수는 없었다. 하지만 여행은 늘 새로움과 즐거움을 주지 않는가? 그 행복을 포기할 수는 없었다. 시간 나는 대로 가까운 곳부터 둘러보기로 했다. 가을이 다 가기 전에 아름답기로 유명한 미시간의 단풍을 구경해야 했다. 소위 '메이플 로드(Maple Road)'를 보고 싶었다. 10월 말 미시간 북쪽 반도, UP(Upper Peninsular)로 여행을 떠났다. 남쪽 반도(Lower Peninsular)에서 미시간 호수를 가로지르는 맥키낵 다리(Mackinac Bridge)를 건너면 UP다. 맥키낵 다리는 8,038m에 달하는 현수교로 금문교와는 또 다른 아름다운 자태를 뽐내고 있었다. UP는 그 면적이 남한의 절반 정도인데, 인구는 30만 명에 불과한 청정지역이다. 하루 종일 차를 달려 픽쳐드 락(Pictured Rocks National Lakeshore)으로 향했다. 픽쳐드 락은 슈피어리어 호수(Lake Superior)를 따라 길게 뻗어있는 바위 절벽인데, 여러 광물질로 인해 마치 그림을 그려놓은 듯 검고 푸른색으로 무늬가 아로새겨져 있는 곳이다. 크루즈를 타고 두 시간 정도 둘러보는 투어가 있었다. 호수는 끝이 보이지 않을 만큼 크고 넓었다. 호수 가운데 떠 있는 이름 모를 섬에는 아름다운 단풍과 오래된 통나무 교회가 어우러져 있었다. 기암괴석과 검푸른 픽쳐드 락의 모습도 신비하였지만, 나에겐 호수의 평화로움이 더 가슴에 와 닿았다. 파란 하늘과 맑은 공기, 짙푸른 호수와 붉고 노란 단풍이 한 폭의 그림처럼 아름다웠다. 크루즈에 나부끼는 빨갛고 파랗고 하얀 성조기마저 주위

풍광과 참 잘 어울렸다. 성조기를 늘 가까이 하는 미국의 문화가 보기 좋았다. 픽쳐드 락을 떠나 타쿠아메논 폭포(Tahquamenon Falls)로 향했다. 꽤 먼 길을 운전해야 했는데, 가는 곳마다 단풍이 아름다웠다. 한국에

타쿠아메논강 카야킹   메이플 로드   슈피리어 호수   타쿠아메논 폭포

서부터 '메이플 로드'의 명성을 익히 들어온지라 구글이나 내비게이션으로 이리저리 찾아보았지만, 그런 곳은 나오지 않았다. 아마 단풍이 아름다운 미시간의 북쪽 로드를 통칭 '메이플 로드'라고 하는 게 아닌가 싶었다. 아무튼, 운전하면서도 피곤한 줄 몰랐다. 타쿠아메논 폭포에서는 캠핑을 하였다. 캠핑장은 조용한 강가에 있었는데, 밤하늘엔 참 별도 많았다. 늦가을이라 밤에는 꽤 추웠다. 다음날 오전 타쿠아메논 강에서 카약을 탔다. 여행 전에 미리 예약했다. 강물이 광물질로 인해 콜라 빛이었다. 바닥이 보이지 않으니 좀 으스스하고 무섭기도 했다. 가이드 없이 아들과 둘이 배에 올랐다. 한 시간 정도 강을 따라 배를 저어 내려가는 것이었다. 강폭이 넓어지고 중간중간 수초와 작은 섬들도 있어 물길을 찾기가 어려운 곳도 많았다. 겁이 나기도 했지만, 아들이 있어 티를 낼 수는 없었다. 바짝 긴장하고 노를 저었다. 작은 카약에 몸을 싣고 천천히 노를 저으며 물 가운데서 바라본 호수의 경치는 아름답기 그지없었다. 단풍이 얼비쳐 실루엣 같은 풍광을 자아냈다. 한참을 내려가니 저 멀리 종착지가 보였다. 가슴을 쓸어내렸다. 그래도 잊을 수 없는 아름다운 가을 정취에 짧은 카약 타기가 아쉽기만 했다. 단풍 숲속에 마치 나이아가라 폭포처럼 검은

물을 쏟아내는 타쿠아메논 강의 폭포들도 아름답기 그지없었다. 물빛이 참 인상적인 강이고 폭포였다.

　　디트로이트(Detroit)는 내가 사는 오키모스에서 한 시간이 조금 더 걸렸다. 미국 자동차 산업의 메카로 헨리 포드 자동차 박물관(Herry Ford Museum)이 있었다. 눈이 내리는 11월 어느 날, 당일치기로 다녀오기로 하고 아침 일찍 길을 나섰다. 대부분의 미국 박물관이 그렇듯 규모가 아주 컸다. 제대로 둘러보려면 2박 3일은 보아야 할 것 같았다. 자동차 산업을 비롯하여 농기계, 기차, 그리고 항공기 산업까지 거의 모든 운송 수단의 발달과정을 살펴볼 수 있었다. 단연 관심을 끄는 것은 자동차 전시관이었다. 19세기 말 처음으로 제작된 자동차부터, 20세기 중엽 최고급 차, 그리고 최근의 경주용 자동차에 이르기까지 한 시대를 풍미했던 자동차가 그 특징에 대한 자세한 설명과 함께 차례로 전시되어 있었다. 생산 연대순으로 배치되어 있어 한눈에 자동차의 변천 과정을 볼 수 있었다. 1960년대 미국의 흑인 민권운동(Civil Rights Movement)의 도화선이 된 로자 팍스(Rosa Parks)가 탔던 버스도 전시되어 있었다. 자동

1931 Bugatti Type 41 Royale

차의 역사는 고스란히 미국 사람들의 라이프스타일 변천사였다. 2차 세계대전 이후, 경제적으로 삶이 풍요로워지고 자동차가 점차 대중화되면서 미국인들은 일상생활을 벗어나 넓은 미국 땅을 여행하며 인생을 찾고, 또 즐기며 삶의 만족을 추구해 나갔다. 그러한 미국인들의 이야기는 책과 영화, 그리고 TV드라마에 고스란히 반영되었다. 우리가 자라면서 보아온 많은 미국 영화, 특히 '레인맨(Rain Man)', '델마와 루이스(Thelma and Louise)' 같은 로드 무비(Road Movie)가 바로 그런 것들이다. 전시된 자동차 중에는 '1931 Bugatti

Type 41 Royale'과 '1943 Willys-Overland Jeep'가 단연 눈에 띄었다. '1931 Bugatti Type 41 Royale'은 프랑스에서 총 6대만 제작된 최고급 자동차로 당시 평범한 월급쟁이 연봉을 31년간 모아야 살 수 있는

1943 Willys-Overland Jeep

가격이었다. '1943 Willys-Overland Jeep'는 'American Original'로 2차 세계대전 중 전쟁터에서 부상병, 탄약 운반뿐만 아니라 그 자체로 기관총을 장착한 훌륭한 무기로써 혁혁한 전공을 세운 전천후 자동차였다. 오프로드(Off-Road) 여행을 좋아하는 나는 거친 벌판에 잘 어울리는 지프(Jeep)의 멋에 그만 마음을 홀딱 빼앗겼다.

이듬해 4월, 시카고에서 컨퍼런스가 있었다. VIPP 과정의 일환이었다. 컨퍼런스가 금요일이라 주말을 시카고에서 보낼 수 있었다. 가족과 함께 갔다. 시카고 미술관(Art Institute of Chicago)에 들렀다. 예전에 배낭 여행할 때 왔었는데 기억이 별로 없었다. 세월은 그런 것이었다. 다시 보니 아름다운 명화가 아주 많았다. 내가 좋아하는 인상파 화가 르누아르의 그림도 상당수 전시되어 있었다. 특히 '두 자매(Two sisters)'가 마음에 들어 사진을 한 장 찍었다. 그림을 좋아하게 되니 보이는 것도 많아졌다. 밀레니엄 파크(Millennium Park)에 들렀다. 아름다운 시카고 건축물을 뒤로하고 많은 사람이 운집한 곳이 있었다. 가까이 다가가 보니 클라우드 게이트(Cloud Gate)였다. 구름 모양의 커다란 은색 금속 조형물이다. 맥 아담스 주연 영화 '서약(The Vow)'을 보면 주인공 남녀가 시카고미술관에서 몰래 도둑 결혼식을 올리고 경비원에 쫓겨 달아나다 클라우드 게이트 아래에서 한숨 돌리며 키스하는 장면이 나온다. 바로 그 조

형물이었다. 영어 공부할 겸 여러 번 본 영화라서 장면 하나하나를 다 기억했다. 부드럽고 유연한 선이 아름다웠다. 조형물 하나가 이렇게 많은 사람을 불러 모으는구나! 생각하니 새삼 예술 작품의 힘이 놀라웠다. 우리에겐 그런 작품이 있을까? 하고 생각해 보았다. 부러웠다. 저녁은 시카고 피자로 더 잘 알려진 '딥 디쉬 피자(Deep Dish Pizza)'로 유명한 '피제리아 우노(Pizzeria Uno)' 레스토랑에서 먹었다. 일반적인 피자에 비해 밀가루 반죽이 훨씬

클라우드 게이트

두꺼운 것이 특징이다. 토핑(Topping)도 화려하고 양도 많았다. 유명세로 먹긴 했는데 그렇게 맛있는지는 잘 모르겠다. 그래도 시카고에 왔으니 한 번 쯤 먹어주는 게 예의 아닐까?

　　6월에는 동부여행(Eastern Trip)을 떠났다. VIPP 과정에 포함되어 있었는데, 주로 동부의 명문대학을 둘러보는 대학탐방 여행이었다. 나이 아가라 폭포를 거쳐 보스톤(Boston)으로 향했다. 보통 미국의 버스에는 화장실이 딸려 있는데, 우리가 탄 버스도 그랬다. 하지만 한국인 가이드가 사용하지 말라고 했다. 처음이었다. 캐나다로 국경을 넘는 과정에서 시간이 오래 걸려 화장실이 급한 사람들이 국경 이민국에서 화장실에 가는 소동이 있었다. 어느 나라든 이민국은 별로 친절하지 않고, 또 민원인용 화장실도 없다고 했다. 직원용을 사용해야 했다. 땅덩어리가 넓은 미국에서는 필요하여 버스에 화장실을 둔 것인데, 한국인 가이드가 청소 편의상 사용을 금지한 것이 어쩐지 한국적 사고방식을 보는 것 같았다. 아쉬웠다. 보스톤에서는 하버드대학교(Harvard University)와 메사추세츠공

과대학(MIT)을 둘러보았다. 하버드대학교는 대학 타운으로 딱히 학교의
경계가 없었다. 많은 오래되고 작은 건물들이 캠퍼스를 구성하고 있었다.
그 명성에 비해 캠퍼스는 그렇게 고색창연하지도 중후장대하지도 않았다.
어찌 보면 대학의 명성은 캠퍼스가 아니라 학문과 학풍에 따라 결정되는
것이 당연한데, 내가 좀 엉뚱한 기대를 하고 있었는지도 모르겠다. 남들
처럼 혹시나 하며 하
버드 동상 발에 손을
얹고 사진을 하나 찍
었다. 누가 알겠는
가? 주위에서 하버드
졸업생이 나올지….
보스톤은 영국 청교
도가 처음 정착한 곳

하버드대학교와 동상

으로 미국의 역사가 시작된 곳이다. 미국독립전쟁의 발단이 된 보스톤 차
사건도 이곳에서 발생했다. 그래서 '프리덤 트레일(Freedom Trail)'을 따
라 보스톤 커먼(Boston Common), 보스톤 학살 유적지(Site of the
Boston Massacre) 등 곳곳에 역사 유적지가 산재해 있다. 그러나 아쉽
게도 한 곳도 방문할 수가 없었다. 단체여행으로 이런 역사 유적지는 이
번 여행에 포함되어 있지 않았다. 그저 버스로 이동하며 옛 주의사당 등
의 건물을 바라보는 것으로 만족해야 했다. 그래도 퀸시마켓(Quincy
Market)에서 랍스터 롤(Lobster Roll)과 보스톤 차우더(Boston
Chowda)를 맛볼 기회가 있어 다행이었다. 예일대학교(Yale University)
를 거쳐 뉴욕에 도착했다. 이제는 뉴욕에 익숙했다. 딱히 둘러보고 싶은
곳은 없었다. 아내도 마찬가지였다. 자유의 여신상(Statue of Liberty)을
보기 위해 단체로 유람선에 올랐다. 사람들이 무척 많았다. 우리를 제외
하고는 대부분 중국인 여행객이었다. 새삼 높아진 중국의 경제적 위상을

느낄 수 있었다. 배 안이 몹시 시끄러웠다. 그래도 소득이라면 서울 고가공원의 모델이 된, 뉴욕의 구 철길을 공원화한 하이라인(High Line)을 걸어본 것이었다. 선진화된 도시는 항상 방문할 가치가 있었다. 저녁엔 뉴욕에 사는 조카 부부를 만나 프렌치 레스토랑에서 식사했다. 결혼하고 처음 만났다. 역시 현지인이 안내하는 레스토랑은 여행객이 주로 가는 곳과는 분위기가 달랐다. 화려하지는 않았지만 멋스럽고 편안했다. 음식도 맛이 좋았다. 와인을 곁들여 저녁을 먹으며 모처럼 삼촌 노릇을 했다. 프린스턴대학교(Princeton University)를 거쳐 필라델피아(Philadelphia)를 가볍게 둘러보고 워싱턴 D.C에 도착했다. 자유시간 동안 링컨 기념관 (Lincoln Memorial) 등 내셔널 몰(National Mall) 주변과 국립미술관 (National Gallery of Art)을 둘러보았다. EPIC 수업에서 중국인 여학생

이 이야기한 인생의 그림이라던 고흐의 '녹색 밀밭 (Field with Green Wheat)'이 여기에 전시되어 있었다. 그림을 바로 앞에서도 보고 멀리 떨어져서도 보고, 한동안 그 그림 앞에 서서 감상했다.

프린스턴대학교 교정

아무리 보아도 내 인생의 그림은 아니었지만…. 아무튼, 아는 만큼 보이는 것이었다. 오랜만에 하는 단체여행이었다. 운전을 안 해서 덜 피곤하였지만 내가 보고 싶은 것을 보는 데는 한계가 있었다. 여행마다 나름대로 장단점이 있었다. 앞으로 살면서 어쩔 수 없이 단체여행을 훨씬 더 많이 할 텐데, 익숙해 져야겠다는 생각을 했다. 미시간으로 돌아오는 버스에서 내내 잠을 잤다. 모처럼 여유로운 여행이었다.

재즈의 고향_ 뉴올리언스

　　미시간에 도착하고 5개월여 지나니 겨울이 왔다. 겨울방학은 2주 정도였다. 혹독한 미시간의 겨울을 피해 남쪽으로 여행을 떠나기로 했다. 멤피스(Memphis)와 뉴올리언스(New Orleans), 올랜도(Orlando) 등 미국 남부를 한 바퀴 돌 계획이었다. 크리스마스를 앞둔 12월 말, 테네시주 멤피스를 향해 길을 나섰다. 멤피스는 R&B 등 흑인음악으로 유명하고 로큰롤(Rock'n Roll)의 황제 엘비스 프레슬리(Elvis Presley)의 숨결이 살아있는 도시이다. 시골에서 자란 나는 유럽의 클래식 음악이나 미국의 재즈 음악에 문외한이었다. 대학 다닐 때 미팅에 나가서 음악이 화제에 오르면 나는 할 말이 없었다. 교양 있어 보이는 그들이 부러웠다. 그 후로 이들 음악에 대한 막연한 동경이 있었고 기회가 되면 배우고 즐겨보고 싶었다. 예전에 미국 배낭여행 계획을 짤 때 멤피스를 방문하려고 했었다. 그러나 아무리 해도 일정이 나오지 않아 포기해야만 했다. 그 멤피스를 24년이 지나 이제야 가는 것이다. 멤피스까지는 700마일이 넘어 중간에 하루를 쉬어가야 했다. 옛 생각을 해서였을까? 운전하는 동안 지루한

엘비스프레슬리 생가와 무덤

줄 몰랐다. 다음날 멤피스 근교에 있는 그레이스랜드(Grace Land)에 도착했다. 엘비스 프레슬리가 생전에 살던 저택으로 지금은 그의 기념관으로 사용되고 있었다. 엘비스 프레슬리가 살던 방이며 주방 등, 생가는 모든 것이 그가 살던 옛날 그대로의 모습으로 보존되어 있었다. 다만, 생가

를 둘러보고 나오는 마지막 뒤뜰에 그의 무덤이 가족들의 그것과 함께 있을 뿐이었다. 젊은 나이에 요절한 그를 추모하는 꽃다발이 수북이 쌓여 있었다. 로큰롤을 사랑했던 많은 이들의 가슴속에 아직도 그가 남아 있기 때문이리라. 투어버스로 길을 건너면 그의 기념관이 있었다. 엄청난 앨범과 공연 때 입었던 의상이며 소품, 그리고 영화에 출연했던 오토바이와 럭셔리 자동차들이 빼곡히 전시되어 있었다. 둘러보는데, 꽤 오랜 시간이 걸렸다. 어딘지 모를 낭만 같은 것이 느껴졌다. 오후 늦게 마틴 루터 킹(Martin Luther King Jr.) 목사가 암살된 장소인 로레인 모텔(Lorraine Motel)을 찾았다. VIPP 수업을 통해 흑인 민권운동에 대해 너무나 자세히 배웠고 게다가 'I have a Dream.(저에게는 꿈이 있습니다.)'이란 그의 연설을 무척 좋아했던 터라 느낌이 남달랐다. 지금은 모텔이 박물관(National Civil Right Museum)으로 사용되고 있었는데, 휴관 일이어서

둘러볼 수는 없었다. 아쉬웠다. 아무튼, 미국인들은 그들의 역사 현장을 잘 가꾸고 보존하고 있었다. 멤피스는 밤에 돌아다니기에는 치안이 불안해 보였다. 그래도 음악의 거리 '빌 스트리트(Beale Street)'를

빌 스트리트 야경

그냥 지나칠 수는 없었다. 아내와 아이는 호텔 방에 두고 늦은 밤 혼자 거리로 나섰다. 마침 크리스마스이브여서 많은 뮤직 바가 문을 닫았지만 그래도 몇 군데는 영업하고 있었다. 럼 부기 카페 블루스 홀(Rum Boogie Cafe's Blues Hall)에 자리를 잡았다. 무대에선 음악 공연이 펼쳐지고 여행객들이 삼삼오오 테이블에 둘러앉아 술을 마시고 있었다. 나는 혼자여서 바에 자리를 잡았다. 가수가 노래도 하고 블루스 음악을 연주하기도 했다. 밤이 깊을수록 흥은 더해가고 술에 취한 청중들은 무대로

다가가 춤을 추기도 했다. 맥주 한 잔에 눈을 지그시 감고 흑인 뮤지션들의 음악을 즐겼다. 느릿느릿 깊어가는 밤이었다.

　다음날 뉴올리언스로 차를 몰았다. 점심은 어느 커다란 호숫가에 앉아 샌드위치를 만들어 먹었다. 무심코 들렀는데, 경치가 무척 아름다웠다. 호숫가를 거닐며 사진도 찍고 잠시 여유로움을 즐겼다. 여행 중에 만난 예기치 않은 호사였다. 뉴올리언스에 가기 전 근처 호텔에 묵었다. 깜깜한 밤에 미시시피강을 건너는데 다리가 공사 중이었다. 아치형 다리로 무척 높고 좁았다. 바싹 긴장하고 운전했다. 뉴올리언스는 지난 200여 년간 프랑스와 스페인, 그리고 흑인 문화가 독특하게 융합되면서 미국에서도 가장 이국적인 문화를 보여주는 음악과 예술의 도시이다. 2005년 허리케인 카트리나로 인해 도시의 80%가 물에 잠기는 피해를 보았지만, 지금은 상당히 복구되어 있었다. 다음 날 아침 일찍 오크앨리 플랜테이션(Oak Alley Plantation)을 찾았다. 영화 '포레스트 검프(Forrest Gump)'를 보면 포레스트 검프가 베트남전에서 돌아온 후 남부의 어느 가정에서 뛰어나와 미국을 횡단하는 달리기를 시작하는 장면이 나오는데, 그때 배경이 되는 농장의 나무들이 너무 아름다웠던 기억이 있었다. 그곳이 어디인지는 정확히 모르지만 오크앨리 농장에 가면 그 비슷한 경치를 볼 수 있을 것 같았다. 오크앨리 농장은 프랑스인 사탕수수 대농장주가 살았던 저택

오크앨리 플랜테이션

으로 규모가 매우 컸다. 거대한 참나무가 양쪽으로 늘어선 길을 한참 걸어 들어가면 그 안에 저택이 있었다. 대부분 저택이 그렇듯 내부는 특별할 것이 없었다. 저택을 둘러보고 뒤뜰로 나오니 아! 영화에서 보았던 바로 그 장면이 펼쳐져 있었다. 둘레가 10여 미터나 됨직한, 나뭇가지가 너무 크고 구불구불하여 마치 아프리카 정글을 연상하게 하는 참나무들이 양옆으로 가지런히 서 있는 산책로가 나타났다. 이곳을 보기 위해 여기에 온 것이었다. 정말 아름다웠다. 인간의 노력과 오랜 시간이 만들어낸 걸작이었다. 농장의 한쪽에는 사탕수수 농장의 역사와 재배법, 그리고 당시 흑인 노예들의 고단한 삶을 보여주는 사진들과 허름한 농막 숙소 등이 있었다. 어디나 으리으리한 인간의 건축물 뒤에는 또 다른 인간의 피와 눈물이 고여 있었다. 하와이 사탕수수 농장으로 처음 이민 온 조선의 노동자들이 생각났다. 그들의 삶도 이들의 삶과 별반 다르지 않았으리라. 고된 삶의 역사였다. 농장을 뒤로하고 뉴올리언스 시내로 향했다. 미시시피강 유람선에 올랐다. 배는 뒷부분에 붉은색 터빈을 단 19세기 증기선 모양을 하고 있었다. 기대와 달리 강물은 흙탕물이었다. 뉴올리언스를 바라보며 한 시간 정도 미시시피강을 오르내렸다. 마크트웨인의 소설, '톰 소여의 모험'에 나오는 미시시피강은 모험으로 가득 차 있었는데, 사라지는 기억에 아쉬움이 남았다. 프렌치 쿼터 지역에 들렀다. 잭슨 광장(Jackson Square)도 둘러보고 프렌치 마켓을 방문하여 길게 줄을 서서 프렌치 도넛도 먹어 보았다. 여기저기서 거리의 악사들이 재즈를 연주하고 있었다. 재즈의 고향다웠다. 해산물이 유명하다기에 저녁엔 피시마켓 근처의 그럴듯한 레스토랑을 찾았다. 부산 자갈치 시장을 상상했으나 딴판이었다. 해산물에 관한 한 우리나라를 따라올 곳은 많지 않은 듯했다. 크리올(Creole)과 검보(Gumbo), 케이준(Cajun) 요리를 고루 시키고 굴 요리도 주문했다. 독특한 향에 맛이 좋았다. 프랑스식 호텔에서 하루를 묵고 다음 날 루이 암스트롱 공원(Louis Armstrong Park)을 찾았다. 재즈 음악을 테마로 한 다양한 조각물이 전시되어 있었다. 오후에는 예술의 거리 버번 스트리트(Bourbon Street)를 지나 프리저베이션 홀(Preservation Hall)에 갔다. 1900년대 초 대대적인 홍등가 단속으로 흑인 뮤지션이 대거 뉴욕, 시카고 등으로 옮겨간 후, 한때 뉴올리언스는 쇠락의 길을 걸었

미시시피강 증기선

프렌치 쿼터

거리의 악사

프리저베이션 홀

다. 그래서 다시 재즈의 붐을 이루기 위해 1960년대 뜻있는 음악가들이 모여 이 홀을 열었다고 했다. 예매는 되지 않았고 길게 줄을 서서 표를 사야 했다. 2시간 정도 기다린 후 입장할 수 있었다. 홀은 백명 남짓 들어갈 수 있을 정도로 작고 비좁았다. 바닥에 쭈그려 앉거나 등받이도 없는 긴 나무 의자에 바짝바짝 붙어 앉아야 했다. 그러나 재즈 음악만은 최고였다. 트럼펫, 색소폰 등 재즈 연주자 한명 한명에서 뿜어져 나오는 감미로운 음악에서 평생을 연주해 온 관록을 느낄 수 있었다. 시간 가는 줄 모르고 재즈에 심취했다. 40분 정도로 공연은 짧았지만 잊지 못할 공연이었다.

다음 날 뉴올리언스를 떠나 미시시피주와 앨라배마주를 가로질러 플로리다주 올랜도로 향했다. 하루 종일 운전했는데, 계속해서 비가 내렸다. 겨울이라는 것이 무색했다. 디즈니월드(Disney World)를 방문했다. 아들 녀석을 위한 여행이었다. 예전에 왔었는데, 당시 네 살이어서 자기

는 기억이 없다고 했다. 그럴만했다. 디즈니월드와 유니버설 스튜디오 (Universal Studio)를 방문한 나흘 동안 충실히 아들 녀석의 친구가 되어주었다. 놀이기구에 별 관심이 없는 아내는 혼자 잘도 돌아다녔다. 매직 킹덤(Magic Kingdom)에서 놀이기구도 타고 할리우드 스튜디오 (Hollywood Studio)도 둘러보았다. 아들아이가 꼭 타고 싶다는 투머로우 랜드 스피드웨이(Tomorrow Land Speedway)를 타기 위해서는 200분, 즉 3시간 20분을 기다려야 했다. 미친 짓 같았지만, 아들을 위해 언제 다시 이런 시간이 있을까 싶어 그냥 해 주었다. 유니버설 스튜디오에서는 최근에 오픈한 더 위저딩 월드 오브 헤리포터(The Wizarding World of Harry Potter)가 특히 인기가 좋았다. 호그와트 성도 멋있었고 어트랙션 해리포터와 금지된 여행(Harry Potter and the Forbidden Journey)도

호그와트 성

재미있었다. 하늘을 날며 환상의 세계를 둘러보는 것이었는데, 최첨단 디지털 기술의 총아를 보는 듯했다. 공교롭게도 디즈니월드에서 보낸 마지막 밤은 10년 전과 마찬가지로 그해의 마지막 송년의 밤이었다. 아름다운 신데렐라 성 하늘 위로 폭죽이 사방으로 터지며 멋진 불꽃놀이가 펼쳐졌다. 한해를 아쉬움 속에 보내고 모두 새로운 희망으로 새해를 맞이하고 있었다. 즐겁기도 하였지만, 한편으론 좀 피곤하기도 했다. 여행도 체력이 있어야 했다. 또 한해가 그렇게 저물어갔다. 이곳 플로리다는 여름인데 돌아가면 미시간은 겨울이리라. 한눈팔지 않고 달려도 이틀은 족히 걸리는 거리였다.

미국인의 로망_ 칸쿤과 카리브해 크루즈

　　미시간의 겨울은 길었다. 3월이 왔는데도 온 세상은 흰 눈으로 덮였고 바람은 여전히 매서웠다. 미국에 오면 많은 사람이 남미나 유럽으로 여행을 가지만, 나는 외국으로 여행을 간 적은 없었다. 사치란 생각도 들고 미국도 여행할 곳이 많았다. 그런데 이제 다시 오기 어렵다고 생각하니, 한 번쯤 사치하고 싶어졌다. 급하게 일정을 잡아 칸쿤(Cancun) 여행에 나섰다. 칸쿤은 멕시코의 유카탄반도에 자리 잡은 카리브해의 휴양도시이다. 한겨울에도 해수욕을 즐길 수 있어 미국인들이 추위를 피해 많이 찾곤 한다. 디트로이트로 이동하여 비행기를 타고 갔다. 가깝다고는 하여도 도착했을 때는 늦은 오후였다. 아름다운 바닷가 휴양지여서 호텔은 비용이 좀 들더라도 해변을 즐길 수 있는 곳으로 정했다. 다음 날 아침, 아름다운 해변을 둘러볼 겨를도 없이 예약해 놓은 투어버스에 올랐다. 하루 동안 유카탄반도의 마야 유적을 둘러보기로 했다. 어찌 보면 카리브해 해변보다 마야 유적이 나를 이곳으로 불렀는지도 모른다. 대형 버스를 타고 여러 호텔을 들러 두어 시간 숲속을 달린 후 버스는 세노테 후비쿠(Cenote Hubiku)에 도착했다. 이국적인 빨간 꽃이 만발하여 남국의 정취가 물씬 풍겼다. 세노테는 나에게 낯설었다. 이 특이한 지형은 평평한 석회암 지대에서 지하의 커다란 웅덩이가 함몰되며 물이 고여 만들어진 천연 우물이라 할 수 있었다. 계단을 따라 밑으

신비로운 세노테 후비쿠

로 걸어 내려갔다. 조그맣게 함몰된 천정 구멍을 통해 하늘을 올려다 볼 수 있었지만, 푸른 물이 가득 고여 있는 안의 물웅덩이는 매우 컸다. 수면에서 천장까지의 높이가 20m, 웅덩이 지름은 50m에 깊이가 27m나 되었다. 웅덩이 안에는 푸른 이끼가 끼어있고 나무뿌리가 마치 발처럼 아래로 드리워져 신비함이 더했다. 몇몇 사람들은 웅덩이에 몸을 담그며 그 신비함을 온몸으로 느끼고 있었다. 색다른 경관이었다. 밖으로 나오니 짚으로 지붕을 올린 마야인의 커다란 전통 가옥에 멕시코의 맛있는 음식이 뷔페식으로 차려져 있었다. 간단한 공연을 보며 맛있는 식사를 했다. 한낮의 무더위를 뚫고 다음에는 치첸잇짜(Chichen itza)로 이동하여 쿠쿨칸 피라미드(Ku Kul Khan Pyramid)를 보러 갔다. 마야 유적 중 가장 큰 피라미드로 세계 7대 불가사의의 하나로 꼽히는 세계문화유산이다. 멜 깁슨 감독의 영화 '아포칼립토(Apocalypto)'

쿠쿨칸 피라미드와 아랫돌의 뱀머리 장식

에서 마야의 신 쿠쿨칸에게 인간의 심장을 제물로 바치던 바로 그 신전이었다. 쿠쿨칸은 깃털이 달린 뱀의 형상을 한 신이다. 이 신전은 8~12세기 사이에 만들어졌다고 한다. 끝이 뾰족하도록 4면으로 단을 쌓아 올렸는데, 한 면의 계단은 91개로 상층부의 계단과 합하면 모두 365개로 1년의 일 수를 정확하게 맞추었다고 했다. 피라미드 모서리 아랫부분에는 뱀의 머리를 조각해 놓아 춘분과 추분 오후에 햇살이 계단을 비추면 마치 뱀이 하늘에서 날아 내려오는 형상도 볼 수 있다고 한다. 마야인들의 놀라운 천문기술과 지혜를 엿볼 수 있었다. 그러나 나에게는 그런 설명은 별로 중요해 보이지 않았다. 다만, 영화 속에서만 보아 아득히 멀게만 느껴지고 정말 존재했을까? 하는 의구심마저 들었던 그 신비한 마야인의 숨결과 그 유적! 오랜 세월을 넘어 그것들을 눈앞에 마주하고 있다는 사실이 나를 신비의 세계로 이끄는 듯했다. 마야인의 정령이 어디선가 내게 속삭일 것 같았다. 상상의 세계와 현실의 세계가 서로 만나고 있었다.

다음날은 특별한 일정 없이 호텔에서 쉬었다. 호텔이 곧장 에메랄드 빛 카리브해 해변으로 이어져 있었다. 어디에서도 볼 수 없는 아름다운 물빛이었다. 야외 뜰에서 아침 식사를 했는데 바다와 어우러진 경치가 정말 예뻤다. 푸른빛의 야외수영장에는 수중 배구

에메랄드 빛 카리브해

를 할 수 있는 시설도 갖추어져 있었다. 처음 보는 사람들과 어울려 배구 경기를 하며 놀았다. 휴양지라서 쉽게 어울릴 수 있었다. 백사장의 모래도 곱고 부드러웠다. 코코넛 과일즙을 마셔가며 야자수 나무 아래 누워 한가로이 햇살을 즐겼다. 저 멀리 바다에는 수영하다 쉴 수 있는 부표도 띄워져 있었다. 영화 속 한 장면을 생각하며 뜨거운 태양 아래 모래를 박차고 한달음에 달려 나가 헤엄을 쳐 가 보았다. 생각보다 멀어 도착할 즈음에는 기진맥진했다. 가쁜 숨을 몰아쉬며 뜨거운 햇살 아래 한참을 아무렇게나 드러누워 있었다. 아무도 아는 사람 없는 이곳에서 노는 모습이 마치 달밤에 혼자 체조하는 것 같았다. 아내와 아들 녀석도 나름의 휴가를 즐기고 있었다. 저녁엔 근처 멕시코 식당을 찾아 해산물 요리를 먹었다. 깊어가는 밤바다는 낮과는 달리 고즈넉했다. 많은 여행지를 다녀 본

것은 아니지만 카리브해의 칸쿤은 여러 면에서 좋은 휴양지였다. 아열대 기후로 날씨가 따뜻했고 한쪽은 카리브해, 다른 한쪽은 긴 모래언덕으로 둘러싸인 사구 호, 그 사이 줄지어 들어선 호텔도 고급스럽고 멋있었다. 호텔의 서비스 역시 수준급이었다. 물론 가장 아름다운 것은 에메랄드빛 카리브해였다. 멕시코인도 있었지만, 미국인 등 아메리카 지역 여행객을 주 대상으로 하는 휴양지였다. 신혼여행 등으로 필리핀과 베트남 등 동남아 지역을 가 본 적이 있었는데, 그곳보다는 한 수 위라는 생각이 들었다. 여행지에도 나름의 품격이 있었다.

우리나라에는 아직 크루즈 여행이 생소하지만, 유럽이나 미국에서는 대중화되어 있는 듯 했다. 최근에는 한국에서도 친구들 사이에서 "은퇴 후에는 무엇하지?"라고 물으면, "크루즈 여행 떠나야지."라고 농담 삼아 말을 하곤 했었다. 특히, 여자들 사이에선 은퇴 후 로망이란다. 미국인들도 크게 다른 것 같지 않았다. 미시간에 긴 겨울이 오면 여유 있는 사람들은 남쪽 별장으로 겨울을 나기 위해 떠났고 어떤 이는 카리브해로 크루즈를 타러 가기도 했다. 일정을 맞추기가 쉽지 않아 미루어두었다가 마지막 학기가 시작되기 전 브레이크를 이용하여 7월 초 크루즈를 떠나기로 했다. 그런데 예기치 않은 일이 벌어졌다. 장모님이 매우 편찮으시다는 연락이 왔다. 아내는 급히 귀국해야 했다. 예약 취소도 쉽지 않았다. 환불이 되지 않았다. 고민 끝에 결국 아들과 둘이 여행을 떠나기로 했다. 플로리다주 마이애미에서 떠나는 일주일 간의 여행이었다. 크루즈 선사는 카니발(Carnival)로 배는 여행객만 5천 명 이상을 태울 수 있는 초대형 유람선이었다. 높이가 아파트 10층보다 높아 보였다. 가격이 조금 비쌌지만, 객실은 발코니가 딸린 고층으로 정했다. 다 이유가 있었다. 여행 전에 이미 크루즈를 다녀온 몇몇 사람들에게 이야기를 들었는데, 각자 이야기가 달랐다. 어떤 이는 너무 즐겁고 좋았다며 꼭 가 보라고 하는가 하면,

크루즈 카니발

다른 이는 객실이 불결하고 멀미를 하는 둥 별로 추천할 만한 여행이 못 된다고 했다. 같은 크루즈 여행인데, 어떻게 이렇게 다를 수가 있을까? 경험이 사고를 지배하고 있었다. 나중에 알고 보니 크루즈도 천차만별이었다. 특히, 돈이 많은 것을 말하는 미국 사회 아닌가? 한국에서는 비싼 제품이 좋은 제품이 아닌 경우도 많다. 소위 '바가지' 상술 때문이다. 그러나, 미국에서는 대체로 비싼 제품이 품질도 좋았다. 돈이 그 가치를 하는 사회이기 때문이다. 어찌 보면 돈이 모든 것을 말하는 자본주의 사회라 비난하지만 돈 앞에 정직한 신용사회였다. 크루즈 여행은 배 안에서 대부분 시간을 보낸다. 그래서 유람선이 크고 좋아야 했다. 큰 유람선에는 수영장, 헬스장은 물론이고 다양한 공연장, 오락실, 갤러리, 식당 등 온갖 놀이시설과 편의시설이 골고루 갖추어져 있다. 카리브해 크루즈 여행은 4일에서부터 7일까지 다양한 상품이 있는데, 여행 기간이 긴 상품에 큰 유람선이 투입되고 있었다. 객실에도 여러 종류가 있었다. 유리창만 있는 객실도 있고 심지어 밖을 볼 수 없는 객실도 있었다. 가격 차이가 매우 크지는 않았다. 발코니가 있으면 훨씬 쾌적했다.

드디어 배가 카리브해로 나아갔다. 망망대해였다. 푸른 물이 넘실대는 바다 위로 배가 미동도 없이 미끄러져 갔다. 하룻밤을 꼬박 항해하여 그랜드 터그(Grand Turk)에 도착했다. 발코니에서 맞이하는 일출이 아름다웠다. 크루즈를 타고 있다는 것이 저절로 느껴졌다. 크루즈에서 내리니 다양한 선택 관광이 마련되어 있었다. 요트를 타고 섬을 둘러보기도 하고 해변에서 핑크빛 칵테일 한잔의 여유를 즐기기도 했다. 다음 날은 미국령 푸에르토리코(Puerto Rico)에 도착했다. 스페인 군대가 건설한 샌 후안 (San Juan) 요새도 둘러보고 꽤 높은 지역에 있는 아열대 산림공원도 방문했다. 지나는 길에 볼 수 있는 마을과 사람들의 생활 모습은 그리 넉넉해 보이지 않았다. 더운 날씨와 함께 동남아 분위기도 느껴졌다. 카리브해는 낭만적이고 천국 같다는 그간의 생각에 금이 갔다. 그냥 사람 사는 세상이었다. 또다시 밤이 찾아오고 쏟아지는 별빛 속에 밤새 항해한 끝

그랜드 터그 요트 투어   크루즈 공연   샌 후안 요새(위)   에임버 코브

에, 다음 날 배는 미국령 버진 아일랜드에 도착했다. 입사 초기 증권대행부에 근무할 때였다. 외국인에게 자본시장이 개방되고 외국인 투자자에게는 각 국간 조세협약에 따라 배당금에 세금이 부과되었다. 그때 외국인 국적이 버진 아일랜드가 많았다. 당시에는 이곳이 지구상 어디에 붙어있는지도 몰랐다. 궁금하긴 했지만, 그저 낯선 지역에 올바른 세율을 적용하기에 바빴다. 그 버진 아일랜드에 와 있는 것이었다. 조세회피지역으로잘 알려진 명성과는 달리, 섬에는 높은 빌딩도 화려한 도시도 없었다. 그저 낮은 건물이 옹기종기 모여 앉은 작은 섬에 불과했다. 배에서 내려 아들과 함께 보트를 타고 패러세일링(Parasailing)을 했다. 모처럼 아들 녀석이 신이나 했다. 마지막으로 에임버 코브(Amber Cove)에 들렀다. 한시간 정도 차로 이동하여 아열대 과일 농장을 방문했다. 생전 처음 보는 다양한 아열대 과일이었다. 맛이 좋았다. 농장에서 직접 생산한다는 커피

도 한 잔씩 맛보았다. 배에 오르기 전에는 거리에서 쇼핑도 했다. 카리브 해의 정열을 한껏 담은 아름다운 원색의 옷과 몇몇 기념품을 샀다. 어디에서 생산하는지 몰라도 물건의 품질은 좋아 보였다.

'Been there, Done that!'이라는 영어가 있다. 우리말로 하면 '나, 거기 가 봤고 그거 해 봤어!'라는 정도의 말일 것이다. 빌 클린턴 행정부 시절 부통령을 지낸 앨 고어(Al Gore)가 CNN 토크 쇼 프로그램 '래리 킹 라이브(Larry King Live)'에 나와서 한 말이었다. 앨 고어는 2000년 미 대선 민주당 후보로 나와 낙선한 후 환경운동가로 변신하여 당시 미국에서 인기가 꽤 높았다. 토크 쇼에서 래리 킹이 2004년 대선에 다시 한번 도전하겠느냐는 질문에 한 대답이었다. '난 한번 해 봐서 그것이 뭔지 안다. 그것 별것 아니다. 다시 도전할 생각 없다.'라는 의미였다. 살다 보니 참 의미심장한 말이라는 것을 깨닫게 된다. 우리 인생에 해 보면 별것 아닌 것이 얼마나 많은가? 또, 그저 '한번 가 보고 해 봤다.'라고 말하기 위해 우리가 얼마나 많은 투자와 노력을 들이는가? 한번 가 보고, 해 보면 아무 미련 없이 돌아설 수 있는 일은 또 얼마나 많은가? 나도 크루즈 여행을 해 보았으니 이젠 말할 수 있었다. 나에겐 한 번의 크루즈 여행은 너무 좋았다. 아마 한 번쯤 더 해도 좋을 것 같다. 배 안에서의 생활은 쾌적하고 좋았다. 시간 나는 대로 헬스장에 들러 운동도 하고 밤에는 뱃머리에 올라 양팔을 벌려 영화 '타이타닉'의 여주인공 흉내도 내 보았다. 브로드웨이에 버금가는 재미있는 공연도 많이 보았다. 카페테리아와 레스토랑에서 언제든 다양하고 맛있는 음식도 먹을 수 있었다. 특히, 여자들이 크루즈를 좋아하는 이유를 알 것 같았다. 눈을 뜨면 날마다 새로운 곳에 도착하여 낯선 곳을 여행하는 재미도 쏠쏠했다. 하지만 이번 여행에서 내게 가장 좋았던 것은 배의 맨 꼭대기 층에 있는 하늘을 향해 뻥~ 뚫린 넓은 휴식공간과 객실 앞에 있는 작은 발코니에서 가진 나만의 시간이었다. 항해하는 동안 혼자 있을 수 있는 시간이 많았다. 넓고 푸른 망망대해를 바라보며, 때론 별이 빛나는 밤하늘을 올려다보며 길고 긴 사색의 시간을 가졌다. 그동안 살아온 삶과 앞으로 어떻게 살아갈 것인가에 대하여 나름대로 생각을 정리할 수 있었다. 크루즈 여행 동안 가장 소중한 시간이었다. 이제 돌아갈 일만 남아 있었다. 배는 밤새 달려 나를 마이애미에 데려다 줄 것이다.

맑고 깨끗한 미시간, 그리고 그랜드 써클(Grand Circle)

미시간에 여름이 왔다. 여름이 오면 미시간은 온통 푸르게 변한다. 아름다운 계절이 다시 돌아온 것이다. 아쉬운 것은 돌아갈 날이 얼마 남지 않았다는 것이었다. 모든 학기가 종료되고 돌아가기 전까지 짐을 정리할 기간이 남아 있었다. 아내와 아들은 학교 입학 관계로 먼저 귀국한 뒤였다. 가장 가까우면서도 그래서 가지 않았던 미시간 남쪽 반도 여행을 떠나기로 했다. 1박 2일 여행이었다. 미시간 호수에 있는 슬리핑 베어 듄즈(Sleeping Bear Dunes Nataional Lakeshore)를 향해 차를 몰았다. 네 시간 정도 걸렸다. 슬리핑 베어 듄즈는 미시간 호를 건너온 바람에 실려 온 모래가 쌓여 만들어진 호숫가 모래언덕이다. 시원한 참나무 숲을 지나 좁은 길을 운전하고 올라가니 맑고 푸른 미시간 호수 가에 하얀 모래언덕이 펼쳐져 있었다. 저 멀리 호수 가운데에 슬리핑 베어 듄즈 이름의 기원이 된 두 개의 섬이 다정하게 떠 있었다. 옛날 미시간 호수 건너 북쪽 위스콘신주에 엄마 곰과 아기곰 형제가 살았단다. 어느 해인가 가뭄에 먹을 것이 없어져서 굶주림을 견디다 못한 곰 가족은 먹이를 찾아 동쪽으로 길을 나섰다. 그러나 호수가 너무 커서 돌아갈 수가 없어 호수를 헤엄쳐 건너기로 했다. 어미 곰은 호수를 헤엄쳐 건넜으나, 아기곰 형제는 육지를 눈앞에 두고 기진맥진하여 그만 물에 빠져 숨을 거두었다. 어미 곰은 달리 할 수 있는 것이 없었다. 호수를 건넌 어미 곰은 호수가 바라다보이는 모래언덕에 웅크리고 앉아 하릴없이 아기곰이 빠져 죽은 호수만 바라보았다. 세월이 흐르자 아기곰 형제가 빠져 죽은 자리에 두 개의

미시간 호수   슬리핑 베어듄즈. 멀리 두 개의 섬이 보인다.

섬이 생겨났다. 어미 곰은 죽어 그를 닮은 모래언덕이 되었고 지금도 인자한 표정으로 아기곰이 환생한 두 개의 섬을 바라보고 있다고 한다. 이것이 슬리핑 베어 듄즈에 얽힌 슬픈 전설이었다. 사람들은 그 전설을 믿든 안 믿든 간에 이곳에 오면 그 섬들을 바라보며 곰 가족의 애잔한 이야기에 안타까워했다. 사실이든 아니든, 신화나 전설은 사람의 마음을 움직이는 원초적인 힘이 있었다.

슬리핑 베어 듄즈에는 유명한 '죽음의 모래언덕'이 있었다. 미시간 호수를 향해 있는 경사가 45도가 넘는 300여 미터의 가파른 언덕이다. 입구에는 커다란 경고문이 있었다. 내려갔다 못 올라오는 경우, 구조를 요청하면 3,000달러를 내야 한다는 것이었다. 뜨거운 한낮 날씨에 모래가 발목까지 빠졌다. 선뜻 걸음이 떼어지지 않았다. 잠시 망설였다. 아래를 내려다보니 엄마와 함께 한 아이가 올라오고 있었다. 이걸 못하랴? 싶어 앞으로 걸음을 내디뎠다. 줄줄 미끄러지며 잘도 내려갔다. 햇살을 받아 반짝이는 미시간호는 한 줄 수평선을 내어 주고 있었다. 바다와 다름없었다. 물이 정말 맑고 깨끗했다. 어디를 가나 청정 미시간(Pure Michigan)이었다. 잠시 미시간호를 즐기고 나서 이제 올라가야 할 언덕을 바라보았다. 까마득히 끝이 보이지 않았다. 처음에는 별것 아닌 듯했다. 슬리퍼를 벗어 손에 들고 두 발로 걸어 올라갔다. 한 20여 미터 올랐

을까? 아! 그게 아니었다. 걸음을 내디뎌도 워낙 급경사에 모래가 발목까지 빠져 주르륵 미끄러져 내렸다. 한참을 걸어 올랐다고 생각하고 아래를 보면 거의 그냥 제자리였다. 점점 다리도 후들거려 왔다. 잠시 쉰 후 다시 걸어 올랐다. 아니, 두 손으로 모래를 짚으며 기어올랐다. 남들을 보니 다 그렇게 하고 있었다. 다시 한참을 오르고 앉아 쉬었다. 경사가 워낙 급해 쉬는 것도 어려웠다. 다리와 엉덩이에 잔뜩 힘을 주어야 했다. 땀이 비 오듯 쏟아지고 숨은 턱까지 차올랐다. 정말 못 오를지도 모른다는 생각이 들었다. 마음만 급해졌다. 옆에 가던 사람이 쉬엄쉬엄 오르라고 했다. 그래야 한다고…. 셀 수도 없이 가다 서기를 반복했다. 정말 젖먹던 힘까지 다했다. 가까스로 올라올 수 있었다. 나무 그늘을 찾아 죽은 듯이 한참을 누워있었다. 정말 하늘이 노랗게 보였다. 셀카를 찍어보니 얼굴이 벌겋게 부어있었다. 마치 전쟁터에서 대단한 사투를 벌인 사람 같았다. 그래도 햇살에 반짝이는 미시간 호수는 정말 아름다웠다. 공원을 둘러보고 마지막에 다시 이곳을 찾았다. 죽음의 모래언덕 바로 옆에 나무로 만든 전망대가 있었다. 이곳에서 잠시 경치를 감상하고 있는데, 한 무리의 여자들이 검은색 핫팬츠에 탱크 톱 차림으로 우르르 몰려오더니 웃고 떠들며 겁도 없이 죽음의 모래언덕을 내려갔다. 그러더니 잠시 후 일렬로 개미처럼 언덕을 기어오르기 시작했다. 처음엔 빠른 속도로 쉬지 않고 치고 올라왔으나, 삼 분의 일쯤 되는 지점부터 조금씩 거리가 벌어지기 시작했다. 선두의 두 명은 엎드린 채 잠시 쉴 뿐 속도를 유지하며 계속하여 올라왔고 나머지 사람들은 조금 속도가 느려졌다. 하지만 계속해서 기어오르긴 마찬가지였다. 통상 두 시간 정도 걸린다는 곳을 삼십여 분 만에 올라왔다. 놀라웠다. 옆에서 하는 이야기를 들어보니, 그들은 미시간대학교(Michigan University) 여자 필드하키 선수단이고 선두에 선 사람이 주장이라고 했다. 전지훈련 중으로 매일 아침저녁으로 이 죽음의 언덕을 오르락내리락한다고 했다. 잠시 후 그녀들이 내가 있는 전망대로 왔다.

벌겋게 달아오른 얼굴이 땀으로 흠뻑 젖어있었지만, 모두 표정들이 밝았다. 그녀들의 젊음과 탄탄한 피부가 아름다우면서도 한편으로 부러웠다.

한국에서는 여자하면 나약하고 보호받아야 할 존재라고 어릴 때부터 교육을 받지만, 미국은 그렇지 않았다. 많은 경우 남자들과 똑같이 당

죽음의 모래언덕을 기어오르는 미시간대 여자 하키팀

당한 인간으로 취급받을 뿐이었다. 평등한 세상이었다.

남쪽 반도 북쪽 끝자락 중 하나인 리라노주립공원(Leelanau State Park)으로 차를 몰았다. 거의 사람이 살지 않는 곳이었다. 중간에 노스포트(Northport)에서 하루 묵었다. 에어 비엔비를 통해 숙소를 예약했다. 숙소가 거의 없어 250달러에 겨우 예약할 수 있었다. 꽤 좋은 호텔을 기대했는데, 그냥 일반 민박집이었다. 처음엔 바가지를 쓴 것이 아닌가 했다. 그런데 그렇지가 않았다. 이곳은 휴양지이고 호텔이 따로 없다고 했다. 그래서 가격이 비싸도 손님이 찾는다고 한다. 믿어야 했다. 우리나라에는 관광지는 있어도 휴양도시는 따로 없는데, 미국은 은퇴자들이 찾는 아름다운 휴양도시가 곳곳에 발달해 있었다. 이런 곳은 물가도 비쌌다. 그래도 숲속에 자리한 숙소는 조용하고 깨끗했다. 늦은 밤에 밖에 나와 바라본 하늘에는 은하계 성운이 또렷하게 보였다. 이렇게 많은 별을 본 것이 언제인가 싶었다. 잊을 수 없는 밤이었다. 다음날 리라노 공원에 갔다. 호수에서 불어오는 산들바람을 맞으며 청정 미시간호를 제대로 느낄 수 있었다. 호숫가에 서 있는 조그만 하얀 등대가 참 예뻤다. 전시관을 둘러보니 겨울철에 풍랑이 일면 오대호도 매우 거칠어진다고 했다. 난파

당한 배도 부지기수라고 한다. 호숫가에 앉아 한동안 잔잔하고 평화로운 호수를 바라보았다. 마음마저 맑아지는 것 같았다. 정말 좋았다. 이런 호수가 그렇게 사나워질 수 있다는 것이 믿어지지 않았다. 군데군데 호숫가에 캠핑장도 마련되어 있었다. 소박한 캠핑장이 호수와 잘 어울렸다. 좁은 산책로를 걷는데 앞에 가던 노인분 옆을 차가 지나갔다. 조금 빠른 속도였다. 잠시 노인이 바라보니 차가 멈추어 섰다. 노인이 다가가 작은 목소리로 꾸중을 하는 것 같았다. 차에 탄 사람이 연신 미안하다고 하는 듯 보였다. 목소리가 들릴락 말락 했다. 잠시 후 차가 사라졌다. 한국 같았으면 큰 소리와 삿대질이 오가기가 예사인데 참 달랐다. 낮은 목소리도 힘이 있는 사회였다. 외국에 나오니 자꾸 비교 사회학자가 되어가는 듯했다. 돌아오는 길엔 체리 농장과 와이너리에 들렀다. 나파밸리 만큼은 아니어도 미시간의 와인도 꽤 유명했다. 호수와 호수 사이로 잘 가꾸어진 샤토 샨탈 와이너리(Chateau Chantal Winery)가 참 아름다웠다. 체리

리라노 공원과 하얀 등대   미시간 호수가 보이는 샤토 샨탈 와이너리

축제로 유명한 트레버스시티(Traverse City)에도 들렀다. 축제기간은 끝난 뒤였다. 체리로 만든 와인이며 쨈이며 특산품만 잔뜩 사 왔다.

한국에 돌아가기 전 마지막 여행이 남아 있었다. 미국에서 꼭 가 보고 싶었으나, 아직 가 보지 못한 곳이 있었다. 그곳에 가 보고 싶었다. 아치스 국립공원(Arches National Park)이었다. 가는 길에 호스슈 벤드

(Horseshoe Bend)와 앤털롭 캐니언(Antelope Canyon)도 방문하기로 했다. 소위 미국인들이 말하는 '그랜드 써클(Grand Circle)' 여행이다. 디트로이트 공항을 출발하여 솔트레이크시티에 도착했다. 미리 예약한 자동차를 렌트하여 뜨거운 광야를 향해 출발했다. 여덟 시간 정도 달리면 애리조나주 페이지(Page)에 도착할 것이다. 날이 어두워 질 무렵 파월 호수(Lake Powell) 근처 호텔에 투숙했다. 다음 날 아침, 앤털롭 캐년 여행에 나섰다. 앤털롭 캐니언은 MS사의 컴퓨터 윈도우즈 배경 화면으로 유명해진 곳이다. 처음 사진을 보았을 때 어딘지는 몰랐지만 정말 저런 곳이 있을까 싶었다. 먼저 어퍼 앤털롭 캐니언(Upper Antelope Canyon) 투어에 나섰다. 모랫길을 한참 달려 캐니언 입구에 도착했다. 다른 캐니언과 달리 입구는 두세 명이 걸어 들어갈 만큼 매우 좁았다. 직접 본 캐니언은 사진보다 훨씬 경이로웠다. 수억 년 세월 동안 바람과 물이 아주 좁고 깊은 계곡을 만들고 계곡의 양쪽 옆 붉은 절벽에 바람결 또는 물결 모양 세월의 흔적을 곱게 아로새겨 놓고 있었다. 아침 햇살에 산양

잘 보면 산양이 보이는 엔털롭 캐니언

(Antelope) 또는 일출 모양 등 다양한 형상의, 자연이 빚은 조각들이 아름답게 빛나고 있었다. 그랜드 캐니언과는 다른 아기자기한 미학의 극치였다. 억겁의 세월은 아름다운 세상을 창조하는 신의 손이었다. 오후로 예정된 로우어 앤털롭 캐니언(Lower Antelope Canyon) 투어까지 시간이 있어 호스슈 벤드에 갔다. 그리 멀지 않았다. 드넓은 광야를 힘차게 달려온 콜로라도강이 잠시 말발굽 모양으로 굽이치며 가쁜 숨을 돌리듯

쉬어가는 곳이다. 깊고 아름다운 계곡이었다. 마치 우리나라 동강의 한반도 지형을 보는 듯했다. 나도 물 한 모금을 마시며 뜨거운 태양을 피해 잠시 쉬었다. 로우어 앤털롭 캐니언에 갔다. 들어가는 입구는 좁은 계단

콜로라도강이 굽이치는 호스슈 벤드

을 타고 내려갈 만큼 어퍼 캐니언에 비해 비좁았지만, 안에 들어가니 좀 더 넓었다. 캐니언을 둘러볼 때 밝은 햇살은 풍광에 지대한 영향을 미친다. 오후의 강렬한 햇살을 받아 협곡의 물결무늬 암벽이 발갛게 빛났다. 무늬에 큰 차이는 없었지만, 뜨거운 태양 아래 붉게 빛나는 협곡이 오전에 둘러본 어퍼 캐니언보다 더욱 선명한 인상을 주었다. 투어를 예약하다 우연히 그렇게 된 것이었는데 오전과 오후로 나누어 둘러보길 잘했다는 생각이 들었다.

오후 늦게 캐니언랜드 국립공원(Canyonland National Park)에 가기 위해 모아브(Moab)를 향해 출발했다. 길을 따라 가다 보니, 어디선가 본 듯한 풍경이 나타났다. 갑자기 울자토 모뉴먼 밸리(Oljato Monument Valley) 표지판이 보였다. 아! 그랬다. 10여 년 전 내게 평생 잊지 못할 감동을 선사해 준 바로 그 모뉴먼트 밸리가 근처에 있었다. 그때 변압기가 고장 나 한국에서 가져온 디지털카메라를 쓸 수 없어, 사진을 제대로 찍지 못해 아쉬웠는데, 이번에 그냥 지나칠 수가 없었다. 어차피 하루 묵어야 했다. 기억을 더듬으며 언덕 위에 있는 호텔을 찾아들어갔다. 예약하지 않아서인지 비싼 가격에 비해 방이 좋지 않았다. 나중에 알았는데, 이 호텔은 내가 지난번에 묵은 호텔이 아니었다. 모뉴먼트 밸리는 이곳에서 5Km 이상 떨어져 있었다. 어둑해진 시간과 함께 내 기억에도 한계가 있었다. 다음 날 아침, 모뉴먼트 밸리에 갔다. 예전과 같이

거대한 세 개의 붉은 바위기둥, 더 미튼즈(The Mittens)가 하늘을 향해 우뚝 솟아있었다. 신선한 아침 햇살을 받으며 밸리 드라이브(Valley Drive) 둘러보았다. 혼자여서 자유롭게 구석구석을 돌아다니며 아름다운 풍경을 맘껏 사진에 담았다. 점심은 예전에 저녁을 먹었던 카페테리아에서 샌드위치를 사서 먹었다. 모뉴먼트 밸리를 하염없이 바라보면서…. 다시 찾은 모뉴먼트 밸리는 전과 다름이 없었을 것이다. 그러나 예전과 같은 진한 감동은 느낄 수 없었다. 세월이 흐르며 나의 감각이 무뎌져서였을까? 아무리 멋진 여행지라도 여행은 한 번으로 족했다. 다시 찾을 수는 있지만 같은 감동을 한 번 더 느낄 수는 없다. 문득 '우리의 인생도 한 번으로 족하다.'

라는 생각이 들었다. 아마 사랑도 그럴 것이다. 그래도 멀어져 가는 모뉴먼트 밸리를 돌아다보며 '포레

영화 '포레스트 검프' 포인트에서 바라 본 모뉴먼 밸리

스트 검프' 포인트에서 모뉴먼트 밸리 기념사진을 한 장 찍었다. 아무런 표지판도 없었지만, 영화를 좋아하는 많은 사람이 그곳에서 사진을 찍고 있었다.

다시 캐니언랜드 국립공원(Canyonland National Park)을 향해 끝없이 펼쳐진 광야를 내달렸다. 황량하고 거친 벌판에 오로지 외줄기 길이 곧게 뻗어있었다. 광야를 달릴 때면 나는 묘한 쾌감을 느꼈다. 나에게 '광야는 두려운 자유'였다. 그래서 그것은 여행이었는지 모른다. 광야는 항상 나에게 손짓하고 있는 것 같았다. 모아브를 지나 캐니언랜드 국립공원에 도착했다. 유타주와 애리조나주에는 그랜드 캐니언, 자이언 캐니언 등 캐

광야를 향해 곧게 뻗은 길

니언으로 끝나는 국립공원이 많다. 그런데 이번에 가는 국립공원은 아예 캐니언랜드 국립공원이었다. 기대가 많이 되었다. 오죽하면 캐니언랜드 국립공원일까? 캐니언 국립공원의 끝판왕을 볼 수 있을 것 같았다. 늦은 오후에 방문한 캐니언랜드 국립공원에서는 사람을 거의 볼 수 없었다. 공원 출입구에서도 입장료를 받지 않았다. 오랜 옛날 바다가 융기하여 만들어진 업히블 돔(Upheaval Dome)과 와이오밍주에서 발원한 그린 리버(Green River)가 사막 가운데에서 콜로라도강과 만나는 합류 지점(Confluence) 등을 둘러보았다. 이곳이 남쪽으로 펼쳐질 많은 협곡의 시작점이었다. 붉은 사막에 작은 협곡들이 어우러져 있고 거대한 바위산이 곳곳에 있었지만, 이곳에서만 볼 수 있는 뛰어난 그 무엇이 없었다. 기대했던 그랜드 캐니언과 같은 장대함이나 브라이스 캐니언과 같은 섬세함, 자이언 캐니언과 같은 신성함을 느낄 수는 없었다. 그래서 유명세가 다른 캐니언 만큼 못한 것이었다. 세상의 주목을 받기 위해서는 그 어떤 것도 대신할 수 없는 자신만의 특별한 그 무엇이 있어야 했다. 이름만으로 될 수 있는 것이 아니었다. 사람도 마찬가지일 것이다.

모아브는 사막 한가운데 오아시스에 발달한 도시였다. 호텔은 아름답고 쾌적했으며 황야라는 것이 믿기지 않을 만큼 잘 가꾸어진 수영장도 딸려 있었다. 미국을 여행하며 자주 느끼는 것이지만 자연의 한계를 극복하고 아름다운 삶의 터전을 만들어내는 인간의 노력은 정말 대단했다. 놀라울 뿐이었다. 다음날 아치스 국립공원(Arches National Park)을 향해 출발했다. 나는 다큐멘터리를 좋아했다. 아주 오래전에 한국에 있을 때 TV에서 방영한 3부작 '다큐 로드(Road)'라는 프로그램을 본 적이 있다.

세계의 유명한 길을 보여주었다. 유럽 알프스의 투르 드 몽블랑(Tour du Mont Blanc), 히말라야의 안나푸르나 트레킹(Annapurna Tracking) 코스와 더불어 북아메리카의 아치스 국립공원 가는 길(Arches National Park Tracking)이었다. 언젠가 기회가 되면 가 보리라 다짐했었다. 이제야 그 길을 찾아 나선 것이다. 아치스 국립공원도 꽤 넓었다. 차를 타고 이곳저곳을 둘러보았다. 미국 캐니언 특유의 붉은 기암과 괴석들이 군데군데에 참 많았다. 커다란 둥근 바위를 머리에 인 듯한 밸런스드 록(Balanced Rock)과 아치가 정말 크고 넓은 랜드스케이프 아치(Landscape Arch)도 아름답고 인상적이었지만, 아치스 국립공원의 상징은 역시 델리킷 아치(Delicate Arch)였다. '다큐 로드'에서 방영된 길도 이곳을 찾아가는 여정이었다. 출발점인 울프 랜치(Wolfe Ranch)에서 트레킹 코스를 따라 약 2.4Km를 모래언덕과 바위를 타고 걸어 올라가야 했다. 사막기후라 날씨는 매우 건조하고 더웠다. 왕복 두 시간 반 정도 걷는 길이었다. 가벼운 배낭에 물을 챙겨 넣고 트레킹을 나섰다. 30분쯤 지나니 길은 바윗길로 접어들었고 경사도 가팔라졌다. 뜨거운 햇살에 숨이 턱턱 막혀왔다. 가다 보니 젊은 미국인 부부가 두 살이나 됨직한 아이를 유모차에 태우고 그 험한 길을 오르고 있었다. 참 대단했다. 한국 사람들 눈엔 조심성이 부족한 듯 보이지만 그들은 늘 용감했다. 그저 웃으며 "It's challenging! But I do.(좀 도전적이지만 그냥 하지 뭐!)"라고 말한다. 한참을 오르니 시야가 탁 트인다. 온통 거친 광야였다. 좁은 바위 틈을 빠져나와 모퉁이를 돌아드니 저 멀리 델리킷 아치가 보였다. 그 이름만큼이나 정말 아름답고 정교하게 만들어진 아치였다. 장구한 세월, 햇살과 바람과 비가 서로 조화를 이루며 빚어낸 걸작이리라. 많은 예술가의 작품을 보았지만, 인간의 솜씨는 자연의 솜씨에 비할 바가 못 되었다. 정말 아름답고 황홀했다. 가까이 다가가 보니 아치가 매우 컸다. 높이가 14m, 넓이는 10m가 넘는다고 했다. 아치가 잘 보이는 언덕에 자리를 잡고 한참을 물끄러미 아치를 바라보고 멍을 때렸다. 가끔 불어오는 바람이 영겁의 세월, 그 긴 이야기를 나에게 들려주며 지나갔다. 그저 경이로울 뿐이었다. 돌아오는 길에 아이를 안고 올라오는 그 미국인 부부를 다시 만났다.

유모차는 길가의 바위 사이에 놓여 있었다. 그 아기도 내가 느낀 장구한 세월과 자연의 경이로움

경이로울 만큼 아름다운 델리킷 아치

을 경험할 것이다. 다음 날 솔트레이크시티를 향해 출발했다. 어느덧 낯선 세계와 이별할 시간이 다가오고 있었다. 이제 돌아가면 평화로운 일상의 행복이 나를 기다리고 있으리라.

■ 아메리칸 드림; 위대한 문화유산

VIPP 과정; 영어, 그리고 미국 문화

VIPP 연수는 2018년 9월 초에 시작되었다. 미시간주립대학교 소개와 함께 VIPP 과정 오리엔테이션이 있었다. VIPP 과정은 외국인을 대상으로 하는 Visiting International Professional Program(국제전문가 초빙 과정)으로 학생은 대부분 대학교수나 공무원, 회사원 등 직장인이었

대학교 상징 보몬트 타워

학교 내 인디언 강(위)

학생회관 교정

다. 중국 학생들은 대학교수가 대부분으로 국가나 소속 대학교에서 보내주었다고 했다. 한국 학생들은 회사에서 보내준 경우가 많았고 일부는 KAIST 학생들도 와 있었다. 1년 과정이나 6개월간 머무르는 경우도 간혹 있었다. 각 분야 전문가들을 대상으로 하다 보니, 과정의 목표는 전문지식 함양이라기보다 국제화(Globalization)인 듯 보였다. 과정에 개설된 과목도 영어와 미국 문화를 비롯하여 경영전략, 교육학, E-Commerce 등 그 폭이 상당히 넓었다. 먼저, 영어는 비즈니스에 특화된 영어로 발표(Public Speaking), 비즈니스 회화(Business English), 비판적 글읽기(Critical Reading Strategy), 논리적 글쓰기(Writing Skills for Academic &

Business Purposes) 등의 과목이 있었다. 학문연구를 위한 영어보다는 비즈니스에 필요한 실용 영어에 중점을 두고 교육이 이루어져 공부하는 분위기가 훨씬 밝고 재미있었다. 미국 문화는 초기 영국 이민자들에 의한 미국 건국에서부터 현대 사회에 이르기까지 미국 사회를 구성하는 주요 분야를 교양 수준에서 개괄적으로 다루었다. 미국의 법률과 정치 체제(US Legal System and Government), 다양한 인종의 이민 역사(History, Race and Immigration)와 사회 구성(Current Event and Society), 가정과 교육(Family & Education), 음악, 영화 그리고 스포츠(Music & Movie, Sports)에 이르기까지 그 범위는 상당히 넓었고, 교수에 따라서는 미국 문화의 깊숙한 내면까지 터치하기도 하였다. 내가 가장 좋아하고 흥미로워 한 관심 분야로 모든 강의를 찾아서 빠짐없이 수강했다. 미국 사회 문화를 이해하는 데 많은 도움이 되었다. VIPP 과정이 내게 준 뜻밖의 정말 큰 선물이었다. 위의 두 분야가 모든 학생을 대상으로 하는 공통분야라고 한다면 마지막 분야는 각자의 전문분야에 따라 자유롭게 선택해서 듣는 과목들이었다. 나는 리더쉽(Leadership through Change and Innovation)이나 비즈니스 커뮤니케이션(Strategic Communication and Debates), 혁신적 사고 훈련(Innovation Thinking) 같은 기업경영 관련 과목을 들었으나, 중국에서 온 교수들은 교육학(Pedagogy of University Teaching)이나 프로젝트 관리(Project Management), 리서치 방법론(General Research Methodology) 등을 선택해서 들었다. 그러나 전문분야 과목도 MBA 과정과 비교해 보면 일반적인 개론 수준으로 깊이가 있지는 않았다. 이미 석·박사 등 고학력 학위를 취득하고 전문분야에서 10년 이상 일을 한 사람들이 학생이다 보니 융합 분야에 대한 입문 수준의 교육을 목표로 하는 것 같았다. 나는 영어와 미국 문화, 그중에서도 미국 문화 강의를 집중적으로 수강했다.

안나 교수님과 학생들

영어 강의는 여러 과목을 들었는데, 그중 몇몇 과목은 매우 새롭고 재미있었다. 그동안 내가 한국 또는 미국의 학교나 학원에서 배운 영어와 수업방식이 매우 달랐다.

그중 하나는 비판적 글 읽기(Critical Reading Strategy) 수업이었다. 안나(Anna) 교수님은 특이하게 음악과 문학을 전공하신 분으로 교향악단 연주자였다. 교재로는 'The Watsons Go to Birmingham-1963(1963년, 왓슨 가족 버밍햄에 가다.)'이라는 소설을 사용했다. 비판적 글 읽기는 글을 보다 적극적으로 읽는 것을 말한다. 글을 쓴 작가와 글의 배경을 이해하고 문맥을 분석하고 때로는 비평하면서 비판적 생각 속에 글을 읽는 것이다. 그러기에 그것은 글을 읽으면서 끊임없이 자신과 또는 작가와 질문하고 대답하면서 읽는 과정이다. 수업하는 내내 우린 그랬다. 교수님은 소설의 배경이 되는 1960년대 미국 남부에서 시작된 흑인 민권운동, 그리고 이와 관련된 로자 팍스와 버스 보이콧(Rosa Parks & Bus Boycott), 앨라배마 교회 폭파 사건(Alabama Church Bombing) 등 당시의 많은 사건을 하나하나 수업시간에 설명해 주셨다. 우리는 미리 정해진 분량의 소설을 읽고 수업에 참여했고 조를 이루어 서로의 생각과 느낌을 공유하며 소설의 내용을 토론했다. 물론 다양한 어휘와 접두·접미사 등 영어 공부도 병행되었다. 수업은 늘 진지했고 토론의 열기가 교실에 가득했다. 이 소설 하나를 철저히 분해하면서 읽음으로써 우리는 미국 흑인 민권운동을 오롯이 이해할 수 있었다. 오디오 북도 교재로 사용되어 듣기훈련도 함께 진행하였다. 마지막에는 이 책을 원작으로 한 영화도 교실에서 감상하였다. 이때 배운 지식은 다양한 인종이 함께 어울려 살아가는 미국 사회를 이해하는 데 큰 도움이 되었다. 남부지방을 여행할 때에도 흑인의 이민 역사를 돌아보며 조금은 다른 느낌을 받을 수 있었다. 그리고 또 하나의 소득은 이때 수업 시간에 같은 조에서 함께 했던 중국 친구들은 나중에 독서 클럽(Book Club)으로 이어져 미국에 있는 내내 친밀하게 교류할 수 있었다.

논리적 글쓰기(Writing Skills for Academic & Business Purposes) 강의도 좋았다. 스벡(Svec) 교수님은 변호사였다. 수강생은 대부분 중국 교수들이었다. 우리가 흔히 이야기하는 TOEFL 시험 에세이 쓰기(Essay Writing)와 비슷한 수업이었다. 하지만 일반적인 에세이 쓰기의 범위를 넘어 표절이라든가, 주석 달기 등 학술 논문을 쓰는데 필요한 부분들도 다루었고, 더 넓게는 다양한 글의 종류(Rhetorical Modes)에 따른 전개 방식이나 어휘 선택 등도 가르쳤다. 모든 글쓰기의 기초인 글의 주제 정하기(Content), 생각을 효과적으로 전달하기 위한 글쓰기 기법(Mechanics), 논리적으로 구조화된 글을 완성하기 위한 글의 구성(Organization)에 대하여 매우 상세하게, 그리고 체계적으로 배울 수 있었다. 글쓰기 기법에

논리적 글쓰기 수업 스벡 교수님

서는 문법, 철자, 구두점, 문장 구조 등등을 배웠고, 글의 구성에서는 도입, 본문, 결론 구성 및 각 단락의 주제문, 전개 방식, 사례 제시 등을 하나하나 예문을 들어가며, 그리고 과제를 작성하고 첨삭을 받아가며 매우 구체적으로 배울 수 있었다. 흔치 않은 기회였다. 일부러 많은 시간을 투자하여 열심히 배웠다. 글쓰기 능력을 향상할 수 있는 정말 좋은 기회였다. 생각해 보면, 학창 시절 나는 늘 글짓기가 어려웠다. 선생님이 글짓기를 하라고 하면 노

트를 펼쳐 놓고 허공만 응시하곤 했다. 생각이 떠올라도 어떻게 써야 하는지 몰랐다. 교내 글짓기 대회에서 한 번도 상을 받아본 적이 없었다. 책 읽는 것을 좋아하고 중·고등학교 시절 국어 성적이 월등히 좋았음에도 불구하고 글쓰기는 늘 어려웠다. 아마 타고난 소질이 없었기 때문일 것이다. 그런데 다른 한편으로 생각해 보면, 나는 학교에서 글쓰기에 대해서 한 번도 제대로 배운 적이 없는 것 같다. 초등학교나 중학교 때 글짓기 숙제는 몇 번 있었지만, 체계적으로 글쓰기와 글 쓰는 기법을 배우고 첨삭지도를 받아 가며 글을 써 본 적은 없었다. 그저 숙제를 되돌려 받으면 동그라미 몇 개가 그려져 있을 뿐이었다. 고등학교 때는 대학 학력고사 준비로 글짓기 숙제조차 없었다. 물론, 나의 경우가 일반적이지 않을 수도 있지만, 한국의 국어 교육이 글쓰기에 중점을 두고 있지 않다는 것은 맞을 것이다. 우리가 문맹률을 이야기할 때 문맹이란 글을 읽고 쓸 수 없는 것이 아니라 자기의 생각을 논리적으로 쓸 수 없으면 문맹이라고 한다. 그렇게 보면 우리나라의 문맹률은 우리가 생각하는 것보다 훨씬 높을 수 있다. 내가 알기로 미국에서는 논리적 글쓰기의 중요성을 인식하고 학교 국어 수업에서 많은 시간을 할애한다. 하지만, 한국은 그렇지 않다. 시나 소설은 타고난 재능이 있어야 잘 쓸 수 있고 누구나 잘 써야 하는 것도 아니다. 그러나 논리적 글쓰기는 누구에게나 필요하고 또, 훈련을 통해 어느 정도 향상된다고 한다. 예전 어학연수 왔을 때도 그랬고 이번 VIPP 연수를 통해 다시 한번 느끼는 것이지만, 한국 학교 수업이 대학 진학만을 위한 수업이 아니라 앞으로 살아갈 인생에 실질적인 도움이 되는 그런 교육이었으면 좋겠다고 생각했다.

다른 영어 수업도 인상적이긴 하였지만, 그중에서 가장 오래 기억되는 수업은 단연 발표 - 대중 앞에서 말하기(Public Speaking) - 수업이었다. 레이첼(Rachael) 교수님은 뮤지컬 배우였다. 우리는 까주(Kazoo)

라는 도구를 사용하여 발성 연습부터 했다. 'Use it or Lose it!(사용해라. 그렇지 않으면 잃어버릴 것이다!)'이라고 하셨는데, 맞는 말이었다. 발표를 위한 마음가짐, 프레젠테이션 작성, 제스처나 발표 태도 등 발표 기술을 공부한 후, 각자 서너 번 발표를 해야 했다. 발표할 때마다 학생과 교수들이 현장에서 피드백을 주었다. 중국 학생이 다수이긴 했지만, 한국 학생도 섞여 있다 보니 자연스럽게 비교되었다. 꼭 그래서는 아닐지라도, 아무튼 말하는 훈련을 할 수 있는 드문 기회여서 열심히 했다. 영어로 발표를 하다 보니, 영어 구사 능력에 따라 발표 수준은 천차만별이었다. 수업 도중 폭소도 만발했다. 모두 나름대로 최선을 다했다. 발표 기술도 향상할 수 있었지만, 중국 사람들과 중국 문화에 대해서도 많이 배울 수 있는 좋은 시간이었다. 중국 학생들은 자기 고향 소개나 전공 분야를 많이 다루었는데, 나는 일부러 시사적이거나 도발적인 주제들을 선택했다. 한 번은 북핵 문제를 다루었다. TED처럼 말하려고 프리젠테이션 슬라이드없이 연설 방식을 택했다. 당시 북미 핵 협상이 베트남에서 진행된 직후였다. 소득은 없었지만…. 나는 중국과 소련, 미국 등 전 세계 핵 보유 현황 등을 언급하며 북한이 핵을 개발할 수밖에 없는 현실적인 이유를 들어가며 발표했다. 그리고 왜 북한의 핵만 위험한가? 중국과 미국의 핵은 위험하지 않은가? '내로남불' 아닌가? 모든 핵무기는 폐기되어야 하지 않는가? 라고 설득력 있게 주장했다. 그들의 반응이 궁금했다. 발표 후, 큰 박수를 받았지만 아쉽게도 피드백은 실망스러웠다. 중국 학생과 교수는 나의 발표 태도에 관해서만 피드백을 주었다. 정작 발표내용에 대한 피드백은 받을 수 없었다. 껄끄러운 주제였다. 수업이 끝난 후, 한 한국 학생이 다가와 내용에 대한 피드백을 주었다. 나중에 한국에 가서 문제가 되면 어쩌려고 그런 내용을 발표하느냐고…. 북핵 문제는 우리끼리 쉬쉬하는 내부의 문제인 모양이었다.

그 후에도 나는 두 번의 발표를 더 하였다. 두 번째 발표주제로 나는 '영감(Inspiration)'을 선택했다. '영감!' 참 멋진 말이지 않은가? 주제를 정하고 한참을 고민했다. 무엇을 발표할 것인가? 문득, 어린 시절 내 삶에 영감을 준 '큰 바위 얼굴'이 떠올랐다. 이것을 이야기로 만들어 발표하기로 했다. 제

'영감(Inspiration)'을 주제로 발표하다.

목은 'What Inspires Your Life? (무엇이 당신 인생에 영감을 주는가?)'로 정했다. 이번에는 파워포인트 프리젠테이션을 작성했다. 최대한 이야기 흐름에 집중하며 재미있게, 그리고 아기자기하고 예쁘게 작성했다. 어린 시절 '큰 바위 얼굴'에 대한 기억, 미국 어학연수와 대륙횡단 여행, 여행을 통한 깨달음, 그리고 MBA 등등. 마무리는 한자어 '萬卷萬里(만권만

MSU 사이트 인터뷰 기사(위)

위챗 MSU 블로그에 중국어로 실린 발표내용(왼쪽)

리)'로 하였다. 당신의 아이가 꿈꾸기를 바라고 멋진 인생을 살기 원한다면, 책을 많이 읽게 하고 먼 곳으로 여행을 보내라고…. 최대한 나의 이

야기를 재미있고 솔직하게 전달했다. 오직 교수님 한 분만을 위해서 '萬卷萬里'를 영어로 번역하는 배려도 잊지 않았다. 교수님을 놀려먹는 재미에 폭소가 터져 나오기는 하였지만…. 반응이 매우 좋았다. 특히, 중국 학생들에게 큰 울림이 있었던 것 같다. 아마 나의 성장기가 지금의 중국 시골 환경과 비슷하기 때문일 것이다. 이 이야기가 널리 회자 되어 나중에 학교 신문사와 인터뷰를 하였다. 중국의 위챗(WeChat) MSU 블로그에는 나의 이야기가 중국어로 기사화되어 실리기도 했다. 예상하지 못한 결과였다. 나로서는 신기했다. 인간의 마음은 서로 통할 수 있다는 것을 깨달았다.

　　마지막 발표는 자유 주제였다. 나는 '문화(Culture)'로 하기로 했다. 비록 짧은 시간이지만, 내가 VIPP 과정에서 공들여 배우고 연구한 것을 정리하여 발표하고 싶었다. 제목은 'Culture Matters! (문화가 중요하다!)'로 했다. 문화에 대한 정의, 한국에서 영화를 통해 피상적으로 접했던, 그러나 편향되었던 미국 문화를 말한 다음, VIPP 과정을 통해 알게 된 미국 문화의 정수(精髓)를 설명했다. 다음으로는 한국을 돌아볼 차례였다. 1960년대 이후 산업화 시대, 1980년대 이후 민주화 시대, 그리고 2000년대 이후 월드컵과 K-팝으로 대표되는 한류 문화 시대를 차례로 구체적인 사례를 들어가며 발표했다. 그리고서 '한국은 과연 선진국인가?'라고 학생들에게 물음을 던졌다. 한 중국 학생이 경제학 교수답게 한국의 1인당 국민소득과 OECD 가입 등을 언급하며 선진국이라고 대답했다. 나는 계속 발표를 이어갔다. 경제적 측면에서 맞을 수 있다고, 그러나 우리는 사우디아라비아가 경제적으로 부유한 나라라고 해서 선진국이라고 말하지는 않는다고. 왜냐고? 선진국은 경제적으로 부유한 나라가 아니라 위대한 문화를 가진 나라이기 때문이라고. 그랬다. 미국에서 생활하는 동안 내가 배운 선진국은 고귀한 공유가치(Prestigious Shared Value), 즉 위대한 문화유산(Great Cultural Heritage)을 가진 나라였다. 문화적으로 앞선 나라가 진정한 선진국이었다. 나는 이 이야기를 하고 싶었다. 문화란 무엇인가? 저명한 문화 인류학자인 제럴드 홉스테드(Gerald Hofstede)에 따르면, '문화란 서로 다른 민족 또는 그룹 간의 가치의 차이(Value Differences among Nations/Groups)'로 정의된다. 문화는 보이지 않는 마음의 세계(Software of the Mind)에 관한 것이며, 우리가 생각하는 방식을 결정하는 사회적으로 프로그램화된 것(Social programming that determines how we think)을 말한다. 즉, 공동체가 함께 공유하는 가치(Shared Value)가 문화이다. 문화를 말할 때 우리가 흔히 떠올리는 다양한 건축물, 미술품, 유·무형 문화재 등은 문화의 핵심인 보이지 않는 가치체계가 만들어낸 산물에 지나지 않는

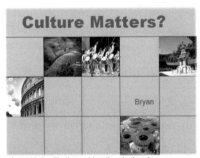

'문화'를 주제로 한 세 번째 발표

다. 한 사회의 가장 깊숙한 내면에 자리한 것이 바로 '문화'이다. 그래서 문화는 오래 함께 지내도 쉽게 알기 어렵다. 위대한 문화가 선진국을 만든다. 내가 본 미국은 선조로부터 위대한 문화를 물려받았고 지금, 이 순간에도 그 문화를 계승하며 발전시키려고 노력하고 있었다. 이것이 미국을 세계 유일 강대국으로 만든 원천이었다. 나는 학생들에게 '무엇이 한국 문화인가?'라고 다시 물었다. 나의 질문에 한국 학생들은 대답하지 못하고 머뭇거렸다. 내가 그들을 바라보며 재차 묻자 몇몇 대답이 돌아왔다. 돈 벌기, 열심히 일하기, 충효 사상, 상부상조, 치열한 경쟁 등등. 하지만 각자 서로 다른 대답이었다. 모두가 동의하는 공유된 가치(Shared Value)가 아니었다. 이 발표를 준비하며 나도 곰곰이 생각해 보았다. 딱히 한국인의 가치를 말할 수 없었다. 60, 70년대 새마을 운동 정신인 근면, 자조, 협동이 그나마 가까워 발표에 끼워 넣었지만, 박정희 대통령 사

망 후 80년대 초 정권 교체와 더불어 점차 사라져 더 이상 한국인의 공유가치라고 말하기는 어렵다는 설명을 덧붙여야 했다. 우리 시대의 공유가치라고는 할 수 없었다. 발표를 끝내면서 마지막으로 말했다. 솔직히 나도 한국인의 가치, 자랑스러운 한국 문화가 무엇인지 모르겠다고…. 이것이 오늘을 살아가는

'대중 앞에서 말하기' 수업 레이첼 교수님과 학생들

한국인에게 남겨진 과제가 아닐까 한다고. 선진국이 되기 위해서는 문화가 가장 중요하니, 고귀한 문화를 창조하여 어서 빨리 선진국이 되었으면 좋겠다고….

미국 문화 단편선

미국의 건국, 법률, 그리고 정부

VIPP 과정에서 내가 미국 문화와 관련된 강의를 모조리 듣고 나름대로 관련 자료를 찾아 부지런히 배웠다고는 하지만, 고백하건대 나는 미국 문화 전문가는 아니다. 미국 문화를 깊이 있게 연구하거나 미국 문화를 가지고 학위를 받은 적도 없다. 나의 미국 문화에 대한 이해가 단편적이고 주관적일 수 있다. 그러나, 나는 드물게 10여 년을 터울로 세 번에 걸쳐 미국에서 수년간 생활하며 공부하고 여행하는 행운을 가졌다. 그리고 마지막에는 1년간 미국 문화를 집중적으로 배울 수 있었다. 이곳에서는 내가 공부한 미국 문화를 그간의 경험과 느낌을 토대로 재해석하면서 살펴보고자 한다. 내가 여기에서 이야기하는 내용 중 상당 부분은 VIPP 미국 문화 강의와 'American Ways(4th Edition, Maryanne Kearny Datesman 외 2인 공저, 2014)' 등을 참고했음을 미리 밝힌다.

미국은 알다시피 유럽 정복자들에 의해 건설된 나라이다. 유럽계 백인이 세운 국가다. 아시아계 한국인인 나로서는 미국이 다양한 민족으로 구성된 국가라 모두가 평등하다고 단선적으로 생각하고 싶지만, 실상 미국에서 생활하다 보면 그렇지 않다는 것을 곧 알게 된다. 미국은 유럽계 백인 중에서도 영국의 앵글로색슨족이 세운 나라였다. 유럽계 백인이라고 다 같은 백인은 아니다. 특히, 스페인 사람들과 그 혼혈 후손들은 히스패닉(Hispanic)으로 별도로 분류된다. 1492년 콜럼버스가 신대륙을 처음 발견한 후, 16세기 초 미국 본토에 처음 상륙한 정복자는 스페인 사람들이었다. 이들은 플로리다를 중심으로 한 멕시코만 연안 지역을 개척하였다. 그즈음 프랑스인들은 오대호 연안을 중심으로 모피 무역을 하며 정착지를 내륙으로 넓혀가고 있었다. 청교도가 중심이 된 영국인은 1607년

버지니아 제임스타운, 1620년 매사추세츠 보스턴 근처의 플리머스에 식민지를 개척하기 시작했다. 그 후 영국인은 뉴잉글랜드와 버지니아 지역에서 계약 노동자를 중심으로 세력을 넓혀나갔고, 여기에 프랑스의 칼뱅

플리머스 플랜테이션

Journey on the Mayflower

청교도를 태운 메이플라워 호의 항로

파 신도, 대농장 경영을 위해 아프리카에서 잡혀 온 흑인 노예 등이 가세하며 대서양 연안을 따라 초기 13개 주의 영국 식민지가 형성되었다. 보스턴 차 사건이 도화선이 되어 1775년 영국으로부터의 독립전쟁이 시작되었고, 마침내 1776년 7월 4일 미국은 독립을 선언한다. 독립전쟁은 조지 워싱턴이 이끄는 미국의 승리로 막을 내리고 결국 미국은 1783년 파리 조약을 통해 독립 국가로 승인되었다. 이후 미국은 1803년 프랑스에서 루이지애나를, 1819년에는 스페인에서 플로리다를 매입하였다. 그 후에도 영국, 멕시코, 러시아 등으로부터 전쟁 또는 협상을 통해 미국의 중서부와 알래스카 등의 영토를 넘겨받는 한편, 이미 아메리카 대륙 전역에 거주하고 있던 인디언을 보호구역으로 축출하여 마침내 대서양에서 태평양에 이르는 거대한 국가를 건설하게 된다. 이때 미국인을 지배했던 사상이 신의 계시(Manifest destiny)인데, 이에 따르면 미국은 신에 의하여 그들의 영토를 대서양에서 태평양까지 확장하고 북아메리카 대륙에 민주주의와 자본주의를 널리 전파해야 할 운명을 타고났다는 것이다. 미국은 이 과정에서 많은 전쟁을 치르고 엄청난 수의 인디언을 학살하게 된다. 콜럼버스가 신대륙을 발견한 1492년 아메리카 인디언의 수는 약 2~3천만 명으로 추정되고, 북미 대륙에만 백만 명 이상이 거주하였으나, 한때

그 수가 25만 명까지 줄어들었고 오늘날에도 겨우 2백만 명 정도가 살고 있다고 한다. 미국 정부의 소개령에 따라 미국 동남부 지역에 살던 아메리카 인디언이 미시시피강 서부로 강제이주해야 했던 사건이 '눈물의 행로(The Trail of Tears)'인데, 이때 기아와 병마로 죽어간 수 많은 인디언이 그때의 참상을 잘 보여준다. 1860년대 남북 전쟁으로 국가 분열의 위기를 극복하고 난 후, 미국은 산업화에 박차를 가해 20세기 초에는 강력한 근대국가로 발돋움하게 되었다. 제국주의 식민지 쟁탈전의 최종 종착지였던 제 1·2차 세계대전에서 승전국이 된 미국은 세계를 급속도로 미국 중심의 질서 체계로 재편하였으며, 자유민주주의 진영을 대표하는 강대국으로 급부상하였다. 1960년대 냉전 시대에는 소련과 더불어 세계의 양대 강대국으로 행세하였으며, 1980년대 말 소련이 붕괴된 이후에는 법치국가와 자본주의의 상징으로, 그리고 세계 유일 강대국으로 오늘에

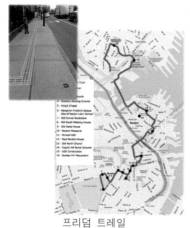
프리덤 트레일

이르게 된다. 이것이 아주 짧게 살펴본 미국의 건국 역사이다. 매사추세츠주 보스턴에 가면 미국의 독립전쟁 역사와 그 유적지를 살펴볼 수 있는 프리덤 트레일(Freedom Trail)이 있고, 펜실베이니아주 필라델피아에 가면 독립선언서가 낭독되었던 당시의 주 의사당(현 인디펜던스 홀)을 둘러볼 수 있다. '로마는 하루 아침에 이루어지지 않았

다.'는 말이 있다. 미국도 하루 아침에 이루어진 것은 아니었다. 짧은 2백여 년의 역사라고 하지만, 수많은 전쟁을 치르며 주권을 확립하고 영토를 확장하여 오늘의 세계 유일 강대국으로 발전해 온 것이다. 그 과정에서 아메리카 인디언과 같이 약한 자는 지구상에서 서서히 소멸되어 갔다. 우리는 흔히 5천년 역사를 가진 민족이라고 말한다. 하지만, 대한민국의 역

사는 상해 임시정부부터 출발해도 고작 100여 년에 불과하다. 미국과 비교하면 아직 가야 할 길이 먼 신생 국가일 수도 있었다.

　　미국으로 이주한 청교도들은 종교와 전제국가의 탄압을 피해 새로운 삶을 찾아 신대륙에 온 사람들이었다. 그들은 거대한 권력이 되어 인간을 착취하고 삶을 피폐하게 만드는 로마 카톨릭 교회와 전제 군주, 봉건 귀족 세력이 싫고 미웠다. 국가와 정부가 더욱더 커지고 강해질수록 개인의 자유는 점점 더 위태로워진다는 것을 잘 알고 있었다. 국가는 개인의 자유에 대한 잠재적인 적이라고 생각했다. 그래서 미국 건국의 아버지들(The Founding Fathers)은 미국을 건국하며 이러한 사상을 미국 헌법에 담으려고 애썼다. 그들은 '국가는 아무리 잘 운영되어야 '악마'에 지나지 않는다. (Government even in its best state is but a necessary evil.)'라고 믿었다. 그래서 국가 권력이 한곳에 집중되는 것을 막기 위해 최선을 다했다. 그렇게 해서 탄생한 것이 1787년 필라델피아 연방 회의에서 완성되고 1789년 비준이 이루어진 미국 헌법(The Constitution of the United States)이다. 미국 헌법의 핵심 사상은 제1조에서 제3조에 담겨있는, 입법부, 행정부, 그리고 사법부의 권한을 분리하는 삼권분립 체계에 있다. 국가의 3대 권력기관의 권한이 분리되어 서로 견제와 균형을 이룸으

미국 헌법

로써 어느 한쪽에 권력이 지나치게 집중되는 것을 막는 것이다. 3부의 권한을 하나하나 자세히 뜯어보면 매우 치밀하고 정교하게 그 권한이 분산되어 있음을 알 수 있다. 이러한 교육은 미국의 법률과 정치 체제(US

Legal System and Government) 강의에서 다루어졌다. 중국 학생들도 강의를 같이 들었는데, 그들은 이러한 체계를 잘 이해하지 못하는 것 같았다. 중국은 서방 세계, 그리고 우리나라와 달리 공산당 일당이 통치하는 나라로, 서로 간에 국가체계가 다르다는 점을 새삼 깨닫게 된 순간이었다.

첫 번째 헌법 수정으로 채택된 권리 장전(Bill of Rights)의 내용도 내겐 흥미로웠다. 권리 장전은 국가 권력의 폐해를 염려한 몇몇 주와 토머스 제퍼슨 등이 중앙 정부에 의한 독재를 막기 위해 제안한 것으로 주로 연방 정부의 권한을 제한하고 시민의 권리를 보장하는 내용을 담고 있다. 총 10개 조로 이루어져 있는데, 제1조는 종교, 언론, 출판, 결사의 자유를 보장하는 내용이고, 제2조는 국민이 무장을 할 수 있는 권한, 즉 개인이 총기를 소지할 수 있는 권한을 담고 있다. 언론의 자유는 민주주의 국가를 유지하는 데 꼭 필요한 요소로 간주 되었다. 그들은 언론의 자유를 통해서 국민이 국가 권력을 감시할 수 있다고 믿었다. 다음으로, 개인이 무장할 수 있는 자유인데, 개인이 총기를 소지할 수 있는가? 하는 문제는 갖가지 총기 사고로 인하여 오늘날에도 미국 사회를 뜨겁게 달구고 있는 이슈이다. 외국인이 보기에 총기 소유는 범죄나 사고의 개연성을 높여 당연히 제한되어야 할 것으로 보이나, 미국인의 시각에서는 그렇지 않을 수 있다. 미국인은 초기 이민 이후, 서부개척 시대를 살면서 자신의 안전을 스스로 지켜야만 했고 그래서 그런 생각이 오랫동안 자연스럽게 내면 깊숙이 스며들어 이어져 왔다. 그만큼 국가에 대한 의존보다 독립과 개척 정신이 강하다. 적으로부터 스스로 지키기 위해 총기 소지는 꼭 필요했고 그것은 개인의 자유이자 권리에 속했다. 이러한 이유로 인해, 지금도 미국에서는 수정 헌법 제2조에 대한 개정 시도가 번번이 무산되고 있다. 우리나라와 중국과 같은 동아시아 국가에서는 개인의 자유가 어느 정도 침해되는 것이 쉽게 받아들여진다. 그러나 유럽과 미국에서는 개인의 자유 침해에 대해 매우 민감하게 반응한다. 아무리 국가 권력이라 할지라도 헌법이 보장하는 개인의 자유를 침해하는 것에 대하여 용납하지 않는다. 문화의 차이이다. 패트릭 헨리(Patrick Henry)가 '자유가 아니면 죽음을 달라! (Give me liberty, or give me death!)'라고 말했듯이, 미국인에게 자유는 인간의 삶에 있어 절대적인 가치를 차지하고 있다.

개인과 국가 간의 관계 설정도 우리와는 다르다. 초기 미국의 건국자들은 국가 권력이 커지면 전체주의 국가로 전락할 수 있고 그러면 개인의 자유와 생명이 경시될 수 있다는 점을 경계했다. 그래서 최소한의 정부를 지향했다. 고등학교 시절 영어 공부의 바이블이었던 성문종합영어 제1장에 존 F. 케네디 대통령의 취임사가 실려있다. 유명한 연설이다. 그 연설에 이런 문장이 있다. "국가가 여러분에게 무엇을 해 줄 것인가를 묻지 말고 여러분이 국가를 위해 무엇을 할 것인가를 물어보세요. (Ask not what your country can do for you. Ask what you can do for your country.)" 미국인의 국가관이 투영되어 있음을 볼 수 있다. 최근 들어 이런저런 이유로 정부의 역할은 커지고 있다. 정부가 무엇인가를 해 주기를 기대하는 사람들의 목소리도 점점 높아지고 있다. 언 듯 보면 많은 것을 국가가 해 주는 것이 좋아 보인다. 그러나 정부의 역할이 커진다는 것은 개인의 자유가 더욱 억압될 수 있고 누군가는 더 많은 세금을 내야 한다는 것을 뜻한다. 사람들은 그 누군가가 자신은 아니길 바란다. 이것이 무엇을 의미하는가? 스스로 자립할 수 없는 사람들이 정부를 매개체로 하여 누군가에게 의존하고 기대려고 하는 것이다. 초기 미국인의 정신과는 잘 어울리지 않는다. 국방과 외교, 경제 등에 있어 정부의 역할이 매우 중요한 것은 사실이다. 그러나 지나치면 그것은 부메랑이 되어 다시 국민에게 억압으로 돌아온다. 국가 권력의 비대화와 통제받지 않는 권력은 필연적으로 자유에 대한 억압과 부패, 그리고 비효율을 낳는다. 국가 권력을 거머쥔 인간의 본성이 탐욕스럽기 때문이다. 미국 건국의 아버지들이 우려했던 대로 국가는 아무리 잘 운영되어도 악마에 지나지 않는다. 그것이 권력의 속성이다. 이것이 초기 미국인들만의 생각이었을까? 오랜 세월 왕정에 익숙한 우리와 같은 동양인에게는 어울리지 않는 국가관일까? 천천히 곱씹어 볼 일이다.

이민과 다양한 인종, 미국 사회

앞에서도 언급했지만, 미국은 이민자들에 의해 설립된 국가다. 초기에는 영국을 중심으로 한 청교도가 이민자의 대부분이었으나, 이후에는 프랑스, 스페인, 북유럽 등으로 점차 확대되어 갔다. 17~18세기에는 남부의 대농장에서 면화 및 사탕수수 재배에 흑인 노예를 이용하게 되면서 아프리카계 이민도 급증하게 된다. 남북 전쟁 이후부터 1929년 대공황이전까지는 남유럽과 동유럽에서 폭발적으로 이민이 증가하기도 했다. 한편, 아시아계 이민은 1850년대 미 서부의 금광개발과 대륙횡단철도 건설을 계기로 늘어난다. 그러나 중국인의 이민 증가로 인한 폭력 사태와 금의 고갈에 따른 이주자끼리의 갈등 등으로 인해 중국인 혐오 정서가 확산하면서 미국은 1882년 중국인 이민 금지법(Chinese Exclusion Act)을 만들어 중국인 이민을 전면금지했다. 이 법률은 제2차 세계대전 이후인 1952년 개정되어 다시 중국인에게 이민 문호를 개방하게 된다. 중국이 제2차 세계대전에서 연합군에 가담한 것이 반영되었다. 소위, 같은 편이었다. 미국의 이민정책을 살펴보면, 1800~1920년대까지 외국에서 태어난 미국인의 비율은 15% 정도로 이민이 활발하였다. 그러나, 이후 1924년 이민법을 통해 이민자 수를 축소하였고, 그 후로도 이민 확대 및 축소는 주기적으로 반복되었다. 그 결과 2010년에는 그 비율이 약 13% 정도로 유지되었다. 현재 도널드 트럼프 대통령은 2017년에 새로운 법안을 통과시켜 이민을 제한하고 있다. 미국의 긴 이민 역사를 통해 보면 트럼프 대통령의 이민정책이 별 특별한 것은 아니다.

　　1860년대 남북 전쟁은 에이브러햄 링컨 대통령이 이끄는 북군의 승리로 끝났다. 이에 따라 노예제도가 폐지되면서 흑인 노예는 자유를 얻었지만 그들의 삶은 크게 나아지지 않았다. 오히려 산업화가 급속하게 진전되고 농기계가 보급되면서 그들은 농장에서조차 일자리를 찾을 수 없었다. 흑인들은 남부에서 자행되었던 인종 차별을 피하고 북부 공업 도시에서 일자리를 얻기 위해 1914년부터 1950년까지, 1차 이동에서는 뉴욕, 피츠버그, 시카고, 디트로이트 등 북부 지역으로, 2차 이동에서는 로스엔젤레스, 오클랜드 등 서부 지역으로 600만 명 이상이 대이동(Great Migration)을 하게 된다. 오늘

로자팍스 버스(헨리포드 뮤지엄)와 몽고메리 버스 보이콧

날 미국의 주요 대도시에 흑인 인구가 많이 거주하는 이유 중 하나이다. 이주한 흑인들은 1930년대 뉴욕의 할렘이나 시카고, 디트로이트에서 음악과 문학을 중심으로 흑인 문화를 꽃피우기도 했다. 그러나, 미국 사회에서 흑인은 여전히 사회적으로 차별받고 하류 계층을 형성하고 있었다. 1955년 앨라배마주 몽고메리시에서 발생한 흑인 여성 로자 팍스(Rosa Parks)의 버스 좌석 양보 불복종에서 비롯된 인종 차별 반대 운동은 마틴 루터 킹(Martin Luther King Jr.) 목사 등 인권운동가들의 지도하에 1960년대 흑인 민권운동이라는 거대한 물결을 이룬다. 그 결과 흑인에

대한 각종 차별은 철폐되고 흑인을 비롯한 유색인종의 사회적 지위는 향상되었으며, 미국은 법 앞에 평등한 사회로 나아가게 된다. 마침내 아프리카 케냐 남자 이민자와 유럽계 미국 여자 사이에서 태어난 물라토(Mulatto)인 버락 오바마(Barack Obama)가 2008년 미국 대통령에 당선됨으로써 미국은 최초로 유색인종 대통령을 배출하게 되었다. 디트로이트에 있는 헨리포드 박물관을 방문했을 때 로자 팍스의 버스를 본 적이 있다. 어느 농가에 방치되어 있던 것을 발견하여 경매를 통해 구입하여 전시하고 있었다. 로자 팍스의 버스에 버락 오바마 대통령이 홀로 앉아 생각에 잠겨있는 사진이 인상적이었다. 길고도 험난했던 인종 차별 철폐의 역사를 보는 것 같았다.

2018년 기준 미국의 인구는 약 3억 2천만 명인데, 대략 그 구성 비율을 살펴보면 유럽계 백인이 76.6%, 아프리카계 미국인이 13.4%, 아시아계 미국인이 5.8%, 아메리카 인디언 또는 알래스카 원주민이 1.3% 등이다. 유럽계 백인에는 히스패닉(Hispanic) 또는 라티노(Latinos) 18.1% 중 상당수가 포함되어 있다. 아시아계 미국인은 캘리포니아 등 서부에 많이 거주하고 히스패닉은 캘리포니아와 텍사스, 플로리다 등 멕시

함께 어울려 사는 미국의 다양한 인종들

코와 인접한 서남부 지역에 주로 거주한다. 미국 연방 인구센서스국에 따르면, 현재 히스패닉과 흑인의 출산율이 백인보다 높기 때문에 2060년이 되면 백인의 인구 비율은 43%, 히스패닉은 31%, 흑인은 15%로 유색인

종이 백인을 추월할 것으로 예상한다. 이렇게 다양한 인종이 모여 살다 보니, 미국 사회의 가장 중요한 갈등 요인 중의 하나는 인종 문제이다. 그러면 미국에는 현재 우리가 교과서에서 배우는 것처럼 인종 차별이 없을까? 그렇지 않다. 법적으로, 또 공식적으로는 모든 미국 시민은 평등하고 차별은 없다. 그러나 진정으로 차별이 없어지기 위해서는 모든 사람이 정서상으로 인간은 평등하다고 받아들일 수 있어야 한다. 그런데 모든 사람이, 우리가, 내가 그것을 받아들이기는 쉽지 않다. 우리 사람이 생명체이기 때문이다. 생존을 위해 깃털이 같은 새가 같이 모이듯이 사람도 생김새가 유사한 사람끼리 모인다. 그리고 그렇게 모인 사람들은 같은 무리로 평가된다. 무리의 개개인을 정확하게 알 수 없을 때는 일반적으로 그와 유사한 다른 사람을 통해서 그 사람을 평가한다. 그것이 생존에 유리하기 때문이다. 내가 미국에서 백인, 흑인, 중국인을 겪으며 내게 각인된 그들에 대한 이미지는 같은 피부색을 가진 사람들 또는 민족에게도 그대로 투영된다. 그래서 나의 행동이 나만의 행동이 아니라 한국인의 행동으로 다른 사람들에게 비추어지는 것이다. 그리고 그 다른 사람은 나 아닌 한국인을 평가할 때 나의 행동에 대한 인상이라는 색안경을 끼고 평가할 것이다. 법으로 할 수 있는 것에는 한계가 있다. 공식적으로 지금도 법 앞에 모든 인간은 피부색에 상관없이 평등하다. 하지만 실제는 그렇지 않다. 우리는 같은 피부색 또는 같은 민족의 다른 사람의 행동과 이미지를 가지고 어떤 사람을 평가한다. 그리고 그에 따라 다르게 행동한다. 차별이라기보다 본능에 가깝다. 겉으로 드러내지는 않지만, 대부분의 사람이 그렇게 한다. 이것이 생존을 위해 수백만 년간 인간이 발전시켜온 DNA이기 때문에 부정하기 어렵다. 차별을 받지 않기 위해서는 차별받을 행동을 하지 않는 것이 유일한 방법이다. 내 선조가 그래야 하고 내 이웃이 그래야 하고 내가 그래야 한다. 그렇게 오랜 세월이 흘러 한 집단에 대한 이미지가 바뀌면 그들은 그에 합당한 대접을 받을 것이다. 차별이 사라질 것이다. 이것이 우리가 늘 행동을 조심해야 하는 이유이다. 나뿐만이 아니라 내가 속한 집단이 제대로 평가받고 취급받기 위해서, 그리고 차별받지 않기 위해서…. 미국에 있는 동안 한국인으로서 좋은 이미지가 형성되도록 항상 행동에 조심했다. 나에게는 더 엄격하고 다른 사람에게는 관대해지려고 노력했다. 보는 사람이 없어도 법과 질서를 지키려고 했고 최대한 밝고 좋은 모습을 보이려고 행동했다. 왜냐하면, 나를 비롯한 우리 하나하나가 외국에 나가면 한국의 대표선수이기 때문이다. 그래서 외국에 나가면 모두 애국자가 되는지도 모른다.

미국인의 가정, 교육 그리고 스포츠

내가 학교에 다닐 때는 한국은 전통적인 대가족이고 미국을 비롯한 선진국은 핵가족이라고 배웠었다. 하지만 현대 사회로 넘어오면서 지금은 오히려 한국이 더 출산율도 낮고 가족 구성원의 수도 적은 것 같다. 가족 간의 정(情)도 별반 차이가 없어 보였다. 산업화 사회가 진전되고 온 세상이 지구촌이 되어가면서 사람 사는 세상은 대체로 선진국 모델을 닮아가는 느낌이다. 미국의 가족과 그들의 문화를 보면서 몇 가지 눈에 띄는 다른 점을 발견할 수 있었다. 그 하나가 한 가정의 아이 수였다. 나는 무심결에 선진국인 미국 가정의 아이 수가 한국 가정의 아이 수보다 적을 것으로 생각했다. 그런데 내가 방문한 가정의 아이 수는 어떤 때에는 세 명, 때에 따라서는 네 명인 경우도 종종 있었다. 젊은 부부들 이야기다. 60, 70년대 아버지 세대를 얘기하는 것이 아니다. 그때는 우리도 보통 네 명에서 여섯 명의 자녀가 있었다. 아파트가 아닌 단독주택에 사는 사람들이 대부분이어서 집이 좁아 보이지도 않았다. 인구 통계에 의하면, 우리나라의 출산율이 여성 1명당 0.9명으로 OECD 국가 중 가장 낮다고 한다. 한국에서는 잘 느끼지 못했는데, 미국에 오니 한국의 낮은 출산율이 실감 되었다. 어느 순간부터 낮은 출산율만큼은 우리가 그들을 앞지르고 있었다. 아이의 양육 방법도 좀 달라 보였다. 예전에 어학연수 왔을 때 홈스테이 하던 메리 아주머니 집에 조카 손녀가 놀러 오곤 했었다. 다섯 살 여자아이였다. 여름날 우리가 수영장에서 수영하고 있는데, 그 아이가 놀러 왔다. 아이의 엄마는 그 아이의 양팔에 작은 튜브를 끼우더니 대뜸 아이를 수영장에 던져 넣었다. 어른들이 수영하는 깊은 물이었다. 깜짝 놀랐다. 한국에서라면 준비운동하고 가슴에 물 묻히고 엄마 손 잡고 천천히 걸어 들어갔을 것이다. 용감하다고 해야 할까? 무모하다고 해야 할까? 아무튼, 별로 겁이 없고 참 씩씩해 보였다. 거친 땅의 개척자 후손다웠다. 부모와 아이와의 관계도 매우 평등해 보였다. 그들이 주고받는 대화를 보면 알 수 있었다. 늘 아이와 상의 하는 모습에서 아이를 한 인간으로 존중해 주는 모습을 볼 수 있었다. 그럼에도 불구하고 아이들이 부모의 말을 잘 듣는 것을 보면 신기하기까지 했다. 우리나라는 전통적 유교 국가를 자처하지만, 식당에 가면 도통 부모의 말을 듣지 않고 떼쓰는 아이들의 모습을 심심치 않게 볼 수 있지 않은가? 신체적 체벌도 법으로 엄격히 금지되는 미국인데, 그들의 노하우가 궁금하기만 했다. 고등학교 졸업식을 자녀에게 있어 가장 의미 있는 행사로 대하는 그들의 태도도 우리와는 달랐다. 그럴만한 이유가 있었다. 미국에서는 고등학교를 졸업하면 성인으로 취급받는다. 고교 졸업 후, 대학에 진학하지 않으면 취업을 통해 경제활동을 할 것이고 대학에 진학하는 때도 학자금 융자나 아르바이트 등을 통해 스스로 자립한다. 더는 부모에게 의존하지 않는다. 말 그대로 한 명의 사회 구성원으로서 정신적으로나 경제적으로 독립하는 시점이 바로 고교 졸업식이다. 그래서 부모 처지에서 보면 자녀에게 있어 가장 중요한 행사라 아니할 수 없다. 나이도 20세 정도이니 법적으로도 성인이 되는 시점일 것이다. 성인이라면 마땅히 경제적으로도 스스로 돌

볼 수 있어야 한다. 이유를 알고 보니, 지극히 합리적이고 수긍이 되었다. 반면 우리나라는 어떤가? 20세가 되어 성인식을 하고 대학을 가도 우리는 자녀를 독립된 성인으로 인정하지 않는다. 자녀들도 정신적으로나 경제적으로 그럴 의사가 별로 없어 보인다. 과잉보호 속에 자녀를 양육하는 것이 모두에게 일상화되다 보니 문제의식도 없다. 다 큰 자녀 뒷바라지에 부모들의 노후 준비가 제대로 될 리 없다. 어디서부터 손을 대야 할지 모르는 참 갑갑한 우리나라 자녀 양육 문화이다. 그렇게 일찍 자립하는 미국인들이지만 그들에게도 가족은 우리만큼이나 소중한 존재였다. 추수감사절이 되면 그들은 대부분 고향으로 부모를 방문하고 그리운 가족과 함께 웃고 떠들며 시간을 보냈다. 다른 듯 같은 사람 사는 모습이었다.

어느 사회를 막론하고 한 사회를 지속적으로 유지하고 발전시키기 위해 교육은 가장 중요한 수단이다. 개인적 차원에서도 교육은 사회 계층을 이동할 수 있는 공인된 사다리로 인식된다. 그래서 어느 사회든 교육은 모든 사람에게 매우 중요한 관심사다. 미국 교육의 목적은 개인의 잠재력을 최대한 끄집어내 발전시키고 스스로 학습하는 법을 가르치는 것이다. 그 밖에 사

고등학교 졸업식   스포츠 클럽 활동

교 및 대인관계 기술도 매우 중요하게 다루어진다. 교육 목적의 하나로 사교 및 대인관계 기술 향상이 포함된다는 점이 특히 내 눈에 띄었다. 입시 위주의 한국 교육과 다른 점이었기 때문이다. 미국에서는 대학교에 진학하는데 학생회 활동 등 과외 활동이 공부 성적만큼이나 중요한 부분을 차지한다. 다양한 과외 활동을 통하여 미국 사회가 요구하는 통솔력이나

선의의 경쟁을 펼치는 기술, 그리고 책임 있는 시민 의식을 함양할 수 있다고 믿기 때문이다. 요즘은 우리나라도 이러한 선진국을 벤치마킹하여 대학 수시전형에 과외 활동을 많이 반영하는 추세라고 한다. 그러나 겉옷은 비슷해 보이지만, 속을 들여다보면 진정성 측면에서 우리는 뭔가 많이 부족하다. 아이의 과외 활동이 부모 몫인 경우도 허다하고 아이도 과외나 봉사활동에 건성인 경우가 많다. 누구를 탓하고자 하는 것이 아니다. 어떤 제도의 정착은 그 사회 구성원 모두의 성숙도나 문화와 직결되기 때문이다. 겉은 쉽게 베낄 수 있지만, 그 실질까지 따라가는 데는 많은 시간이 필요하다. 그래서 선진 사회는 하루아침에 이루어지지 않는다. 좋은 교육시스템을 정착시키고 더 나은 사회를 만들기 위해선 우리 모두의 한 걸음이 필요하다. 교육에 관한 한 미국도 많은 문제를 안고 있었다. 특히, 평등한 교육 기회의 제공이 가장 뜨거운 이슈였다. 주로 흑인과 히스패닉이 많이 거주하는 도심과 중산층 이상 백인이 거주하는 도시 근교의 교육 환경 차이, 부유층이 주로 이용하는 사립학교와 누구나 무료로 이용하는 공립학교의 차이 등이 그것이다. 잘사는 나라는 잘사는 나라대로 분배의 문제를 안고 있었다. 대학 진학과 관련하여 수업 시간에 중국 학생들과 토론할 기회가 있었다. 그들은 내가 대학에 진학하던 시절처럼 학력고사를 통해 대학에 진학한다고 했다. 누구에게나 공정한 기회를 제공하는 제도로 복잡한 미국의 시스템보다 우월하다고 했다. 우리나라는 미국을 따라가고 있으나, 현재는 미국과 중국 그 중간 어디 쯤에 있는 것 같았다. 아빠 엄마 찬스를 이용한 수시 입학의 문제점을 잘 알고 있고 개인적으로 수능을 통한 정시 입학을 선호하기는 하지만, 그렇다고 과거 우리가 했던 학력고사 제도, 즉 중국의 현 제도가 과연 좋은 제도일까? 쉽게 답을 할 수가 없었다. 선진국이 한다고 해도 그 제도가 우리 사회의 문화와 맞지 않으면 좋은 제도가 아닐 수 있다. 결국, 사회의 발전 정도, 즉 그 사회의 문화가 제도의 유용성도 결정하는 것이 아닌가 하는 생각이 들었다.

많은 미국인은 스포츠에 열광한다. 미국에서 3대 스포츠로 불리는 미식축구, 야구, 그리고 농구는 팬들의 열기도 대단하고 그 시장 규모도 상상을 초월한다. 그만큼 스포츠는 미국 사람들의 여가생활에서 매우 커다란 비중을 차지한다.

내가 미식축구를 보기 위해 찾았던 미시간 대학의 스파르탄 경기장이나 뉴욕 양키스 구장의 열기도 대단했다. 특히, 미식축구가 있는 날은

미시간주립대학교 미식축구팀 스파르탄 경기 모습

온통 도시 전체가 경기 전부터 떠들썩했다. 그러면 왜 이렇게 미국인은 스포츠에 열광할까? 미국인은 공정한 기회와 그 기회 안에서의 경쟁을 좋아한다. 그래서 피부색이나 돈의 많고 적음에 관계없이 누구나 평등하게 경쟁할 수 있는 스포츠에 매료되었다. 상대방을 이기기 위해서는 열심히 노력해야 한다. 그래서 미국인들은 평소 열심히 일하듯이 스포츠에도 최선을 다한다. 학교에서도 스포츠는 중요한 과외 활동이다. 학생들은 스포츠를 통해서 어려서부터 성공적으로 경쟁하는 법을 배운다. 경쟁에서 이기는 법(Winning Spirit)을 배움으로써 미래 사회생활을 준비하는 것이다. 기회가 누구에게나 제공되는 평등한 사회에서 경쟁은 피할 수 없다. 하지만 스포츠에서 경쟁만을 배우는 것은 아니다. 미국인이 선호하는 스포츠인 미식축구나 야구, 농구는 모두 팀 경기이다. 개인이 잘하는 것도 중요하지만 팀원 모두가 협력하는 팀워크가 훨씬 더 중요하다. 그래서 스포츠를 통해서 그들은 서로 협력하는 방법을 배운다. 경쟁과 협력이라는 두 마리의 토끼를 스포츠를 통해 잡는 것이다. 과거 우리에게 스포츠는 돈 없고 빽 없는 사람들이 하는 것이었다. 물론 종목에 따라 다를 수는

있지만…. 세상이 많이 변한 지금도 부모들은 아이가 운동하는 것을 그리 달가워하지 않는다. 삶의 태도를 함양하는 수단이나 취미활동으로 스포츠가 제대로 자리매김하지 못했기 때문이다. 우리나라에서 스포츠는 올림픽에서 메달을 따기 위한 엘리트를 양성하는데, 그 초점을 맞추고 있기 때문인지도 모른다. 미국과는 스포츠에 대한 개념과 접근 방식이 다른 것이다. 건강한 신체에 건전한 정신이 깃든다. 삶을 풍요롭게 하는 문화의 한 축으로 직접 참여하는 스포츠가 좀 더 대중화된다면 우리 사회가 더욱 건강해지지 않을까?

영화와 음악 속에 숨 쉬는 미국 문화

전후(戰後) 대중문화의 태동, 그리고 70, 80년대

영화나 음악만큼 사람들 가까이에서 그들의 삶과 호흡을 같이 하는 문화 부문도 없을 것이다. 영화나 음악을 만드는 사람들은 늘 시대의 상황을 반영하여 대중에게 호소력 짙은 작품을 만들어내려고 노력하기 때문이다. 그럴 경우, 그 영화 또는 노래는 대중의 심금을 울리고, 또 때로는 머릿속에 지워지지 않는 기억을 아로새기며 공전의 히트를 기록하게 된다. 미국인들 사이에서도 예외는 아닐 것이다. 그래서 미국 문화를 깊이 이해하는데 그들의 영화와 음악은 무척 흥미로운 소재임에 틀림이 없다. VIPP 과정이 시작된 그해 가을, '미국 문화_영화와 음악' 과목을 들을 수 있었던 것은 나에게 큰 행운이었다. 시골 촌놈인 내가 미국의 영화와 음악의 흐름을 이해하는 데 큰 도움이 되었다. 오케스트라 바이올린 연주자인 안나 교수님이 가르쳐 주셨다. 내가 미국 영화를 처음 접한 것은 할머니 댁에 방을 얻어 사시던 초등학교 선생님 댁에서 본 서부영화가 처음이었다. TV가 흔치 않던 시절, 흑백 TV에서 나오는 카우보이와 인디언 간의 박진감 넘치는 전투가 마냥 재미있기만 하였다. 어린 마음에 그땐 왠지 카우보이가 정의의 사도라고 생각했다. 미국 역사를 배우고 나서야 그 생각은 바뀌었다. 음악은 더더욱 가깝지 않았다. 어렸을 때는 집에 카세트 플레이어나 전축이 없어 음악을 들을 기회가 거의 없었다. 그래서 고등학교 때 음악 실기시험으로 클래식 곡목 명 알아맞히기 시험이 참 어려웠던 기억이 난다. 대학에 들어오고 나서야 음악과 조금 가까워질 수 있었지만, 누구나 다 아는 비틀즈(The Beatles)의 '예스터데이 (Yesterday)'나 사이먼(Paul Simon)과 가펑클(Art Garfunkel)의 '스카브로의 추억(Scarborough Fair)' 등을 듣는 정도였다. 음악에 대한 소양이 없었다. 외국 학생들을 대상으로 하는 강의이다 보니, 교수님은 영화와 음악에 대한 기초 상식부터 그 당시의 시대적 배경과 사회적 파급 효과에 이르기까지 다양한 측면에서 영화와 음악에 대한 강의를 진행해 주셨다. 영화에 대한 다양한 장르 – 애니매이션, 인디 필름, 누아르(Noir), 다큐멘터리, 로맨틱 코미디, 드라마, 호러(Horror), 서부영화, 코미디, 수퍼 히어로(Super Hero), 액션 등 – 와 음악 장르 –리듬 앤 블루스(R&B), 컨츄리(Country), 로큰롤(Rock & Roll), 포크(Folk), 소울(Soul), 팝(Pop), 랩(Rap) 등 – 의 특징을 하나하나 배울 수 있었고 다양한 시상식 – 오스카상(영화), 에미상(TV 프로그램), 토니상(뮤지컬 등), 그래미상(음악 등) 등 – 의 차이에 대해서도 이때 알게 되었다. 항상 아쉬웠던 문화적 교양인이 되어가는 듯해서 새삼 뿌듯했다.

1950년대는 제2차 세계대전 이후 미국에서 대중문화가 처음 꽃피던 시기였다. 그러나, 바야흐로 이념의 시대이고 미·소간 대립이 치열한 냉전의 시대였다. 한국 전쟁이 있었고 공산주의 확산을 두려워한 매카시즘(McCarthyism)이 미국을 휩쓸고 있었다. 한편, 미국 내에서는 전후 경제 호황과 함께 베이비 붐이 시작되었고 도시 근교에서의 풍요로운 생활도 피어나기 시작했다. 흑인 분리정책은 위헌으로 판결 났으며, 미국 남부 앨라배마주에서는 흑인 민권운동이 태동하던 시기였다. 1950년대를 대표하는 영화감독은 '진로를 북북서로 돌려라! (North by Northwest_1959)'를 만든 영국 출신 앨프레드 히치콕(Alfred Hitchcock)을 들 수 있고, 영화음악 작곡가로는 '웨스트사이드 스토리 (West Side Story_1961)'에서 음악을 담당했던 뉴욕 필하모니 지휘자 레오나르드 번스타인(Leonard Bernstein)을 들 수 있다. 방과 후에 집에 돌아오면 수업 시간에 다룬 영화를 찾아 늦은 밤까지 감상하였다. 어떤 것은 컬러 영화였지만 흑백 영화가 더 많았다. 스릴러인 '진로를 북북서로 돌려라!'나 현대판 로미오와 줄리엣으로 불리는 푸에르토리코 이민자의 삶을 다룬 '웨스트사이드 스토리' 같은 명작은 지금 보아도 재미있었다. 메릴린 먼로(Marilyn Monroe) 주연의 '나이아가라(Niagara_1953)', '신사는 금발을 좋아해!(Gentleman Prefer blonds_1953)'도 보았다. 메

신사는 금발을 좋아해! 포스터

릴린 먼로의 미모를 좋아했지만, 영화에서 본 것은 처음이었다. 흑백 영화 속의 그녀였지만 섹시하고 예뻤다. 세기의 섹스 심벌로 불릴 만했다. 불우했던 어린 시절을 딛고 불꽃처럼 살다 36세에 요절한 그녀의 인생도 한 편의 영화 같았다. 이 시대의 음악은 뭐니뭐니해도 로큰롤(Rock & Roll)이었다. 로큰롤은 흑인의 R&B와 백인의 컨츄리 음악이 결합하여 탄생했으나, 소울(Soul)과 고스펠(Gospel)의 영향도 받았다고 한다. 또한, R&B는 블루스(Blues)에 그 뿌리를 두고 있으니, 온갖 음악 장르가 융합하여 탄생한 장르라 할 수 있다. 강렬한 비트(Heavy

Beat)와 단순한 멜로디(Simple Melody)가 특징인 댄스 음악 장르이다. 로큰롤의 황제는 누구나 알고 있듯 앨비스 프레슬리(Elvis Presley)다. 미시시피주에서 태어나 테네시주에서 살았으니 성장하면서 흑인과 백인의 음악을 고루 접했을 것이다. 앨비스 프레슬리는 음악으로 공전의 히트를 기록한 후, '러브 미 텐더(Love Me Tender_1956)' 등 무려 27편의 영화에도 출연했다. 기타를 연주하며 추는 그의 다리 춤이 지금도 눈에 선하다.

엘비스 프레슬리

1960년대는 미국 사회의 변혁 운동이 절정에 달했던 시기였다. 흑인 민권운동은 마틴 루터 킹(Martin Luther King Jr.) 목사와 폭력 운동을 선동했던 말콤 엑스(Malcom X)의 출연으로 더욱 치열하게 전개되었으며, 존 F. 케네디 대통령의 등장으로 어느 정도 성과를 달성하기도 하였다. 한편, 미국의 베트남전 참전에 따른 반전 운동과 미 서부를 중심으로 긴 머리와 배꼽 바지로 상징되는 히피 문화도 이때 시작되었다. 인간을 처음으로 달에 보낸 아폴로 11호가 쏘아 올려진 것도 1969년의 일이다. 이러한 사회적 변혁 운동과 시대 상황을 반영하여 만들어진 대표적인 영화가 흑인의 인권 문제를 다룬 '앵무새 죽이기(To Kill a Mockingbird_1962)', 흑인 남성과 백인 여성의 결혼을 다룬 '초대받지 않은 손님(Guess Who's Coming to Dinner?_1967)', 백인과 원주민 간의 휴머니즘을 다룬 '황야의 7인(The Magnificent 7_1962)' 등이다. 반면, 아메리칸 드림을 다룬 '티파니에서 아침을!(Breakfast at Tiffany's_1961)', 액션 오락물인 '007 제임스 본드 시리즈(007 James Bond Series)'나 가족 코미디물인 '메리 포핀스(Mary Poppins)' 등은 다양하고 즐거운 삶을 추구하는 미국인들의 새로운 생활 모습을 담아내기도 하였다. 영화와 마찬가지로 음악에도 이러한 사회적 흐름과 저항 정신은 잘 반영되어 있다. 디트로이트를 중심으로 활동한 흑인 밴드 모타운(Motown)은 독특하고 반복적인 후렴구를 사용하여 흑인음악 전성시대를 열었고 영국에서 결성된 록 밴드 비틀즈(The Beatles)도 미국에서 대히트를 기록했다. 프랭크 시나트라(Frank Sinatra)의 '마이 웨이(My Way)'가 연속으로 UK Top 40에서 지금까지도 깨지지 않는 75주간 연속 1위를 기록한 것도 이때이다. 한편, 전쟁과 평화, 그리고 치유를 노래한 밥 딜런(Bob Dylan)의 '바람만이 아는 답(Blowing in the Wind)'이라든가 영화 '졸업(The Graduate)'에서 배경음악으로 사용된 사이먼과 가펑클(Simon & Garfunkel)의 '사운드 오브 사일런스(Sound of Silence)', '스카브로의 추억(Scarborough Fair)' 등은 반전 운동의 메시지를 전하는 음악들이다. 이 당시 뉴욕 근교에서 개최된 콘서트인 우드스톡 음악 페스티벌(Woodstock Music and Art Fair 1969)에는 50만 명이 넘는 음악 팬들이 운집하여 히피 문화의 절정을 보여주었으나, 약물 복용, 섹스 및 위생 등의 문제를 빚기도 했다. 서정적인 곡에 매료되어 즐겨듣고 아무 생각 없이 따라 부르던 '스카브로의 추억'이란 팝송이 그렇게도 슬픈 가사로 반전을 노래하고 있다는 것을 이때서야 처음으로 알게 되었다.

시간이 흐르면 세상도 변한다. 세월 앞에 장사는 없다. 사회 변혁 운동으로 점철된 격변의 1960년대가 지나자, 미국인들은 시선을 사회에서 개인으로 돌려 자신을 돌아보게 되었다. 바야흐로 자기가 세상의 중심이 되는 시대가 도래한 것이다. 그래서 저널리스트 톰 울프(Tom Wolfe)가 명명한 대로 1970년대는 '자기중심의 시대(The Me Decade)'가 되었다. 1970년대 중반 베트남전 종전 이후, 사람들은 사회운동보다 개인의 삶과 행복을 추구하게 되었다. 나르시시즘(Narcissism_자기 자신과 자신의 외모에 지나친 관심을 갖는 현상)과 헤도니즘(Hedonism_즐거움과 행복이 가장 중요하다는 사상)이 널리 유행하며 사람들은 개인의 성공과 행복에 가장 큰 가치를 부여하게 된다. 패션도 이러한 사조의 영향을 받아 밝고 화려한 색상에 자신의 몸매를 드러내는 타이트한 옷, 굽이 높은 플랫폼 슈즈, 그리고 야외활동에 적합한 레저 슈트가 유행하게 되었다. 이 당시 유행한 대표적인 영화로는 청춘스타 존 트라볼타(John Travolta) 주연의 '토요일 밤의 열기(Saturday Night Fever_1977)', '그리스(Grease_1978)', 소년 마이클 잭슨(Michael Jackson)이 출연한 브로드웨이 뮤지컬 '마법사(The Wiz_1974)', 실제 록 밴드를 모델로 한 '블루스 브라더스(Blue Brothers_1980)', 공포 영화의 원조 '죠스(The Jaws_1975)', 스포츠 드라마 '록키(The Rocky_1976)' 등이 있다. 이 밖

미국 히어로 영화의 시작 '수퍼맨'

에도 미국 히어로 시리즈의 막을 연 '수퍼맨(Superman_1978)'과 사이언스 픽션의 새로운 장을 연 조지 루카스(George Lucas) 감독의 '스타워즈 시리즈(Star Wars Series)'도 이 시대에 막을 올린다. 대중을 대상으로 하는 상업 영화의 전성기가 도래한 것이다. 음악도 개인 중심의 사조를 반영하여 디스코(Disco)와 허슬(Hustle)이 대유행을 하게 된다. 특히, 디스코는 빠른 댄스 음악으로 반짝이는 불빛, 미러 볼(Mirror Ball), 스모킹 머시인(Smoking Machine), DJ's 등을 갖춘 댄스 클럽 문화와 함께 시대를 대표하는 장르가 되었다. '디스코 황제'로 불리는 3인조 밴드 비기스(Bee Gees)의 대표곡으로는 '하우 딥 이즈 유어 러브(How Deep Is Your Love?)' 등이 있다. 이외에도 그룹 키스(Kiss)로

대표되는 하드 록(Hard Rock), 아바(ABBA)를 필두로 한 소프트 록(Soft Rock), 다양한 음악 장르의 혼합으로 탄생한 강한 비트의 펑크(Funk)도 이 시대를 풍미하였다. 한편, 1970년대는 TV가 널리 보급됨에 따라 영화와 음악 외에 대중문화의 한 축으로 TV 프로그램이 자리하게 된다. 대표적인 작품으로는 '초원의 집(Little House on the Praire)', '세시미 스트리트(Sesame Street)', '월튼네 사람들(The Waltons)' 등을 들 수 있다. '초원의 집'은 한국에서도 저녁시간 대에 방영되어 큰 인기를 누렸던 기억이 어렴풋이 있다.

1980년대는 전후 경제적으로 가장 풍요한 시대였다. 당시 대통령은 영화배우 출신 로널드 레이건(Ronald Reagan)으로, 그는 미국의 재건을 외치며 강력한 외교정책을 바탕으로 미국 경제의 호황기를 일구어냈다. 이에 따라, 젊은 백인층을 중심으로 소득 및 소비가 급격히 증가하며 SUV's, 미니밴 등이 유행하고 스타벅스도 곳곳에 들어서나, 한편으로는 복지정책의 후퇴로 300만 명 이상의 홈리스(Homeless)가 발생하기도 했고 크랙 코카인(Crack Cocaine) 남용, AIDS 발생 등도 이때 일어난다. 패션 분야에서는 낸시 레이건(Nancy Reagan)의 우아한 패션을 보며 디자이너 브랜드인 캘빈 클라인(calvin Klein), 폴로(Polo) 셔츠 등이 유행하고 남자는 파워 정장(Power Suit), 여자는 스타일리쉬 오피스 룩(Stylish Office Look)이 일상화되었다. 세계적으로는 소비에트 연방이 해체되고 베를린 장벽이 붕괴된 변혁의 시대이기도 했다. 이 시대를 풍미했던 영화로는 재난 영화를 패러디하여 빅히트를 기록한 '에어플레인(Airplane_1980)', 미시간 호수의 매키너 아일랜드를 배경으로 하는 '사랑의 은하수(Somewhere in Time_1980)', 베트남전 전쟁 영웅을 그린 '람보(Rambo_1982)', 고고학 발굴 모험 영화인 '인디아나 존스(Indiana Jones_1981)' 등을 들 수 있다. 더스틴 호프만(Dustin Hoffman) 주연의 로드 코미디 드라마 '레인 맨(Rain Man_1988)'과 인종 문제를 다룬 스파이크 리(Spike Lee) 감독의 영화 '똑바로 살아라!(Do the Right Thing_1989)'도 빼놓을 수 없는 명작이다. 사이언스 픽션 장르 영화로는 '이티(E.T._1982)', '백 투더 퓨처(Back to the Future_1985)', 그리고 3부작 시리즈물인 '스타워즈(Star Wars)'도 이 시대에 전성기를 맞이한다. 한편, 음악 분야는 이 시기에 처음으로 MTV가 등장하여 뮤직비디오가 유행하게 된다. '팝의 황제'라 불리는 최고 가수이자 댄서인 마이클 잭슨(Michael Jackson), 그리고 '팝의 여왕'이라 불리는 가수이자 배우이며 문화의 아이콘인 마돈나(Madonna)가 이 시대에 등장했다. 마이클 잭슨의 대표곡으로는 '빗 잇(Beat It)', '빌리 진(Billie Jean)' 등이 있고 마돈

마이클 잭슨과 마돈나

나는 '라이크 어 버진 (Like A Virgin)', '리브 투 텔(Live To Tell)' 등을 전세계에 유행시켰다. 이 시대에 탄생한 음악 장르로는 런 디엠씨(Run DMC), DJ 쿨 허크 (DJ Kool Herc)로 대표되는 리드미컬한 보컬을 특징으로 하는 Rap/Hip Hop 음악과 반 헤일런(Van Halen), 본 조비(Bon Jovi) 등으로 잘 알려진 헤비 메탈(Heavy Metal) 음악을 들 수 있다.

평화와 번영의 90년대, 그리고 뉴 밀레니얼

'사막의 폭풍' 작전으로 유명한 걸프전이 막을 내리고 1992년 LA 흑인 폭동을 겪은 후, 미국에는 90년대를 이끌 새로운 젊은 리더인 빌

클린턴(Bill Clinton)의 민주당 정권이 들어선다. 클린턴 대통령은 평화와 번영의 시대 개막을 알렸고, PC의 보급과 이로 인한 90년대 중반의 E-커머스 시대의 도래는 Dot.Com(.com) 혁명을 불러일으켰다. 바야흐로 미국은 초장기 경제 호황의 시대로 접어든 것이다. 이를 상징적으로 보여주는 것이 미네소타주 불루밍턴에 들어선 미국 최대규모의 쇼핑몰인 '몰 오브 아메리카(Mall of America(MOA))'이다. 그리고 이때 베이비 부머와 밀레니얼 세대 사이의 X세대(Generation X)가 출연한다. 일명, 'MTV 세대'라고도 불리는 이들은 사회에 냉소적이고 반감을 보이며, 베이비 붐 세대에 비하면 게으른 것을 특징으로 한다. 하지만, 다른 한편으로는 개인적이고 진취적이며 행복을 위해 일과 삶의 균형을 추구하는 세대이기도 하다. 패션에서는 그런지 웨어(Grunge Wear)가 유행하게 되는데, 이는 깔끔하지 못한 헌 옷 같은 옷을 아무렇게나 입는 스타일을 말한다.

이러한 시대상을 반영한 영화가 꿈이 없는 젊은이들의 소소한 일상을 담은 인디 영화(Indie Film) '슬래커(Slacker_1990)'이다. 슬래커는 텍사스주 오스틴을 무대로 괴짜 같은 젊은이들의 하위문화를 그려냈다. 다음으로 들 수 있는 영화는 지금까지도 가장 잘 만들어진 영화 중 하나로 손꼽히는 '쇼생크 탈출(Shawshank Redemption_1994)'이다. 자유의 소중함을 교도소를 배경으로 흥미진진

쇼생크 탈출

하게 스크린에 담아냈다. 'Fear can hold you prisoner, Hope can set you free!(두려움은 당신을 움츠러들게 하고, 희망은 당신을 자유롭

게 한다!)'란 문구가 선명한 이 영화 포스터는 아주 오랫동안 나의 거실을 장식하기도 했었다. 이 외에도 이 시대의 영화로는 지금도 많은 이의 사랑을 받는, 다양한 미국 현대사를 고스란히 담아낸 '포레스트 검프 (Forrest Gump_1994)', 처음부터 끝까지 컴퓨터로 제작된 최초의 애니메이션 영화 '토이 스토리(Toy Story_1995)', 아름답고도 슬픈 사랑 이야기를 그려낸 대작 '타이타닉(Titanic_1997)', 전쟁의 참상과 생명의 소중함을 그린 '라이언 일병 구하기(Saving Private Ryan_1998)' 등을 들 수 있다.

90년대에 유행한 음악으로는 대안 음악(Alternative Music)을 꼽을 수 있는데, 컨츄리 음악에 록의 요소를 가미한 얼터너티브 컨츄리 뮤직 (Alternative Country Music)과 얼터너티브 록 뮤직(Alternative Rock Music)이 대표적이다. 얼터너티브 컨츄리 뮤직은 시골 노동자의 삶을 담은 서정적 가사가 주요 특징으로 엉클 투벨로(Uncle Tupelo) 밴드의 '노 디프레션(No Depression)'을 들 수 있다. 얼터너티브 록은 조용함과 고성, 강한 코러스가 혼합된 음악으로 주로 기타를 연주하며 사회 이슈를 고발하는 가사를 담고 있다. 록 밴드 너바나(Nirvana)의 '스멜스 라이크 틴 스피릿(Smells Like Teen Spirit)'이 대표적이다. 또한, 그런지 웨어를 입고 고독과 소외, 자유를 노래한 펑크 록과 헤비메탈이 혼합된 음악 장르 그런지(Grunge)도 이 시대에 탄생하는데, 대표곡으로는 미국 그런지 밴드 펄 잼(Pearl Jam)의 '얼라이브(Alive)'를 들 수 있다. 마지막으로는 미국 음악과 멕시코 음악이 섞이며 텍사스에서 탄생한 테하노 (Tejano)다. 이 장르는 스페인 가사와 라틴 리듬, 아코디언과 멕시코 기타를 사용하는 독특한 음악으로 셀레나 퀸타닐라 페레즈(Selena Quintanilla Perez)의 '코모 라 플로(Como la Flor)'가 널리 알려져 있다. 한편, 이 시대에도 TV 시리즈가 대 히트를 기록하는데, TV 시트콤 '프렌즈(Friends)'와 리얼리티 TV 쇼 프로그램 '서바이버(Surviver)'가 많은 이들의 사랑을 받았다.

2000년이 지나고 뉴 밀레니얼이 시작되면서 미국 사회는 이전과는 비교할 수 없는 격랑을 경험하게 된다. 저널리스트이자 작가인 페트릭 키거(Patrick J. Kiger)는 이 시대를 '충격적인 사건과 급진적이고 파괴적인 변화, 과거에 존중되었던 체제에 대한 회의가 만연한 시대'로 정의하기도 한다. 먼저 9/11 테러 이후, 미국은 테러와의 전쟁을 선포하고 이라크 전쟁과 아프카니스탄 전쟁을 치러낸다. 베트남전 이후 많은 미국의 젊은이들이 전쟁터로 향하고 사회에는 공포와 불안이 퍼져 나갔다. 2005년에는 초대형 허리케인 카트리나가 멕시코만을 강타하여 뉴올리언즈를 물바다로 만들어 미국 사회의 취약한 사회 안전망 민낯이 드러나기도 했다. 또한, 리만 브라더스의 파산으로 촉발된 미국 서브프라임 모지기 경제 위기는 대공황 이후 최악의 경제 충격을 미국 사회에 안겨주며 주택시장의 붕괴를 초래했다. 반면, 다른 한편에서는 2000년대 초반 애플의 아이폰 보급으로 디지털 사회가 가속화되었으며 페이스북과 트위터의 등장으로 SNS가 급속도로 사회를 파고들었다. 정치적으로는 2009년 버락 오바마(Barack Obama)가 제44대 미국 대통령에 취임함으로써 미국 최초의 흑인 대통령이 탄생하였으며, 히스패닉인 소냐 소토마이어(Sonia Sotomayor)가 연방 대법원 판사로 임명되기도 했다. 또한, 앨 고어(Al Gore)는 다큐멘터리 '불편한 진실(An Inconvenient Truth)'로 환경문제를 고발하여 노벨 평화상을 수상하기도 했다. 이 시기에 콜로라도주 등 몇몇 주에서는 마리화나가 합법화되고 연방 대법원은 동성애를 허용하는 등 이전과는 다른 사회적 기준이 등장하기도 했다.

9/11테러는 미국 영화에 지대한 영향을 미치며 새로운 장르를 만들어냈다. 테러와 전쟁 관련 영화가 그것인데, 테러 직후 아프가니스탄에 파병된 미국 특수부대의 이야기를 다룬 '12 솔져스(12 Strong_2008)',

이라크 전쟁을 배경으로 폭발물 처리반의 활동을 그린 '허트 로커(The Hurt Locker_2009)'가 이에 속한다. 그뿐만 아니라, 2000년대에는 영화 산업이 대중문화의 가장 중요한 분야로 주목받으며 괄목할만하게 성장하여 다양한 영화들이 대거 제작되었다. 이 시대에는 너무나 많은 유명한

글래디에이터

아바타

해리포터와 마법사의 돌

영화들이 만들어졌는데, 그 몇몇을 꼽아보자면 로마 시대를 배경으로 검투사의 복수극을 그린 '글래디에이터(Gladiator_2000)', 희대의 사기꾼 이야기를 담은 '캐치 미 이프 유 캔(Catch Me If You Can_2002)', 블록버스터 어드벤처 오락영화 '캐리비안의 해적(Pirates of the Caribbean_2003)', 미국 남부를 배경으로 신분을 초월한 사랑 이야기를 그린 영화 '노트북(Notebook_2004)', 픽사 애니메이션이 제작한 스포츠카 이야기를 그린 '카(Cars_2006)', 최초로 모션캡쳐 기술을 사용하여 영화의 신기원을 이룩한 공상과학 영화 '아바타(Avatar_2009)' 등을 들 수 있다. 그리고 환타지 소설을 원작으로 하는 모험 영화 '반지의 제왕(Lord of the Rings_2001)' 시리즈, '해리포터와 마법사의 돌(Harry Potter and the Sorcerer's Stone)' 시리즈도 대 히트를 기록했다. 이 밖에도 오스카상과 아카데미상을 모두 수상한 영화로는 '시카고(Chicago_2000)', '뷰티풀 마인드(A Beautiful Mind_2001)', '킹스 스피치(King's Speech_2010)', '버드맨(Birdman_2014)' 등이 있고, 기타 오스카 상 수상

작으로 '디파티드(The Departed_2006)', '노인을 위한 나라는 없다(No Country for Old Men_2007)', '슬럼독 밀리언에어(Slumdog Millionaire_2008)', '아르고(Argo_2012)' 등이 있다.

　　2000년 이후 음악에서는 새로운 장르가 많이 보이지 않는다. 이모 록(Emotional Rock)과 얼터너티브 R&B(Alternative R&B) 정도를 꼽을 수 있다. 이모 록은 감정적인 측면을 강조하는 록 음악의 하위 장르로 대표적인 곡으로는 밴드 마이 케미클 로맨스(My Chemical Romance (MCR))의 '헬레나(Helena)'를 들 수 있다. 반면, 서로 다른 장르의 음악이 융합되는 것이 이 시대 음악의 특징 중 하나로, 이로 인해 다양한 장르의 음악이 동시에 유행하게 된다. 또한, 이 시기에 음악과 비디오를 공유하는 유튜브(YouTube) 사이트가 처음으로 출현하여 인터넷을 통해 자유롭고 쉽게 음악이 유통되게 되었다. 이에 따라 국경의 장벽이 사라지고 기존의 Western Pop 음악뿐만 아니라 K-Pop, J-Pop, 나아가 인도 발리우드(Bollywood) 영화의 영향을 받은 Indian Pop까지도 널리 유행하게 된다. 이 시대 음악으로는 우선 컨템포러리 알앤비(Contemporary R&B)를 들 수 있다. 비욘세(Beyonce)의 '이리플레이서블 (Irreplaceable)', '헬로(Halo)', '크레이지 인 러브(Crazy in Love)', 그리고 재닛 잭슨 (Janet Jackson)의 '올 포 유 (All for You)' 등이 이에 속한다. 다음으로 힙합(Hip Pop) 장르 가수로는 에미넴 (Eminem), 제이지(Jay-Z) 등을 들 수 있다. 특히, 에미넴은 앨범 '리랩스(Relapse)' 발매 후,

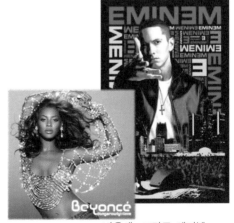

비욘세, 그리고 에미넴

베스트 셀링 래퍼로 등장한 이후 거의 모든 장르에서 탁월한 능력을 발휘하여 2000년대 최고의 음악가 중 하나로 자리매김하였다. 그의 대표곡으로는 '리얼 슬림 쉐디(The Real Slim Shady)', '스탠(Stan)' 등이 있다. 컨츄리 음악으로는 2005년 아메리칸 아이돌(American Idol) 최초 우승자인 캐리 언더우드(Carrie Underwood)가 부른 '섬씽 인 더 워터(Something in the Water)', 테일러 스위프트(Taylor Swift)의 '러브 스토리(Love Story)', '유 빌롱 위드 미(You Belong With Me)' 등을 들 수 있다. 마지막으로는 2008년 이후 힙합과 R&B를 대체하며 음악의 주요 장르로 부상한 일렉트로팝(ElectroPop)과 댄스 뮤직(Dance Music)을 꼽을 수 있다. 이 장르의 대표곡으로는 브리트니 스피어스(Britney Spears)의 '우먼아이저(Womanizer)', 비욘세(Beyonce)의 '싱글 레이디즈(Single Ladies)', 레이디 가가(Lady Gaga)의 '저스트 댄스(Just Dance)', 그리고 마돈나(Madonna)의 '포 미니츠(4 Minutes)', '헝 업(Hung Up)' 등이 있다.

지금까지 1950년대 이후 미국 영화와 음악의 흐름을 '수박 겉핥기' 식으로 간략히 살펴보았다. 실제 수업에서는 훨씬 더 많은 내용이 다루어졌다. 모두 다 이해할 수는 없었지만, 영화 하나를 가지고도 그 시대적 배경이나 감독의 의도, 배우의 스타일 등을 하나하나 집어보고 나서 다시 감상하니, 그동안 놓쳤던 영화의 세세한 부분이 보였다. 같은 영화라도 영화를 보는 재미가 훨씬 달라졌다. 또 하나 재미있는 것은 미국에서 빅히트하거나 사회적으로 큰 반향을 불러일으킨 영화가 한국에서도 꼭 히트한 것은 아니라는 사실도 알게 되었다. 사회적 정서나 국민감정이 다르니 감동을 줄 수 있는 부분이 달랐다. 영화가 사회와 문화의 산물인 이유였다. 음악은 영화와 달리 낯선 장르도 있었고 가사도 거의 알아듣기 어려웠다. 다만, 전체적인 흐름을 알게 되고 다양한 장르를 접하다 보니 나름대로 이해의 폭을 넓힐 수 있었던 것이 큰 수확이었다. 정말 드문 기회였고 재미있게 들은 좋은 수업이었다. 삶이 풍요로워지고 문화를 즐기는 사람이 되어가는 듯한 기분이었다. 수업 중에 학생들은 팀을 이루어 시대별로 영화를 하나씩 정해 발표를 했다. 나는 중국 학생들과 팀을 이루어 60년대 영화를 발표했다. 오드리 햅번 주연의 '티파니에서 아침을!'이었다. 중국 여학생들이 특히 좋아했다. 우선 영화 및 음악 감독, 배우, 수상실적 등을 살펴본 후, 영화의 배경인 센트럴 파크 등 뉴욕의 명소를 소개하고 당시

영화 '티파니에서 아침을!'

미국인들의 문화, 아메리칸 드림, 그리고 인간의 영원한 주제인 사랑 등이 영화 속에 어떻게 그려지고 있는지 하나하나 분석하며 발표하였다. 형식은 발표지였지만, 실상 그 내용은 모두가 영화를 함께 즐기고 또 즐기는 법을 배우는 시간이었다. 항상 약간 들뜬 분위기에 넘쳐나는 웃음으로 수업 시간이 어떻게 지나는지 모를 지경이었다. 즐거운 배움이었다.

중국 문화 엿보기

VIPP 과정에는 중국 학생들이 대부분이었기 때문에 정규수업 시간이나 커뮤니티 활동에서 나는 주로 중국 학생들과 어울렸다. 남학생보다 여학생이 훨씬 많았다. 그러다 보니 자연스럽게 그들의 문화가 눈에 들어왔다. VETP 수업 시간이었다. 자원봉사 선생님이 뉴욕타임스 저널을 나누어 주었다. 중국의 신장웨이우얼 지역에서 벌어지고 있는 위구르족에 대한 인권탄압에 관한 기사였다. 수업에 들어가기에 앞서 선생님은 학생

들에게 이 기사를 가지고 수업을 진행해도 되겠냐고 물으셨다. 수업 초반이라서 학생이 몇 명 안 되었고 중국 학생은 여학생 한 명에, 나머지는 다른 나라 학생들이었다. 특별한 의견이 없어 기사를 읽고 토론하는 수업이 시작되었다. 잠시 뒤에 늦게 도착한 여러 명의 중국 학생들이 우르르 수업에 참여하였다. 기사를 읽고 나자 선생님이 학생들에게 의견을 물었다. 몇몇 학생이 의견을 말하고 늦게 들어온 중국 남학생이 말할 차례였다. 그 학생이 말했다. '이 기사의 진위를 알 수 없고 그렇기 때문에 이 기사에 대하여 의견을 말하며 토론을 진행하는 것은 옳지 않다고. 다른 자료를 가지고 수업을 하자고….' 순간 교실은 찬물을 끼얹은 듯 조용해졌다. 다른 중국 여학생들도 조심하는 눈빛을 보였다. 당황한 선생님이 머뭇거리다 다른 주제로 화제를 돌렸다. 그 남학생과 다른 중국 학생들은 여러 번 나와 같은 수업을 들어 대체로 아는 친구들이었다. 1960년대 미국 흑인 인권운동이나 미국 내 소수민족 문제를 다룰 때는 적극적으로 토론에 참여하며 미국의 인종 문제를 성토하던 그들이었다. 정말 다른 얼굴이었다. 언론의 자유가 통제되는 공산주의 국가, 중국의 본 모습을 보는 것 같았다. 자유로운 구글 검색이나 유튜브 시청이 제한된다고 했다. 대부분 국비로 미국에 온 교수들이니 설사 중국의 소수민족 탄압이나 인권 문제를 알더라도 말하는 것이 껄끄러웠을 것이다. 그들은 항상 같은 말로 '하나의 중국(One China Policy)' 정책을 이야기하고 중국에서는 56개 소수민족이 조화를 이루며 화목하게 잘 살아간다고만 말하였다. 손바닥으로 하늘을 가리고 있었다.

영화 수업에서 팀 프로젝트를 같이 한 인연으로 나는 중국 여학생들과 독서 클럽을 만들어 서로의 집을 오가며 파티도 하고 독서 토론도 하곤 했다. 여기서는 학생이라고 하지만 중국에서는 나이가 30대에서 50대인 대학교수들이었다. 다들 성격도 밝고 요리도 잘해, 모일 때면 언제나 푸짐한 음식에 즐거운 웃음이 끊이지 않았다. 그러나 그렇지 않을 때가 있었다. 중국과 우리나라의 역사에 관한 이야기가 나올 때였다. 그들은 병자호란 이후 조선은 300여년 간 청나라에 조공을 바치던 속국(Colony)이었다고 주장했다. 애써 강조한 것은 아니고 이야기 중에 자연스럽게 튀어나온 말이었다. 나는 갑자기 멍~ 했다. 별로 생각해 본 적이 없어서였다. 항상 일제 강점기 36년간 일본의 잔혹한 식민지배만 생각하며 일본을 미워했지 막상 중국에 대해서는 정말 별로 인식하지 못하고 있었다. 가만히 생각해 보니 인정하기는 싫었지만, 정도의 차이는 있을지언정 중국의 지배 아래에 있던 속국이 맞을 수 있었다. 그것이 내가 만난 중국 지식인의 한국에 관한 생각이었다. 그들의 중화사상이 뼈저리게 느껴졌다. 내색은 하지 않았지만, 한국인 앞에서 거리낌 없이 그렇게 말하는 그들에게 기분이 상했다. 어떻게 말할까 하다가 나는 이렇게 말했다. 역사적으로 보면 중국이 가장 강대했던 때는 원나라 시대와 청나라 시대였고 그때 고려와 조선은 그들의 침략에 결국 항복을 했다고. 그런데 그들은 우리와 같은 몽골족이었고 그 몽골족의 말발굽 아래 한족의 송나라와 명나라는 모두 멸망을 하고 몽골족의 지배를 받는다고. 그러니 한족의 중국이 우리보다 크게 나을 것도 없다고…. 그들이 자랑스럽게 이야기하는 중국과 중화사상은 모두 한족의 중국이라는 것을 알고 한 얘기였다. 분위기가 살짝 어색해지자 눈치 빠른 다른 중국 친구가 얼른 화제를 즐거웠던 영화 수업 얘기로 돌렸다. 언제 그랬냐는 듯 우리는 또 웃고 떠들었다. 적어도 겉으로는…. 중국이나 미국 등 다민족 국가는 항상 국가를 우선

함께 준비한 중국 음식들

독서 클럽 모임

시한다. 국가 분열을 가져 올 수도 있는 민족 우선주의는 그들에게 금기 사항일 수 있다. 그런 차원에서 보면 고구려는 중국의 소수민족인 조선족이 세운 국가로 지금의 한강 이북 옛 고구려 영토는 그들에게 수복해야 할 고토일 수 있다. 바로 이런 논리가 중국이 주장하는 동북공정이다. 그러나 우리는 단일 민족국가이기 때문에 민족과 국가를 거의 동일시 한다. 어쩌면 문화와 정서에 호소하는 민족에 우리는 더 큰 의미를 부여한다. 우리나라 입장에서는 만주 땅은 단군 조선 이래 우리 민족이 대대로 살아온 땅으로 언젠가 다시 수복해야 하는 우리 땅일 수 있다. 저마다의 입장에 따른 국가와 민족 사이, 서로 다른 가치관이자 역사관이었다. VIPP 과정이 끝나갈 무렵 같이 공부하는 학생 중에 조선족 중국 학생이 있었다. 한국말을 능숙하게 했다. 짧은 기간이어서 좀 더 살갑게 대해 주지 못한 것이 아쉽다.

1990년대에 미국에 처음 왔을 때는 일본 학생이 대부분이었고 2008년 MBA 과정에 있을 때는 인도 학생들이 상대적으로 많았는데, 이번에는 중국 학생이 가장 많았다. 그만큼 중국이 자국 학생들을 외국에 유학 보낼 만큼 경제적으로 성장했다는 것을 말해주고 있었다. 그러나 아직 우리나라와는 경제적으로나 문화적으로 차이가 있었다. 프로젝트 매니지먼트 수업 시간에 팀 프로젝트를 수행해야 했다. 프로젝트는 정해진 예산을 가지고 일정 인원이 파티를 즐길 수 있는 여러 음식을 만들어오는 것이었다. 물론 그 과정을 기획부터 결과물까지 리포트로 작성하고 발표해야 했다. 이번에도 우리 팀은 나를 제외하고는 모두 중국 학생들이었다. 팀원들은 각자 역할을 나누어 기획안을 작성하고 마트에서 장을 보고 음식을 만들어야 했으며, 그 과정을 상세히 기록하고 발표자료도 만들어야 했다. 나는 어쩌다 등 떠밀려 팀장을 맡게 되었다. 함께 장을 보고 나서 한 중국 여학생 아파트에 모여 요리를 준비했다. 학교 기숙사 아파트를 방문한 적은 있었지만, 중국 학생이 사는 일반 아파트를 방문한 것은 처음이었다. 한국 학생들이 특정 아파트에 모여 살 듯이 많은 중국 학생들도 같은 아파트 단지에 모여 살고 있었다. 전체적으로 한국 학생들이 모여 사는 아파트보다 한 단계 저렴한 아파트였고 가구나 생활 수준도 우리나라 학생들보다는 낮아 보였다. 그러나 서로 간의 정이 돈독한 것이 마치 우리나라 70~80년대를 보는 듯했다. 중국 학생들은 대체로 요리에 능숙하고 가정

팀 프로젝트를 마치고 중국 학생 아파트에서

적이었다. 조금은 허름한 살림살이며 정성 들여 요리를 준비하는 살뜰한 모습이 나를 우리나라의 과거로 돌려보낸 느낌이었다. 남녀 학생들이 섞여 있었지만 모두 자신의 역할을 열심히 하였다. 출품할 요리를 만들어 놓고 우리는 남은 음식으로 미국 친구까지 초대하여 즐거운 파티를 열었다. 맛난 음식과 좋은 친구가 함께하니까 모두 행복했다. 우리의 삶에 음식이 얼마나 소중한지 다시 한번 느낄 수 있었다. 마지막 수업에서 우리는 기획부터 음식 준비, 파티까지의 전 과정을 담아 발표했다. 물론 정성 들여 준비한 다양한 음식도 예쁘게 포장하여 제출했다. 시식을 마치고 교수님과 학생들의 평가로 최종 우승팀이 결정되었다. 우리 팀은 한국 학생들로만 구성된 강력한 후보를 제치고 우승을 차지할 수 있었다. 그들은 각자 보기 좋고 맛난 음식을 한가득 준비해 왔지만, 팀 프로젝트에서 중시하는 팀웍을 보여주지 못했기 때문일 것이다. 어딘지 모르게 한국인과 중국인의 민족성을 보는 듯했다. 왠지 조금 씁쓸했다.

미국은 가정에서 파티를 여는 문화가 잘 발달해 있었다. 미시간에

있는 동안 VETP 자원봉사 교수나 미국 교회에서 알게 된 미국인들이 초대하여 미국인의 가정을 방문할 기회가 많았다. 대부분 외국 학생들을 단체로 초대하여 파티를 열어 다양한 중국인과 어울릴 기회가 많았다. 이곳저곳 행사에 참여하다 보니 VIPP 과정 학생들은 아니지만, 대부분 학생을 이렇게 저렇게 알고 지냈다. 학생이라고 해도 대부분 박사과정이나 교환 교수 등으로 온 상태여서 결혼도 하고 아이들도 있었다. 파티에는 가족을 동반하는 경우가 많았다. 파티에 오면 중국인들은 꽤 소란스러웠다. 부모도 그랬고 아이들은 더 했다. 정신이 하나도 없을 정도였다. 프라이버시를 중시하는 미국 문화에 어긋나는 행동도 참 많았다. 그래도 부모는 별로 아랑곳하지 않았다. 다른 문화일 수도 있고 공공질서 의식이 낮아서일 수도 있었다. 미국인의 눈에 반칙으로 보이는 행동들을 요령이라는 이름으로 정당화하는 경우도 많았다. 당연하게 생각하는 것 같았다. 우리의 과거를 보는 듯했다. 미국인들이 동양인을 이야기할 때 일본인, 한국인, 중국인을 차례로 구분하는 이유를 알 것 같았다. 내가 만나본 사람들도 대체로 그러했다. 교양 혹은 문화의 수준이랄까? 물론 서양문화의 관점이라고 말할 수도 있겠지만, 내가 보기에는 선진문화의 관점이라는 것이 좀 더 옳은 표현인 듯하다. 많은 사람이 서양문화를 추종하며 배워가는 세상이니까 말이다.

미시간에 있는 동안 많은 중국 학생들과 교류하며 그들의 문화를 살짝 엿볼 수 있었다. 한국에서 역사책을 통해 배운 중국 문화가 아닌 오늘을 살아가는 실제 중국인들의 문화였다. 수업 시간에 중국 또는 중국 문화를 소개할 때 보면 그들의 중화사상에 대한 자긍심은 대단했다. 동양의 다른 나라 출신인 내가 보기에는 눈에 거슬리는 부분도 있었고 과장된 부분도 있었다. 아무튼, 처음으로 중국을 가까이서 인식하게 된 계기였다. 중국을 어떻게 볼 것인가? 미국과 함께 G2를 구성한다고는 하지만, 아직 규모는 클지언정 경제적으로 우리나라보다 낙후된 것은 사실이었다. 하지만, 그들은 빠르게 성장하고 있었다. 중화사상에 경도된 그들이 군사력에 이어 강력한 경제력까지 갖춘다면 아시아에서는, 아니 세계에서는 어떤 일이 벌어질까? 심히 우려되는 부분이다. 우리는 지난 반만년 중국과의 길고도 힘겨운 투쟁 속에 생존해 왔다. 근세에는 일본의 침략을 받았지만 돌이켜보면 중국과의 관계가 더 험난했다. 가깝고도 먼 이웃일 수밖에 없다. 이제 그 중국이 다시 부상하고 있다. 우리는 무엇을 할 것인가? 아무리 생각해 보아도 결론은 하나, 자주국방에서 스스로 살 길을 찾아야 하지 않을까? 외교는 그 다음 문제일 것이다.

눈에 보이지 않는, 그러나 고귀한 미국 문화

미국 문화 정수(精髓);
자유와 자기 의존, 기회의 평등과 경쟁, 부(富) 그리고 열심히 일하기

문화란 무엇인가? 앞에서 정의한 바와 같이 '문화란 민족이나 그룹 간에 공유하는 가치의 차이'이다. 즉, 어떤 공동체가 함께 공유하는 가치(Shared Value)가 바로 그 사회의 문화다. 문화는 보이지 않기 때문에 쉽게 이해하기 어렵다. 그동안 살펴본 미국의 정치, 법률이나 사회 체계, 스포츠나 음악, 영화 등은 미국 문화를 잘 반영하고 있지만, 그것이 미국 문화의 전부일 수는 없다. 그저 미국 문화의 단편일 뿐이다. 그러면 미국을 세계 유일 강대국으로 만든 미국 문화의 정수(精髓)는 무엇일까? 지금부터 그것을 찾아 여행을 떠나보도록 하자.

역사적으로 미국은 세계 곳곳의 사람들에게 기회의 땅으로 인식되었다. 그들은 종교와 전제군주의 억압에서 벗어나 개인의 자유를 누리기 원했고 평등한 기회 속에 열심히 노력하여 물질적으로 풍요로운 삶을 살고자 했다. 이것이 많은 이민자를 미국으로 불러들인 가장 중요한 이유이다. 그러나, 이러한 가치, 즉 자유, 기회의 평등, 부(富)를 얻기 위해서는 대가를 치러야 했다. 그것이 바로 자기 의존, 경쟁, 그리고 열심히 일하는 것이다. 이러한 여섯 가치는 서로 짝 – 개인의 자유(Individual freedom)와 자기 의존(Self-reliance), 기회의 평등(Equality of opportunity)과 경쟁(Competition), 부(Material wealth)와 열심히 일하기(Hard working) – 을 이룬다. 혹자는 이것을 권리와 의무라고 말하기도 하는데, 이것이 미국과 미국인의 독특한 문화이자 전통적인 기본 가치이다. 바로 미국 문화의 정수(精髓)(American Ways)인 것이다.

우선 개인의 자유(Individual freedom)와 자기 의존(Self-reliance)에 대해서 알아보도록 하자. 초기 유럽 이민자들은 그들의 삶을 억압하는 모든 권력에서 벗어나고자 했다. 전제군주와 정부, 성직자와 교회, 귀족과 영주의 탄압과 수탈에서 해방되어 자유롭게 살기 원했다. 그래서 초기 건국의 아버지들은 1787년 헌법을 제정할 때 권력은 왕이 아닌 시민한테서 나온다는 점을 분명히 하였으며 귀족계급을 금지하도록 명문화하였다. 또한, 정부와 교회를 분리하여 교회의 힘을 약화하고 종교의 자유를 허용하였다. 그들은 정부와 교회의 권력을 제한하고 귀족계급을 없앰으로써 개인이 중심이 되는 자유로운 분위기를 만들었는데,

'자유가 아니면 죽음을!' 외치는 페트릭 헨리

바로 여기에서 '개인의 자유(Individual freedom)'라는 개념이 싹트게 되었다. 일부 학자나 외부의 관찰자들은 이를 '개인주의(Individualism)'라고 하기도 하나, 대부분의 미국인은 '자유(Freedom)'라고 한다. 미국인에게 '자유(Freedom)란 정부나 귀족, 교회 또는 어떠한 권력으로부터 간섭을 받지 않고 자신의 운명을 스스로 결정할 수 있는 개인의 욕망 또는 권리'를 말한다. 이것이 1776년 건립된 새로운 국가의 가장 기본이 되는 가치이며 바로 이 가치가 수많은 이민자를 계속해서 미국으로 끌어들이고 있다.

그러나 개인의 자유라는 혜택을 누리기 위해서는 대가를 치러야 한다. 바로 '자기 의존(Self-reliance)'이다. 개인들은 오직 자기 자신에게 의존하여야 한다. 스스로 자신을 돌보고 문제를 해결하며 자신을 책임져야 한다. 자신의 두 발로 땅을 딛고 서야 하는 것이다. 그렇지 않으면 자유를 잃게 된다. 전통적으로 미국인에게 이것이 의미하는 것은 가능한 한

빠른 시기에 - 보통 18세 또는 늦어서 21세에 - 그들의 부모로부터 정신적으로나 재정적으로 독립하는 것을 말한다. 이것은 외부 사람들이 가장 이해하기 어려운 부분이지만, 미국인들이 정말 중요하게 생각하는 가치이자 특성이다. 미국인들은 자유를 지키기 위해서는 반드시 자기 자신에게만 의지해야 한다고 굳게 믿는다. 만일 자신이 가족이나 정부 또는 구호단체의 도움에 의존한다면 자신이 원하는 자유를 잃게 되리라 생각한다. 같은 맥락으로, 실직이나 이혼으로 어려움에 부닥쳐 부모에게 돌아오더라도 가족 구성원 모두는 이것은 그 아이가 새로운 직업을 갖거나 다시 독립하기까지 잠시 잠깐의 일이라고 기대한다. 정부나 구호단체로부터 재정적 지원을 받는 경우도 마찬가지이며 일반적으로 부끄러운 일이라고 간주한다. 그래서 미국 사회에서 주류가 되기 위해서는 - 존경을 받고 권력을 얻으려면 - 개인은 반드시 자신에게 의존해야 한다.

두 번째로 이민자들이 미국으로 향한 이유는 사람들은 그곳에서 모두 성공할 기회를 얻을 수 있다는 확고한 믿음 때문이었다. 개인들은 정치적, 종교적, 사회적으로 지나친 억압에서 벗어나 자유롭기 때문에 성공할 기회를 더 많이 가질 수 있다고 느꼈다. 미국에서 이민자들은 수백 년 동안 축적되고 상속된 거대한 부와 권력을 가진 귀족들 사이에서 허덕이며 살아가지 않아도 되었다. 신분을 세습하는 귀족 사회가 아니라는 점이 무엇보다 중요했다. 그것은 곧 그들이 노력하면 보다 많은 성공할 기회를 가질 수 있다는 것을 의미했다. 초기 이민자들의 이러한 꿈과 희망은 새로운 나라인 미국에서 실제로 실현되었다. 낮은 출생 신분은 미국에서 더 높은 사회적 계층으로 올라가는 데 아무런 제약도 되지 않았다. 그래서 미국인들은 '기회의 평등(Equality of Opportunity)'을 믿게 되었다. 미국인들이 믿는 기회의 평등을 정확히 이해하는 것이 무엇보다 중요하다. 그들이 말하는 기회의 평등은 모든 사람이 평등하다거나, 모든 사람이 평등해야 한다는 것을 의미하는 것은 아니다. 그들이 믿는 것은 모든 사람이 성공하기 위한 평등한 기회를 가져야 한다는 것을 의미한다.

기회의 평등을 누리기 위해 지불해야 하는 비용이 '경쟁(Competition)'이다. 미국인들은 인생을 성공을 위한 경주로 인식한다. 삶을 경주라고 본다면 사람들은 성공하기 위해 달려야 한다. 비록 모두가 성공할 수 없다는 것을 알지만, 사람들은 다른 사람들과 경쟁할 책임이 있다. 평등한 기회를 가질 권리가 있다면 모두 도전해야 할 의무도 있는 것이다. 그래

스포츠를 통해 경쟁하는 법을 배우는 아이들

서 미국인들은 모든 사람은 경주에 참여하고 이길 평등한 기회를 얻어야 한다고 믿는다. 미국인의 삶에서 경쟁은 어린 시절 시작되어 일에서 은퇴할 때까지 계속된다. 그래서 미국인은 성장 과정 – 학교 또는 커뮤니티 활동에서 제공하는 스포츠 프로그램 – 을 통하여 성공적으로 경쟁하는 법을 배운다. 그들은 경쟁하는 데 있어 '페어플레이(Fair play) 정신'을 매우 중요하게 여긴다. 이것은 성인이 된 후 경제활동을 하는 과정에서도 마찬가지이다. 미국 경제의 핵심은 비즈니스(Private and For-profit Business)인데, 이러한 비즈니스도 바로 경쟁의 원칙에 기초한다. 미국인들은 경쟁을 통해서 진보와 번영을 달성할 수 있다고 믿기 때문에 비즈니스를 하는 사람들은 항상 존경의 대상이 된다. 한편, 경쟁에 대한 압박이 미국인들을 열정적으로 만드는 것은 사실이지만, 그들에게 심한 압박감을 주는 것도 사실이다. 은퇴하면 이러한 스트레스에서 벗어날 수 있지만, 그러한 경우 존경과 명예도 함께 사라지는 것이 미국 사회이다. 어떤 이유로든 성공적으로 경쟁하지 않는 사람은 미국에서 주류가 될 수 없고 경쟁하고 성공하는 사람들 사이에 끼어들 수도 없다.

부의 상징인 저택과 요트 여행

이민자들이 미국으로 건너온 세 번째 이유이자 가장 절박한 이유는 생활 수준을 향상하기 위해, 즉 물질적으로 더 나은 삶을 영위하기 위해서였다. 천연자원이 끝도 없이 풍부했기 때문에 미국은 수많은 사람이 부자가 될 수 있는 풍요의 나라로 보였을 것이다. 초기 이민자들은 엄청나게 고생을 하였다. 물론, 모두가 다 부자가 될 수는 없었지만, 그들 중 상당수는 경제적 생활 수준을 향상하는 데 결국 성공했다. 설사 그렇지 못했더라도 그들은 그들의 자식들은 더 나은 삶을 살 기회를 얻게 될 것이라고 확신했다. 풍요로운 땅에서 많은 이민자는 꿈을 이루었다. 수많은 자수성가형 백만장자가 탄생하였다. 그들은 풍요로운 삶을 사는 부자가 되었고 부를 중시 여겼다. 그래서 '물질적 부(富) (Material wealth)'는 미국인들의 가치가 되었다. 여기에는 또 다른 이유가 있다. 미국에서 부는 사회적 지위를 평가하는 일반적으로 인정되는 척도이기 때문이다. 미국인들은 유럽의 귀족 사회와 귀족의 신분을 거부하였기 때문에 사회적 신분을 가늠할 새로운 대안이 필요했다. 개인이 축적한 부의 양과 질이 성공과 사회적 지위를 평가할 새로운 잣대가 된 것이다. 게다가 뒤에서 자세히 살펴보겠지만, 청교도의 노동 윤리에 따르면 물질적 성공은 신의 뜻에도 부합하는 것이었다.

물질적 부를 얻기 위해 치러야 하는 대가는 바로 '열심히 일

열심히 일하는 미국인들

하기(Hard working)'였다. 북미 대륙은 개발되지 않은 천연자원이 풍부했다. 열심히 일하기만 하면 이러한 자원을 얼마든지 삶을 풍요롭게 하는 물건으로 바꿀 수 있었고 생활 수준을 향상시킬 수 있었다. 열심히 일하는 것이 필요했고 역사적으로 보면 일한 만큼 보상도 받았다. 그래서 부를 열심히 일한 자에 대한 자연의 보상이라고 믿었다. 또한, 부의 소유는 열심히 일했다는, 혹은 능력이 있다는 눈에 보이는 증거가 되었다. 건국의 아버지 중 한 명인 제임스 메디슨(James Madison)은 '물질적 부의 차이는 개인의 능력의 차이를 반영한다.'라고 말하기도 하였다. 현재까지도 미국인들은 열심히 일하는 것의 가치를 믿고 있다. 사람들은 직업을 가져야 하며 정부의 무상복지를 받지 않고 살아가야 한다고 굳게 믿는다.

이러한 가치들과 관련하여 기억해야 할 두 가지 요점이 있다. 하나는 이것들이 미국의 '문화적 가치'라는 점이다. 미국을 움직이는 문화적 동력이며 전 세계에서 온 이민자들을 하나의 '미국인'으로 묶는 힘이다. 다음으로는 이 여섯 가치가 한데 묶여 절대로 깨지지 않는 굳고 강한 더 큰 새로운 가치, 즉 미국 사회의 가장 기본적인 골격과 생활방식을 창조한다는 것이다. 그 골격과 삶의 태도가 바로 '미국인의 꿈(American dream)' – 사람들이 자신의 삶에 책임을 지고 열심히 일한다면 그들은 자신의 목표를 추구할 자유와 성공을 향해 경쟁할 좋은 기회를 얻을 것이고 마침내 부자가 되어 성공할 것이라는 신념 – 이다. 비

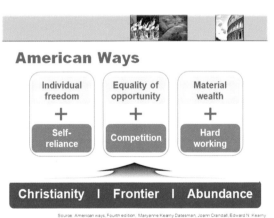

잘 짜인, 그래서 견고한 미국의 문화 체계

록 미국에서 빈부의 격차는 더욱더 벌어지고 있지만, 대다수의 미국인은 아직도 이상적인 미국인의 꿈을 믿는다. 상부로의 사회 계층 이동이 여전히 가능하다고 생각한다. 자신의 세대에 못 이루어진다 해도 자식 세대에는 이루어질 것이라고 확신한다. 이러한 믿음은 미국인의 일상생활 곳곳에 지금도 지대한 영향을 미치고 있다. 다만, 미국 사회를 떠받치는 이 여섯 기본적 가치들은 서로 견고하게 얽혀 있어 만일 이들 중 어느 하나의 가치가 허물어지면 이 구조가 무너지게 될지도 모른다.

　　미국인의 가치, 즉 미국 문화를 접했을 때 내 가슴은 마구 뛰었다. 나도 모르게 찬사가 터져 나왔다. 신세계를 건설한 미국인의 꿈이 내 마음에 와 닿은 것이다. 근본적인 인간의 욕망을 가장 잘 담고 있었고 새로운 나라에서 그것을 이루는 방법을 제시하고 있었다. 아무런 위선이나 가식이 없었다. 이런 세상이라면 나도 남들과 함께 출발선에 서서 한번 도전해 보고 싶은 생각이 들었다. 권리와 의무, 누리는 혜택과 지불해야 하는 비용이 조화를 이루는 미국이 신이 아닌 인간이 구현할 수 있는 최선의 이상향으로 보였다. 내가 미국인이라면 나도 그런 세상에서 살아보고 싶었다. 그러나 아쉽게도 나는 한국인이었다. 여기서 잠시 우리 사회를 되돌아보자. 우리는 해방 이후 미 군정을 겪었고 지금도 미국과 매우 긴밀한 관계를 유지하며 살아오고 있다. 당연히 많은 미국의 문화가 우리나라로 흘러들어 왔다. 그런데 그 문화가 왜곡되어 들어오는 경우가 있다. 우리 사회도 권리와 의무, 혜택과 대가가 짝을 이루는 사회인가? 모두가 그렇게 생각하고 인정하는가? 우리나라 젊은이들은 나이가 들면 부모의 간섭없이 자유롭게 살기를 원한다. 내 맘대로 살고 싶은 것이다. 바람직한 현상이다. 그런데 경제적으로 자립하는 것에 대해서는 주저한다. 여러 가지 외적인 이유를 대면서 부모에게 도움을 받기 원한다. 자기 의존이라는 책임이 두려운 것이다. 모든 젊은이가 그렇다는 것은 아니고 꼭 젊은

이에 한정된 것만도 아니다. 스스로 설 수 없으면 자유를 잃을 것이라는 미국인의 믿음이 가슴에 와 닿는다. 기회의 평등과 경쟁도 마찬가지이다. 우리는 평등을 말한다. 그런데 이것을 잘못 받아들여 획일적 평등으로 이해한다. 모두가 평등하게 살아야 하고 모든 분야에서 평등해야 한다고 요구한다. 그러나 미국인이 말하는 평등은 기회의 평등이다. 그저 기회를 달라는 것이다. 그리고 기회를 얻으면 남들과 치열하게 경쟁해야 한다. 경쟁을 좋아하는 사람은 그리 많지 않을 것이다. 하지만 평등한 기회에 대한 대가로, 의무로, 힘겨운 경쟁을 달게 받아들여야 한다. 마지막으로 물질적 부에 관해 이야기해 보자. 우리는 대부분 부자가 되기를 소망한다. 그리고 부자가 되기 위해 노력한다. 그러나 막상 부자에 대해서는 별로 존경하지 않는다. 부를 축적하기 위해 그들이 흘린 땀방울을 정당하게 평가하기보다 외면하기 일쑤이다. 재산을 물려받았겠거니, 아니면 운이 좋았겠거니 라고 생각한다. 시기하고 질투할 뿐 그들의 삶의 태도를 배우려고 노력하지 않는다. 부의 대가를 치르려고 하지 않는다. 부자 중에는 운이 좋은 사람도 또는 부모를 잘 만난 상속자도 있을 것이다. 하지만 요즘은 스스로 창업하여 억만장자의 반열에 오른 기업가도 얼마든지 많다. 또, 주어진 상황에서 열심히 일하고 저축하여 종자돈을 마련한 후 투자함으로써 비록 백만장자는 아니지만 작은 부를 일군 사람은 셀 수 없을 정도로 많다. 아마 대부분의 중산층이 이에 속할 것이다. 부를 이룬 사람 중에 수입보다 지출을 많이 하며 살아가는 사람은 없다. 어떤 생각을 가지고 생활하느냐가 중요하다. 건전한 부는 숭상받아 마땅하다. 우공이산(愚公移山)이라고 열심히 일하고 노력하면 자신의 세대에, 그도 아니면 다음 세대에는 미국인의 꿈처럼 더 나은 삶을 살 수 있을 것이다.

미국 문화의 바탕; 청교도 정신, 프런티어 유산, 풍요의 땅

전통적인 미국인의 가치 – 개인의 자유와 자기 의존, 기회의 평등과 경쟁, 물질적인 부와 열심히 일하기 – 는 상호 간에 튼튼하게 잘 엮여 있을 뿐만 아니라 초기에 미국 사회를 태동하게 만든 다른 가치들과도 떼려야 뗄 수 없는 관계를 맺고 있다. 이러한 가치로는 청교도 정신(Protestantism), 프런티어 유산(Frontier Heritage), 풍요로움(Abundance)을 들 수 있다.

여러 조사에 따르면, 오늘날에도 미국인의 90%는 신 또는 어떤 절대자에 대한 믿음을 가지고 있으며 그들 대부분은 기독교인이라고 말한다. 초기 청교도 정신(Protestantism)은 미국인의 여섯 기본 가치 중 특히, 개인의 자유와 자기 의존, 물질적 부와 열심히 일하기에 많은 영향을 미쳤다. 초기 유럽에서 온 이민자들은 로마 가톨릭 신자가 일부 포함되어 있었지만, 대부분은 주로 영국에서 건너온 개신교 신자(Protestants)(개신교 중에서도 영국 이민자는 주로 청교도 신자)였다. 개신교는 종교적 신념의 차이로 16세기에 로마 가톨릭에서 떨어져 나왔는데, 개인이 신부와 같은 성직자를 통하지 않고 직접 신을 마주할 수 있다고 주장했다. 죄 사함도 성직자를 통하지 않고 신 앞에 스스로

전형적인 미국 기독교인
(American Gothic, Grant Wood 1930년)

회개함으로써 받을 수 있다고 믿었다. 즉, 그동안 성직자만 가지고 있었던 신과 소통할 수 있는 권능을 개인에게 돌려주었다. 이러한 믿음을 가진 개신교도들은 17세기 초 종교적 탄압을 피해 미국으로 향했으며 서로 종파는 달랐지만, 모두 개인이 중심이 되는 종교의 자유를 추구하였다.

그리고 제2차 수정헌법을 통해 종교의 자유를 헌법에 명문화하였다. 청교도 정신은 미국인의 가치 중에서도 자기 의존에 많은 영향을 미쳤다. 그들은 신과의 소통에서 성직자에게서 벗어나 당당한 주체로 설 수 있었다. 그들은 신 앞에 직접 나아가 용서를 구하고 신을 영접하면 신의 은총에 따라 다시 태어날 수 있다고 믿었다. 이러한 갱생으로 그들은 자기 의존에서 한 걸음 더 나아가 더 나은 자신(Self-improvement)을 만들 수 있다는 신념을 갖게 되었다.

한편, 물질적 성공은 더 나아진 자신을 보여주는 가장 일반적인 형태로 받아들여졌다. 즉, 스스로 열심히 일하여 부자가 되는 것이 곧 종교적 신념인 더 나은 자신을 만드는 것과 동일시되었다. 유럽의 초기 개신교 지도자들은 신에 의하여 축복받은 사람들은 부자가 됨으로써 신에게 영광을 돌리고 세상에서 존경받는 대상이 되어야 한다고 생각했는데, 미국으로 건너온 청교도 지도자들은 이러한 생각이 더욱더 강했다. 그래서 그들은 열심히 일하고 근검절약함으로써 부자가 되라고 이민자들을 격려했다. 힘든 노동과 절제된 생활은 성직에 봉사하는 것과 같은 신성한 행동으로 간주 되었다. 이것이 청교도적 노동 윤리(Protestant work ethic)이다. 이러한 분위기가 초기 미국의 산업발전에 크게 기여했음은 말할 나위도 없다. 오늘날에도 미국인들은 통상 2주의 휴가를 보내는데, 이는 다른 유럽국가들의 4~6주의 휴가에 비하면 매우 짧은 기간이며 미국인들은 은퇴 이후에도 계속 일을 하는 경향이 있다. 심지어, 미국인들은 종종 일 중독자(Workaholics)로 불리는 것을 자랑스럽게 여긴다.

미국인들의 자기 의존, 나아가 자기 향상은 열심히 일하고 근검절약하여 물질적으로 부를 축적하는 데 그치지 않는다. 그들은 다른 사람을 돕거나 자선 단체나 교육사업 등에 자신의 시간과 돈을 기부함으로써 자신이 더 나은 사람으로 성장할 수 있다고 믿었다. 이러한 생각이 바로 봉사주의(Volunteerism) 또는 인도주의(Humanitarianism)이다. 이러한 철학에 따라 역사적으로 많은 미국의 거부들은 다른 사람을 돕기 위해 기꺼이 자기의 전 재산을 사회에 환원하였다. 20세기 초 철강왕 앤드류 카네기(Andrew Carnegie)나 석유재벌 존 록펠러(John D. Rockefeller)가 좋은 예이다. 오늘날 이러한 전통은 마이크로소프트사 창업자인 빌 게이츠(Bill Gates), 버크셔 해서웨이 설립자 워런 버핏(Warren Buffet) 등으로 계속 이어지고 있다.

미국에서 프런티어(Frontier; 서부개척)가 사라진 지 이미 100년이 지났지만, 아직도 미국에는 프런티어 유산이 명백하게 남아있다. 프런티어는 미국인의 가치를 형성하는 데 매우 큰 영향을 미쳤기 때문에 많은 미국인은 서부개척 시대의 모습, 예를 들면 장작을 패고, 말을 타고 카우보이 모자를 쓰는 프런티어 유산에 쉽게 빠져든다. 17세기 이후 2백여 년 동안 계속된 프런티어 정신은 개인의 자유, 자기 의존, 그리고 기회의 평등과 같은 미국인의 기본적 가치에 특히 많은 영향을 미쳤다. 미개척지인 서부에는 개인을 통제하거나 구속할 법률이라든가 정치적 또는 사회적 제도가 거의 갖추어져 있지 않았다. 서부로 이주하는 사람들은 사회적 속박에서 벗어나 자유로울 수 있었다. 그러나 자유로운 만큼 신변에 대한 안전과 사회가 주는 편리함을 누릴 수 없었다. 그들이 의존할 수 있는 존재는 오직 자기 자신뿐이었다. 그들은 스스로 집을 짓고 밭을 일구며 사냥을 하고 옷이나 가구도 직접 만들어야 했다. 그래서 서부 개척자는 강인한 정신과 억세고 다부진 신체를 가져야 했고 자신과 가족을 보호하기 위해 총이나 무기를 자유자재로 다룰 수 있어야 했다. 거친 자연을 정복하고 인디언이나 무법자로부터 자신을 지키고 살아남아야 했다. 이러한 강인한 서부개척자 이미지가 바로 카우보이로 대표되는 아메리칸 마초 히어로(American macho hero)이다. 이후 카우보이는 람보와 같은 전쟁 영웅 또는 터미네이터로, 슈퍼맨과 배트맨을 거쳐 최근에는 아이언맨과

카우보이(위)와 초기 서부로 이주하는 개척자들(아래)

같은 캡틴 아메리카로 점차 변해간다. 그들은 모두 거친 주먹싸움에 능하고 총기 등 무기를 잘 다룬다. 그래서 미국인들은 총기 소유와 사용에 대하여 관대하다. 제2차 수정헌법에서 총기 소지를 허용한 것도 이런 맥락이 있었기 때문이다. 오늘날에도 미국에는 2억 7천에서 3억 정 이상의 총기가 민간에 의해 보유되고 있다고 추정된다. 미국 가정의 25%에서 절반에 해당하는 가정이 한 개 이상의 총기를 보유하고 있는 것이다.

개척자들은 자기 자신을 스스로 지키는 것도 중요하였지만, 일상생활에 필요한 것을 모두 직접 만들어 써야 했다. 즉, 자신이 창의적인 발명가가 되어야 했다. 남자들은 농기계나 사냥 도구를 직접 제작해 사용했고 여자들은 옷이며 양초, 비누 같은 생활용품을 만들어야 했다. 이러한 무엇인가를 발명하고 실험하는 정신은 미국과 미국인들에게 할 수 있다는 정신(Can-do spirit)과 문제를 반드시 해결할 수 있다는 낙관주의(Optimism)를 심어주었다. 지금도 미국의 지도자들은 국가가 어려움을 당하면 서부 개척시대의 프런티어 유산에 호소한다. 할 수 있다는 정신은 미국인들에게 자부심과 영감의 원천이다.

프런티어는 개인의 자유와 자기 의존을 의미하기도 하지만 무한한 기회와 기회의 평등을 의미하기도 했다. 캘리포니아로 금광을 찾아, 또는 오클라호마로 비옥한 농토를 찾아 서부로 길을 나선 이들에게 신분이나 배경은 그리 중요하지 않았다. 그들 앞에는 평등한 기회가 놓여 있었고 경쟁에서 이기면 부를 거머쥘 수 있었다. 개척자의 행렬은 미시시피강을 넘어 태평양에 다다를 때까지 서부로, 서부로 길게 이어졌고 이들의 개척 정신은 동부에 사는 미국인들에게까지 전해졌다. 이렇게 해서 프런티어는 미국인의 가치가 되었다.

　　미국은 드넓은 땅을 가지고 있었다. 17~18세기에 유럽의 이주자들이 도착했을 때 이 땅은 나무와 동물들이 가득한 기름진 평원이었다. 풍요로움은 자연이 준 선물이었다. 하지만 풍부한 천연자원이 미국을 부유한 나라로 만든 유일한 이유는 아니다. 초기 미국에서는 출생과 더불어 부와 신분이 결정되지 않았다. 미국은 기회가 평등한 나라였기 때문에 부자나 가난한 자의 부는 변하지 않는 고정적인 것이 아니었다. 그래서 미국인들은 모두 열심히 일했고 이것이 미국을 이른 시일 안에 부유한 나라로 만들었다. 유럽의 다른 나라에서는 부를 악하다거나 비도덕적이라고 간주했지만, 미국에서는 부를 선한 것이고 열심히 일한 것에 대한 대가이자 보상으로 보았다.

미국인들은 풍요로운 나라를 만들어 가는 과정에서 부를 자신들을 평가하는 척도로 사용하기 시작했다. 그들은 풍요로운 나라인 미국에 자부심이 있었고 이러한 자부심은

모든 자원이 풍요로운 땅

개인에게도 똑같이 적용되었다.

　　초기 미국인들은 오랫동안 생산자였으나 20세기에 들어서면서 소비자로 탈바꿈하기 시작했다. 라디오와 TV 같은 대중 매체들은 대중 광고

를 쏟아내며 미국인들을 상품시장으로 유혹했다. 미국은 무엇이든 풍요로운 나라가 되었다. 미국인들은 안락함과 깨끗함, 그리고 새로움을 주는 상품에 특히 매료되었다. 안락함은 개척시대 거친 삶으로 인한 어려움에 대한 기억에서 유래한 것으로 보인다. 깨끗함은 청교도적 유산에서 비롯되었다. 그들은 깨끗함을 신성함과 동일시 했다. 몸과 의복, 가구, 차와 집, 심지어 애완동물까지 청결하고 향긋하게 유지하기를 원했다. 새로움은 그들의 창의성과 발명에 대한 열정에서 유래하였다. 그들은 새롭고 신기한 것을 좋아했다. 마지막으로 하나 더 추가할 상품의 특징은 편리함이다. 그들은 가사노동을 단축해 주는 상품을 선호했다. 전자레인지, 오븐, 식기세척기와 세탁기, 쓰레기 분쇄기 등이 그것들이다. 그러나 아이러니하게도 이러한 물건들에도 불구하고 오늘날 미국인들의 삶이 바쁘지 아니한 것은 아니다. 오늘날 미국인은 새로운 풍요로움을 누리고 있다. 디지털 기술 발전과 인터넷 혁명으로 촉발된 기술의 풍요로움, 지식의 풍요로움이 그것이다. 미국은 몇몇 저개발국이 맞닥뜨린 풍부한 천연자원의 저주를 피할 수 있었다. 미국인들은 막대한 천연자원을 활용하는 방법을 알았고 그 자원을 이용하여 현대 사회를 만들고 세계를 발전시켰다. 미국인들은 기술의 진보와 함께 부는 계속 확대된다고 믿는다. 모두에게 충분한 파이가 있다고 생각한다. 풍요로움의 유산이 미국인을 인류는 모든 문제를 해결할 수 있다는 신념을 가진 낙천적인 사람으로 만들었고 전통적인 미국인의 가치를 강화하였다.

미국인의 기본적 가치에 더하여 미국 문화의 바탕을 이루는 청교도 정신, 프런티어 유산, 그리고 풍요로움을 이해하게 되자 미국 사회를 지탱하는 그들의 문화가 더욱 선명하게 다가왔다. 마치 조물주가 창조한, 살아 숨 쉬는 정교한 생명체 같았다. 미국 문화가 오랜 역사와 사회적 경험 속에 얼마나 굳세고 강하게 구축되었는지 알 수 있었다. 미국인의 기본 가치가 청교도 정신과 만나 노동과 절제된 생활은 신성시되었고 부는 존경의 대상이 되었다. 우리가 쉽게 물질 만능주의라고 비난했던 부에 대한 미국인들의 생각이 비로소 정확하게 이해되기 시작했다. 열심히 일하여 정당하게 축적한 부는 제대로 평가받는 것이 옳고 부자 또한 존경받아 마땅했다. 부에 대한 관념을 새롭게 정립할 수 있었다. 미국에서 TV를 보다 보면 DIY(Do It Yourself) 관련 프로그램을 많이 볼 수 있다. 스스로 옷이나 가구를 만들고 집을 짓고 정원을 가꾸는 것에 많은 사람이 관심을 갖는다. 홈 디포(Home Depot)와 같은 대형마트에 가면 DIY 활동과 관련된 정말 다양한 재료와 도구도 쉽게 살 수 있다. 프런티어 유산이 고스란히 남아있기 때문이다. 총기 소지의 당위성도 마찬가지일 것이다. 그들은 자신은 자기가 지켜야 한다고 믿는다. 모두가 평등한 기회를 얻고 경쟁 속에 열심히 일하면 부자가 될 수 있다는 것도 풍요의 땅인 미국, 또는 오늘날 미국의 풍요로운 삶과 깊게 관련되어 있다. 서로 다른 가치가 서로를 강화하며 쉽게 무너지지 않는 미국의 문화를 만드는 것이다. 미국의 전통적인 기본 가치와 이러한 가치를 형성하고 강화하는데 밑바탕이 된 여러 배경 가치를 모두 이해하고 나니, 미국을 세계 유일 강대국으로 만든 그들의 문화가 한눈에 들어왔다. 정말 훌륭하고 고귀한 선진문화였다. 한 나라의 문화를 바로 세우고 바꾼다는 것이 얼마나 어려운지 우리의 지난 역사를 통하여 익히 알기에 더욱더 대단하게 느껴졌다. 한편으론 그들의 옹골찬 문화가 부럽기도 했다. 그런데 이러한 미국 문화는 과연 지속될 수 있을까? 미국은 앞으로도 계속 세계 최고의 강대국으로 존재할 수 있을까?

미국 문화, 용광로(Melting Pot) 또는 모자이크(Mosaic)?

미국은 전통적 기본 가치 – 개인의 자유와 자기 의존, 기회의 평등과 경쟁, 물질적 부와 열심히 일하기 – 와 이러한 전통적 기본 가치의 바탕이 된 시대 정신 – 청교도 정신, 프런티어 유산, 풍요로움 – 이 한데 어우러지면서 오늘날 독특한 미국인의 가치 즉, 미국 문화를 창조해 냈다. 이러한 미국 문화가 오늘의 선진 미국, 세계 유일 강대국을 일군 토대가 되었음은 말할 나위도 없다. 미국인들은 독립전쟁, 남북 전쟁, 대공황, 민권운동, 대통령 암살, 9/11 테러 등 무수히 많은 고난을 겪어냈다. 하지만 그들은 모든 어려움을 딛고 다시 일어날 수 있었다. 그 이유는 아주 단순하다. 미국의 여론조사 전문가인 존 조그비(John J. Zogbi)에 따르면 그 이유는 '미국인들이 미국인을 미국인답게 만드는 가치를 모두가 공유하고 있기 때문'이라고 한다. 그 가치는 미국독립선언문(The Declaration of Independence)에 처음 언급된 기본 가치와 일치하며, 헌법(The Constitution of the United States)과 권리장전(The Bill of Rights)으로 알려진 제2차 수정헌법에도 명문화되어 있는 가치이다. 가슴 속 깊이 내재화된 이러한 문화적 가치가 미국인에게 독특한 자기 정체성을 부여해 온 것이다.

그러나 역사적으로 보면 미국인들이 이러한 가치들의 의미와 그 가치들이 어느 정도 확장되어야 하는가에 대하여 항상 일치된 견해를 보여준 것은 아니다. 권리 혹은 혜택을 부여하는 가치와 그러한 권리에 대한 의무 또는 대가를 나타내는 가치 사이의 균형이 시대에 따라 조금씩 달랐다. 그러면, 이러한 기본적 가치들은 오늘날 어떤 도전에 직면해 있는가? 미국인의 가치 중에서도 개인의 자유는 가장 소중한 가치로 여겨졌다. 1930년대까지는 개인의 자유에 대한 가치가 미국 사회를 널리 지배했다. 그러나 대공황을 겪으면서 미국 정부의 규모와 역할이 상당히 확대되었다. 그리고 1960년대를 거치면서 정부의 책임은 경제적인 분야로까지 넓어졌다. 이 부분에서 미국인들의 생각이 갈라진다. 보수주의자들 – 대부분의 공화당원(Republican) – 은 정부가 너무 많이 경제적으로 개입하여 국민에게 혜택을 준다고 생각한다. 그들은 정부가 무상으로 경제적 혜택을 많이 제공하면 할수록 미국인들은 더 많이 정부에 의존하게 되고 이것이 미국을 위대하게 만든 기본 가치인 '자기 의존'을 망가뜨린다고 주장한다. 반면, 진보주의자들 – 대부분의 민주당원(Democratic) – 은 정부의 경제적 개입이 개인의 경제적 권리와 자유를 증진한다고 믿으며, 21세기에는 더욱 확대되어야 한다고 주장한다. 경제적 권리에는 의료보험이나 교육의 기회, 실업수당을 받을 권리 등이 포함된다. 그런데 문제는 정부의 개입이 커질수록 국민에 부과되는 세금이 증가하고 미국 정부의 재정적자가 확대된다는 점이다. 자기 의존과 정부 지원 사이의 적절한 균형점이 어디인가에 대한 논의는 앞으로도 중요한 쟁점이 될 전망이다.

미국에서 기회의 평등이란 모든 미국인이 인생에서 성공하고 부를 누리며 행복하게 살아갈 평등한 기회를 얻는 것을 의미한다. 이 가치는 백인에게는 늘 적용되었으나, 과거 흑인이나 소수민족에 똑같이 적용되지는 않았다. 그러나 1960년대 시민권법(Civil Rights Acts)이 제정되어 차별과 분리정책은 모두 철폐되었으며, 차별시정조치(Affirmative action)로 인하여 흑인이나 히스패닉, 아시아계 소수 이민자는 대학 진학과 취업에서 일정 부분 우대를 받게 되었다. 미국에서 이야기하는 기회의 평등은 말 그대로 모두에게 기회가 평등해야 한다는 것이다. 이것이 정부가 평등한 결과를 보장한다거나 모두가 같은 수준의 부나 명성을 누려야 한다는 것을 의미하지는 않는다. 그러나 차별시정조치 시행은 개인적 차원에서 보면 결과에도 영향을 미치는 경우가 많다. 차별시정조치로 인해 흑인과 소수 이민자는 더 많은 성공 기회를 얻을 수 있지만, 우대혜택에서 배제된 백인 처지에서 보면, 그들은 기회의 평등을 박탈당하는 것이다. 이 조치로 인해 그들은 역차별을 받는다고 생각하며, 전통적 기본 가치인 기회의 평등이 보장되어야 한다고 주장한다. 기회의 평등과 경쟁을 어느 정도까지 용인해야 하는가는 현재도 논쟁거리이다. 미국에서는 비즈니스가 가장 중요한 경제활동의 주체였으며 그들은 기회의 평등과 경쟁을 통해 사회를 발전시켜왔다. 하지만 대공황 이후 미국에서도 정부의 역할은 증대되었으며, 민주당 성향의 사람들은 정부가 경제적으로 스스로 자립할 수 없는 사람들을 지원해야 한다고 목소리를 높인다.

전통적으로 미국인들은 물질적 부는 열심히 일한 것에 대한 보상이라고 생각했다. 아직도 많은 미국인들은 초기 이민자들이 가슴속에 품었던 미국인의 꿈을 믿지만, 현실적으로 그 꿈을 성취하는데, 많은 어려움을 겪고 있다. 많은 젊은이들은 그들의 미래의 삶이 그들 부모 세대 삶보다 더 못할 것으로 생각한다. 중산층과 부유층의 차이도 점점 더 벌어지고 있다. 저임금을 찾아 제조업이 해외로 이전함에 따라 돈벌이가 좋았던 블루칼라 직장은 점점 사라지고 있으며, 금융과 같은 서비스 산업에서 고임금 일자리를 구하기 위해서는 더 높은 학위를 취득해야 한다. 그러나, 학위 취득을 위한 비용은 날로 커져 매우 부담스러운 수준이 되었다. 대부분의 미국인 가정은 부부가 맞벌이하지만, 그들의 생활 수준은 크게 나아지지 않았다. 열심히 일하면 부자가 될 수 있다는 미국인의 꿈이 점점 옅어져 가고 있다.

미국 문화가 직면한 또 다른 도전은 미국의 개방 정책과 이에 따른 이민의 증가에서 비롯되었다. 미국은 이민자가 세운 나라답게 독립 이후에도 세계 각지에서 엄청난 수의 이민을 계속 받아들였다. 처음에는 주로 영국계 청교도들이었으나, 이후 남부 유럽과 동부 유럽의 백인으로 확대되었고 노예무역을 통해 많은 흑인도 미국으로 건너왔다. 20세기 이후에는 남미의 히스패닉과 중국을 비롯한 아시아계 이민행렬도 뒤를 이었다. 지금도 아메리칸 드림을 꿈꾸며 많은 사람이 합법적인 이민 절차를 통해, 또는 불법적으로 국경을 넘어 미국 땅을 밟고 있다. 오늘날 미국은 다양한 민족과 인종이 함께 어울려 사는 다원화된 사회가 되었다. 이민자들은 미국 문화에 쉽게 적응하기도 하지만 자신들의 고유한 문화를 지키며 살아가기도 한다. 그래서 미국에는 서로 다른 민족의 여러 문화가 미국 문화와 함께 공존하고 있다. 이것이 미국의 창의성과 역동성, 다양성을 강화하는 것도 사실이지만, 어떤 사람들은 미국의 전통적 가치를 약화한다고 주장한다. 이민자들이 미국 문화에 동화되지 않고 그들의 이질적 문화를 간직하며 살아감으로써 미국 문화, 즉 미국인의 공유 가치가 흔들린다고 우려한다. 백인들은 미국이 문화의 용광로(Melting Pot)가 되기를 원한다. 다양한 문화가 미국 안에서 화학적으로 융합되어 전통적 가치가 중심인 하나의 새로운 문화로 재탄생하기를 바란다. 그러나 어떤 이민자들은 그들의 고유문화를 지키기 원하며 미국 사회에서 그들의 문화가 미국 문화와 공존하기를 바란다. 마치 모

자이크(Mosaic)와 같은 문화가 미국에서 꽃피우기를 바란다. 미국은 지난 200여 년간 세계 곳곳에서 무수히 많은 이민자를 받아들였지만 끝내 자신들의 고유한 문화와 정체성을 지켜냈다. 미국 문화는 어디로 갈 것인가? 이민자의 다양한 문화를 수용하며 새롭게 진화하겠지만, 전통적인 미국인의 가치는 계속 살아남지 않을까? 왜냐하면, 그것이 이민자들을 빨아들이는 아메리칸 드림, 그 자체니까.

미국 문화, 용광로 또는 모자이크?

◈ 위대한 문화, 세계 속 강대국의 원천

　미국은 나에게 어떤 존재였을까? 어린 시절 책받침 속 사진, 서부영화에 나오는 멋진 카우보이, 영어 공부의 긴 기억, 그리고 들려온 아메리칸 드림(American Dream)! 한국 영화 중에 1985년 개봉된 배창호 감독의 '깊고 푸른 밤'이라는 영화가 있다. 로스앤젤레스를 배경으로 한국인의 슬픈 아메리칸 드림을 다룬 영화다. 미국 한인사회의 어두운 단면을 그리고 있었다. 한창 감수성이 예민한 시기인 고등학교를 졸업할 즈음 공주의 어느 허름한 극장에서 혼자 보았는데, 뒷맛이 영 개운하지 않았다. 미국이란 나라! 미국 사회! 세계 최고의 강대국이며 선진국이라는데, 당시 미국을 접할 수 있는 주된 통로인 영화를 통해 내가 알게 된 미국 문화는 선진국과는 영 거리가 멀었다. 잔인한 폭력과 갱단, 마약과 섹스, 탐욕스러운 욕망 그리고 검은 돈…. 이게 전부일까? 하는 의문이 들었다. 그렇지 않을 것이다. 세계 속에서 일등 국가가 된다는 것이 어디 쉬운 일인가? 분명 내가 모르는 무엇인가가 있으리라 생각했다. 그것이 늘 궁금했다. 알고 싶었다. 그리고 배우고 싶었다. 할 수만 있다면, 배워서 나를 발전시키고 다른 이들에게도 알려주고 싶었다. 그래서 우리나라를 위대한 나라로 만들 수만 있다면…. 그 기회는 예기치 않은 순간에 운명처럼 내게 다가왔다. 세 번에 걸쳐 미국에서 생활하며 미국 문화를 접한 후, 마지막에 'American Ways'를 만났을 때, 내 머릿속에 전율이 느껴졌다. 모든 의문이 한꺼번에 해소되는 카타르시스! 내가 본 영어책 중에 가장 재미있는 책이었다. 나는 읽고 또 읽었다. 인생의 연륜이 어느 정도 쌓인 중반이기에, 눈에 보이고 가슴에 깊이 와 닿는 미국 문화의 정수(精髓).

아! 바로 이것이었구나. 미국이 위대한 국가, 세계 유일 강대국이 된 비결이…. 문화란 무엇인가? 바로 '한 집단의 공유된 가치체계'이다. 눈에 보이지 않아 알기 어려운, 그러나 사회 구성원 마음속 깊이 자리하며 그 사회 체계의 가장 밑바탕에서 사실상 사회를 지탱하는 그 무엇! 그것이 문화이다. 그러기에 한 사회의 힘을 말할 때 '문화의 힘'이 가장 큰 것이다. 갑자기 오래전에 읽은 내가 존경하는 도산 안창호 선생이 했던 말씀이 떠올랐다. 그는 "우리나라가 경제적으로, 군사적으로 부강한 나라가 되길 바라지만, 무엇보다도 훌륭한 문화를 가진 나라가 되길 바란다."라고 말씀하셨다. 이제 확실하게 이해가 되었다. 고귀한 문화를 가진 나라! 그 나라가 위대한 국가요, 바로 선·진·국이었다.

그러면 우리나라, 한국의 문화는 무엇인가? 무엇이 한국인의 가치인가? VIPP 과정 '대중 앞에서 말하기(Public speaking)' 수업에서 이미 말했듯 나는 한국인의 가치를 정확하게 알지 못한다. 솔직히 아직도 모르겠다. 따스한 정(情), 은근과 끈기, 한(恨)의 정서, 상부상조, 안빈낙도(安貧樂道), 치열한 경쟁, 근면·성실, 잘살아보세 등등, 아마 이들 중 몇몇인지도 모르겠다. 근대 사회로의 진입이 늦었던 우리는 다른 선진국을 따라잡기 위해 그동안 숨 가쁘게 달려왔다. 눈부신 경제발전을 이루고 단기간에 민주화를 달성하였으며, 이제 K-Pop, K-Drama, K-Food를 앞세워 우리의 문화를 세계 속에 드날리고 있다. 하지만 한국인의 문화, 우리들의 공유된 가치체계를 쉽게 정의하기 어렵다. 빠른 성장 속에 과거와 현재, 동양과 서양의 문화가 한데 뒤섞여 있기 때문인지도 모른다. 아니면 문화라는 것이 하루아침에 뚝딱 만들어지는 것이 아니어서 잘 보이지 않을 수도 있다. 하지만, 어떤 방향성을 가지고 함께 북돋아 가면 언젠가는 우리 고유의 문화, 위대한 문화를 창조할 수 있지 않을까? 꼭 미국 문화를 따라 하자는 것이 아니다. 미국 문화가 우리에게 익숙한 동양의 수직 문화와 맞지 않을 수도 있다. 하지만 우리도 낡은 생각은 버리고 좋은 것은 받아들여야 한다. 그들의 혜택(권리)에 걸맞은 책임(의무)이라든가, 자연의 법칙, 즉 인간의 본성에 부합하는 가치는 배워야 하지 않을까? 우리 사회도 서서히 수평 사회로 이동하고 있지 않은가? 아름답고 고귀한 문화를 이 땅에서 볼 수 있는 그날, 우리나라가 진정한 선진국이 되는 그날, 그래서 위대한 문화유산을 후손에게 물려줄 수 있는 그 날이 빨리 왔으면 좋겠다.

◪ 졸업, 미시간 생활을 돌아보며….
– VIPP 과정 졸업생 대표 연설

　안녕하세요? 여러분! 먼저 제가 졸업생을 대표해서 졸업 연설을 하게 되어 매우 영광스럽게 생각합니다. 제가 이곳에 온 지 며칠 안 된 것 같은데, 벌써 일 년이란 세월이 흘렀네요. 시간이 빠르게 지난 것을 보니 미시간에서의 생활이 초콜릿처럼 달콤했던 것 같습니다. 제가 미시간에 처음 도착했을 때는 모든 것이 낯설었어요. 하지만 다행스럽게도, 미시간대학교 교직원 여러분들의 헌신적인 도움으로 무리 없이 정착할 수 있었던 것 같습니다. 이 자리를 빌려 VIPP 과정 관계자 여러분들, 특히 강 교수님과 신 박사님께 깊은 감사의 말씀을 드립니다.

　처음, 이 연수 과정을 신청할 때는, 솔직히 말씀드리면, 마치 안식년처럼 좀 쉴 수 있겠구나! 라고 생각했었어요. 사실 한국에서 과중한 업무로 매우 지친 상태였거든요. 하지만 수업에 들어가자마자 저는 VIPP 과정이 제가 배워야 하는 새롭고, 매력적인, 그리고 영감을 주는 내용으로 가득 차 있다는 것을 알 수 있었어요. 그래서 저도 모르는 사이, 지난 일 년간 VIPP 과정이 제공하는 새로운 세상에 빠져들었고 저 자신을 굉장히 성장시킬 수 있었습니다.

　무엇보다도, 저는 말하는 것이든 쓰는 것이든, 영어로 의사소통하는 기술을 향상시킬 수 있었습니다. 사실 우리 모두는 각자 자국에서 직업을 가지고 있으며, 맡은 분야에서 유능한 전문가들입니다. 하지만 국제사회에서 의사소통하는 능력을 더욱 가다듬을 필요가 있었지요. 왜냐하면 우리가 사는 세상은 마치 하나의 작은 마을처럼 점점 더 가까워지고 있으니까요. 우리는 훌륭하신 교수님들의 지도 아래, 서로의 생각을 이야기하며 공유하고, 또 웃으며 함께 즐거운 시간을 보냈어요. 지적으로 더욱 성장할 수 있었고 서로를 더 잘 이해하는 방법을 배울 수 있었습니다.

　　의사소통 능력이 서로를 이해하는데 핵심기술인 것은 맞지만, 그것만으로는 충분하지 않습니다. 만병통치약이 될 순 없지요. 서로를 더 잘 이해하기 위해서 우리는 새로운 도전을 해야 했습니다. 그것은 서로의 문화를 이해하는 것입니다. 문화는 '서로 다른 그룹 사이의 가치의 차이'라고 합니다. 그래서 눈에 보이지도 않고 이해하기도 힘이 들지요. 다행히 VIPP 과정은 미국 문화, 이를테면 영화나 음악, 가정, 교육, 스포츠, 역사와 인종, 이민 등등에 관한 다양한 강의를 제공하는데, 많은 역점을 두고 있었습니다. 저는 이러한 강의를 모두 들었어요. 우리는 미국 사회 뿐만 아니라 한국과 중국 사회의 많은 이슈를 가지고 진지한 토론을 주고받았으며 이를 통해 세계와 미래에 대한 관점과 시야를 훨씬 넓힐 수 있었습니다.

　　마지막으로, 저는 리더쉽의 핵심을 가르쳐 준 또 다른 훌륭한 교수님을 말씀드리고 싶습니다. 바로 '미시간의 자연'입니다. 제가 이곳에 오기 전, 저는 미시간이 매우 춥다는 얘기를 들었어요. 정말이었습니다. 지난 한 해 동안 미시간은 말 그대로 '거대한 아이스박스'였지요. 우리는 도로가 얼어붙거나 눈이 많이 내리거나, 심지어는 매서운 바람 때문에 며칠씩 학교에 갈 수조차 없었습니다. 정말 지독했지요. 집에서 겨울잠을 자는 것 외에는 달리 할 것이 없었으니까요. 하지만, 아무리 먹장구름이 끼어도 구름 사이로 한 줄기 서광을 볼 수 있듯, 혹독한 날씨는 저에게 두 가지 선물을 가져다주었습니다. 그 하나는 제게 영어 공부를 하거나 가족과 함께 보낼 수 있는 많은 시간을 준 것이었고요. 다른 하나는 제가 정말 예상할 수 없었던 것이었습니다. 한 연구에 따르면, 훌륭한 리더와 좋은 리더 사이에는 차이가 딱 하나 있는데요. 그것은 훌륭한 리더는 좋은 리더에게서 찾아볼 수 없는 '겸손함'을 가지고 있다고 합니다. 우리는 VIPP 과정에서 리더쉽 강의를 들으며 기술적 측면에서 '어떻게 하면 좋은 리더가 될 수 있는가?'를 모두 배웠지요. 게다가, 미시간의 혹독한 겨울을 통해 인간이 자연 앞에, 그리고 사람 앞에서 왜 겸손해야 하는가를 배울 수 있었습니다. 그래서 저는 확신합니다. 우리 모두는 미시간에서 배운 것을 바탕으로 어느 분야에서든, 또 언젠가는 훌륭한 리더가 되리라는 것을!

미시간에서의 생활은 저에게 행복한 삶, 그 이상이었습니다. 학교에서 많은 것을 배우는 것 이외에도 와튼 센터에서 뮤지컬도 보고 스파르탄 경기장에서 선수들을 응원하며 한정된 시간을 최대한 즐겁게 보냈지요. 자원봉사 수업(VETP)이나 외국인을 위한 커뮤니티(CVIP) 활동, 외국학생 지원센터(OISS)가 주관하는 커피 타임, 그리고 프렌드쉽 하우스(IFH) 활동 등등, 모든 프로그램이 저에게 정말 많은 도움이 되었고 제가 미시간을 마치 제 고향처럼 느끼게 해 주었어요. 프로그램 관계자 여러분께 진심으로 감사를 드립니다. 그리고 무엇보다도 정말 열정적이고 전문가이면서, 또 마음을 열고 저와 함께 지내준 나의 사랑하는 모든 동료 학생들에게 진심으로 감사하다는 말씀을 전합니다.

이제 우리는 모두 미시간주립대 동문, 스파르탄이 되었습니다. 여러분 모두가 인생을 살면서 건강하고 행복하고 또 성공하시길 기원합니다. 감사합니다.

Good afternoon, everyone? It is my great honor to give a graduation speech on behalf of my colleagues. It seems that I came here a couple of days ago, but almost one year has already passed. *Time has flied so fast that my life in Michigan must have been as sweet as chocolate.* When I arrived in Michigan for the first time, it was strange to me. However, with the kind help of MSU faculty members, I think I could settle down easily. So I'd like to deliver my sincere gratitude to all related VIPP faculty members, especially Professor Kang, and Dr. Shin.

When I applied for VIPP in MSU, frankly speaking, I thought it would be a great vacation for me just like a sabbatical year because I was very exhausted from overwork in Korea. However, as soon as I attended classes in VIPP, I knew they were full of something so new, attractive and inspiring that I must learn. So, without my realization, I entered a new world provided by VIPP during last year and <u>found myself advanced a lot.</u>

First of all, I improved my communication skill <u>in English, spoken and written.</u> We are all professional in our country and must be experts in our field. Nevertheless, we need to refine international communication skill because <u>our world is getting closer like a small village.</u> We talked, laughed and shared each other's ideas under the leading of great professors. We enjoyed these times a lot together with intellectual growth and learned <u>how to understand each other very well.</u>

Communication skill is absolutely a key to understand each other, <u>but not enough.</u> *It's not a panacea.* We have another challenge to know each other better. That is <u>to understand each other's culture.</u> It is said that 'culture' is value differences between nations or groups. <u>So, it is invisible and difficult to understand.</u> Fortunately, VIPP focused on providing various cultural classes such as American culture: Movie & Music, Education, Family & Sports, History, Race and Immigration and so on. I took all of these courses. We discussed all the issues related to American society and other's including Korean and Chinese societies, and finally <u>broadened our view and horizon to our world and future.</u>

Lastly, I'd like to mention another great professor who taught me a core of leadership, <u>that is, nature in Michigan.</u> Before I came here, I heard Michigan is very cold. Yes, it is. *Last year Michigan was literally <u>a giant ice box.</u>* We had ice day, snow day and even wind chill day for several days. It was terrible. *There was nothing to do <u>but hibernate at home.</u>* However, as every cloud has a silver lining, it gave me two good things as a present. One is it allowed me to have lots of time to study English and spend with my family. The other is <u>what I never expected</u>

to get. A research showed that only difference between a good leader and a great leader is whether he is equipped with humility or not. We took leadership class in VIPP and learned how to be a good leader technically. *In addition, we now have learned humility from severe Michigan winter, humility to nature and to people.* Therefore, I am sure that all of us will be great leaders somewhere and sometime on the basis of what we've learned in Michigan.

Living in Michigan was more than happy to me. Besides learning in classes, we enjoyed our limited time at a maximum while watching a musical in Wharton center and cheering up Spartan athletics in the stadium. Also, Volunteering English Tutoring Program (VETP), Community Volunteers for International Program (CVIP), Coffee Hours by OISS, and International Friendship House Program, all of them are very helpful and make me feel Michigan as my home. I thank you all the related staffs with these programs. *Most of all, I really thank you, all of my beloved classmates who are very passionate, open-minded and professional.*

Now we are all MSU alumni, *Spartans*. I wish all of you are healthy, happy and successful in your life. Thank you.

어린 시절의 꿈,
    '큰 바위 얼굴'을 찾아서….

■ 혼자 떠나는 뉴잉글랜드 여행

우리에게 '꿈'이란 무엇인가? 호기심 많던 어린 시절, 그 시절엔 모든 것이 신기하고 해 보고 싶었다. 그리고 지금 당장 할 수 없는 것은 '언젠가는 할 수 있겠지….' 하고 그냥 꿈으로 남겨두었다. 그것 중 하나가 나에겐 조그만 흑백 사진 속의 '큰 바위 얼굴', 내 삶에 영감을 준 그 위대한 자연을 직접 보는 것이었다. 세월이 지나면서, 세상과 부딪히면서 그 꿈은 때론 또렷하게 떠오르기도 하였지만, 어떤 때는 희미하게 사그라지기도 하였다. 하지만 끝내 잊히지는 않았다. 마음 한구석에 남아 세상에 나올 때를 조용히 기다리고 있었다. 그리고, 마침내 그때가 왔다. 35년여 세월을 뒤로하고 어린 시절 희미한 기억을 더듬으며 뉴잉글랜드 지방으로 여행을 떠나기로 했다. '큰 바위 얼굴'을 만나러 가는 것이다. 아내는 이번 여행은 '당신을 위한 여행'이라며 홀로 다녀올 것을 권했다. 늘 함께 여행을 다녔으니, 한 번쯤은 그것도 좋을 것 같았다. 나만의 기억 속 세상도 있고…. 어찌 보면, 작은 그러나 내겐 소중한 어린 시절의 꿈! 햇살이 싱그러운 초여름, 드디어 나는 '큰 바위 얼굴'을 찾아 길을 나섰다.

미국에 있는 동안 한 번도 인연이 닿지 않았던 미국 동북부, 뉴잉글랜드 지방. 2박 3일간의 여정이었다. 이른 아침, 미시간플라이어 버스를 타고 디트로이트 공항으로 향했다. 혼자 떠나는 여행이라 비행기를 이용하기로 했다. 디트로이트에서 보스턴행 비행기에 올랐다. 두어 시간 걸렸다. 머릿속에는 이런 생각 저런 생각이 떠오르고, 가슴은 묘한 기분으로 설레었다. 메사추세츠주 보스턴에서 뉴햄프셔주 화이트마운틴 국유림(White Mountain National Forest)까지는 차를 렌트하여 이동하기로 했다. 인터넷으로 미리 예약한 지프 랭귤러(Jeep Wrangler)를 건네받아 공항을 나섰다. 지프 차는 다른 차에 비해 렌트 비용이 좀 비쌌지만, 산악도로를 운전하기에 좋을 것 같았다. 또 한가지, 이번 여행만큼은 이왕 혼자 떠나는 여행이니 처음으로 한번 멋을 부려보고 싶었다. 남자들의 로망인 오픈 카로 해방감을 한껏 느껴보고 싶은 욕망이었다. 보스톤에서 93번 도로를 타고 화이트마운틴 국유림을 향해 북쪽으로 3시간을 달렸다. 서부를 달릴 때는 붉은 광야가 많았지만, 동부는 푸른 산림과 계곡, 마을이 어우러져 사람 사는 동네 같았다. 서부 로키산맥의 침엽수림과 달리 잎이 넓은 활엽수림이 눈에 많이 띄었다. 편안한 것이 마치 우리나라 경춘고속도로를 달리는 느낌이었다. 오후 늦게 프란코니아 노치 주립공원

휴게소에서 바라 본 프란코니아 노치 산자락

(Franconia Notch State Park) 휴게소에 도착할 수 있었다. '노치(Notch)'는 도끼로 나무를 자를 때 만들어지는 V자형의 모양을 일컫는 말이다. 이곳이 페미게와셋강 (Pemigewasset River)을 사이에 두고 양쪽에 높은 산이 자리하여 멀리서 보면 계곡 모양이 마치 노치와 흡사하여 프란코니아 노치란 지명이 되었다고 한다. 산림이 울창하고 풍광이 매우 아름다웠다. 미국에서 여러 주를 가로지르는 고속도로(Interstate highway)는 통상 편도 2차선으로 왕복 차선 사이에 잔디가 있어 매우 넓은데, 이곳은 편도 1차선으로 매우 좁았다. 산림 훼손을 최소화하고 아름다운 경치를 보존하고자 처음부터 이렇게 만들었다고 한다. 이런 곳이 미국에 딱 두 곳밖에 없다고 했다. 그만큼 아름다운 경치를 자랑하고 있었다. 늦은 시간이라 때마침 휴게소가 문을 닫고 있었다. 커피한 잔을 사서 야외에 놓여 있는 테이블에 앉았다. 나른한 오후 햇살이 푸

른 바위산을 가득 비추고 있었다. 넓은 휴게소에 나 혼자 앉아 있었다. 온 산이 나의 정원 같았다. 호텔에 들어가기 전 시간이 좀 남아있었다. 화이트마운틴 국유림 정취에 흠뻑 빠져들고 싶어 드라이브에 나섰다. 크로퍼드 노치 주립공원(Crawford Notch State Park)으로 해서 국유림을 한 바퀴 돌았다. 산속 곳곳에 작은 계곡이며 폭포가 숨어 있었다. 조용하고 평화롭고 아름다웠다. 저녁 늦은 시간에 조그만 호텔에 들어갔다.

이튿날 새벽 4시 반, 일출을 보기 위해 워싱턴산(Mt. Washington)을 향해 지프를 몰고 나섰다. 화이트마운틴 국유림은 3,000Km²에 달하는 넓은 지역으로 뉴햄프셔주와 메인주에 걸쳐 수많은 산봉우리 군을 형성하고 있는데, 그중 최고봉이 워싱턴산이다. 워싱턴산은 해발 1,917m로 뉴잉글랜드 지방에서 가장 높은 봉우리이기도 하지만, 특히 강풍과 추위로 유명했다. 1934년 4월 12일에 워싱턴산 정상 기후관측소에서 측정된 시속 372km의 풍속은 1996년까지 세계최고기록이었다. 어둠을 뚫고 험한 산악도로를 타고 산에 올라갔다. 아직 어둠이 가시지 않고 안개마저 자욱하여 조심조심 차를 몰았다. 한참을 오르니 희뿌연 안개 사이로 관목이 듬성듬성 보였다. 예상대로 바람이 매우 거세게 불었다. 순식간에 운무가 몰려오고 사라져갔다. 그렇게 30여 분을 오르자 정상 부분에 다다랐다. 기후관측소가 있는 관계로 정상까지 차가 올라갈 수 있었다. 6월 중순이지만 이곳은 여름이라고 할 수가 없었다. 강풍과 안개비로 산봉우리 정상의 날씨는 매우 추

워싱턴산 정산에서 바라 본 운무와 지프 차량(위)

366

웠고 일출을 보기는 어려웠다. 정상에 잠시 머문 뒤, 하는 수 없이 기후 관측소 박물관을 둘러보고 휴게소에서 차를 한잔 마셨다. 한 시간여쯤 지났을까? 갑자기 밖이 밝아지더니 안개가 거짓말처럼 사라지고 햇살이 비추기 시작했다. 순간 화이트마운틴이 웅장한 자태를 드러냈다. 재빨리 밖으로 나왔다. 파란 하늘과 하얀 운해, 문득문득 초록의 산봉우리들이 내 앞에 펼쳐졌다. 정말 장관이었다. 사방 어디를 둘러보아도 아름답지 않은 곳이 없었다. 신이 세상을 창조하던 바로 그, 태초의 자연을 바라보는 느낌이었다. 아침 햇살이라 더욱더 눈부시고 공기는 신선했다. 한동안 넋을 놓고 자연의 신비로움을 감상하며 가슴속에 원시의 생기를 불어넣었다. 이제 산에서 내려갈 시간이었다. 올라올 때는 어둠과 안개로 경치를 볼 수 없었는데, 내려가며 보니 고지대의 수풀과 관목이 아침 햇살에 싱그럽기 그지없었다. 아름다웠다. 좁고 거친 산악도로가 지프와도 잘 어울렸다. 차에서 내려 지프를 세워놓고 사진을 몇 장 찍었다. 오프로드 자동차 잡지에 실어도 좋을 몇 컷의 사진을 건질 수 있었다. 지프의 매력에 빠져드는 순간이었다.

호텔로 돌아와 아침을 챙겨 먹고 드디어 '큰 바위 얼굴'을 보러 길을 나섰다. 북쪽으로 조금 가다 보니, 플룸 비지터 센터(The Flume)가

플룸 고르게에서 만난 소(沼)

센트럴 파인 다리

나왔다. 플룸산(Mt. Flume) 계곡 트레킹 코스 출발지점이었다. 자연이 만든 협곡 트레킹 코스인데, 플룸 고르게(Flume Gorge)라고 불렀다. 가벼운 차림에 물만 챙겨 들고 트레킹에 나섰다. 플룸 계곡을 따라 산을 올랐

다. 바위로 둘러쌓인 좁은 계곡에 실개천이 흐르고 있었다. 시원하고 깊은 산속 계곡일 뿐 특별할 것은 없었다. 건너편으로 돌아 내려오는 계곡엔 폭포를 아래에 둔 오래된 다리가 하나 걸려있었다. 센트널파인 브리지(Sentinel Pine Bridge)였다. 1939년 나무로 만들어진 다리로 지붕을 갖춘 운치 있는 다리였다. 아래로 더 내려오니 제법 수량이 많아지며 화강암 사이로 폭포와 어우러진 아름다운 소(沼)가 여럿 나타났다. 마치 우리나라 설악산의 십이선녀탕 같았다. 화이트마운틴 국유림은 미국에 와서 본 풍광 중에서 가장 한국의 자연을 닮아있었다.

플룸 계곡을 빠져나와 아름다운 프랑코니아 노치를 따라 북쪽으로 조금 더 차를 몰았다. 마침내 '산정(山頂)의 노인(The Old Man Of the Mountain)'이란 표지판이 나타났다. '큰 바위 얼굴(The Great Stone

프로파일 호수. 오른쪽 위 절벽이 큰 바위 얼굴이 있던 곳

Face)'은 나다니엘 호오도온(Nathaniel Hawthorne)의 단편소설 제목으로 원래 '큰 바위 얼굴'의 이곳 이름은 '산정의 노인'이었다. 가슴이 설렘으로 조금씩 두근대기 시작

했다. 정말 얼마나 오랜 시간을 기다려 이곳에 왔던가? 이정표를 따라 '큰 바위 얼굴'을 가장 잘 바라볼 수 있는 프로파일 호수(Profile Lake)를 향해 한 걸음 한 걸음 나아갔다. 드디어 프로파일 호수에 도착했다. 숲으로 둘러싸인 아름다운 호수였다. 초록의 산 그림자가 고요한 호수 위로 잔잔하게 너울대고 있었다. 아! 그러나, 나는 그곳에서 산봉우리에 우뚝 솟은 '큰 바위 얼굴'을 볼 수 없었다. 사방을 둘러보았지만, '큰 바위 얼굴'은 이미 그곳에 존재하지 않았다. 그랬다. 2003년 5월 어느 날이었

다. 여느 때와 같이 아침 일찍 회사에 출근하여 차를 한잔 마시며 혼자 조간신문을 훑어보고 있었다. 신문 한 귀퉁이의 짧은 단막 기사가 눈에 들어왔다. 눈에 익은 조그만 흑백 사진과 함께…. 미국 뉴잉글랜드 지방에 천둥과 번개를 동반한 소나기가 사납게 내리던 날, '큰 바위 얼굴'은 그를 창조한 위대한 자연의 품으로 돌아갔다. '큰 바위 얼굴'을 구성했던 바위들이 세찬 비바람에 무너져 내린 것이다. 청천벽력 같은 소식이었다. 나의 아련한 기억과 마음 한구석이 함께 무너져 내리는 것 같았다. 한동안 아무 말 없이 물끄러미 창밖만 바라보았다. 그때 알았다. '큰 바위 얼굴'이 뉴햄프셔주의 화이트마운틴 국유림에 있다는 것을. 비록 '큰 바위 얼굴'은 자연 속으로 사라졌지만, 그 흔적이라도 직접 눈으로 보고 싶었다. 어린 시절 내 인생에 위대한 영감을 준 신비로운 얼굴, 그 자연과 분위기라도 느껴보고 싶었다. 그것이 나를 이곳에 오게 했다. 프로파일 호수 근처에는 '큰 바위 얼굴' 역사 유적지(Historic Site)와 메모리얼 파크(Memorial Park)가 잘 조성되어 있었다. 이 지역 사람들도 많은 사람의 사랑을 받던 뉴잉글랜드의 상징

메모리얼 파크에 있는 큰 바위 얼굴(사진)

'큰 바위 얼굴'이 무너져 내린 것이 무척 마음 아프고 안타까웠던 모양이다. 메모리얼 파크에는 파란 하늘을 배경으로 세상을 내려다보며 산 중턱에 우뚝 솟아있는, 장엄하고 거룩한 '큰 바위 얼굴'의 아름다운 사진이 전시되어 있었다. 나는 사진 속의 '큰 바위 얼굴'과 흔적만 남아있는 산 중

턱을 번갈아 바라다보았다. 마치 그곳에 '큰 바위 얼굴'이 전과 다름없이 그대로 있는 듯 보였다. 황금빛으로 찬란한 오후의 햇살을 받으며 장엄하고 거룩하게, 그러나 자비롭고 온화한 미소를 띠며 세상을 내려다보고 있었다. 마치, 나를 맞아주고 있는 것 같았다. 호수 옆에는 프로파일 광장(Profile Plaza)도 조성되어 있었다. 광장 가운데에는 독특한 조각들이 여러 기둥 위에 점점이 새겨져 있었다. 자세히 보니, '큰 바위 얼굴'을 조각으로 재현한 것이었다. 'He's Gone. But, he's Back.(그는 갔지만, 다시 돌아왔다.)' '큰 바위 얼굴'이 사라진 것을 못내 아쉬워한 이 지역 사람들이 정교한 조각을 기둥 위에 새겨, 일정 거리 떨어져서 기둥 위 조각을 바라보면 마치 산 중턱에 무너져 내리기 전 '큰 바위 얼굴'이 있는 듯이 보이게 만들어 놓았다. '큰 바위 얼굴'에 대한 이곳 사람들의 애틋한 마음을 고스란히 보여주는 작품이었다.

'산정의 노인(The Old Man of the Mountain)'은 지금부터 12,000년 전 빙하가 빠져나가면서 처음 모습을 드러냈다고 한다. 그 후 오랜 세월, 따사로운 햇살과 모진 눈보라, 세찬 비바람을 맞으며 자연의 섭리에 따라 빚어졌으리라. '산정의 노인'은 1805년 뉴햄프셔주 노스 우드스톡(North Woodstock)에서 프란코니아(Franconia)로 가는 길을 내기 위해 사전 조사차 이곳을 방문한 사람들이 호숫가에서 휴식을 취하다 우연히 발견하였다. 당시 이곳은 사람이 거의 살지 않았고 제대로 된 길도 없던 시절이어서 '산정의 노인'에 대한 이야기는 아주 천천히 세상에 퍼져 나갔다. 뉴햄프셔주에 토머스 스타 킹(Thomas Starr King)이라는 유명한 초기 청교도 목사가 있었다. 그의 설교는 뉴햄프셔주 명소 곳곳에 글로 쓰여 있는데, 그는 이 글에서 '산정의 노인'에 투영된 종교적 의미를 소리높여 외쳤다. 그는 말했다. "절대자의 권능과 오묘한 솜씨를 느끼려거든, 사람의 얼굴을 보지 말고 두려운 마음으로 '산정의 노인'을 올려다보라."라고. 세월이 흐르면서, '산정의 노인'은 미국에서 가장 유명한 자연

큰 바위 얼굴(19세기)(사진)

속 성지가 되었고 청교도적인 삶을 추구했던 미국인들에게 정신적으로, 또 도덕적으로 우러름의 대상이 되었다. 많은 미국인은 오지인 이곳을 성지 순례하듯 방문하여 '산정의 노인'을 바라보며 경이로운 대자연에서 영감을 받고 이와 관련된 그림을 그리고 시와 소설을 발표하였다. 그리하여, 화이트마운틴에는 관광 붐이 일어났고 '산정의 노인'은 가장 인기 있는 관광 명소가 되었다. '산정의 노인'과 관련하여 발표된 작품 중에서 19세기 초에 발표된 나다니엘 호오도온(Nathaniel Hawthorne)의 단편소설 '큰 바위 얼굴(The Great Stone Face)'은 가장 유명한 작품일 것이다. 그는 1832년 프란코니아를 방문하여 '산정의 노인'을 바라다보고 영감을 얻어 '큰 바위 얼굴'을 썼고, 이후 시인 존 그린리프 휘티어(John Greenleaf Whittier)의 편집 작업을 거쳐 1850년에 이를 발표하였다. 이 단편소설은 오늘날까지 많은 미국인, 나아가 세계인의 사랑을 받고 있으며, 우리나라에서는 1975년부터 1988년까지 중학교 3학년 국어 교과서에 실리기도 하였다.

'큰 바위 얼굴' 역사 유적지와 메모리얼 파크를 둘러보고 돌아 나오는데, 케이블카 정류장이 보였다. 캐넌산(Cannon Mountain)을 오르는 케이블카였다. 바로 캐넌산 정상 부분에 무너져 내리기 전 '큰 바위 얼굴'이 자리하고 있었다. 잠시 기다려 케이블카를 타고 캐넌산에 올랐다. 케이블카 안에서 바라보니, 저 멀리 바위로 만들어진 '인디언 얼굴(Indian Head)'도 보였다. 그리 특별하진 않았다. 얼마 지나지 않아 캐넌산 정상에 닿았다. 정상에는 나무로 만든 전망대가 있었다. 사방이 탁 트인 곳으로 아름다운 화이트마운틴 산군을 조망할 수 있었다. 전망대에서 내려오니 능선을 따라 애팔래치안 트레일(Appalachian Trail)이 보였다. '큰 바위 얼굴'이 있던 곳을 향해 능선을 따라 난 오솔길을 걸었다. 침엽수림이 우거진 길이

었다. 얼마나 걸었을까? 숲이 작은 관목으로 바뀌며 커다란 바위가 옹기종기 모여있는 탁 트인 전망 좋은 장소가 나타났

아름다운 프란코니아 노치

다. 나는 배낭을 옆에 내려놓고 바위 위에 걸터앉았다. 초여름 싱그러운 녹음으로 물든 계곡, 그리고 좁은 계곡을 따라 구불구불하게 자연과 어우러진 도로, 아름다운 태고적 프란코니아 노치를 제대로 조망할 수 있었다. 검은 구름 사이로 비추는 밝은 햇살이 신비로움을 더해 주었다. 고개를 돌리니, 부드러운 능선 끝머리 저만치에 둥그런 산봉우리가 보였다. 바로 그 산봉우리 앞면이 '큰 바위 얼굴'이 있던 곳이다. 바람에 떠도는 하얀 조각구름 사이로 봉우리 뒤태가 또렷하게 바라다보였다. 바위에 앉아 아무 말 없이 그저 한참을 바라보았다. 바로 그곳에 내가 어린 시절

산봉우리 바위 턱에 앉아….

꿈꾸었던 그 거룩하고 장엄한 '큰 바위 얼굴'이 있었다고 생각하니, 새삼스레 가슴이 벅차올랐다. 말로는 다 표현할 수 없는 진한 감동이 밀려왔다. 아무것도, 아무도 없었지만, 그곳에서 나는 그냥 행복했다. 내 마음속

고이 간직했던 어린 시절 꿈을 이루어서 일까? 산에서 내려와 돌아오는

길에 저 멀리 보이는 산봉우리를 올려다보았다. 붉은 저녁노을 속에 온화하고 인자한 미소를 띤 '큰 바위 얼굴'이 나를 배웅하고 있었다.

다음날, 아침에 일어나니 가랑비가 보슬보슬 내리고 있었다. 화이트 마운틴을 떠나는 날이었다. 문을 열고 나오니 숙소 옆에 조그만 호수가 있었다. 깊은 산속이고, 아직 이른 시간이어서 아침 공기가 참 맑았다. 그야말로 신선한 아침(朝鮮)이었다. 호숫가 나무 밑에 놓여 있는 한적한 벤치에 앉아 깊은 생각에 젖어 들었다. 물 위에 떨어지는 빗방울이 동심원을 그리고 있었다. 조용히 나의 삶을 돌아보았다. 그동안 살아온 삶이 주마등처럼 머릿속을 스쳐 지나갔다. 인간에게 삶이란 무엇일까? 어떻게 사는 것이 잘 사는 것일까? 꿈을 꾸고, 또 그것을 이룬다는 것은 무엇일까? 어쩌면 '큰 바위 얼굴'은, 소설 속 어니스트의 삶은 내 지난 삶의 이정표였는지 모른다. 미국 초기 이민자들이 꿈꾸던 삶, 자유와 평등이 보장된 세상에서 열심히 일하여 스스로 부자가 되어 행복하게 사는 삶! 용기를 갖고 도전하는 프런티어 정신과 절제된 생활로 자기 향상을 이루려는 청교도적인 삶! 아마도 '큰 바위 얼굴'을 읽고 성장하며 어렴풋이나마 나도 그런 삶을 꿈꾸었던 것 같다. 언덕 저편에 걸려있는 무지개가 그 존재만으로도 우리에게 신비로운 영감을 주는 것처럼…. 나의 삶은 '어니스트의 삶'과 얼마나 닮았을까? 그동안 살아온 나의 인생은 스스로 생각하기에 좋은 삶인가? 앞으로 남은 인생은 어떻게 살아갈 것인가? 고요한 호숫가에 앉아 어느 중년의 인생을 돌아보며 그 생각을 하나하나 노트에 적었다.

◈ 꿈꾸는 자의 삶은 위대하다.

　　어린 시절, 우리가 보고, 듣고, 느끼는 것은 삶에 커다란 영향을 미친다. 그래서 어릴 때 이런저런 경험을 많이 하는 것은 매우 중요하다. 그러다 보면, 우리는 예기치 않은 것에서 자기도 모르는 사이에 어떤 영감을 받을 수 있다. 영감을 받으면 그것은 우리 마음속에 살아 꿈틀대며 우리를 꿈꾸게 한다. 그 꿈을 당장 이룰 수 있다면 좋겠지만, 그렇지 못한다 해도 그 꿈은 쉽게 사라지지 않고 우리의 잠재의식 속에 남는다. 세상 밖으로 나올 그 날을 기다리며…. 그러다 어떤 계기를 만나면, 어느 날 갑자기 용기가 솟아오르면, 우리는 그 꿈을 이루기 위해 길을 나선다. 영감과 꿈이 한 사람의 인생을 통째로 바꾸어 놓는 것이다. '큰 바위 얼굴'을 읽은 지 35년 만에 가까이에서 그를 보았다. 햇살과 운무가 신비함을 자아내고 녹음이 우거져 푸르름이 가득한 숲, 굳센 바위가 서로 어우러진, 아름다운 호수가 내려다보이는 산봉우리 중턱 높은 곳에, 그는 온화하면서도 위엄있는 표정으로 세상을 바라다보고 있었다. 어린 시절, 내게 영감을 주고 삶의 이정표가 되었던 '큰 바위 얼굴'을 직접 바라보는 것, 그 꿈을 이루어서 나는 기쁘고 행복했다. 나에게는 정말 감동적인 소중한 순간이었다.

　　돌아보면, 인생은 꿈이다. 꿈이란 무엇인가? 그것은 가슴 설렘이다. 살아있음이다. 가슴 뛰는 그 무엇이 있다면 그것이 우리의 꿈이지 않은가! 그래서 꿈을 꾸지 않는 자는 죽은 자이다. 꿈은 어떤 대상이 될 수도 있지만, 큰 틀에서 보면 방향도 될 수 있다. 이를테면, '삶의 가치관' 같은 것 말이다. '내가 원하는 것은 이런 삶이야!'라는 것도 꿈이 될 수 있다. 방향이 중요하다. 속도는 다음 문제다. 꿈을 넓게 꾸면 꿈을 이룰 기회가 많아지고 그 가능성도 더 커진다. 그러면, 꿈을 이루어가는 과정도 즐거울 수 있다. 우리는 언제 꿈을 꿀 수 있는가? 누구나 언제든 새로운 꿈을 꿀 수 있다. 꿈이 젊은이의 전유물이 될 수는 없다. 일흔 살에 그림을 그리기 시작하여 세계적인 유명 화가가 된 어떤 이는 "내 인생은 아흔 살에 활짝 피었다."라고 말했다. 그게 누구든, 새로운 꿈을 꾸며 낯선 세계에 자신을 던지는 자가 있다면, 바로 그가 '젊은이' 아닐까?

우리는 꿈을 꾸면서도 때로는 꿈을 찾아 선뜻 나서는 데 망설인다. 결과에 대한 두려움 때문이다. 꿈에 대한 확신이 부족하거나 끝까지 갈 자신이 없을 때도 있다. 아무리 확신이 있더라도 주변 환경이, 처한 상황이 내 의지와 다르게 움직일 수도 있다. 하지만, 첫발을 내딛지 않고 어떻게 산에 오를 수 있을까? 가슴 뛰는 일이 있거든, 하고 싶은 일을 찾았거든, 용기를 갖고 도전하자! 일단 저지르는 것도 좋고 치밀한 준비 후에 시작하는 것도 좋다. 중요한 것은, 시작하는 것이다! 괴테는 말했다. "일단 시작하라. 그 안에 천재성, 힘, 그리고 마법이 있다."라고. 솔직히 말하면, 어떤 일에 도전하고 성공하는 사람은 부럽다. 그러나, 나는 새로운 일에 도전하는 사람, 그 사람이 그 자체로 아름답다고 생각한다. 우리의 도전이 항상 성공으로 끝나는 것은 아니니까. 그리고, 성공도 보는 관점에 따라 모두 다르니까. 남에게는 결과가 중요하지만, 자신에게는 결과보다 '과정'이 더 중요한 경우도 얼마든지 많다. 다른 사람의 관점에서 인생을 살아갈 필요가 어디 있겠는가? 오직 한번 살아가는 인생, 나의 관점에서 내가 바라보는 내 삶이 중요하다. 자신의 꿈, 그 꿈에 도전하는 용기, 그리고 열정! 그 자체로 충분하다. 어쩌면, 꿈을 찾아가는 그 여정에서 자신이 원하는 것을 모두 얻을 수 있을 것이다. 그래서 내 삶의 모토 (Motto)는 "세상은 꿈꾸는 자의 것이고 도전하는 자가 아름답다."이다.

▌ 에필로그(Epilogue)_ 우리에게 행복한 삶이란 무엇인가?

우리는 누구나 자신의 삶을 살아간다. 크게 의식하든, 그렇지 않든, 태어나면 죽을 때까지 시간의 흐름에 따라 우리의 삶은 계속된다. 삶은 다양하다. 세상에 똑같은 삶은 없다. 세상에 널리 알려진 위대한 삶부터 그렇지 않은 삶까지. 우리의 삶이 다른 누군가의 눈엔 그저 그런 삶으로 보일 수 있다. 하지만 저마다에게는 모두 다시 없는 소중한 삶! 아무렇게나 이야기할 수 있는 그런 삶은 존재하지 않는다. 우리는 누군가와 함께 세상을 살아간다. 가족이나 친구, 또는 사회생활을 통해 이런저런 관계를 맺는 사람들이 될 수 있다. 그들과 더불어 살아간다. 그렇다고 내 삶이 엷어지는 것은 아니다. 나의 삶이 주변 다른 이의 삶과 서로 엮어져 있지만, 어찌 보면 그 한쪽에 내 삶은 또 따로 존재한다. 그래서 우리는 더불어, 또 가끔은 혼자 살아간다. 우리는 살면서 무수히 많은 선택을 한다. 그리고 그 선택이 우리의 인생을 결정한다. 얼핏 보면 되는대로 살아가는 것 같지만, 누구나 주어진 상황에서 최선의 선택을 하고 그 선택에 책임지며 치열하게 삶을 산다. 그 길에 즐거움이 있길 바라면서….

우리의 삶에 목표가 있을까? 산속 다람쥐의 삶에도 목표가 있을까? 있다면 무엇일까? 인간은 애써 자신을 다른 생명체와 구분하려 들지만, 자연의 관점에서 보면 크게 다를 것도 없다. 모두 태어났기에 살아갈 뿐이다. 그런데도, 인간은 생각하는 동물이어서 자신의 앞날을 내다보며 삶의 목표를 정한다. 각자 삶의 목표가 다르겠지만, 많은 사람이 삶의 목표로 '행복 또는 행복한 삶'을 이야기한다. 그러면 행복이란 무엇인가? 나는 앞에서 행복에 관한 미국인의 여론조사 결과를 이야기하기도 하고, 행복(幸福)이란 한자어를 풀이하며 '우연히 얻은 술과 고기'를 말하기도 하였

376

다. 불확실성의 시대를 사는 요즘 젊은이들 사이에는 소소하지만 확실한 행복, 일명 '소확행'이란 말이 유행하기도 한다. 저마다 행복에 관한 생각과 기준이 다를 수 있다. 다만, 한 가지 분명한 것은 개인의 행복이 다른 이의 행복과 엮여져 있다는 것이다. 내가 행복해야 나를 둘러싼 주변 사람이 행복할 수 있고, 또 내 주위 사람이 행복해야 내가 행복할 수 있다. 우리의 삶이 더불어, 또 혼자 살아가는 삶인 것과 같은 이치이다.

나도 다른 사람과 마찬가지로, '행복한 삶'을 살고 싶었다. 그러면 나에게 행복한 삶이란 무엇일까? 돌이켜보면, 꿈을 찾아 살아온 삶이 내게 행복을 준 것 같다. 꿈꾸는 삶은 그 자체가 아름다운 것! 나는 무엇을 꿈꾸었을까? '큰 바위 얼굴'을 보는 것이 내 꿈 전부는 아니었을 것이다. 그것은 나의 꿈을 함축하여 보여주는 상징일 뿐이다. 오히려, 어니스트의 삶과 같은 삶을 사는 것이 나의 꿈과 닮았다고 해야 할까? 산골에서 성장하여 대학을 졸업하고 나름 괜찮은 회사에 입사하여 열심히 일했다. 회사에서 인정받아 연수도 다녀오고 승진도 했다. 내가 하는 일이 항상 생산적이고 나와 사회 공동체에 이바지할 수 있도록 최선을 다했다. 딱히, '행복한 삶'을 마음에 두고 산 것은 아니지만, 꿈을 간직한 채 시간을 낭비하지 않고 앞만 보고 살아온 것은 분명하다. 그렇게 살아온 '꿈꾸는 삶'이 나를 행복하게 했다. '꿈꾸는 삶'이 행복했고 '행복한 삶'이 내게는 꿈꾸는 삶이었다. 그런데, 어떤 꿈은 때론 거창하고 추상적일 수 있다. 그래서 삶에는 꿈을 이루기 위한 구체적인 이정표가 필요하다. '어떻게 살면 꿈을 이룰 수 있을까?' 하고 생각한 끝에 현실적인 목표를 정했다. 20대에서 40대까지는 '정신적으로, 신체적으로, 그리고 경제적으로 자립(自立)'하는 것을 최고의 목표로 삼았다. 세상 속에 나를 스스로 온전히 세우고 싶었다. 내가 젊은 시절 평생 애써 노력하며 살아온 것들 - 영어, 독서, 운동, 여행, 돈 모으기는 내 목표 달성을 위한 구체적인 실천 항목이었다. 항상 잘 진행된 것은 아니었지만 끝까지 그 방향성을 잃지 않았다. 그 과정에서 나는 성장하고 마음의 안정을 얻었으며 또 인생을 즐겼으리라! 50 대부터는 '자립'을 넘어서고 싶었다. 그래서 '자립'을 '여유로움'으로 바꾸었다. 더불어 살아가는 세상, 내가 여유로우면 누군가에게 도움을 줄 수 있다고 생각했다. 세상을 더 밝게 만들 수 있을 거라 믿었다. 오늘도 나는 그 길 위에 서 있다. 생각해 보니, 이것이 내 삶의 '행복 방정식'이었다. 나는 그 여정에서 가끔 행복했고, 또 나의 행복을 주위 사람과 함께 나눌 수 있었다.

'자아실현(自我實現)'이란 말이 있다. 학창 시절에는 이 말의 뜻이 가슴에 쉽게 와 닿지 않았다. 이제는 알 것 같다. '자아실현'이란 '자기가 하고 싶은 것을 하는 것'이다. 자기가 '원하는 삶을 사는 것'이다. 자유로운 삶! 그것이 '자아실현' 아닐까? 이제 나는 갈림길에 서서 그동안 걸어온 길과 다른 방향의 길을 택했다. 선택의 순간엔 언제나 그렇듯, 기대와 두려움이 교차한다. 그러나 나는 용기를 갖고 나의 길을 가고자 한다. 화이트마운틴 호숫가에서 끄적거린 메모를 이 글로 옮기기 전에 많은 망설임이 있었다. 별 특별할 것 없는 인생 이야기를 굳이 글로 옮길 필요가 있을까? 하는 생각에서였다. 세상의 관심을 받을 것 같지도 않았다. 그런데 왜? 글로 옮겨야 할까? 어느 날, 써야 할 이유를 찾았다. '무엇을 쓸까? 어떤 방식으로 쓸까?'를 고민하는데, 심장이 뛰는 것을 느낄 수 있었다. 새로운 도전에 가슴이 설레었다. 생각만큼 글이 써지지 않을 때마다 나는 자신에게 되묻고는 했다. 지금 가슴 뛰는 일을 하고 있는가? 쓰는 것이 즐겁고 행복한가? 아니라면 당장 그만두자. 나는 단연코 말할 수 있다. 글을 쓰는 동안 가슴이 설레었다고, 정말 즐거웠다고….

단테의 신곡에 이런 말이 나온다. '그 별이 어느 별이든, 네 별을 따라가거라.' 내 말로 하면 이렇다. 'U want, just do it!(네가 원하는 것이 있다면, 주저 없이 그것을 해라!)' 아침이면 눈을 뜨고 숨을 쉰다는 것, 이 얼마나 경이로운 일인가? 오늘도 나는 꿈을 꾸고 내가 하고 싶은 것들을 찾아 부지런히 한다. 가슴 설레고 즐거움을 주는 그런 일을 한다. 앞으로도 그럴 것이다. 그것이 내가 살아가는 이유니까!

이 글을 읽는 모든 분이 자기가 원하는 '자신의 삶'을 살아가길 바라며, 그 길에서 즐겁고 행복하였으면 좋겠다.

큰 바위 얼굴을 찾아서 …ㅣ 어떤 소년의 꿈

초판 1쇄 발행 2022. 1. 20.

지은이 최병길
펴낸이 김병호
편집진행 임윤영 ㅣ **디자인** 양헌경

펴낸곳 주식회사 바른북스
등록 2019년 4월 3일 제2019-000040호
주소 서울시 성동구 연무장5길 9-16, 301호 (성수동2가, 블루스톤타워)
대표전화 070-7857-9719 **경영지원** 02-3409-9719 **팩스** 070-7610-9820
이메일 barunbooks21@naver.com **원고투고** barunbooks21@naver.com
홈페이지 www.barunbooks.com **공식 블로그** blog.naver.com/barunbooks7
공식 포스트 post.naver.com/barunbooks7 **페이스북** facebook.com/barunbooks7

· 책값은 뒤표지에 있습니다.   **ISBN** 979-11-6545-607-8 03810

바른북스는 여러분의 다양한 아이디어와 원고 투고를 설레는 마음으로 기다리고 있습니다.